Suzanne Enoch

Originaire de Californie du Sud, elle a obtenu un diplôme de lettres à l'université de Californie (Irvine). Autrice à succès de romances historiques et contemporaines, elle affectionne tout particulièrement la période de la Régence.

Ses livres, pleins d'humour et aux dialogues enlevés, ont été récompensés par le *Romantic Times* et figurent régulièrement sur la liste des meilleures ventes du *New York Times* et de *USA Today*.

Jeu de dupes
à Earnhurst Manor

DE LA MÊME AUTRICE AUX ÉDITIONS J'AI LU

À chaque duc suffit sa peine
Lady Mascarade
L'éclat de sa beauté
Au bord de la crise de nerfs

Les rebelles
1 – *Partie d'échecs*
2 – *Étrange complicité*
3 – *La duchesse aux pieds nus*

Leçons d'amour
1 – *La dame à l'éventail*
2 – *La femme au charme discret*
3 – *La dame de ses pensées*

La famille Griffin
1 – *Drôle de chaperon*
2 – *Invitation au péché*
3 – *Une vision de rêve*

Les MacTaggert
1 – *Trop anglaise, mais si adorable*
2 – *Un diable d'Écossais*
3 – *L'héritier du clan*

Les héros
1 – *Le héros des Highlands*
2 – *Au cœur de la tourmente*
3 – *Un loup en Écosse*

Scandaleux Écossais
1 – *Un diable en kilt*
2 – *Le quadrille*
3 – *La fleur des Highlands*
4 – *La flamboyante des Highlands*

SUZANNE

ENOCH

Jeu de dupes à Earnhurst Manor

Traduit de l'anglais (États-Unis)
par Marie Castel

J'AI LU

J'AI LU POUR elle

Titre original
A DUKE NEVER TELLS

Éditeur original
Bramble,
une marque de Macmillan Publishing Group, LLC

Pour les amoureux des comédies romantiques,
avec des remerciements particuliers
à L'Importance d'être constant *d'Oscar Wilde*
et Mon homme Godfrey *d'Eric Hatch.*

Prologue

Meg Pinwell

— Qu'en pensez-vous ?

Lady Meg Pinwell, qui venait de se glisser dans le petit salon, plongea dans une profonde révérence.

— Vous trouvez que cela fait trop ? ajouta-t-elle.

— Quoi ? Ces deux plumes d'autruche sur votre tête ? Si vous me le demandez, c'est que vous connaissez déjà ma réponse !

La tante de Meg, Clara Bosley, émit un petit reniflement de mépris et se replongea dans le livre qu'elle était en train de lire.

Pirouettant pour mieux voir son reflet dans les vitres de la croisée, Meg fit une nouvelle révérence en étudiant attentivement l'oscillation des longues plumes blanches.

— Moi, je trouve ça tout à fait majestueux.

— Vous ressemblez à un navire dont les voiles faseyent, commenta Clara sans lever les yeux et en dissimulant son amusement. Si vous vous penchez un peu trop à bâbord ou à tribord, vous chavirerez !

Meg continuait d'observer son image, tout en ajustant ses gants blancs qui lui montaient jusqu'aux coudes.

— Oh, je suis déçue ! Je veux ressembler à une grande dame, pas à un navire en train de couler.

— On est une grande dame ou on ne l'est pas, Meg. Ce ne sont pas une ou deux plumes qui y changeront quoi que ce soit. Par contre, tout le monde verra que vous essayez désespérément d'en être une et que, secrètement, vous n'assumez pas ce plumage.

Meg souleva la jupe de sa robe de bal blanche et se laissa choir sur le sofa à côté de Clara.

— Ma tante, vous êtes censée m'encourager ! Il faut que je me trouve un bon parti, vous le savez bien. Papa est même allé à Londres la semaine dernière, à l'affût de commérages qui lui permettraient de conclure le mariage du siècle.

Cette fois, Clara était tout ouïe. Elle referma son livre et le posa.

— Ma chérie, vos parents sont comte et comtesse. S'ils visent pour vous un statut plus élevé que le leur, cela vous laisse seulement le choix entre un marquis ou un duc. Ou encore un prince, même si je trouve les frères célibataires de Prinny[1] bien trop vieux et bien trop disgracieux pour vous. C'est tout à fait ridicule ! enchaîna-t-elle en désignant du doigt l'une des plumes qui se dressaient au-dessus de la tête de Meg. Et si deux plumes d'autruche ne vous garantissent absolument pas un duché, une seule plume ne vous relègue pas non plus dans une bergerie.

— Mais ce sont mes débuts devant la reine. Je dois avoir de l'assurance, mais aussi être modeste et bien élevée. Avec la quantité de plumes suffisante.

— Meg, ma chérie, la plupart du temps vous ne passez pas inaperçue. Et vous êtes bien plus maligne que vos parents ne le souhaiteraient.

— Certes, mais on peut faire bonne ou mauvaise impression. Je préférerais entrer dans la première catégorie.

---

1. Surnom du prince régent, futur George IV. *(Toutes les notes sont de la traductrice.)*

— Vous faites *toujours* bonne impression, et vous le savez. Les plumes d'autruche n'y changeront rien. Pas plus tard qu'hier, j'ai entendu Tom Harris parler de vous comme d'une beauté aux cheveux noirs. (Elle eut un petit sourire.) Je lui ai répliqué que vous seriez aussi belle avec des cheveux bleus, ou même sans cheveux.

Meg soupira.

— C'est gentil de votre part, mais j'aimerais que les plumes et mes cheveux suffisent à me faire remarquer par les membres de la cour. Cela m'éviterait d'avoir à parler.

Clara changea de position pour la regarder en face et plissa les yeux.

— Beaucoup envient votre bonne humeur, Meg. Elle fait autant partie de vous que vos cheveux. Et, contrairement à votre apparence, elle ne dépend que de vous. Avoir de l'esprit est loin d'être un défaut.

— Ce n'est pas ce que dit maman : « Pourquoi faut-il toujours que tu dises une sottise quand il y a un blanc dans la conversation ? Pourquoi ne te comportes-tu pas simplement comme une jeune fille bien élevée et distinguée ? » (Elle avait entendu ces phrases si souvent qu'elle les connaissait par cœur.) Au début, tout se passe bien, puis tout à coup une remarque m'échappe. Et là, je passe pour une effrontée qui veut attirer l'attention, simplement parce que j'ai dit que la marque brune sur le flanc de la nouvelle vache de M. Harker ressemblait aux parties intimes d'un homme. Alors que c'était la vérité !

— À tel point qu'il a immédiatement revendu sa vache... Meg, vous avez un formidable sens de l'humour, extrêmement développé. Si vous étiez un homme, on vous applaudirait.

— Mais je ne suis pas un homme.

Meg lissa du plat de la main la soie délicate de sa robe. C'était une très jolie robe – simple, évidemment, pour ne pas aller à l'encontre de la pudeur traditionnellement requise pour la tenue des jeunes filles présentées à la reine en début de saison à Londres.

— Je ne peux pas dire tout ce qui me passe par la tête, ajouta-t-elle. Et j'ai besoin de vos conseils au sujet de ces plumes. Tout le monde voudra rivaliser de raffinement. Imaginez qu'elles aient toutes deux plumes et que je sois la seule à n'en porter qu'une !

— Eh bien, vous vous ferez remarquer par votre modestie. Alors que si vous êtes la seule à en porter deux...

— Je ressemblerai à un navire sur le point de chavirer..., lâcha Meg en soupirant et en hochant la tête.

Les plumes d'autruche se balancèrent et firent pencher vers tribord la masse rebelle de ses cheveux noirs retenue par des épingles. Elle redressa le tout avec un grand sourire.

— Bon, je vois ce que vous voulez dire. Je suis à la merci d'un coup de vent.

Clara caressa la main de sa nièce.

— Si c'est votre originalité qui vous préoccupe, soyez rassurée : ce n'est pas un défaut. Moi-même, je n'ai rien de conventionnel et je suis très heureuse ainsi.

Meg pressa les doigts de Clara avec un petit sifflement d'approbation. Certes, elles étaient tante et nièce, mais huit ans seulement les séparaient et on aurait dit deux sœurs. Clara était probablement sa meilleure amie.

— Il est sûr que vous n'avez rien de conventionnel. Et si cela ne tenait qu'à moi, je porterais une demi-douzaine de plumes d'autruche de toutes les couleurs de l'arc-en-ciel. Mais les femmes extravagantes ont du mal à trouver un mari, et j'ai vraiment envie de faire bonne impression.

— Vous voulez donc être *ordinaire* ? Doux Jésus !

— Voyons, Clara, c'est justement la raison pour laquelle maman se fait tant de souci en nous voyant passer du temps ensemble, chuchota Meg, qui ne plaisantait qu'à moitié. Je crois que ce que je veux, c'est me rapprocher de ce qui est acceptable, mais avec un tout petit... plus. (Elle rapprocha son pouce de son index pour illustrer ses dires.) Les femmes qui se comportent de façon extravagante sont celles qui se moquent d'être mariées ou non. Ce sont aussi celles qui parlent alors qu'elles devraient se taire, ou encore qui portent trop ou pas assez de plumes.

— Quand j'ai fait mes débuts, je ne portais pas de plumes, ça me faisait éternuer. Et pourtant, je crois être de celles qu'on remarque.

Pour Meg, Clara Bosley était également la femme qui accordait le moins d'importance au mariage.

— Vous êtes en effet remarquable, et vous êtes également la plus intelligente des femmes, ce qui ne gâte rien.

Les joues de Clara rosirent.

— Merci. J'accepte le compliment.

— Mais je ne suis pas vous, insista Meg. Papa et maman m'ont affreusement gâtée, ils m'ont laissée dire tout ce qui me passait par la tête, ils m'ont laissée vous accompagner et brandir des pancartes pour soutenir le droit de vote des femmes ou dénoncer la chasse au renard. La seule chose qu'ils m'ont demandée en échange, c'est de les rendre fiers de moi quand je serais adulte. J'ai dix-huit ans. Je suis une femme adulte.

— Ma chère, s'il vous faut une autorisation pour dire ce que vous pensez, vous n'êtes pas libre. Je préfère cent fois décider par moi-même de qui je suis, et agir en conséquence.

Meg réprima l'envie de se cacher le visage entre les mains.

Âgée de vingt-huit ans, Clara Bosley, célibataire assumée, femme de lettres et fervente suffragette, vivait seule avec une femme de chambre dans sa petite maison au bout de la propriété de Brundon Hall. Elle avait le don de transformer chaque événement en croisade, et chaque croisade en véritable opération militaire.

Clara n'était certes pas le modèle idéal pour une jeune fille qui avait déjà tendance à dire tout ce qui lui passait par la tête, surtout quand elle s'ennuyait et se laissait emporter par son tempérament bouillant.

— Je vous sais farouchement attachée à votre indépendance, ma tante chérie, et je ne voudrais pas vous faire de peine, mais vous devez votre maison à deux hommes : votre père et le mien.

— Ne dites pas de sottises, répliqua Clara en agitant la main. Je gagne ma vie depuis le jour où j'ai publié mon premier pamphlet. Il est vrai que mon père – votre grand-père – m'a laissé un généreux héritage, mais il en a fait autant pour ma sœur. Je vis ici parce que votre mère m'a demandé de la rejoindre dans le Devon. Elle s'inquiétait de me savoir seule à Londres. Comme si de nombreux amis et connaissances ne valaient pas un mari. (Elle fit la grimace.) Mais comme j'adore mon unique nièce, je ne saurais me plaindre de vivre près d'elle.

— Et votre nièce vous en est très reconnaissante, répondit Meg en souriant. Vous m'avez appris à aimer les comportements excentriques et à me rebeller contre les gens grossiers. Ou à dénoncer leur attitude.

— J'ai seulement huit ans de plus que vous, Meg. Ne m'accusez pas de vous dicter votre conduite, pour l'amour du ciel. J'ajoute qu'on peut parfaitement être excentrique *et* grossier.

Meg éclata de rire.

— Quand j'ai dit à maman que vous étiez comme une sœur pour moi, elle a levé les yeux au ciel.

— Cela ne m'étonne pas. Comme elle a épousé un homme riche et noble, elle s'imagine qu'argent et position riment avec perfection. Mais vous êtes sa fille ; il y a donc certaines obligations à laquelle vous devez vous soumettre. Et certaines choses que vous vous devez d'aimer, comme d'autres que vous ne devez pas aimer. De mon côté, je savoure mon célibat. J'aime aussi fumer la pipe de temps à autre. (Elle fit semblant de regarder derrière son épaule.) Mais ne le dites pas, sinon elle me l'interdira.

— Je ne peux rien changer à mon statut de fille de comte, tout comme une fille de pêcheur ne peut rien changer à son état. Mais je suis consciente de la chance que j'ai. Je dois faire honneur à ma famille.

Voilà comment se résumaient les choses. Sa naissance lui conférait un certain degré de respectabilité. Le problème était de ne pas se laisser déborder en étant trop... elle-même.

Clara lui donna un petit coup d'épaule affectueux et sourit.

— Votre compagnie ne m'a jamais embarrassée. Vous me faites parfois rougir quand j'ai trop ri, mais jamais il ne me viendrait à l'idée de m'en plaindre.

— Ce que je veux dire, c'est que plaisanter à des moments incongrus ou lâcher au beau milieu d'une valse qu'on adore le badminton n'est pas, pour une jeune fille, le meilleur moyen de trouver un mari.

— Un mari, la belle affaire ! On fait bien trop de cas du mariage, si vous voulez mon avis.

— Clara...

— Mais, l'interrompit sa tante en levant un doigt, malgré ma réticence à vous voir partir en quête d'un époux simplement parce que c'est ce qu'il convient de faire, je suis enchantée que vous alliez enfin à Londres. Voilà cinq ans que je n'y ai pas manifesté, ni eu de débat sur des sujets sérieux. Et puisque vous allez faire votre entrée dans la société à la prochaine saison, je pourrais vous présenter à certains de mes amis et connaissances. À supposer que j'arrive à déjouer les manœuvres de votre mère, évidemment.

Meg mourait d'envie de rencontrer ces gens, tout en sachant très bien ce qu'en penseraient ses parents.

— Malgré ce qu'en dira maman, vos amis seront toujours les bienvenus à Pinwell House, ainsi qu'à toutes les soirées que j'organiserai, quel que soit l'homme que j'épouserai.

— J'en suis honorée. Et nous resterons amies, à condition que vous ne me demandiez pas de me lancer sur une piste de danse.

Clara frissonna à cette perspective.

— Dans les réceptions que j'organiserai, répondit Meg, il n'y aura que des valses et de la musique que nous écouterons en flânant et en grignotant de bons fromages. Peut-être un peu de poésie ou de tragédie de temps à autre, déclamées par des femmes drapées de noir.

Clara se mit à rire.

— Ça fait rêver !

Meg n'en ferait rien, bien sûr, mais c'était drôle d'imaginer la réaction que cela susciterait. Sa tante avait toujours adoré semer la pagaille avec ses déclarations et ses opinions tranchées. Elle-même préférait que tout se déroule bien, ce qui arrivait généralement quand Clara n'était pas présente. Mais il était hors de question de le reconnaître ouvertement. Sa mère trouvait déjà que le temps qu'elle passait avec sa tante nuisait à son apprentissage des codes de la bonne société. Faire bon effet pour ses débuts serait le meilleur moyen de lui prouver qu'elle savait tenir sa langue. Elle continuerait bien sûr à penser un tas d'absurdités, mais elle s'arrangerait pour que personne ne s'en rende compte.

Clara Bosley n'était peut-être pas la meilleure interlocutrice en matière de mode, de mariage et de discrétion, mais elle disait toujours ce qu'elle pensait. Meg serra le bras de sa tante.

— Papa est rentré hier après-midi. Il n'a pas dit un mot sur Londres ou sur un éventuel mariage pendant le dîner, malgré toutes mes questions, mais il n'a cessé de lancer des regards à maman et je l'ai même entendu pouffer à un moment.

— Cela n'augure rien de bon. Je n'aime pas quand Grégory est trop content de lui : cela me fait le même effet que lorsque votre mère trépigne parce qu'elle a réussi à acheter le seul rouleau de soie verte du comté.

Meg émit un petit grognement approbateur.

— Elle aime tellement le vert. Et la soie !

— Hmm... Votre mère m'a prévenue qu'il était de retour, mais je n'ai pas réussi à la voir ensuite. (Clara pianota sur la couverture de son livre.) Quel que soit le résultat de ce voyage, j'espère que vous aurez votre mot à dire. Grégory et Joséphine ne verront leur gendre qu'occasionnellement. Vous, vous devrez vivre avec cet homme.

— Je pourrais demander que vous veniez vivre avec nous. Dans ce cas, vous aussi seriez amenée à le voir tous les jours, fit Meg en souriant. Même si vous refusez d'habiter chez nous, je compte bien vous inviter à dîner au moins trois fois par semaine.

— Alors je veux avoir mon mot à dire, moi aussi. Maintenant, allez vous changer avant de renverser du thé sur votre robe et de réduire singulièrement vos chances de trouver un mari convenable.

Meg se leva en riant.

— J'ai bien l'intention d'épouser au moins un marquis, pour faire plaisir à papa et maman. J'espère qu'il y en a beaucoup à Londres, et surtout qu'ils sont beaux ! Je vais suivre votre conseil et faire preuve de jugeote plutôt que d'écouter mon cœur. Mais comme mon choix doit être éclairé, il devra, en plus d'être beau, soutenir le droit de vote des femmes !

— Si vous n'écoutiez que votre raison, vous vous moqueriez bien de son apparence. Un mari disgracieux a plus de chances de vous rester fidèle, le saviez-vous ?

Meg fit la grimace.

— J'imagine que vous avez raison. Je vais conserver ce critère sur ma liste mais je le placerai en dernier, au cas où je tomberais sur deux gentlemen cochant toutes les cases et qu'il me faille les départager.

En son for intérieur, elle devait admettre qu'elle ne se sentait pas complètement à l'aise avec sa propre logique, encore moins quand il s'agissait d'une décision aussi importante que le choix d'un époux. Elle lisait beaucoup et, bien qu'elle adore les récits de jeunes femmes s'éprenant d'hommes beaux et ténébreux qui dissimulaient de sombres secrets, elle trouvait stupide de s'attendre à les trouver dans la réalité. Comment envisager sérieusement de nouer des liens avec un homme sombre et distant qui mentirait à celle qu'il est censé aimer ? C'était ridicule. Non, comme le disait Clara, la raison serait sa meilleure alliée.

— Je maintiens que vous seriez plus heureuse en vivant seule, comme moi, insista Clara. Vous pourriez alors agir et parler comme bon vous semble, sans vous préoccuper de savoir si vous avez blessé la sensibilité ou l'orgueil de quelqu'un.

— Clara, je t'en prie, n'encourage pas Margaret à dire tout ce qui lui passe par la tête !

Lady Joséphine Brundon, la mère de Meg, venait de faire son apparition dans la pièce.

— Pour l'amour du ciel ! poursuivit-elle. Commettre un impair se solde toujours par un désastre, que l'on soit mariée, célibataire ou veuve.

— Seulement si on se plie aux injonctions de la société, Jo.

— Je ne sais pas où tu vas chercher ces idées ! rétorqua la comtesse à sa sœur en secouant la tête. Meg est une lady. Elle fait partie de la haute société. Et toi... eh bien, je me demande si tu es vraiment ma sœur, parfois !

Clara éclata de rire.

— Cela fait des années que je me pose la même question à ton sujet. Comment as-tu fait pour supporter toutes les dentelles et les volants dont notre mère t'affublait ? Moi, j'ai tiré profit de l'enseignement de notre père.

— Pour ça, oui, ma chère. À quand remonte ta dernière manifestation à Paris, ou la dernière fois où tu as nettoyé un fusil ?

Un sourire amusé aux lèvres, Clara toussota.

— En réalité, je faisais allusion au fait que je sais gérer ma maison, penser par moi-même, et tuer et dépecer un lapin toute seule.

— Clara ! Pour l'amour du ciel !

— Bon ! Quelles nouvelles Grégory nous rapporte-t-il de Londres ? A-t-il établi une liste de prétendants pour Meg ? Puis-je la voir ?

— Non, pas question ! Laisse-nous. Il faut que je parle à Meg.

Avec un froncement de sourcils moqueur, Clara se leva.

— Je serai dans la bibliothèque. Je vais feuilleter l'almanach des fermiers ô combien masculin de Grégory, et j'y ajouterai mes réflexions féminines. Et toi, Meg, n'accepte rien avant d'avoir envisagé toutes les alternatives possibles.

— Oui, tante Clara.

Une fois que Clara eut quitté la pièce, la mère de Meg s'assit à sa place sur le sofa.

— Je vous l'ai déjà dit : vous passez trop de temps avec ma sœur. Elle s'affranchit de toutes les règles. Elle serait tout à fait capable de s'asseoir et de bavarder avec une femme de chambre, exactement comme elle le ferait avec un duc. Elle s'adresserait aux deux comme si elle était leur égale. Vous n'avez visiblement retenu *aucune* de mes leçons !

— J'écoute toujours attentivement tout ce que vous me dites, maman. (Simplement, elle n'était pas toujours d'accord avec elle.) Et j'adore Clara. Elle m'empêche de trop avoir la tête dans les nuages.

— Je m'inquiète de la voir vous traîner dans la boue. Il est normal pour une jeune fille d'avoir la tête dans les nuages et de rêver qu'elle épouse un beau marquis, héritier d'un duché.

— Hmm. Vous avez donc une idée derrière la tête, maman ? demanda Meg, dont le cœur se mit à battre follement dans sa poitrine.

Lui avaient-ils trouvé un beau marquis ?

Joséphine sourit en joignant l'extrémité des doigts.

— Eh bien, figurez-vous que votre père a dîné avec un très bon ami, avant-hier. Le duc d'Earnhurst.

Meg avait suffisamment lu la presse londonienne pour savoir de qui il s'agissait. Elle fronça les sourcils.

— Earnhurst ? Il est âgé. Veuf. Je ne...

— Pas lui, ma chère. J'ai parlé de « marquis », souvenez-vous. Il s'agit de son fils, le marquis de Duffy. Il est beaucoup plus jeune.

Meg regarda sa mère avec des yeux ronds tandis qu'elle essayait de se remémorer à toute allure ce qu'elle avait pu lire à son sujet dans les journaux mondains.

— Vous plaisantez, maman ? James Clay ? Celui qu'on surnomme le Pirate ? À cause de toutes les jeunes filles qu'il a séduites ?

— N'accordez jamais de crédit aux ragots, Meg. Les gens inventent toutes sortes de bêtises. Il est vrai, en effet, que l'on parle beaucoup de Duffy à Londres, mais il y a toujours des gens pour saisir la moindre opportunité de s'en prendre à un homme de haut rang. Le marquis de Duffy est un personnage éminent. Très haut placé. Il est destiné à devenir un jour duc d'Earnhurst. Un *duc*, ma chérie. Ce qui ferait de vous une duchesse !

Une duchesse. C'était... Oh, Seigneur ! Elle en avait rêvé enfant, mais... Ciel ! *Réfléchis bien, Meg.* Elle se ressaisit. La perspective d'épouser un futur duc n'était pas forcément un conte de fées. *Fais preuve de logique.*

— Vous m'avez toujours dit qu'il fallait que je me comporte de manière convenable, et voilà que vous voulez me faire épouser quelqu'un dont la vie est si inconvenante que les échos de ses méfaits sont arrivés jusqu'au fin fond du Devon. Je sais bien que papa et vous désirez me voir faire un beau mariage, mais il n'y a pas que le titre et le rang qui comptent !

— Pas seulement, mais c'est une part non négligeable.

Doux Jésus !

— J'aurais préféré quelqu'un qui soit plus en accord avec *mon* mode de vie et *mes* principes. Pas ceux de papa. Vous m'avez commandé un tas de robes pour que je puisse rencontrer mes éventuels prétendants à Londres. Et je me suis entraînée à être... charmante.

Ou moins bavarde, ce qui revenait au même.

— Je ne vous ai pas caché le véritable but du voyage qu'a fait votre père à Londres. C'était seulement pour nous donner – ou plutôt, *vous* donner – une longueur d'avance pour la saison. Découvrir quels messieurs pourraient vous convenir afin d'éviter de perdre votre temps avec d'autres, moins intéressants.

— Ou éviter d'user ma patience et mes bonnes manières avec eux, fit Meg avec un sourire.

— C'est vous qui le dites, pas moi. (Sa mère soupira.) Votre père a quitté Londres en désespérant de trouver un prétendant digne de vous. Le hasard a voulu qu'un orage le contraigne à s'arrêter, et il s'est alors souvenu du château d'Earnhurst dans le Dorset et de son vieil ami Richard Clay, qui vit à un kilomètre de l'auberge où il s'était réfugié pour la nuit. Quand il l'a prévenu de sa présence et a demandé s'il pouvait rendre visite à Sa Grâce le lendemain, le duc en personne s'est rendu à l'auberge. Le soir même. Sous la pluie, qui plus est ! Moi, j'y vois l'œuvre du destin.

La porte du petit salon s'ouvrit une fois de plus, et le père de Meg entra dans la pièce.

— Voyons, Jo ! Je voulais le lui annoncer moi-même !

Le comte haussa un sourcil en direction de son épouse et sourit à sa fille.

— Un duc, ma chère !

Enfin, un futur duc, plus exactement. Mais là n'était pas la question, songea Meg.

— Vous auriez tout de même pu me laisser le choix, ou au moins me laisser rencontrer cet homme avant toute chose, protesta-t-elle.

— Vous parlez comme votre tante. On dit qu'il faut battre le fer tant qu'il est chaud, Meg. C'est ce que j'ai fait. Sans l'ombre d'une hésitation. Nous avons six mois devant nous. Il faut du temps pour préparer un mariage. Et puisque vous voilà fiancée avant même le début de la saison, vous n'aurez pas à passer au crible chaque jeune homme qui vous récitera des vers de sa composition. Je sais que vous détestez ces absurdités.

— Pas du tout ! J'adore ça !

— Non, vous adorez tourner cela en dérision, rectifia sa mère.

Meg joignit les mains. Elle aimait effectivement plaisanter et faire de l'esprit, mais toujours en essayant de ne blesser personne.

— Rappelez-vous toutes ces leçons où vous m'enseigniez à faire preuve de patience et de politesse. Vous redoutiez que je fasse une réflexion sur les vers stupides d'un gentleman et vous disiez que je ne réussirais jamais à trouver un mari. N'est-ce pas vrai ?

— Voyons, Meg ! Bien sûr que non ! s'écria sa mère avec un peu trop d'empressement. Nous avons toujours eu une totale confiance en vous.

— Soit, fit Meg, sceptique. Mais examinons la situation : je représente – sans me vanter – un beau parti grâce à ma dot conséquente. De son côté, lord Duffy est marquis et il est destiné à hériter d'un duché après la mort de son père. Je m'étonne donc qu'il ne soit toujours pas marié ! Toutes les femmes de Londres, et même d'Angleterre, auraient dû jeter leur dévolu sur lui depuis des lustres, vous ne croyez pas ?

Son père s'assit sur un fauteuil, en face du sofa.

— Lord Duffy n'a pas l'air très pressé de se marier. Son père, en revanche, trouve que son fils a passé bien assez de temps à jeter sa gourme et cela fait un moment qu'il cherche un parti pour lui. Notre rencontre a été... parfaitement heureuse.

— Pour vous, peut-être. Mais mettez-vous à la place d'une jeune fille à la réputation irréprochable, qui n'a même pas fait ses débuts dans le monde et qui se retrouve fiancée à un débauché.

Pour l'amour du ciel, elle avait certes tendance à dire ce qui lui passait par la tête et elle aimait plaisanter, mais ce n'était rien à côté d'un homme qui séduisait les femmes, jouait, buvait et s'adonnait à Dieu sait quels autres vices.

— Je vous ai prévenue, Meg, que sa réputation était largement surfaite.

Meg observa ses parents. Leur décision était donc prise.

— Lord Duffy fera-t-il un bon mari pour moi ? demanda-t-elle en regardant son père droit dans les yeux.

— Ma chère enfant, voilà treize ans que je ne l'ai pas vu. Mais je connais son père. Et Sa Grâce est un homme que j'estime. Il ne ferait rien de déshonorant.

Le duc d'Earnhurst avait en effet bien meilleure réputation que son fils. Et quand Grégory Pinwell, comte de Brundon, soutenait son regard en lui affirmant qu'on pouvait faire confiance à quelqu'un, Meg n'avait aucune raison d'en douter. Même si la soudaineté de cette histoire lui hérissait le poil.

— L'affaire est donc conclue ?

À vrai dire, elle éprouvait en son for intérieur une certaine excitation à l'idée de devenir marquise et un jour duchesse, ainsi qu'une forme de soulagement. Car elle se réjouissait de ne pas avoir à surveiller ses paroles et ses faits et gestes pendant toute la durée de la saison. Elle n'aurait pas non plus à se torturer à propos du choix d'un époux en se fondant sur un critère moins superficiel que sa beauté – ou sa laideur, si elle suivait les conseils de Clara.

— Oui, l'affaire est conclue. Nous en avons déterminé les bases.

Son père se pencha en avant, les coudes appuyés sur les genoux.

— Earnhurst… enfin, Richard et moi avons longuement discuté. Il veut quelqu'un qui assagisse son fils et exerce une bonne influence sur lui. Je lui ai parlé de vous. Je lui ai dit combien vos amis vous adorent, j'ai mentionné votre sens de l'humour, vos manières irréprochables et votre altruisme, votre intelligence et votre gaieté en toutes circonstances.

— On dirait que vous parlez d'un animal de compagnie.

— Meg ! protesta sa mère.

— Loin de moi l'idée de vous faire passer pour un animal de compagnie, Margaret Elizabeth Pinwell ! rétorqua sèchement son père. J'espère que vous me faites plus confiance que vous ne le montrez.

— Mais oui ! Bien sûr, je vous fais confiance. C'est simplement que... tout cela est tellement soudain. Et cela fait beaucoup de choses en même temps.

D'ailleurs, elle n'était pas si bien élevée que cela, car en ce moment précis elle mourait d'envie de se faufiler dans la bibliothèque pour aller boire un verre du whisky de son père. Doux Jésus, deux verres, même !

Le comte hocha la tête.

— Oui, je conviens que cela fait beaucoup. Mais il faut reconnaître que c'est un excellent parti pour vous. J'ai signé un accord : dans six mois, vous épouserez James Clay, marquis de Duffy. Je connais évidemment la réputation de Duffy, mais c'est le lot des hommes célibataires. J'aurais aimé que vous passiez du temps ensemble pour apprendre à mieux vous connaître avant les fiançailles mais, comme je vous l'ai dit, Earnhurst veut que son fils s'assagisse.

La comtesse posa une main sur celle de Meg, comme Clara l'avait fait quelques minutes plus tôt.

— Vous êtes une charmante jeune fille. Et vous avez le droit de poser des questions. Mais dites-vous aussi que cette saison sera beaucoup plus amusante, désormais. Plus besoin de vous chercher un mari, puisque c'est chose faite. Ce ne seront que danses, dîners et pique-niques. Vous ferez connaissance avec votre fiancé et vous achèterez... eh bien, tout ce qu'il faut pour votre trousseau de mariage.

— Je suis parfaitement consciente que d'autres parents seraient simplement entrés dans la pièce, auraient annoncé leur décision à leur fille et seraient repartis en la laissant devant le fait accompli, dit lentement Meg en recouvrant la main de sa mère de la sienne. (Elle tâchait de se persuader qu'elle avait eu tout loisir de s'amuser et qu'il était temps pour elle de grandir et de devenir une lady.) Je sais bien que je vous ai donné du souci et je suis consciente que vous êtes très bons avec moi. Je n'en méritais sûrement pas autant.

Elle sourit pour dissimuler un soupir.

— Quant à lord Duffy, je pense que ça devrait aller, conclut-elle.

Son père lui rendit son sourire, visiblement soulagé.

— Oh ! Je n'en doute pas.

— Mais s'il n'a pas le sens de l'humour, je serai très contrariée, ajouta-t-elle le plus sérieusement du monde.

— Essayez juste de ne pas trop le remettre à sa place, ma chérie, intervint sa mère. Du moins, pas avant le mariage.

— Je m'y efforcerai.

La comtesse libéra sa main et se leva.

— Vous êtes une jeune fille intelligente, Margaret Elizabeth, je l'ai toujours su. Quand vous serez marquise, vous deviendrez la coqueluche de tout Mayfair. Alors imaginez quand vous serez duchesse !

La perspective de devenir duchesse était évidemment très séduisante. Clara, elle, aurait objecté que le titre d'un époux ne saurait déterminer les qualités propres d'une femme.

— J'aimerais en savoir plus sur lui. Sur son tempérament, sa situation financière et ses ambitions.

Et sur son physique aussi, ajouta-t-elle intérieurement, tout en songeant qu'elle pourrait faire marche arrière s'il était vraiment trop affreux. Un homme que l'on surnommait le Pirate devait forcément être d'une beauté insolente. Ou alors, c'était peut-être parce qu'il lui manquait un œil ? Ou parce qu'il avait une jambe de bois ? *Doux Jésus !*

— Donnez-vous la matinée pour digérer la nouvelle, conseilla son père en posant la main sur l'épaule de Meg. Je vous laisse le soin de l'annoncer à votre tante, à moins que vous ne préfériez que votre mère s'en charge.

— Lâche ! murmura Joséphine. Je vais le lui dire. Après tout, c'est ma sœur. Et je t'en prie, Meg, n'écoute pas ses reproches. Tout le monde n'a pas la chance de vivre sur la propriété de son beau-frère tout en vendant des pamphlets et des livres en faveur du combat des suffragettes pour se faire de l'argent de poche. Elle n'est pas aussi indépendante qu'elle le proclame.

— Mais extravagante, ça, oui ! renchérit le comte.

— Tandis que toi, en tant que marquise, tu pourras participer à des bonnes œuvres si le cœur t'en dit et faire le bien autour de toi, plutôt que d'exciter la populace.

L'espace d'un instant, Meg se réjouit que Clara ne soit pas là pour entendre sa sœur dénigrer ses causes. Elle lança un coup d'œil à sa mère.

— Tout à fait. Peut-être même réussirai-je à persuader lord Duffy d'embrasser la cause des suffragettes si chère à Clara.

— Cela m'étonnerait, fit remarquer Grégory en gloussant. Merci, Meg, d'accueillir si bien la nouvelle. J'avoue que je me faisais du souci.

Meg allait devoir réfléchir attentivement à ce qui venait de se passer, mais une chose était certaine : ses parents l'aimaient et ils désiraient son bonheur – un beau mariage, une vie confortable et un bon rang dans la société. Sur ce plan-là, elle ne pouvait pas se plaindre, même si de nombreuses questions la taraudaient concernant la réputation peu glorieuse de son futur mari. D'ici six mois, elle deviendrait marquise. *Seigneur !* Le temps allait passer vite.

— Merci, papa et maman. Je ferai de mon mieux pour que vous soyez fiers de moi.

Sa mère lui sourit.

— Oh, ma chérie, vous…

La porte du petit salon s'ouvrit. Vance, le majordome, s'inclina et tendit un plateau en argent.

— Milord, vous avez un message. Deux, même. Envoyés par porteur.

Le comte s'empara des deux billets.

— Ah ! Cela vient d'Earnhurst et de son homme de confiance.

Grégory brisa le sceau de cire qui cachetait la première missive et la déplia.

— Il semblerait que Sa Grâce ait informé lord Duffy de notre arrangement et qu'il ait fait paraître une annonce en pleine page dans le *London Times* ce matin. Vos fiançailles sont désormais officielles, Meg. Et de belle manière.

Hmm. En son for intérieur, Meg se demanda si la nouvelle n'avait pas été officialisée le plus tôt possible pour empêcher lord Duffy – ou elle, peut-être – de se dérober à ce qui ressemblait fâcheusement à un piège.

— Dans le journal d'aujourd'hui ? Je vais aller le chercher, dit-elle en se dirigeant vers la porte.

Mon Dieu ! Son nom, imprimé et associé à celui de lord Duffy et de son père, le duc d'Earnhurst ! Dire qu'à peine vingt minutes plus tôt, elle se préoccupait de savoir si deux plumes d'autruche ne risquaient pas de la faire trop remarquer.

Le journal attendait à sa place habituelle, devant le siège de son père à la table du petit déjeuner. Vance l'avait repassé et déposé bien à plat pour en faciliter la lecture. Tout en observant à la dérobée John, le valet de pied, qui était en train de déposer des tranches de jambon sur la desserte, elle mouilla un doigt et tourna la page.

Seigneur Jésus ! C'était là. Écrit en belles arabesques et imprimé en caractères gras. Un texte qu'on ne pouvait pas manquer ni oublier, encore moins contester. *Pauvre lord Duffy.* Ils étaient piégés l'un et l'autre. Un frisson d'effroi la saisit et elle essaya de se reprendre. Elle avait six mois pour faire sa connaissance, jauger son caractère et décider si elle était d'accord avec son père et le duc d'Earnhurst sur le fait que lord Duffy et elle étaient assortis l'un à l'autre.

S'emparant du journal, elle regagna le petit salon au galop.

— Le voilà ! Je crois que c'est la première fois que je vois mon nom écrit aussi gros. Par contre, j'aurais préféré qu'on écrive Meg plutôt que Margaret. J'ai l'impression d'être une grand-mère quand on m'appelle ainsi.

Comme ses parents ne lui répondaient pas, elle leva les yeux du *London Times*. Le comte tenait une lettre dans chaque main, la mine décomposée. Elle se précipita à ses côtés en lâchant le journal.

— Mon Dieu, qu'est-il arrivé ? Papa ? Maman ?

— Je ne..., bredouilla la comtesse avant de désigner le sofa. Asseyez-vous, ma chérie.

— Qu'est-ce qui ne va pas ? Dites-le-moi, pour l'amour du ciel !

— C'est à cause du second billet, expliqua son père en baissant les mains. Celui qui m'est adressé par l'homme de confiance du duc d'Earnhurst.

— Eh bien, quoi ? Lord Duffy est déjà marié ? Je ne...

— Meg, le duc est mort, lâcha enfin son père. Apparemment, il était malade depuis un moment, même s'il ne m'en a rien dit. Je l'ai trouvé fatigué, mais... Malédiction ! Quelle folie de venir me rejoindre à cheval par ce temps ! J'aurais dû me rendre moi-même à Earnhurst !

Meg s'assit sur le sofa. Elle était à peine fiancée qu'elle perdait son futur beau-père.

— Oh, papa, je suis désolée. S'il n'a rien dit, c'est qu'il ne voulait pas que vous le sachiez. Vous n'avez rien à vous reprocher.

— Dites-lui la suite, intima la comtesse en se laissant choir à son tour sur le sofa.

— Comme vos fiançailles sont désormais officialisées, nous devons respecter l'étiquette. Le mariage aura donc lieu juste après la période de deuil prescrite, dans environ un an. Et…

— Et vous devrez porter le deuil, enchaîna sa mère. Crêpe noir pendant six mois, gris les six mois qui suivront. Vous ne pourrez assister à aucune des réceptions données à Londres. En réalité, je ne vois plus l'intérêt de nous y rendre. Vous… Nous serions enfermées à la maison pendant toute la saison.

La comtesse frissonna.

Meg ouvrit la bouche, mais aucun son n'en sortit. Cela pouvait sembler égoïste, mais sa première pensée fut que c'était l'année de ses dix-huit ans. Elle avait fait une multitude de plans. Certes, ses parents avaient quelque peu modifié ses rêves mais, deux minutes plus tôt, elle s'était vue devenir marquise dans les six mois à venir. Voilà qu'elle s'apprêtait à devenir duchesse d'ici un an, une année pendant laquelle elle n'aurait pas la moindre chance de se faire des amies à Mayfair, ni même d'aller dans la maison familiale, dans Charles Street.

Sa robe de bal et ses plumes d'autruche seraient remisées dans une malle, avec tout ce qu'elle avait été si enthousiasmée et si anxieuse de découvrir. Voilà qu'elle allait devoir se vêtir de noir et rester claquemurée chez elle pendant un an.

— Oh, mais c'est affreux ! murmura-t-elle.

Sa dernière vision avant de s'évanouir fut celle de plumes d'autruche qui lui retombaient sur le visage. Finalement, Clara avait raison : elle avait chaviré.

1

Clara Bosley

Un an et deux jours plus tard

Clara Bosley fit courir son doigt sur la reliure des livres rangés sur l'étagère supérieure de la bibliothèque bien fournie de son petit cottage. Elle connaissait l'emplacement de chacun d'eux, parce qu'elle les avait achetés elle-même et qu'ils étaient devenus de vieux et très chers amis, même ceux qui étaient mal rédigés ou imprimés en tout petits caractères.

— Le voici, dit-elle en sortant un ouvrage et en l'ouvrant. *Les Femmes propriétaires et les femmes en tant que propriétés*, de J.A. Gustling.

— Je n'en veux pas dans mon trousseau, déclara lady Meg Pinwell, sa nièce, en faisant la grimace. Et si mon mari, le Pirate, tombe dessus pendant que les domestiques déballent mes affaires ?

— Eh bien, cela pourrait être le point de départ d'une discussion où vous lui expliqueriez que vous ne voulez pas être traitée comme une esclave ni comme un trophée de pirate dans votre propre maison, ou qu'il doit se tenir à l'écart de vos affaires. Faites-moi confiance, Meg.

— Je vais être duchesse, ma petite tante. S'il essaie de me donner des ordres, j'aurai des domestiques pour les faire exécuter.

Ah, la logique imparable des personnes habituées aux privilèges !

— Hmm. Voyez-vous, il y a certaines choses que vos domestiques ne pourront pas faire à votre place. Remplir vos devoirs conjugaux, par exemple.

Même si elle avait personnellement peu d'expérience en la matière, Clara en savait tout de même assez sur le sujet. Et bien qu'elle ne soit pas cynique au point de déprécier la notion d'amour, tout ce que l'on rangeait dans la catégorie des « devoirs » lui semblait difficilement conciliable avec la notion de liberté.

Dans son dos, Meg soupira.

— Reposez ce livre et venez plutôt bavarder avec moi.

Clara se retourna. Cela lui faisait plaisir de voir Meg porter de nouveau des tenues colorées. Elle-même privilégiait le côté pratique d'un vêtement au lieu de s'en servir comme marqueur social, mais le noir et le gris qu'avait dû porter sa nièce avaient fait ressortir la pâleur de la jeune femme et affecté son humeur. La couleur, avec ce qu'elle véhiculait de vivacité, de chaleur, de gaieté et d'audace, convenait mieux à lady Meg Pinwell et à son tempérament.

— Vous êtes bien sérieuse, tout à coup, fit remarquer Clara. Qu'a donc fait le nouvel Earnhurst ?

Elle alla s'asseoir dans un petit fauteuil confortable près de celui de sa nièce et posa le livre sur la table qui les séparait.

— Ce n'est pas tant cela que... En fait si, mais pas seulement. J'ai essayé de rester confiante et optimiste. Et hier, l'un de ses avocats nous a prévenus que James Clay entendait bien honorer l'engagement pris par son père et m'épouser. Dans six semaines. À Earnhurst Manor.

— Je dois avouer que cela m'étonne un peu.

— Moi aussi. Je veux dire… à en croire les journaux, il n'a même pas assisté à l'enterrement de son père à la cathédrale de Dorchester. Heureusement, papa était tellement contrarié de devoir observer une année de deuil qu'il m'a dispensée d'y assister. Sinon, on m'y aurait vue alors que personne de sa propre famille n'y était. J'aurais eu l'air d'un vautour posté près du cercueil, attendant sa part de la fortune d'Earnhurst. (Elle frissonna.) Que peut bien faire un fils débauché à l'heure où son père est mis en terre ?

Clara tendit la main par-dessus la table pour attraper celle de sa nièce et cacha sa consternation derrière un sourire.

— Avant d'y aller de mon commentaire, qu'attendez-vous de moi ? Je pourrais critiquer le nouveau duc, ou alors vous expliquer qu'il devait probablement être écrasé de chagrin ce jour-là. Ou encore vous dire que, en déclarant aujourd'hui qu'il a l'intention de tenir ses engagements pour ne pas encourir la colère de votre famille et le rejet de ses pairs, il se comporte finalement en gentleman.

Cela fit sourire Meg, comme Clara s'y attendait. Heureusement que son père – le grand-père de Meg – avait désobéi à son épouse en déclarant que sa plus jeune fille serait éduquée comme elle le souhaitait et qu'il se moquait éperdument de ce qu'en pensait la société. Grâce à cela, Clara était mieux armée pour diriger une maison – ou un régiment sur le champ de bataille – que la plupart des hommes. Et plus indépendante que la majorité des femmes. Elle avait également découvert qu'une fois affranchie des liens du mariage il lui était plus facile de critiquer la bêtise des hommes.

— J'aimerais croire qu'il était réellement écrasé de chagrin et qu'il se comporte honorablement en respectant la volonté de son père, dit Meg, mais il ne m'a pas échappé que les rubriques mondaines ont mentionné une partie de pharaon qui aurait duré trois jours durant les funérailles, chez une femme dont la réputation n'est plus à faire. Et je dois aussi préciser qu'il ne m'a pas écrit une seule fois, alors qu'il sait pertinemment que j'ai porté le deuil de son père pendant une année complète et que nous devons nous marier. Je voulais lui écrire, mais je n'y ai pas été autorisée parce que maman a dit que cela passerait pour de l'effronterie.

— Oh, pour l'amour du ciel ! Votre mère est pathétique. Que vous espériez ou non une union romantique, une lettre prouve au moins que l'on fait un effort pour se rapprocher de l'autre. Vous n'avez vraiment rien reçu de sa part ?

— Pas un traître mot.

— C'est affreux ! Vous savez que vous pourriez rompre ? fit Clara. Je dirais même que cela vous en donne le droit. Il est inadmissible qu'il ne vous ait pas écrit.

— Vous plaisantez mais, croyez-moi, je suis tentée de le faire. Je viens de passer un an à lire tous ses exploits dans les journaux, et si le dictionnaire de M. Johnson avait besoin d'une illustration pour l'expression « franche canaille », James Clay aurait le profil rêvé.

Clara lui jeta un regard en coin.

— Vous savez qu'il y a des femmes qui trouveraient follement romantique d'épouser une canaille.

— Il s'agit là d'un mariage arrangé, mais cela ne change rien au fait que je désire épouser un homme respectable, raisonnable, et qui me plaise. Qu'il soit ouvert d'esprit serait la cerise sur le gâteau. Vous savez, j'ai repensé à votre conseil d'épouser un homme disgracieux pour éviter les ennuis. Eh bien, d'après ce que j'ai pu lire, le nouveau duc est loin d'être laid.

Clara songea que cela faisait au moins une personne qui avait pris en compte ses réserves quant à ce mariage.

— Alors, annulez vos fiançailles. Cela fait un an que je vous le répète.

— Je ne l'ai pas oublié, ma chère tante. Mais il y a un autre problème. Si j'annonce à mes parents que je refuse cet arrangement, ils seront furieux, et je serai l'objet de tous les regards, bien plus que s'il n'y avait jamais eu de fiançailles. Je deviendrai celle qui a éconduit un duc avant même d'être présentée à la cour. Devoir faire face à ces difficultés tout en m'efforçant de ne traiter personne d'abruti risque bien de me conduire tout droit à Bedlam[1]. Et alors, nul ne voudra de moi pour épouse.

Clara eut un grognement de mépris.

— Je suis sûre que la plupart des gens vous comprendront, compte tenu de la réputation du nouveau duc.

— C'est encore une autre affaire. Tous mes arguments se basent sur des rumeurs. Le nouveau duc est une fripouille. Il parie des sommes folles. Il est charmant, mais il n'a pas de cœur. (Meg attrapa le livre de Clara et le feuilleta négligemment.) Tout cela, nous le savions déjà. Aussi, cela ne me donne pas une bonne image si je le rejette maintenant avec pour seul motif d'être celui qu'il a toujours été. Nous étions au courant, mes parents et moi, et nous avons décidé que sa réputation n'en faisait pas quelqu'un d'infréquentable.

— Vous pourriez toujours dire que vous espériez qu'il change à partir du moment où son nom se trouvait associé au vôtre, et que cela vous déçoit de constater qu'il n'en est rien. Ou que vous vous

1. Hôpital pour malades mentaux fondé au XVe siècle à Londres, de son vrai nom le Bethlem Royal Hospital.

attendiez à ce qu'il se manifeste auprès de vous pendant la période de deuil et que vous êtes horrifiée de son silence.

Meg secoua la tête.

— J'ignore s'il a oui ou non porté le deuil, mais cette année les journaux ont moins parlé de lui.

— Probablement parce qu'il y avait d'autres personnes intéressantes en ville.

— Clara, cela ne m'aide pas du tout que vous souligniez toutes ces difficultés.

Clara réfléchit à cette dernière remarque. Elle avait été éduquée avec la conviction que tout problème avait sa solution. Il fallait simplement la trouver.

— Alors, si vous refusez de rompre sur la base de rumeurs, je pense que vous devriez aller voir les amis de vos parents qui passent la saison à Londres et qui seraient susceptibles de le connaître. Vous leur poserez directement vos questions.

— Bah ! Si ce sont des amis de mes parents, leurs réponses risquent d'être partiales. Par ailleurs, ils seront bien trop polis pour me dire la vérité si elle est blessante. (Meg posa le livre près de son réticule ; de toute évidence, il finirait par rejoindre le reste de son trousseau dans la malle.) Tout cela est délirant, Clara. Je vous en prie, j'ai besoin de vos conseils !

— Cela fait un an que je m'efforce de vous conseiller, ma chérie. Et vous refusez de rompre vos fiançailles.

— Je le voudrais bien. Mais je ne peux pas le faire sans avoir une preuve indiscutable de son caractère odieux. Et en présentant, de préférence, un nouvel argument que nous ignorions auparavant. Si vous étiez à ma place, que feriez-vous ? À part annuler le mariage, cela va sans dire.

Clara fit la moue, le regard posé sur sa nièce. Elle n'avait que huit ans à la naissance de Meg et elles avaient grandi comme des sœurs. Dès que Meg avait été assez grande pour avoir ses propres opinions, lesquelles témoignaient d'un esprit ouvert, vif et critique, elles étaient devenues inséparables.

— Alors réfléchissons, dit-elle. Résumons votre problème : vous ne savez pas vraiment qui est votre fiancé. Est-ce celui dont parlent les journaux ou un être complètement différent ? Vous ignorez s'il a fait pire que ce que ces torchons racontent sur lui. À cause de cela, vous vous demandez si vous souhaitez passer le restant de vos jours à ses côtés.

— Oui. C'est exactement cela.

— Eh bien, allez le voir !

Meg ouvrit des yeux ronds.

— C'est impossible ! Et puis, il va se méfier. Ce que je veux dire, c'est que... S'il était auparavant désagréable au point qu'aucune femme n'a jamais voulu l'épouser alors qu'il était marquis et promis à devenir duc, aujourd'hui il fera forcément un effort pour être aimable, afin d'être sûr d'obtenir ma main et de s'assurer de ma coopération pour éviter un scandale.

Cela faisait sens. Les gens avaient généralement des excuses toutes prêtes pour expliquer leurs mauvais comportements. Et comment trouver quelqu'un qui aurait l'honnêteté de dire ce qu'il pensait du nouveau duc, et qui le connaîtrait assez bien pour que son opinion soit pertinente ?

— Et si, poursuivit Clara lentement tout en réfléchissant, c'était moi qui allais rendre une petite visite à Sa Grâce ? Il ne me connaît ni d'Ève ni d'Adam et je n'ai pas besoin de lui dévoiler ma véritable identité ni mes liens avec vous.

Meg éclata de rire.

— Mais vous le trouverez antipathique par principe, à cause du statut qu'il a obtenu uniquement parce qu'il est bien né.

— Ne faites pas de moi quelqu'un d'aussi affreux, Meg. Vous savez que je serais franche avec vous.

— Je n'ai pas le moindre doute à ce propos.

Sa nièce la dévisagea un instant. Tout à coup, ses yeux s'écarquillèrent.

— Et si… Non, c'est impossible, chuchota-t-elle avant de presser les doigts sur sa bouche.

— Qu'est-ce qui est impossible ?

— Tout le monde sait que le nouveau duc habite toute l'année à Londres, à Clay House, sauf quand il va retrouver d'autres femmes ailleurs. Nous pourrions nous rendre à Earnhurst Manor, dans le Dorset, sans risquer de le voir débarquer, et interroger les domestiques. Eux le connaissent forcément. Et nous constaterions de nos propres yeux ce que peut m'apporter cette union. Je pourrais me rendre compte par moi-même de ce que valent ses terres et son titre sans être influencée par les rumeurs qui courent à son sujet, et décider en toute connaissance de cause si, oui ou non, je souhaite ce mariage.

Clara, ébahie, regarda sa nièce en songeant que si Joséphine se doutait de ce que sa fille venait de proposer elle s'évanouirait. Puis, lorsqu'elle reprendrait ses esprits, elle éloignerait Meg de Clara jusqu'à la fin de leurs jours.

— Quand nous partirons pour Londres, nous pourrions nous faire passer pour deux dames qui font le tour des grandes propriétés, dit Clara, enthousiasmée malgré tout par la proposition de Meg. S'ils savent qui nous sommes, ils ne nous diront jamais la vérité. Et il faudrait que vous soyez quelqu'un d'assez discret, qui n'attire pas l'attention. Au cas où vous décideriez finalement de vous marier. En d'autres termes, il faudrait vous faire passer pour une domestique.

— Oh, cela me plaît bien ! Très bonne idée, ma chère tante.

— Merci. (Clara fronça les sourcils.) Je me vois dans l'obligation de vous dire que votre mère n'autorisera jamais pareil stratagème, ajouta-t-elle à contrecœur.

— Et si nous lui disions simplement que nous quittons le Devon un peu plus tôt que prévu pour nous rendre à Londres et continuer de préparer mon trousseau ? Ce serait presque la vérité. Earnhurst Manor est quasiment sur la route de Londres. Les quelques heures passées là-bas, sous prétexte de visiter le domaine, m'épargneront peut-être toute une vie de regrets, ou alors elles apaiseront mes inquiétudes. Et ensuite, nous continuerons en direction de Londres et personne n'en saura rien.

— Et que ferez-vous si vous découvrez que le nouveau duc est effectivement un diable et un scélérat ?

Meg inspira profondément et croisa les mains sur ses genoux.

— Dans ce cas, dès que nous arriverons à Londres, j'aurai tous les arguments nécessaires pour écrire à papa et maman et leur dire que je trouve mon fiancé parfaitement haïssable et que ce mariage est impossible. Ils ne pourront pas nier la vérité, une fois que nous leur aurons mis les preuves sous les yeux.

— Mon Dieu ! Votre plan est très audacieux, Meg.

Une jeune femme qui prenait son destin en main en s'assurant que le parti qu'on lui avait réservé correspondait bien à ses propres désirs. Une stratégie logique, hardie, et qui avait le mérite de la préserver de la critique ou du scandale.

— Vous avez mon soutien total, reprit Clara.

— Vraiment ? Vous êtes sûre ? s'écria Meg en battant des mains. Comme vous l'avez suggéré, il vaut mieux que je me présente en tant que domestique, plutôt que d'arriver sous mon nom en posant des questions indiscrètes. Parce que, quoi qu'il arrive, je ne veux pas que ma supercherie arrive aux oreilles d'Earnhurst. Oh ! Vous pourriez être une grande dame, et moi, votre dame de compagnie.

— Excellente idée ! Et si nous décidons de nous déguiser, je voudrais avoir un nom affreux. Comme Thimble. Ou Frumple. Oui, c'est ça. Je serai... lady Sophronia Frumple. Je serai la fille d'un comte, puisque c'est un monde que je connais. Nous réfléchirons plus tard au personnage du comte.

Meg se leva en riant et se mit à tourner en rond.

— J'ai toujours trouvé le prénom Mabel affreux. Alors je serai Mabel. Mabel... comment ?

— Mabel Smith ?

— Non, cela ressemble à un nom inventé de toutes pièces. Oh ! Maman m'a fait lire un livre sur les bonnes manières, l'année dernière. La pauvre malheureuse qui faisait toujours tout de travers s'appelait Mary Gooster. Je serai donc Mabel Gooster.

— Mon Dieu, que c'est laid ! J'adore ! Alors quand partons-nous, Mabel Gooster ?

— Le plus tôt sera le mieux. Jeudi ?

Cela leur laissait deux jours pour faire leurs bagages et partir à Londres en faisant un petit détour par le Dorset, où Clara jouerait à la lady.

— Parfait. Prévenez vos parents. Votre père pourra envoyer un mot pour que Pinwell House soit prête à notre arrivée à Mayfair. N'en parlez surtout à personne, Meg. Sinon, votre mère vous consignera dans votre chambre jusqu'au mariage.

— Il va falloir que je trouve un prétexte pour ne pas emmener Nelly avec moi, déclara Meg, qui faisait référence à sa femme de chambre. Mais je peux la convaincre de simuler une rage de dents ou autre chose. Elle sera sûrement enchantée de ne pas avoir à me coiffer pendant une quinzaine de jours : cela lui offrira un peu de répit. Notre gouvernante à Pinwell House pourra s'occuper de nous deux quand nous serons à Londres.

— Nous pouvons parfaitement nous aider mutuellement, en attendant que les autres nous rejoignent à Mayfair pour la saison, approuva Clara.

— Oh, Clara, nous aurions dû y penser avant ! Cela m'aurait peut-être épargné de porter si longtemps cet affreux crêpe noir.

— Je suis fière de vous, dit Clara. Vous prenez votre avenir en main et vous ne laissez pas les autres décider pour vous.

Meg plongea dans une profonde révérence.

— Oh, merci, lady Sophronia Frumple, déclara-t-elle en pouffant. Et merci d'emmener une infortunée dame de compagnie dans votre grand tour des demeures seigneuriales d'Angleterre.

— Mais je vous en prie, chère Mabel Gooster. Enfin une aventure, il était temps !

Clara serra sa nièce dans ses bras. Elle avait été très préoccupée de voir Meg se marier sans avoir la possibilité de prendre elle-même ses décisions et de choisir son propre avenir.

Leur stratagème, néanmoins, lui permettrait de le faire. Bien qu'espérant secrètement que Meg choisisse le célibat et l'indépendance plutôt qu'un mariage qui la hisserait au rang de duchesse, simplement parce que son père s'était trouvé au bon endroit au bon moment, elle se réjouissait que sa plus chère amie se donne la possibilité de faire un choix – au terme d'une enquête approfondie et raisonnée, comme le demandaient toutes les décisions importantes.

2

James Clay

— Mais c'est une crotte de chien !

James Clay, le nouveau duc d'Earnhurst, repoussa du bout de sa botte bien cirée le petit tas tout sec.

— En effet.

Elliott Riniken observa avec incrédulité les excréments qui avaient l'affront de se trouver dans les vénérables couloirs d'Earnhurst Manor, puis se dirigea vers la fenêtre.

— C'est certainement passé inaperçu dans la confusion qui a suivi la mort de votre père. Comme vous pouvez le constater, poursuivit-il en montrant la vue qui s'offrait à leurs yeux, le jardin est dans un état déplorable, lui aussi.

— Avait-il un chien ? Il en avait un quand j'étais enfant, mais je ne me souviens pas qu'il en ait eu d'autre par la suite.

— Je n'en ai pas connu depuis que je suis ici, Votre Grâce. Voulez-vous me suivre dans le jardin ?

James soupira.

— Alors, c'est probablement un renard. Cela doit faire six mois que cette fenêtre est ouverte.

— Hélas, c'est fort probable car Adam, le majordome, a démissionné voilà six mois.

— Et il n'y a que lui qui sache fermer une fenêtre ? Et les valets de pied ? Les femmes de chambre ? Je sais qu'il y a encore des domestiques ici, car on m'a fait porter du thé et des œufs durs ce matin.

Ignorant l'invitation de Riniken à découvrir les jardins, James se fraya un chemin hors du salon encombré de meubles et regagna le couloir.

Le régisseur de son père, devenu désormais le sien, lui emboîta le pas.

— C'est une vaste demeure, Votre Grâce. Je crois me souvenir que, du temps de votre père, Earnhurst Manor employait jusqu'à trente-sept domestiques.

James était prêt à s'arracher les cheveux ; il bouillait d'exaspération. Il était là depuis trois jours et, si cela continuait comme ça, il serait chauve avant le dimanche suivant.

— Combien en reste-t-il ?

— Sept, Votre Grâce. Moi compris, bien sûr. Mais je n'ai pas compté votre domestique, puisqu'il ne fait pas partie du personnel d'Earnhurst Manor.

— Mon domestique ? Goodfrey ? Un valet de chambre n'est pas là pour assurer le service dans une maison. D'ailleurs, il ne sait même pas cuisiner.

— C'est bien ce que je disais.

James entendait presque le whisky l'appeler depuis la pièce voisine. Il fallait qu'il boive de toute urgence.

— Vous allez évidemment me dire que vous m'aviez prévenu du départ massif du personnel il y a plusieurs mois et que je n'ai rien fait.

— Vous avez répondu à ma lettre.

— Vraiment ? Et que vous ai-je donc répondu ?

— Je crois aux bienfaits d'un comportement courtois, Votre Grâce. Je m'abstiendrai donc de répéter ce que vous m'avez écrit. J'ajouterai que je suis incapable de me prêter physiquement à ce que vous suggériez dans votre courrier.

Ah ! James se faisait à présent une idée plus précise de ce qu'il avait pu lui écrire.

— Très bien. Vous avez marqué un point, Riniken. Je suis un très mauvais duc. Nous le savons tous les deux. Si vous le voulez bien, cessons ce genre d'inspection qui mène droit à des métaphores scatologiques.

Le régisseur esquissa une petite courbette.

— Je ferai de mon mieux même si, dans nos précédentes correspondances, je ne peux pas dire que vous ayez répondu à mes requêtes pourtant très explicites, ni à mes questions.

James lui jeta un regard en biais.

— Comment se fait-il que je ne vous aie pas congédié ?

— Parce que vous n'avez pas la moindre idée des difficultés que rencontre le domaine et que vous ne sauriez pas y remédier.

Riniken avait évidemment raison, mais cela ne rendait pas ses reproches plus faciles à supporter.

— Vous n'avez pas tort. Je pense que je vais vous garder à mon service jusqu'à ce que vous m'ayez mis au courant de tout, et ensuite je vous renverrai.

— Comme il vous plaira, Votre Grâce, répondit le régisseur en inclinant la tête. J'attends ce jour avec impatience mais, d'ici là, je vous fournirai la liste des travaux nécessaires ou du moins fortement recommandés, le nombre de postes vacants parmi le personnel, la quantité d'argenterie et de vaisselle manquante, l'inventaire des meubles cassés, la quantité de chevaux dont vous avez besoin dans vos écuries pour assurer l'utilisation du carrosse, du cabriolet et du phaéton, les…

— Stop ! s'exclama James en brandissant l'index devant Riniken et en lui tournant le dos. (Il en avait les oreilles qui bourdonnaient.) Vous savez ce qu'il faut faire ici. Alors occupez-vous-en, pour l'amour du ciel ! Moi, je vais de ce pas inspecter la cave.

Il y serait plus tranquille et n'aurait plus sous les yeux l'état catastrophique des lieux où il venait de mettre le pied. *Bonjour, vous êtes désormais le nouveau duc d'Earnhurst. À propos, vos biens et vos finances sont dans un état lamentable. Mes condoléances et... félicitations !*

— Mais tout cela vous appartient, Votre Grâce, déclara le régisseur en croisant les bras sur sa large poitrine. (Riniken était bâti comme un tonneau, tout en muscles.) Pas à moi. Comme je vous l'ai déjà dit, je suis ici pour exécuter vos ordres. Pas pour prendre des décisions à votre place.

— Parfois, le terme « antipathique » s'avère insuffisant pour exprimer les sentiments que vous m'inspirez, Riniken.

L'homme hocha la tête.

— Votre père m'aimait bien. Mais je ne suis pas là pour devenir votre ami, Votre Grâce.

— Dieu merci ! Et je suis bien conscient que mon père aurait préféré que vous soyez son fils. Moi aussi, d'ailleurs.

À la pensée de toutes ces lettres qu'il n'avait pas voulu ouvrir et dont il ne s'était jamais soucié, il avait le tournis.

— Votre père n'a jamais rien dit de tel en ma présence. Malgré votre... obstination, il vous aimait beaucoup, jusqu'à la fin.

— Oui, il m'aimait tellement qu'il a arrangé un mariage sans me demander mon avis, ni même se renseigner pour savoir si je n'avais pas déjà trouvé une demoiselle avec laquelle je souhaitais passer le restant de mes jours.

L'homme qui le suivait en boitant marqua une pause imperceptible avant de poursuivre sa marche.

— Auriez-vous préféré quelqu'un d'autre ?

— Il est un peu tard, non ? Lady Margaret Pinwell. Ce nom me fait penser à une grand-mère qui louche et qui n'a aucune cervelle.

— Au dire de son père, elle n'a pas encore vingt ans, Votre Grâce. Et elle a observé le deuil complet de votre père depuis un an. Elle n'a pas assisté aux funérailles, ce dont je ne saurais la blâmer puisque vous n'y étiez pas non plus, mais elle a respecté ses engagements. Ce que je trouve admirable.

James n'apprécia guère cette allusion au fait qu'il avait manqué à ses devoirs alors que lady Margaret, elle, s'y était pliée.

— C'est vous qui le dites. J'ai pour ma part porté du noir pendant six mois. Et du gris les six mois suivants.

— J'ai entendu dire que vous aimiez vous habiller en noir, de toute façon.

— Oui, mais je déteste le gris.

James jeta un coup d'œil par-dessus son épaule en direction de son régisseur. Il n'était pas beaucoup plus âgé que lui. Elliott Riniken avait quarante et un ans, et lui en aurait trente à la fin de l'été. Mais ils étaient séparés par bien plus que ces onze années.

Riniken avait été au service du précédent duc d'Earnhurst aux Indes et dans d'autres endroits en Orient, et il avait même pris une balle pour protéger Richard Clay. Il en avait gardé une claudication prononcée, le projectile ayant dû se loger dans son genou. James aussi avait été visé plusieurs fois par une arme à feu mais, pour autant, personne ne le considérait comme un héros car ceux qui lui avaient tiré dessus étaient les époux des nombreuses femmes avec lesquelles on le soupçonnait, à tort ou à raison, d'avoir eu des familiarités.

— Nous n'avons pas besoin d'être amis, Votre Grâce, mais il faut que nous restaurions Earnhurst Manor avant de vous y accueillir, vous et votre future épouse, et pour que vous puissiez recevoir vos invités lors du mariage. Ils seront là dans six semaines. Il serait donc judicieux que vous preniez des décisions, au lieu de vous focaliser sur des crottes de renard.

— Pourtant, je n'ai pas fini de vous montrer ce qui ne va pas. À vrai dire, je me focalise pour le moment sur la cave ; je vais m'y rendre et l'inspecter de fond en comble. Allez donc dresser vos listes. Je m'en servirai pour allumer mes cigares.

Les mâchoires de Riniken se crispèrent.

— Comme vous voudrez, Votre Grâce. Je serai dans le bureau. Si toutes vos vérifications et vos dégustations de vin vous laissent un peu de temps, Randall et Timothy, le premier et le second valet – vos uniques valets, à vrai dire –, attendent vos consignes dans le salon. On leur a demandé de déplacer les meubles pour changer les fenêtres. Si vous êtes toujours d'accord pour les faire remplacer.

— Devrais-je l'être ?

— Deux sont cassées et il y a une fuite par la troisième. Vous avez ordonné de faire changer les carreaux juste après votre arrivée.

— Ah ! Était-ce l'un des papiers que vous m'avez fait signer avant votre éventuel départ ?

Il crut entendre un petit soupir.

— Oui, Votre Grâce. Afin de ne pas prendre de retard en ce qui concerne les dégâts matériels déjà constatés, je vous avais demandé de prendre une décision.

— Très bien. Alors allez-y.

Au cours des trois jours qui venaient de s'écouler, James avait entendu beaucoup de soupirs. C'étaient parfois les siens parce que, de toute évidence, son père était sérieux quand il lui avait déclaré six ans plus tôt, dans une longue missive, qu'à compter de cette date le vieux duc ne serait plus qu'un invité dans sa propre maison et que James était désormais chargé de l'entretien de la demeure, des terres et des dépendances. Il y avait vu une nouvelle manipulation de son père pour essayer de le faire revenir à Earnhurst Manor. Alors il n'en avait pas tenu compte, comme il l'avait fait pour la plupart de ses lettres. Heureusement qu'il avait lu celle-ci. Sinon, il aurait cru s'être trompé de propriété quand il avait débarqué dans cette ruine en début de semaine.

Par Belzébuth ! Richard Clay avait laissé sa demeure se détériorer pendant qu'il envoyait lettre sur lettre à Londres pour supplier son fils de prendre en charge son héritage et ses responsabilités. Certes, le vieux duc était malade depuis un moment, et bien plus mal en point que ne le croyait son fils, et les domestiques avaient probablement dû rechigner à lui annoncer les mauvaises nouvelles, comme celle du toit de la salle de musique qui s'était effondré. Le résultat, c'était que la maison était dans un état déplorable. Impardonnable. En plus du désastre de la salle de musique, la toiture fuyait dans cinq des chambres à l'étage, et la galerie des portraits et quasiment l'intégralité du manoir avaient besoin d'un bon coup de peinture, tout comme la façade extérieure. Et il n'avait pas le courage de pousser plus loin son exploration.

Mais l'état de la demeure ne représentait qu'une partie du problème. Le vieux duc n'avait pas réglé leurs gages aux domestiques pendant au moins six mois, parce que l'un de ses banquiers londoniens avait disparu avec les fonds qui y étaient alloués. Il avait dérobé de l'argent après avoir falsifié et presque mis le feu à ses livres de comptes. En conséquence, les trois quarts du personnel avaient pris leurs cliques et leurs claques, en emportant pour la plupart divers biens d'Earnhurst pour compenser l'absence de gages.

Rien de tout cela ne lui était imputable, mais il se retrouvait à devoir en assumer les conséquences.

Certes, il aurait pu – il aurait dû – quitter Londres plus tôt pour reprendre les rênes du domaine après la mort de son père, mais il avait commencé par observer une année de deuil, complet au début et partiel ensuite, puis il n'en avait plus eu envie. Son meilleur souvenir des lieux était aussi le dernier : il avait quatorze ans et on l'envoyait à Cambridge. Il n'était jamais revenu par la suite.

Mais il n'était plus le marquis de Duffy, et il ne pouvait plus continuer à prétendre que rien n'avait changé. Il était désormais le duc d'Earnhurst et, comme il s'apprêtait à quitter ses vêtements de deuil, la réalité s'était imposée à lui : il allait se marier d'ici six semaines. À Earnhurst Manor.

S'il avait davantage prêté attention aux courriers rébarbatifs de Riniken qui, depuis six ans, arrivaient avec régularité deux fois par semaine à Clay House, il aurait pu décider de se marier plutôt à la cathédrale St Paul, mais son père avait supervisé l'accord des fiançailles et manifesté le souhait que son fils se marie à Earnhurst Manor, et voilà que ces maudits desiderata faisaient désormais office d'ultimes volontés.

Voilà pourquoi il se retrouvait au beau milieu d'une immense demeure délabrée avec des fenêtres cassées ou qui fuyaient, des peintures écaillées, amputée de certains de ses meubles et bibelots, avec des toits percés, une pénurie de domestiques, des écuries à moitié vides, un parc à l'abandon et un régisseur qui semblait le détester cordialement – sentiment qu'il lui rendait bien.

Sans se soucier de l'air horrifié de la cuisinière, il traversa les cuisines, s'empara d'un bougeoir et continua en direction de la porte située au fond à gauche. Il dépassa la chambre froide et descendit les marches qui menaient à la cave voûtée en pierre. Les innombrables rangées de bouteilles de vin et autres alcools l'avaient accueilli à son arrivée, et c'était le seul endroit de la maison où il se sentait bien. Du sol au plafond, la poussière recouvrait tout et surtout les bouteilles, et quand la flamme de sa bougie effleura une toile d'araignée qui pendait à la porte, il y eut des étincelles et la toile se consuma comme les filaments d'un feu d'artifice.

James s'immobilisa pour contempler les lieux. Il connaissait la cave ; il s'y réfugiait enfant pour fuir ses nourrice et précepteur. Une fois, il y avait fumé un cigare dérobé dans le bureau de son père et avait été malade. Aujourd'hui, au moins, il pouvait savourer son butin sans vomir tripes et boyaux.

Il tendit la main vers la première rangée de bouteilles, en choisit une au hasard et la fit glisser vers lui. De la poussière recouvrait l'étiquette et il tira son mouchoir de sa poche pour l'essuyer. C'était un vin français, rouge, bien sûr : le vin qu'aimait son père. Un vin qui avait été mis en bouteille quarante et un ans plus tôt, onze ans avant sa naissance. *Parfait !*

— C'est prometteur, murmura-t-il en prenant un tire-bouchon sur une table voisine.

Les trois verres posés à côté du tire-bouchon étaient rendus opaques par la poussière et, quand il eut enlevé le bouchon, il essuya le goulot de la bouteille avec son mouchoir. Puis, sans respecter la tradition qui voulait qu'on laisse le vin respirer avant d'être versé, il la porta à ses lèvres et en but une longue rasade.

— Oh ! Mais... c'est divin !

Et il avala une autre gorgée.

Le vieux duc aurait dû avoir honte de garder un tel nectar enfoui au fond de sa cave. L'avantage, c'était que celle-ci et tout ce qu'elle recelait étaient intacts. Vu l'état de la maison, il s'en félicitait.

— Bravo, fit-il comme s'il s'adressait à la cave elle-même.

Il se laissa tomber sur une chaise poussiéreuse et mit les pieds sur la table avant de prendre une fois de plus la bouteille.

Tout en buvant, il remarqua que, dans le fouillis autour de lui, il y avait beaucoup d'emplacements vides. Il en conclut que des membres du personnel mécontents étaient passés par là – à commencer par l'ancien sommelier – et qu'ils avaient dû se servir. Au temps de son père, les bouteilles manquantes auraient été remplacées par de nouvelles sélections.

Il ne lui déplaisait pas de veiller à la composition de la cave. Il se releva et épousseta les étiquettes des bouteilles qui se trouvaient devant lui ; c'était une opération délicate, qu'il n'aurait confiée à personne. On lui avait souvent fait remarquer qu'il aurait fait un excellent sommelier. En réalité, il se serait bien vu duc de la cave, et seulement de cela. Cette idée réussit à lui arracher un sourire.

Mais cet intermède ne pouvait durer éternellement. Il allait se retrouver pieds et poings liés d'ici six semaines. Peut-être lady Margaret Pinwell savait-elle diriger une maison ; elle pourrait ainsi s'occuper des tâches quotidiennes pendant que lui s'installerait au cellier. Le domaine de son père, Brundon Hall, était petit comparé à Earnhurst Manor. Et comme sa mère était encore en vie, il était vraisemblable que lady Margaret avait encore moins d'expérience que lui dans la gestion d'un domaine, même si son nom lui évoquait une vieille bique à perruque.

Marié, lui ! Sapristi ! Il ne s'y faisait pas. Bien sûr, au fond de lui-même, il savait qu'il devrait un jour se retrouver entravé par les chaînes du mariage, tout comme il devrait recevoir un jour ou l'autre le titre d'Earnhurst, à moins que son père ne mette pour une fois sa menace à exécution et le déshérite. Mais cela ne s'était pas produit, et voilà qu'à vingt-neuf ans il s'était retrouvé duc. Aujourd'hui, un an plus tard, il comprenait que son père avait enfin trouvé un moyen de le ramener au bercail, même si le vieil homme avait dû mourir pour y parvenir.

Ôtant sa redingote bleue pour ne pas salir ses manches, il poursuivit sa tâche, prenant le temps de déguster par-ci par-là quelques échantillons de son stock. Quand son mouchoir fut gris de poussière, il défit sa cravate pour s'en servir, tout en songeant que Goodfrey aurait une attaque en voyant l'état de ses vêtements. Si cela pouvait au moins lui permettre de tenir Riniken à distance, le temps de calmer ses envies de meurtre, ce serait déjà ça.

— Votre Grâce ? (La voix résonna dans le couloir.) Vous êtes en bas ?

— Non, grommela-t-il avant de s'éclaircir la voix. Oui. Laissez-moi.

— Je… c'est-à-dire, Randall et moi avons débarrassé les tables dans le petit salon, et nous avons mis le sofa et la table d'appoint au milieu de la pièce. M. Riniken suggère de faire repeindre la pièce tant qu'elle est vide. Mais il ne m'a rien dit au sujet des tableaux accrochés aux murs ni des meubles restants, et nous n'avons pas de peinture. Dois-je…

Ah oui, ces travaux inventés par Riniken pour l'obliger à s'investir dans la maison. *Pitoyable.*

— Je constate que ma présence est indispensable, je vais remonter, l'interrompit James en finissant la bouteille presque vide qu'il tenait à la main et en la posant sur la table à côté des deux autres qu'il avait vidées durant son inspection de la cave.

De bons crus, toutes les trois. Il en prenait bonne note.

Il se releva, tenta de garder l'équilibre en s'appuyant sur la table, puis il essuya la poussière de ses doigts avec sa cravate désormais fichue. Sale travail que celui de duc !

De retour au rez-de-chaussée, il se dirigea vers le salon situé du côté de la façade. On avait décroché les rideaux et repoussé les meubles loin des fenêtres abîmées. La lumière avait tout loisir de pénétrer dans la pièce et la couleur jaune soufre des murs jadis vert pâle n'était guère engageante. En écartant légèrement le bas d'un des innombrables tableaux, on voyait nettement la marque plus sombre qu'avait laissée le cadre sur le mur.

— Fichtre, oui ! Repeignez-moi cette pièce, ordonna-t-il.

— Très bien, Votre Grâce, fit le plus jeune des deux valets en s'inclinant. Où faut-il que nous rangions les tableaux et les meubles ?

Si son rôle devait seulement consister à conseiller les domestiques au sujet des meubles, il se sentait plutôt qualifié.

— Mettez-les au centre de la pièce, empilez-les au besoin, dit-il en donnant l'exemple, attrapant une table basse qu'il plaça pieds en l'air sur le sofa jaune et vert. Quant aux tableaux, déplacez-les dans la grande salle à manger pour le moment.

— Ne portez rien, Votre Grâce !

L'autre valet, qui avait l'air deux fois plus vieux que Mathusalem, déplaça de quelques centimètres une chaise placée devant un petit secrétaire avant de s'y appuyer, tout essoufflé.

— Certes, mais je ne vais pas rester là à vous regarder faire.

James décrocha un tableau du mur et le tendit au vieux valet.

— Tenez. Dans la salle à manger. Faites bien attention à ma chère arrière-grand-mère Agatha. Elle souffrait des genoux.

— Je me souviens d'elle, Votre Grâce.

En le regardant bien, le vieux valet lui était effectivement familier. Il paraissait déjà très vieux quinze ans auparavant, quand James vivait encore sous ce toit. Diantre, Randall devait probablement servir son thé à la vieille Agatha en son temps.

Un coup résonna à la porte d'entrée alors que James décrochait deux autres tableaux représentant un chien et un cheval. Il ignorait le nom du chien, qu'il avait probablement dû connaître enfant. Mais c'étaient les peintures équestres qu'il avait toujours préférées, et il reconnaissait ce magnifique étalon bai : c'était celui de son arrière-grand-père, qui s'appelait Bucéphale, comme le cheval d'Alexandre le Grand.

Il entendit frapper une deuxième fois.

— Pour l'amour du ciel, marmonna-t-il en glissant le tableau sous son bras et en se dirigeant d'un pas courroucé vers le hall.

Il y avait dans cette demeure six domestiques, un régisseur et son propre valet de chambre, et personne n'était fichu d'aller ouvrir cette maudite porte d'entrée !

— Qu'est-ce que c'est ? demanda-t-il en ouvrant la porte en grand et en sortant sur le perron.

Il cligna des yeux. Deux jeunes femmes se tenaient devant lui et, l'espace d'un instant, il crut qu'il avait accepté d'organiser une réception et que cela lui était ensuite complètement sorti de la tête. En manches de chemise et le col ouvert, il ne portait pas vraiment la tenue adéquate, mais ces jeunes femmes, elles, étaient très élégantes.

En fait, non, rectifia-t-il intérieurement. Seulement l'une des deux. La plus grande portait une robe violette qui aurait davantage convenu pour un grand bal que pour… il ne savait quoi. *Bigre !* Elle scintillait presque sous le soleil. La plus petite était vêtue très simplement d'une robe de voyage jaune pâle qui correspondait mieux aux circonstances. Au moins sa robe ne l'éblouissait-elle pas, comme celle de l'autre femme. Il en avait presque les larmes aux yeux. La jeune fille elle-même, ses cheveux noirs sagement rangés sous une capeline en paille et les yeux bleus comme le ciel du Dorset, ne lui blessait pas la vue non plus.

— Bonjour, dit-il en souriant à cette dernière.

— Détournez tout de suite vos yeux de ma compagne, ordonna la femme en violet en faisant mine de lui planter le bout de son ombrelle, violette elle aussi, dans le pied.

— Vous-même n'êtes pas si désagréable à regarder, concéda James. Malgré votre accoutrement de paon.

— Juste ciel ! Est-ce une manière d'accueillir des visiteuses qui frappent à la porte d'une grande demeure ? Je suis lady Sophronia Frumple, et je ne me laisserai pas insulter par un majordome qui n'a même pas pris la peine d'enfiler sa redingote !

Tiens donc, voilà qu'il était le majordome, à présent. Cela allait de mal en pis.

— J'étais en train de faire quelque chose de très important, rétorqua James en se demandant tout de même si ce n'était pas une hallucination.

Les deux femmes étaient indéniablement jolies mais, si ç'avait été un rêve, elles auraient été dénudées. Surtout la brune, celle à la robe jaune, même si elle n'était que la compagne de la femme en violet.

— Que désirez-vous ? Vous avez dit que vous vous appeliez Frumple ? Je n'oserais même pas appeler mon chien Frumple. Ni Sophronia, d'ailleurs.

— Puis...

— Un puits ? Il y en a un près des écuries. Allez donc vous servir.

Et il commença à refermer la porte.

La jeune femme en jaune glissa son pied dans l'embrasure de la porte et il entrevit fugacement une ravissante cheville.

— Je vous en prie, dit-elle avec un accent qui trahissait un certain niveau d'éducation. Ma maîtresse, lady Sophronia Frumple, est la fille du comte de Hollister. Nous nous rendons à Londres, et ma maîtresse en profite pour visiter tous les grands domaines sur notre route. Elle désirait voir le château d'Earnhurst et on nous a dit à l'auberge du village que la propriété était ouverte.

Des touristes. James releva les yeux de l'ourlet de sa robe et cala plus commodément le portrait de Bucéphale sous son bras. Cela aussi faisait partie de sa nouvelle vie ? Recevoir des étrangers qui venaient visiter et estimer ses biens ? Et, parce qu'il avait négligé sa toilette, accepter que le nouveau duc d'Earnhurst endosse le rôle de majordome ?

— Pouvons-nous entrer ? insista la femme en violet en donnant un nouveau coup d'ombrelle.

Elle allait finir par casser cet objet ridicule, si elle n'y prenait pas garde. Il s'étonna de ne pas connaître cette jolie aristocrate, fille de comte, car il était presque certain d'avoir dansé avec toutes ces pimbêches. Cette lady Sophronia portait des vêtements qui paraissaient... démodés, comme s'ils avaient appartenu à sa mère. Les volants et la couleur de cette robe avec son chapeau assorti ne la mettaient pas à son avantage et lui donnaient un air un peu ridicule. Il l'avait qualifiée de « paon », et c'était le mot juste. Quant à sa compagne, plus petite, elle ressemblait à un petit serin avec son plumage jaune. Deux oiseaux qui s'étaient posés sur le pas de sa porte.

James redressa les épaules. C'étaient deux oiseaux, et lui était un majordome. Or il connaissait un coq particulièrement combatif qui nichait à l'heure actuelle dans *son* bureau et qui établissait des listes – des listes interminables de tâches que James était censé approuver et faire exécuter.

— Une visite, tiens donc ? Mais pourquoi pas ? fit-il en s'effaçant pour les laisser passer. Entrez donc. Je vais vous conduire au duc.

Les femmes échangèrent un regard.

— Le duc d'Earnhurst est là ? Nous le croyions à Londres, déclara lady Sophronia Frumple en posant une main gantée de violet sur sa jolie poitrine serrée dans un corsage en dentelle de la même couleur.

— Non, il est ici. Il est arrivé il y a trois jours. Il adore recevoir des invités. Suivez-moi.

3

Elliott Riniken

Elliott Riniken termina la liste des postes non pourvus pour les tâches domestiques, les écuries et l'entretien des jardins, puis il s'appuya contre le dossier de son fauteuil et s'étira. Un effectif de trente-sept domestiques avait peut-être été excessif, même pour une demeure de cette taille, mais la santé déclinante de Richard Clay avait justifié les embauches supplémentaires car, sur la fin, il avait presque constamment besoin de quelqu'un auprès de lui.

Earnhurst Manor accueillait désormais un duc jeune et vigoureux. Les écuries allaient se remplir et les visiteurs viendraient pour des séjours plus ou moins longs. Sa Grâce allait devoir s'investir dans la paroisse et d'autres activités caritatives, et il serait amené à rencontrer régulièrement les commerçants et les fermiers du coin. Compte tenu de tout cela, Elliott avait calculé qu'un personnel de vingt-cinq à trente personnes à plein temps suffirait. La maison avait largement la capacité de les loger et, au-dessus des écuries, il y avait encore de quoi héberger une dizaine de palefreniers et garçons d'écurie. Le chiffre lui paraissait donc raisonnable et adapté.

Elliott refréna un autre soupir, attrapa une nouvelle feuille de papier et trempa sa plume dans l'encrier. L'encre était épaisse et affreusement grumeleuse.

Il aurait pu descendre au village pour acheter une nouvelle bouteille – c'était l'affaire de vingt minutes – mais, depuis un an, il s'y refusait.

En réalité, cela faisait un an qu'il assistait au lent déclin d'Earnhurst Manor et qu'il n'avait rien fait. Bien sûr, chaque matin, il avait presque dû s'attacher à son fauteuil pour s'empêcher d'intervenir, mais Richard Clay avait été intraitable : James Clay devait prendre les rênes de la propriété et endosser ses responsabilités. Dans l'esprit du vieux duc, si son fils était dans l'incapacité de faire son devoir ou s'il s'y dérobait, le domaine et tous ceux qui y vivaient seraient en danger.

Pendant des mois, Elliott avait écrit lettre sur lettre à James, le suppliant de venir à Earnhurst avant que son père meure, et il avait fini par se demander si le jeune homme était même capable de s'habiller seul – ce qui augurait mal de la reprise d'un duché.

Sur sa feuille de papier, il recensa en détail les dommages spécifiques et les points de vétusté de la maison, ainsi que les travaux qu'il fallait immédiatement entreprendre ou prévoir à moyen terme, y compris les fenêtres, la rampe branlante du grand escalier, les marches abîmées, la fuite dans le toit du salon de l'aile ouest, le plafond écroulé de la salle de musique, les moisissures qui envahissaient la bibliothèque ou le mauvais état général de la toiture.

Ensuite venaient les réparations conseillées, comme la réfection de toutes les peintures intérieures et extérieures de la maison. Le grand jardin était devenu une jungle impénétrable et, dans la demeure, tentures et papiers peints démodés faisaient piètre mine. Il fallait changer les meubles et les tapis dans les pièces où les plafonds avaient fuité, et la liste s'allongeait indéfiniment…

Une troisième feuille inventoriait le nombre de fermiers, le rendement moyen des récoltes et des loyers, les diverses activités des artisans installés dans le village de Remiton, sur les terres d'Earnhurst, ainsi que d'autres détails mineurs concernant le domaine que le duc avait besoin de connaître et qu'il ignorait vraisemblablement. Il aurait pu se dire qu'il agissait de façon magnanime en essayant ainsi d'aider le jeune homme à endosser ses fonctions, mais il ne se leurrait pas : il voulait surtout éviter que l'héritage du vieux duc soit terni par les innombrables faux pas que James Clay s'apprêtait à commettre – à supposer qu'il entreprenne quoi que ce soit.

En utilisant une feuille de papier pour chacun des sujets, il espérait que Sa Grâce ait plus de mal à les détruire toutes. *Hmm...* Elliott sortit d'autres feuillets du tiroir de son bureau et se mit à en faire des copies. Il n'était pas non plus complètement idiot. En ce qui concernait l'avenir d'Earnhurst Manor, sa vision et celle de James étaient diamétralement opposées. Pour le moment. Et peut-être à jamais.

— Votre Grâce, déclara soudainement James Clay en faisant irruption dans le bureau, permettez-moi de vous présenter lady Sophronia, fille du comte de Hollister. Lady Sophronia, voici James Clay, le sulfureux duc d'Earnhurst. Madame et sa dame de compagnie sont ici pour visiter le domaine, et j'ai pensé que vous feriez, en tant que duc, un bien meilleur guide que moi, qui ne suis que majordome. Votre Grâce, si vous voulez bien m'excuser...

Sur ces mots, le duc d'Earnhurst s'inclina et les quitta.

Elliott le suivit du regard, ébahi. *Que diable ?* Il lui fallut quelques secondes pour remarquer les deux femmes, qui le dévisageaient comme s'il était affublé d'un faux nez. Il se leva. *Très bien.* Il allait donc ce matin prendre la place du duc. C'était assez inattendu, mais lui au moins s'efforcerait d'être à la hauteur.

— Lady Sophronia. Je vous prie de m'excuser, mais nous ne recevons pas de visites en ce moment, commença-t-il tout en se demandant pourquoi le vrai duc ne s'était pas débarrassé d'elles de la même manière.

Il se promit de lui poser la question plus tard. Une de plus.

La plus grande des deux femmes, qui portait une toilette violette surmontée d'un immense chapeau de la même couleur sur ses boucles châtain clair un peu en désordre, fit une révérence. Elle fut imitée quelques secondes plus tard par sa compagne, une jeune femme brune vêtue d'une robe plus modeste et coiffée d'une capeline en paille. Toutes les deux le regardaient intensément. Lui se retenait de les dévisager de la même façon, et surtout de prendre ses jambes à son cou.

James Clay était passé maître dans l'art d'éluder ses responsabilités, mais là, il battait tous les records. En tant qu'héritier d'un duché temporairement hypothéqué, Elliott se demandait quelle impression ridicule il pouvait bien donner. Il était régisseur, certes. Ancien soldat, aussi. Mais duc ? Comment pouvait-on imaginer une chose pareille ?

— Je vous demande pardon, Votre Grâce, dit la femme la mieux habillée avec un sourire trop épanoui pour être sincère. Loin de nous l'intention de vous déranger. Les journaux vous disaient encore à Londres et il se trouve que je passais dans les parages, alors je n'ai pas pu résister. Votre domaine jouit d'une telle réputation !

— J'étais encore à Londres il y a trois jours, mentit Elliott en ignorant le compliment qui, d'une part, ne lui était pas destiné et, d'autre part, ne s'appliquait plus à Earnhurst depuis au moins quatre ou cinq ans.

Et je crains que vous ne voyiez pas ma demeure sous son meilleur jour. J'ai été très négligent, voyez-vous, expliqua-t-il avec un coup d'œil vers la porte ouverte en espérant que Sa Grâce l'entendrait. C'est sans doute dû en grande partie à mon manque d'empressement à accomplir mon devoir.

— Je... je ne sais que vous répondre, bredouilla lady Sophronia, dont le sourire se figea tandis qu'elle lançait un regard à sa compagne.

La jeune femme brune paraissait effondrée.

Il fallait reconnaître que sa réponse avait été un peu cinglante, mais il retenait ces paroles depuis longtemps. Elliott haussa les épaules.

— Mais me voici désormais dans le Dorset, reprit-il, plus conciliant. Alors il va bien falloir que je m'occupe de l'état de mon... euh... de mes biens.

— Je suis ravie de l'entendre, répliqua la lady dont le sourire contraint ressemblait plus à une grimace. Je dois avouer que nous avons trouvé l'allée assez mal... entretenue. J'ai manqué tomber sur le plancher de ma voiture, alors que ses suspensions sont en bon état.

Son nez se plissa d'une manière tout à fait charmante. Sous son énorme chapeau violet, la teinte de ses cheveux oscillait entre le blond foncé et le châtain clair. Pour un cheval, on aurait parlé d'une robe « isabelle », mais Elliott songea qu'il n'existait pas d'adjectif pour qualifier cette couleur de cheveux. Caramel, peut-être. Ou ambre doré. Ses yeux verts soutenaient les siens sans ciller, ce qui le surprit. Il avait remarqué que la plupart des gens n'osaient pas faire baisser les yeux à un duc. Du moins, dans le cas précis du duc d'Earnhurst.

Mais pourquoi fronçait-elle les sourcils ? *Ah oui !* Elle s'était plainte du mauvais état de l'allée.

— En effet, dit-il. Je vais mettre l'entretien de l'allée sur la liste des travaux à prévoir. Merci de me le rappeler. Dans six semaines, un mariage doit avoir lieu ici, et il n'est pas question que nos invités se rompent le cou ni que leurs voitures y laissent un essieu.

En réalité, si James Clay avait finalement quitté Londres pour le Dorset, c'était évidemment parce qu'il fallait remettre Earnhurst en état avant le mariage. Ces explications n'étaient donc pas si éloignées de la réalité. Néanmoins, cette lady était ici pour visiter, et non pour colporter des ragots aux oreilles de ses congénères à Londres, même si elle ne manquerait pas de glaner des informations si l'occasion se présentait.

La réticence d'Elliott à alimenter les commérages n'effaçait pas l'exaspération qu'il éprouvait depuis cinq ans à cause de l'attitude de James Clay. Il avait même menacé ce dernier de démissionner d'ici la fin de la semaine pour le faire sortir de Londres. Cet ultimatum n'avait fonctionné que parce que l'imminence d'un mariage planait également sur le nouveau duc. L'organisation monumentale que cela requérait atténuait d'ailleurs les avertissements de James Clay quant au renvoi du régisseur : tous deux savaient que, sans Elliott Riniken, jamais le duc ne réussirait à remettre en état sa demeure en temps voulu.

— J'avais effectivement entendu dire qu'il y avait un mariage en vue. Toutes mes félicitations.

— Merci.

Pourvu qu'elle ne lui demande pas son avis sur la future mariée. Pour lui, lady Margaret Pinwell n'était qu'un nom lié à un arrangement qu'il entendait faire respecter en l'absence de Richard Clay, quoi qu'en pense son fils.

Lady Sophronia continuait à le dévisager comme si elle espérait obtenir d'autres informations.

— Nous ne voudrions surtout pas vous soustraire à vos devoirs, Votre Grâce, dit-elle en inclinant de nouveau son grand chapeau. Mais serait-il possible de visiter rapidement votre demeure ? Nous avons cru comprendre à l'auberge du village que le domaine était ouvert aux visiteurs une partie de l'année.

— Le patron de l'auberge est mal renseigné.

Autrefois, la propriété avait bel et bien été ouverte aux visiteurs presque toute l'année et tout le monde en faisait l'éloge. Les visites avaient cessé à la mort de Richard Clay mais, comme la période de deuil officielle venait de s'achever, Elliott comprenait la réponse de l'aubergiste.

— Oh, mon Dieu ! se désola lady Sophronia. J'habite dans le Devon et je me rends à Londres. En chemin, j'en profite pour visiter les grandes propriétés du pays. Hier, j'étais dans le Somerset. La visite d'Earnhurst Manor devait être le point d'orgue de mon voyage.

Il n'avait vraiment pas besoin d'une distraction pour le détourner des efforts qu'il déployait pour ramener le duc d'Earnhurst à ses responsabilités. Six semaines étaient un délai diablement court pour reconstruire une ruine et, si lady Margaret Pinwell et sa famille voyaient le domaine dans cet état, elles annuleraient les fiançailles. Alors, ni lui ni James n'auraient accompli les dernières volontés de Richard Clay, duc d'Earnhurst, et c'était tout bonnement... inenvisageable.

— Je..., commença-t-il.

— Nous n'avons pas besoin d'être accompagnées, précisa lady Sophronia, même si je suis convaincue que Votre Grâce aurait certainement un éclairage personnel à apporter.

La plus jeune des deux femmes lui parut curieusement mal à l'aise.

— Lady Sophronia, si nous dérangeons, peut-être devrions-nous éviter de...

— Mais pas du tout, répondit-il malgré lui.

Le véritable duc d'Earnhurst n'avait pas voulu se déranger. Il avait aussi trop bu, visiblement. Mais James avait lui-même décrété qu'il n'était plus duc pour les quelques heures à venir. Peut-être Elliott réussirait-il à glisser une ou deux remarques acerbes en direction du jeune homme pour l'obliger à se bouger un peu. S'il échouait, eh bien, il aurait au moins réussi à exprimer sa frustration à voix haute et cela lui éviterait, *à lui*, de faire une crise d'apoplexie.

— Bien entendu, je vais vous faire visiter la maison. J'en serai ravi.

— Oh ! Fantastique !

— Commençons par l'étage, et ensuite nous redescendrons. Si vous voulez bien me suivre, milady.

— Mais bien volontiers, acquiesça lady Sophronia en posant une main sur le bras qu'il lui offrait.

Elle le tenait fermement, ce qui lui plut. Il n'avait guère eu l'occasion d'escorter des dames de la haute société, mais il lui était arrivé de voir des ladies glisser et tomber, simplement parce qu'elles faisaient trop de manières et ne s'appuyaient pas correctement sur le bras de leur cavalier. C'était pourtant à cela que servaient ces fichues manières, non ?

— Puis-je vous demander votre nom de famille ? s'enquit-il. Je ne connais pas le comte de Hollister.

Elle haussa un sourcil, avec une gracieuse mimique qui lui donna une expression à la fois étonnée, amusée et légèrement sceptique. *Quel regard !* Il faillit lui en faire compliment, avant de se rappeler que James devait recevoir des regards similaires à longueur de journée.

— Il se trouve que, dernièrement, j'ai passé beaucoup de temps à Londres, continua-t-il en se rendant compte que sa seule expérience du beau monde se résumait à ses rencontres avec les aristocrates invités par Richard Clay à séjourner à Earnhurst Manor. Mais je ne crois pas avoir croisé votre père.

— Mon père préfère la campagne, concéda lady Sophronia, qui commençait à se détendre. Mon nom de famille est Frumple.

Quel nom bizarre !

— Lady Sophronia Frumple, répéta-t-il. Je suis ravi de faire votre connaissance.

— Le plaisir est partagé.

Comme ils s'arrêtaient au pied de l'escalier principal, la jeune femme qui les suivait se cogna contre sa maîtresse, qui sursauta légèrement.

— Et je vous présente ma dame de compagnie, Mabel Gooster.

Encore un nom à coucher dehors !

— Mademoiselle Mabel, salua-t-il en inclinant la tête, à peu près certain qu'un duc n'aurait jamais prêté attention à une domestique d'une autre maisonnée.

Bah ! Il jouerait son rôle de duc pendant une bonne heure ; cela lui permettrait de juger de la réaction des pairs de James face à l'état de la propriété, et cela pourrait aussi lui servir d'argument. Ensuite, il se débarrasserait de ces deux jolies jeunes femmes avant l'heure du thé.

Ils gravirent les marches et il jeta un nouveau regard à la fille du comte.

— Restez près du mur, conseilla-t-il. La rampe n'est pas sûre, par endroits.

— Comment se fait-il qu'à Earnhurst la rampe d'escalier soit défaillante ? interrogea lady Sophronia en posant un index sur l'acajou recouvert de poussière, qui s'affaissa légèrement. Vous devez posséder un millier d'acres, non ? Cela doit vous procurer des revenus enviables.

— En effet, lady Sophronia, nous... hum... je possède exactement mille acres de terres. Avez-vous cité ce chiffre par hasard ou êtes-vous allée vérifier sur place ?

La lady émit un petit raclement de gorge très peu aristocratique.

— Je vous ai dit que je visitais toutes les grandes propriétés de la région. La vôtre fait partie des plus belles, non seulement dans le Dorset mais aussi dans toute l'Angleterre.

— Elle l'était encore il y a quatre ou cinq ans, déclara Elliott en fronçant les sourcils.

Elle serait restée un bijou si James avait pris la peine de se réconcilier avec son père, s'il était revenu chez lui et avait pris les choses en main – bref, s'il avait fait ce qu'Elliott s'était évertué à lui demander. Même après avoir hérité, le nouveau duc d'Earnhurst avait préféré jouer aux cartes plutôt que considérer ses supplications, et il avait même frôlé l'indécence en se rendant à des soirées et des dîners mondains, au lieu de respecter le deuil strict qu'exigeait le décès d'un parent proche.

En réalité, songea Elliott, pourquoi diable se donnait-il tant de mal pour protéger la réputation du nouveau duc ? C'était à Richard Clay qu'il avait fait allégeance. Pas à son voyou de fils.

— Mon... Mon père était plus malade que je ne le pensais, poursuivit-il en apercevant le duc qui transportait une chaise dans le vestibule. (*Hmm*. Il avait dû perdre un pari avec l'un des valets.) J'aurais dû revenir sur le domaine et reprendre les choses en main, mais je suis d'un tempérament frivole, hélas. Aux yeux de certains, je pourrais presque passer pour une canaille.

— Vous ne devriez pas avoir une aussi piètre opinion de vous-même, objecta lady Sophronia en se dirigeant avec lui vers la salle de bal. Chacun porte son deuil comme il l'entend. Et vous êtes ici, maintenant.

— En effet. Et nous verrons si j'ai vraiment envie de m'atteler ou non à cette tâche.

— Vous hésitez ? (Haussant de nouveau un sourcil, la lady lança un regard à sa dame de compagnie.) Vous y avez tout intérêt. Surtout avec un mariage en perspective.

— Tout cela me retient loin de Londres et de la vie si agréable que j'y menais. Je suis amateur de bon vin, vous savez, et avec qui voulez-vous que je joue aux cartes dans ce trou perdu ? Les gens sont tellement rustres à la campagne. (À l'étage en dessous, il entendit James jurer. *Parfait !*) Je vais être franc avec vous : je suis ivre à l'heure où je vous parle. Je ne suis vraiment qu'une affreuse canaille.

— Votre Grâce, vous ne devriez pas dire...

— Vous avez là-bas la salle de billard, et voici la salle de musique, l'interrompit-il. Nous avons trois salons au premier étage : le premier se trouve à votre droite, et celui-ci donne sur l'étang avec, au fond, deux folies en vis-à-vis. La vue était jadis époustouflante. (Il vit la jeune femme à la robe jaune pousser la porte de la salle de musique.) Si j'étais vous, je n'irais pas dans cette pièce. Le toit s'est...

— Effondré, acheva-t-elle en pâlissant. Et le piano est hors d'usage. (Elle referma la porte.) Milady, peut-être devrions-nous...

— Je suis sûre que vous plaisantez, Votre Grâce, intervint sa maîtresse. Il faut effectuer ces réparations.

— Oui, j'aurais déjà dû me mettre au travail, n'est-ce pas ?

Le vrai duc d'Earnhurst toussota en haut de l'escalier. Ah ! Il les avait donc suivis, mû par un sentiment d'orgueil fort bienvenu en la circonstance.

— Votre Grâce, déclara James Clay, voulez-vous que je prenne la suite de la visite ? Vous avez trop bu, sans compter le reste.

Elliott le renvoya d'un geste de la main, tout en reconnaissant que sa réaction était mesquine. Parfois, quand un homme avait trop pris sur lui, sa volonté finissait par se fissurer. Et cela pouvait prendre la forme d'une confession.

— Ne soyez pas ridicule, James. Cela fait du bien d'avoir un public averti. Je commence à apprécier l'exercice.

— Sa Grâce exagère, bien entendu, dit James en se tournant vers les deux dames avec un sourire contraint et néanmoins aimable.

Il était vrai que James Clay avait toujours l'air aimable. Grand, beau, charmeur, la rumeur disait que le nouveau duc était toujours accueilli à bras ouverts dans les maisons et les soirées de Mayfair, ainsi que dans les chambres à coucher de tous les cœurs à prendre. Au grand désespoir de son défunt père, le Pirate était à la hauteur de son surnom et, bien qu'il ressemble en tous points à un héritier de bonne famille, il se comportait exactement à l'inverse.

— Vous trouvez que j'exagère ? demanda Elliott d'une voix douce. Je vous en prie, éclairez-moi.

— Oui, bien sûr. Sa Grâce s'est retrouvée tout à coup avec d'énormes responsabilités sur les épaules, et fort dépourvue d'instructions quant à ses futurs devoirs.

— Certes, mais cela fait plus de cinq ans que je sais qu'Earnhurst se détériore. Toute personne dotée d'un minimum de sens des responsabilités serait venue remplir ses devoirs bien avant aujourd'hui, et pourtant je suis resté à Londres, à boire et à jouer. Le jeu est une passion chez moi, lady Sophronia.

Les yeux du vrai duc s'étrécirent.

— Vous ne devriez pas vous juger si sévèrement, Votre Grâce, dit-il. Si...

— Je ne me sens pas bien, lâcha soudain la jeune Mabel Gooster.

Lady Sophronia abandonna immédiatement le bras d'Elliott et fit volte-face vers sa dame de compagnie.

— Mon Dieu ! Que...

— Allons-nous-en !

La main sur la bouche, la jeune femme rebroussa chemin et se précipita vers l'escalier, sa maîtresse sur les talons.

— Meg... euh... Mabel, c'est encore votre migraine ? fit lady Sophronia en attrapant ses jupons dans sa hâte de la suivre.

James se plaqua sur le côté pour laisser passer les deux femmes, tel un matador esquivant la charge d'un taureau.

Il était inconvenant pour un homme, fût-il duc et soi-disant ivre, de ne rien faire devant une jeune femme en détresse, si bien qu'Elliott Riniken leur emboîta le pas aussi vite que le lui permettait son fichu genou.

En haut des marches, Mabel s'accrocha à la rampe d'escalier, qui choisit cet instant précis pour céder. Elle tituba un instant, se jeta en arrière pour s'écarter du bord, trébucha et dévala une demi-douzaine de marches avant de tomber à plat ventre sur le palier. Sa robe jaune lui passa par-dessus la tête, son chapeau pendait sur une oreille tandis qu'une de ses chaussures continuait à dégringoler les marches.

— Oh, non ! hurla lady Sophronia d'une voix aiguë en rejoignant prudemment sa dame de compagnie.

Que diable ! La rambarde était en piteux état, mais tout de même ! James fut le plus rapide et se précipita dans l'escalier. Il dépassa Elliott et lady Sophronia, enjamba la dame de compagnie et s'accroupit pour se mettre au niveau de la jeune femme, prostrée.

— Vous êtes toujours en vie ? demanda-t-il en remettant sa robe à l'endroit avec plus de délicatesse qu'Elliott ne s'y attendait.

Il avait visiblement une grande expérience en matière de toilettes féminines.

La jeune femme souleva la tête pour le regarder et le vrai duc repoussa son chapeau qui lui tombait sur le nez.

— Je crois que je me suis fait mal au pied, dit-elle.

— Aidez-la à se relever ! ordonna lady Sophronia.

Elle commença à retrousser ses manches, puis s'arrêta brusquement et se mit à agiter les mains comme un oiseau effrayé.

— Ne la bougez pas, cria Elliott en se faufilant derrière la femme en violet.

S'approchant, il avait vu que le pied de la jeune fille était coincé entre deux balustres qui subsistaient encore de la rampe d'escalier. Elle avait eu de la chance d'être retenue dans sa chute. Sinon, elle aurait pu tomber tête la première et atterrir dans le vestibule.

— Je ne la bouge pas, fit James. Mais on ne peut pas la laisser sur le palier. On risquerait de trébucher sur elle.

Elliott s'agenouilla près d'elle.

— Pardonnez-moi, mademoiselle Mabel, mais je vais devoir vous attraper le pied. Il est coincé entre deux balustres.

— Faites, je vous en prie, répondit-elle en posant la tête sur ses bras croisés. Je n'ai aucune envie de rester là et de me faire piétiner.

Se déplaçant sur le côté pour éviter de s'allonger sur elle, Elliott saisit son pied et sa cheville. Il constata que les deux paraissaient déjà enflés et il les déplaça avec précaution, avant de l'encourager à plier le genou afin de pouvoir la libérer.

— Je ne suis pas médecin, dit-il, mais je crois que vous avez une cheville foulée.

Il leva les yeux et croisa le regard de James. Puisque le nouveau duc était responsable de tout ce gâchis, il fallait bien qu'il en assume les conséquences.

— James, dites à Timothy d'aller aux écuries pour envoyer Robert chercher le Dr Grimsby.

— Oui, faites-le tout de suite ! renchérit lady Sophronia en agitant impérieusement la main vers James tout en se penchant sur sa suivante. Vous m'entendez, ma chère ?

— Je me suis fait mal à la cheville, pas aux oreilles, rétorqua sa dame de compagnie en la fusillant du regard.

Elle dut s'apercevoir du regard interloqué d'Elliott, car elle se reprit tout de suite et se hâta d'ajouter :

— Oh, milady, je vous demande pardon ! La douleur me fait perdre la tête.

— Mais bien entendu, Mabel. Ne vous inquiétez pas pour ça. Je vous en prie, Votre Grâce, aidez-la à se redresser. Et allongeons-la sur un lit.

Elliott ressentit un élancement au genou à la seule perspective d'avoir à se relever, qui plus est en portant la jeune femme.

— Je...

— Je m'en occupe, Votre Grâce, intervint James en faisant preuve d'une prévenance inattendue, ou peut-être incapable de résister à l'envie de prendre une jeune femme dans ses bras. Vous avez trop bu.

Sans montrer le moindre signe d'effort, il mit la jeune femme sur le dos et la souleva.

Elle poussa un cri perçant.

— Je vous en prie, monsieur ! Vous auriez pu me prévenir, avant de me ballotter comme une poupée de chiffon.

Le véritable duc d'Earnhurst baissa les yeux.

— J'en prends note, mademoiselle Mabel. Mabel comment ?

— Gooster.

— Nom d'une pipe, quel nom !

— Eh bien, c'est ainsi. Vous avez bu, vous aussi ? demanda-t-elle en nouant les bras autour de son cou tandis qu'ils remontaient l'escalier. Vous sentez le vin.

— Ah bon ? J'ai dû en répandre sur moi à la cave, pendant que j'essayais d'arracher une bouteille des mains de Sa Grâce.

Comme lady Sophronia semblait bouleversée par la chute de sa dame de compagnie, Elliott ignora sa pique et lui offrit de nouveau son bras.

— Nous allons immédiatement faire venir le médecin, milady, dit-il en essayant de se montrer rassurant. Non, James, pas dans cette pièce. Dans la chambre verte. La deuxième à droite.

C'était *sa* chambre, mais il ne voulait pas entendre les commentaires horrifiés de lady Sophronia à la vue des meubles recouverts de housses, des tablettes de cheminée poussiéreuses et du désordre qui régnait dans les autres chambres inutilisées. Dieu sait qu'ils avaient déjà fait bien mauvaise impression, et il y avait largement contribué. *Enfer et damnation !*

— Qui est-ce ? demanda à voix basse Sophronia en désignant James. Il nous a reçues fort grossièrement. Il nous a presque refermé la porte au nez. Et il sent l'alcool, contrairement à vous.

La lady était maligne. Ils avaient de la chance qu'elle n'ait pas deviné la supercherie. Aucun noble ne tolérerait qu'un subalterne se fasse passer pour un duc, quelles que soient les circonstances. Si la cheville de la jeune fille était seulement tuméfiée, elles pourraient repartir sans s'apercevoir de rien, mais ils frôlaient le désastre de si près qu'il en était un peu ébranlé.

— Ah. C'est... James... Riniken. Mon majordome, improvisa-t-il. Une nouvelle recrue.

James déposa Mlle Mabel sur le lit en faisant preuve de plus de délicatesse qu'Elliott ne l'aurait cru, compte tenu du comportement erratique qu'il avait eu depuis son arrivée à Earnhurst Manor.

— Bon. Maintenant, faisons le nécessaire pour aller chercher le médecin, Votre Grâce, dit-il en regardant Elliott à la dérobée.

C'était une bonne chose. Le duc avait l'air de se rendre compte lui aussi qu'il les avait mis dans une situation délicate.

— Envoyez Timothy prévenir Robert aux écuries, répéta Elliott.

— Je m'en charge, Votre Grâce. Ce sera plus rapide.

Ce serait effectivement le cas, mais James disait sans doute cela parce qu'il ignorait qui était Timothy. Elliott garda pour lui cette réflexion tandis que le duc sortait de la chambre et se dirigeait vers l'escalier.

— Mademoiselle Mabel, il faudrait vous enlever votre soulier, dit le régisseur en s'approchant du lit. Je suis prêt à le faire ou je peux demander à lady Sophronia de s'en charger, si vous jugez cela plus convenable.

— Lady Sophronia, pouvez-vous le faire, s'il vous plaît ? demanda la jeune femme en se haussant sur les coudes pour contempler ses pieds. Cela me fait mal... Oh ! J'ai perdu mon autre soulier.

— Il est en bas, dans le vestibule, où je suis très heureux que vous n'ayez pas atterri vous aussi.

Lady Sophronia se laissa tomber au bout du lit.

— Oh, mon Dieu ! Votre cheville est tout enflée ! Votre pied aussi. Je ne suis pas sûre de réussir à enlever votre soulier.

Elliott s'éclaircit la voix.

— Il le faut, hélas. J'ai l'habitude de ce genre de situation.

La cheville de la dame de compagnie virait déjà au bleu et au noir, signe indiscutable d'une vilaine entorse.

Lady Sophronia attrapa le soulier marron et essaya de faire glisser le talon. Comme la jeune femme étouffait un cri, sa maîtresse émit un claquement de langue compatissant et leva les mains. Elliott ne les connaissait pas, mais cette lady Sophronia semblait être une âme généreuse et charitable. Il en avait vu, des dames de compagnie et des servantes renvoyées pour n'avoir pas conservé un visage impassible en toutes circonstances, et pourtant cette grande dame était assise là et veillait sur sa propre domestique qui s'était fait mal.

— Bon, nous n'y arriverons pas, déclara-t-elle en se rasseyant. Votre Grâce, auriez-vous un couteau ?

— Vous n'allez tout de même pas me couper le pied ! protesta Mabel en se redressant vivement.

— C'est pour découper votre chaussure, répliqua Sophronia en tendant une main vers Elliott. Votre Grâce ? insista-t-elle.

Il ignorait si les ducs avaient l'habitude de se promener avec un couteau sur eux. Richard Clay en possédait un, mais il avait été général dans l'armée. Quant à lui, eh bien, il avait servi comme sergent pendant des années, et il était duc depuis seulement une petite heure. Elliott se pencha et tira de sa botte la lame courte et courbée qui y était dissimulée.

— Faites attention, dit-il en posant le manche sur la paume de lady Sophronia. Il est tranchant.

— J'espère bien, commenta cette dernière.

Adroitement, elle découpa la boucle du soulier, puis les deux côtés. Quelques secondes plus tard, elle avait libéré le pied et laissé tomber le soulier par terre.

— Oh ! Je me sens déjà beaucoup mieux, lâcha Mlle Mabel en se laissant retomber sur le dos avec un gémissement. Ça va aller, j'en suis sûre.

Sophronia rendit le couteau à Elliott en le lui présentant par le manche.

— Bel objet, observa-t-elle. Il appartenait à un Gurkha, n'est-ce pas ?

Très surpris qu'elle connaisse l'origine de cette arme, il acquiesça tout en la rangeant dans sa cachette.

— Oui, tout à fait. C'est un khukuri.

— Vous avez donc été au Népal ?

Cette femme s'y connaissait en couteaux et en géographie. Et elle savait également tenir une arme blanche. *Hmm.*

— Ainsi qu'aux Indes, et partout où couvaient des conflits.

Elle releva les sourcils.

— Et vous êtes duc ? Cela me paraît dangereux.

Malédiction ! Il n'aurait pas dû en parler.

— Tout le monde a intérêt à vivre dans un monde pacifié, y compris les ducs, dit-il, citant l'une des phrases favorites de Richard Clay.

— Je suis bien d'accord avec vous. Mon père aussi était militaire. Je…

— Milady, l'interrompit sa compagne, puis-je vous dire un mot en privé ?

Elliott se secoua.

— Ah ! Je descends. Je vais attendre le Dr Grimsby en bas.

Il s'en alla en se demandant pourquoi cette lady, qui savait reconnaître au premier coup d'œil un couteau népalais et qui s'occupait sans hésitation d'une blessure, portait une robe aussi sophistiquée pour visiter une maison soi-disant inoccupée.

4

Meg Pinwell

Dès que le duc d'Earnhurst eut quitté la pièce, Clara se hâta de fermer la porte.

— Juste ciel ! Meg, pensez-vous que ce soit grave ? chuchota-t-elle en revenant précipitamment vers le lit pour regarder de plus près la cheville endolorie.

— Je m'en moque éperdument, Clara. Nous avons commis une énorme bourde en venant ici.

Ses yeux se remplirent de larmes, qu'elle essuya d'un revers de main. Comment avaient-elles pu être aussi stupides ?

— Vous vous posiez des questions. Nous sommes en train de découvrir les réponses, répliqua Clara d'un ton détaché. Bon. À mon avis, vous souffrez d'une fracture ou d'une mauvaise entorse. Si vous voulez partir, je peux vous fabriquer une attelle. Mais si nous devons poursuivre notre enquête, je suis censée être une aristocrate ne sachant rien faire de ses dix doigts, sinon les agiter en l'air, et nous devrons attendre le médecin.

— Je n'ai aucune envie de rester ici, mais je ne veux pas non plus d'une attelle fabriquée avec les montants du lit.

Clara était très dégourdie, et pourtant elle pouvait parfois se montrer extravagante. Cette combinaison la rendait attachante mais totalement imprévisible.

Sa tante émit un petit rire.

— Les montants du lit ? Quelle idée ! Alors que nous avons sous la main une chaise en parfait état.

— Mais c'est bien là le problème, non ? Rien n'est solide, ici. Tout tombe en ruine. Y compris le duc. Vous avez vu comme il est vieux ?

Tandis qu'elle parlait, une larme coula sur sa joue et contre son oreille, la faisant frissonner.

— Il est loin de ressembler à l'image que je m'en faisais, commenta Clara en s'asseyant avec précaution au bord du lit.

— Loin d'y ressembler ? Il est vieux – bien plus que prévu – et il se dépeint lui-même comme un ivrogne et une canaille. Et, pour couronner le tout, cette maison est cauchemardesque ! Je refuse catégoriquement d'épouser cet homme.

— Je dois admettre que les premières impressions ne sont pas... idéales.

— En plus, nous pensions qu'il était richissime mais, en voyant l'état de la demeure, je suis sûre que c'est surtout ma dot qui l'intéresse. Pas moi. Jamais papa ne me vendrait en échange d'un titre, pour l'amour du ciel !

— Je suis sûre que ce n'est pas...

— Si ce beau garçon mal élevé ne m'avait pas installée dans cette chambre, l'interrompit Meg en s'efforçant de parler à voix basse pour ne pas les trahir, j'étais prête à ramper sur les coudes jusqu'à la porte d'entrée pour me sauver de cet endroit.

Si elle noircissait un peu le tableau, il fallait reconnaître que la situation n'était pas rose. Le duc était censé être à Londres. Et il ne ressemblait en rien à l'homme qu'elle s'était imaginé. Si les gens l'avaient surnommé le Pirate, c'était qu'il avait... un charme sulfureux et une prestance, ce qui ne correspondait nullement à la silhouette trapue et puissante de leur hôte, à ses cheveux bruns coupés court comme ceux d'un soldat, ni à la moustache en brosse, sévère et peu avenante, qui lui barrait le visage.

Le duc ressemblait davantage à une armoire à glace qu'à un boucanier écumant les salons ; il était solide, un peu guindé, et une certaine patine due à l'âge et à l'expérience prouvait qu'il avait roulé sa bosse. Elle s'était fourvoyée en lisant les journaux, ou alors ceux-ci s'étaient laissé influencer par son rang et son pouvoir, car en le voyant elle lui aurait plutôt donné la quarantaine, alors qu'elle avait pensé qu'il avait dix ans de moins.

Elle avait frémi en l'entendant se vanter d'être un ivrogne, un joueur et une fripouille sans états d'âme. Comment une femme respectable pourrait-elle songer à épouser un tel homme ?

Sa tante lui saisit la main.

— Il est vrai qu'Earnhurst Manor ressemble plus à un tas de pierres qu'au bijou dont on nous avait parlé, ma chère. Mais le duc sort d'une année de deuil, comme vous. Peut-être la situation lui a-t-elle échappé ?

— Pardon, mais est-ce bien vous qui me parlez ? Qu'est devenue la vraie Clara ? souffla Meg en essayant de bouger sa cheville, abandonnant immédiatement quand la douleur irradia de ses orteils jusqu'à son genou. C'est bien vous qui me répétez toujours qu'une femme peut parfaitement se passer d'un homme. Qui ne dissimulez pas votre mépris pour les familles qui troquent leurs titres contre de l'argent. Qui m'avez harcelée toute l'année pour que j'annule mes fiançailles. C'est d'ailleurs la raison pour laquelle nous cherchions à réunir des preuves tangibles. Preuves que j'estime avoir trouvées.

— J'en suis bien consciente, Meg, dit Clara en grimaçant. Il m'a simplement donné l'impression de… déplorer la situation. Vous ne trouvez pas ?

— Non !

— Eh bien moi, oui. Quoi que nous en pensions, votre décision va engager toute votre existence. Nous devons mener un examen minutieux. Il y a une logique à tout ; il faut simplement découvrir de quoi il retourne. Votre chute peut servir de déclencheur et le convaincre de changer ses manières pour remettre de l'ordre dans sa vie.

— Et après ? Vous comptez lui révéler nos véritables identités ? s'écria Meg en essuyant ses larmes d'un revers de bras. Il n'était pas censé se trouver ici ! S'il n'avait pas été là, j'aurais pu vérifier par moi-même l'état déplorable de sa demeure, faire parler un peu les domestiques au sujet de leur maître, de sa propension à boire et de l'état de ses finances. Je serais rentrée chez moi sans avoir eu besoin de le rencontrer.

— Je pense au contraire qu'il est bon que vous l'ayez vu. Une rencontre en chair et en os vaut mieux que les ragots des domestiques.

— Quand bien même je déciderais de l'épouser, il m'a vue travestie en servante ! Il ne me pardonnera jamais ce mensonge. Mon Dieu, nous nous sommes mises dans de beaux draps ! s'exclama Meg en frissonnant.

Et dire que, pendant un instant, quand la porte d'entrée s'était ouverte sur ce grand homme mince en manches de chemise et à la tignasse brune ébouriffée, elle avait… Enfin, sa première impression n'avait pas été désagréable.

— Ma chère, l'expérience m'a appris que les grands de ce monde ne perdent ni leur temps ni leur énergie à mémoriser les visages des domestiques. À vrai dire, personne ne fait attention à eux. C'est d'ailleurs la raison pour laquelle vous avez opté pour ce déguisement. Enfilez une de vos jolies robes et relevez vos cheveux en vous mettant un peu de rouge aux joues, et je parie qu'il vous prendra pour la reine Charlotte.

Meg réfléchit un moment à ce que disait sa tante. Il lui avait paru audacieux de se présenter sans y être invitée chez son futur époux dans une tenue on ne peut plus simple : robe, chaussures, chapeau, chignon, tout était sobre et elle n'était pas fardée. Mais, à présent, cela lui paraissait plus improvisé qu'autre chose. Elle n'avait plus qu'un seul désir : s'enfuir avant que la vérité n'éclate au grand jour. Le seul aspect positif de cette aventure, c'était que son déguisement de servante pourrait peut-être la sauver de l'embarras si elle venait à recroiser le duc.

— Je serais excessivement heureuse de ne jamais avoir à tester cette éventualité, marmonna-t-elle en se demandant si l'escalier de service situé à l'arrière de la maison était plus solide que celui dans lequel elle avait failli perdre la vie. Nous partirons dès que le médecin aura soigné ma cheville. Après quoi, nous rentrerons à la maison. Il faut que mes parents me tirent de cette situation, puisque ce sont eux qui m'y ont placée.

— C'est envisageable, même si cela ne paraît pas très... courageux de fuir sans donner d'explications. Après tout, vous n'avez rien fait de mal !

Meg leva les yeux vers sa tante et meilleure amie.

— Je manque peut-être de courage, mais nous ne sommes pas là pour prendre d'assaut la Bastille ! Et si, j'ai fait quelque chose de répréhensible. J'ai... nous avons menti pour pouvoir entrer dans cette maison. Voilà pourquoi il me paraît raisonnable de cacher la vraie raison de notre présence.

— Ce n'est pas faux.

— Il y a une autre raison logique à mon plan, poursuivit Meg qui, reconnaissant l'expression butée de Clara, savait qu'elle devait utiliser le plus possible les mots « logique » et « raisonnable » – les préférés de sa tante. Comme je pense qu'il court surtout après ma dot, il me semble judicieux de quitter les lieux sans révéler ma véritable identité. Nous n'avons qu'un allié ici, notre cocher, et Wilson ne fera pas le poids face à l'armée de domestiques du duc.

Clara se leva.

— Je suis d'accord. Nous sommes effectivement en position de faiblesse, déclara-t-elle en frappant du poing sur une table. Quelle barbe !

— Je ne suis d'ailleurs pas certaine que le duc ait toute sa tête, continua Meg. Qui fait la liste de ses torts devant des étrangères ? Et s'il est fou, mieux vaut ne pas l'affronter directement.

— Il avait effectivement un comportement étrange, admit Clara en se dirigeant vers la fenêtre d'un air pensif. Cela n'avait aucun sens pour moi, mais cela devait en avoir pour lui, à moins qu'il ne soit vraiment dérangé. Mais si les journaux se sont tous empressés de relayer ses parties de cartes, ses conquêtes féminines et ses beuveries, ils n'ont en revanche jamais parlé de démence. Pour moi, il y a là un mystère que je n'ai pas encore résolu, car s'il était vraiment fou, les commérages iraient bon train. Ce carreau ne tient plus, observa-t-elle en tapotant sur la vitre. Et le jardin est… hideux. On dirait une gigantesque taupinière.

Si le désir d'éclaircir ce mystère était la raison qui empêchait sa tante, habituellement si curieuse, d'affronter directement le duc d'Earnhurst, tant mieux. Meg, quant à elle, voulait simplement éviter cette confrontation. Du moins tant qu'elle se trouvait – ou plutôt qu'elle gisait – sous son toit.

— C'est entendu, alors. Nous garderons le silence jusqu'à ce que nous soyons en sécurité à Brundon Hall ou Pinwell House.

— Oui, oui. Vous ne faites que conforter ce que je m'escrime à vous démontrer : les femmes sont plus raisonnables que les hommes.

Dieu soit loué, l'affaire était réglée. Plus vite elles s'échapperaient de ce cauchemar, mieux ce serait. Meg s'étira sur le lit moelleux.

— Je dois avouer que je ne me sens pas très raisonnable en ce moment, reconnut-elle. Je suis tombée dans l'escalier, ma jupe est passée par-dessus ma tête. Et je suis persuadée que le beau garçon qui m'a relevée était aussi soûl que le duc.

— C'est le majordome, selon Sa Grâce. Il vient de prendre ses fonctions.

— Alors je dois me réjouir qu'il soit jeune et musclé, même s'il a l'air de sortir tout droit d'une maison close, à en juger par la désinvolture avec laquelle il a remis de l'ordre dans ma toilette et m'a prise dans ses bras. Il m'a soulevée dans les airs comme un vulgaire sac de pommes de terre. Ou de plumes, dirais-je plutôt, puisqu'il a déclaré que j'étais légère comme un moineau.

C'était d'ailleurs assez gentil, réflexion faite, même si elle n'avait pas particulièrement apprécié d'être comparée à un moineau.

— En effet, acquiesça Clara avant de se mettre à rire. Et maintenant que vous vous êtes rangée du côté des domestiques, vous trouvez à redire à tout dans cette maison. Vous avez très bien joué, ma chère.

— Un instant, protesta Meg en se haussant de nouveau sur les coudes. Nous sommes venues ici à la recherche de preuves justifiant la rupture de mes fiançailles. Qu'il s'agisse de l'état déplorable de la maison ou de ce vieux duc moustachu qui confesse avec délectation tous ses péchés, je crois que nous y sommes, non ? Cette expédition a donc été couronnée de succès, mais espérons que je n'y laisse pas une jambe. (Elle fronça les sourcils.) Oh, mon Dieu ! Et si je m'étais fracturé la cheville pour de bon ? Je ne pourrais pas danser cette saison. Encore une année fichue, et toujours à cause de ce sale bonhomme !

Clara la dévisagea.

— Cet accident n'était évidemment pas le but de l'opération. Et j'applaudis votre résolution de ne pas vous marier et de prendre en main votre avenir, tout comme votre lucidité face à une alliance inacceptable qui risque de vous entraver pour le restant de vos jours.

— N'est-il pas néanmoins étrange qu'au premier abord j'ai presque eu envie de la trouver acceptable ? La campagne est tellement belle, par ici.

— Hmm. Comme l'homme qui nous a ouvert la porte ?

— Clara…

Un beau majordome ne suffirait pas à lui rendre Earnhurst acceptable.

— Je relève tout de même que dans vos plans ne figurait pas une rencontre avec votre fiancé. Finalement, je pense que c'est une bonne chose. Parce que, à présent, vous n'avez plus à vous décider en fonction de rumeurs et de ragots, et en plus vous avez la possibilité de partir sans avoir eu à l'affronter.

— Oui, mais on en revient à votre accusation de lâcheté.

Peut-être que dès le départ, elle s'était dit que le nouveau duc d'Earnhurst ne ferait jamais un époux acceptable, mais elle avait essayé de se raisonner. Or, elle aurait été stupide de se lier à un homme qui se targuait de sa propre inconduite, alors qu'elle-même avait du mal à tenir sa langue. Il ne ferait qu'amplifier ses propres défauts. Devenir une duchesse dont on rit sous cape ne ferait pas honneur à ses parents. Et de toutes les manières, quand les gens sauraient qu'il l'avait épousée pour son argent, ce serait dix fois pire.

Meg prit une grande inspiration.

— Je crois tout de même que je vais accepter de passer pour une lâche, puisque maintenant nous sommes fixées. Je suis prête à payer le prix d'une entorse en échange de la vérité sur le malheur éternel que me réservait ce mariage.

— Accordé, décréta fermement Clara.

— Et dire qu'en arrivant dans cette maison, j'avais peur de commettre un impair ! Dieu merci, tout s'est passé sans accroc.

Clara sourit.

— Ne vous excusez pas d'être spontanée. C'est tellement rare, chez une jeune fille !

— Dites plutôt que je suis sotte.

Mais au moins, elle serait une sotte qui aurait réussi à éviter un mariage calamiteux.

— Non, Meg, vous n'êtes pas sotte, dit Clara en inspirant profondément. Mais comme vous l'avez dit, plus tôt le médecin arrivera et plus tôt nous partirons d'ici, mieux ce sera. (Elle eut un grand sourire.) En tout cas, Mabel Gooster et lady Sophronia Frumple ont bien rempli leur rôle.

Meg sourit, puis tressaillit quand elle bougea sa jambe. Comment une douleur à la cheville pouvait-elle remonter jusqu'à la cuisse ?

— Ça, on peut le dire ! Et compte tenu de la maladresse de Mabel, je suis heureuse de bientôt me débarrasser de cette fausse identité. Vous savez, je pense que nous devrions quand même poursuivre notre chemin jusqu'à Londres. Nous aviserons mes parents de ma décision concernant le duc par courrier : cela me permettra d'être plus concise. Après quoi, il faudra me préparer pour des débuts très tardifs, puisque je ne suis plus fiancée. (Elle étouffa un soupir en voyant Clara hausser un sourcil.) Oui, avec une seule plume dans les cheveux. Je vais déjà devoir gérer la rupture de mes fiançailles avec un duc.

— Moi, en revanche, je vais regretter lady Sophronia. Elle a eu une existence trop courte.

On ne pouvait pas en dire autant de Mabel, songea Meg. La dame de compagnie n'avait pas eu grand-chose à faire, à part se tenir prête à intervenir quand lady Sophronia se montrait trop extravagante et se mettait à parler des militaires, et dévaler l'escalier en manquant se rompre le cou.

Elle n'était même pas déçue à l'idée de ne plus devenir duchesse. Pas quand cela aurait signifié épouser un ivrogne qui avait le double de son âge et qui semblait se satisfaire de voir la demeure de ses ancêtres tomber en ruine. Et elle n'aimait vraiment pas les moustaches. Le seul aspect positif de tout cela, c'était qu'elle allait commencer la saison avec la conviction d'avoir évité le pire : se marier avec James Clay, duc d'Earnhurst.

— Nous n'aurons même pas le temps de regretter lady Sophronia et Mlle Mabel, dit-elle à voix haute. Nous redeviendrons les personnes éclairées que nous sommes dès cet après-midi.

— Tout à fait.

Meg resta allongée un instant à fixer le plafond blanc. La peinture s'écaillait au bord des corniches.

— J'ai l'impression que ce plafond va nous tomber sur la tête et nous ensevelir, commenta-t-elle.

— J'étais justement en train de me dire que cette pièce avait du charme, répliqua Clara. Il y a des fleurs coupées, la fenêtre est ouverte et… hmm… je vois un nécessaire pour se raser sur la table de toilette.

Meg se redressa, ébahie.

— Un *quoi* ?

5

Clara Bosley

— Où cela s'arrêtera-t-il ? maugréa Meg en tendant le cou pour apercevoir la table. Nous sommes dans la chambre d'un homme ? Mais je ne peux pas m'allonger sur le lit d'un homme !

— Tant qu'il ne s'y trouve pas, je pense que votre réputation est sauve. Et je suis là, rétorqua Clara, plus curieuse que préoccupée.

Les convenances et le souci de paraître sage et réservée ne l'avaient jamais beaucoup tracassée. Ces exigences créaient à ses yeux plus d'ennuis qu'autre chose.

— Je me demande qui dort dans cette chambre… Le duc n'a pas fait mention d'autres visiteurs.

Clara se dirigea vers l'armoire et ouvrit les deux battants de chêne. Pourquoi rester assise à se poser des questions quand il était si facile de trouver les réponses ? La chambre était bel et bien occupée et, de ce qu'elle avait pu déduire de la garde-robe du duc, c'était la sienne. Des redingotes unies, une sélection de chemises blanches de bonne facture, des pantalons et des culottes de cheval plus fonctionnels qu'élégants et quelques cravates repassées de qualité moyenne.

— C'est la chambre d'Earnhurst, déclara-t-elle en se retournant vers Meg. J'en mettrais ma main à couper.

— Mais ce n'est pas une chambre de duc, protesta sa nièce, qui parcourut la pièce du regard avec une grimace. C'est impossible. Elle est beaucoup trop petite !

— Peut-être que le plafond de sa chambre s'est effondré ou qu'il y a eu un problème. Dans ce cas, il vous a donné son lit ! À vous qui n'êtes finalement qu'une servante... Ce geste plaiderait plutôt en sa faveur. Bien qu'il ne l'ait proposé que le temps que le médecin bande votre cheville.

— Mais je refuse d'être dans son lit ! Même s'il ignore qui je suis.

Clara ferma les yeux un instant et essaya de chasser ces étranges événements de son esprit. Elle aimait résoudre les énigmes et avait conscience que, si huit années seulement la séparaient de Meg, il y avait des moments où elle se sentait beaucoup plus âgée qu'elle.

Elle connaissait ses défauts, dont celui de couper parfois les cheveux en quatre. Mais le duc d'Earnhurst l'avait intriguée dès l'instant où il avait ouvert la bouche. Ce dernier geste inattendu ne faisait qu'ajouter au mystère.

— Je comprends vos réticences, Meg, mais vous êtes blessée.

— Vous êtes en train de me dire qu'il se conduit en gentleman ?

— Je cherche à trouver une logique à son comportement. Si les circonstances l'ont déjà chassé de sa chambre et qu'il vous a installée sans hésitation dans celle-ci, j'y vois la preuve d'un bon caractère. Chez n'importe qui.

Et cela correspondait mieux à l'homme qu'elle avait eu sous les yeux que ses déclarations sur une prétendue ivresse. Car il ne lui avait pas paru ivre. Elle l'avait trouvé plutôt... solide. Assuré. Un homme droit, comme sa moustache. En cet instant précis, elle se demandait surtout où les gens étaient allés trouver ce surnom de Pirate.

Meg eut un petit rire amer qui la tira de ses pensées futiles.

— N'oubliez tout de même pas que ces « circonstances » sont le résultat de sa négligence. Et sa charité est tributaire du nombre de lits qu'il est en mesure de proposer. Si cette pièce est la seule qui soit habitable, on ne peut pas dire qu'il ait vraiment eu le choix.

— Il vous prend pour une domestique, Meg. Sa Grâce aurait parfaitement pu vous déposer sur un divan, ou même devant la porte d'entrée. Ce que je vois, moi, c'est qu'il vous a allongée sur le lit le plus proche sans se préoccuper du fait qu'il lui appartenait.

— Ma petite tante, je sais bien que vous déplorez le hasard de la naissance qui fait un gentleman de l'un et un poissonnier de l'autre, mais n'est-il pas tout à fait normal qu'un gentleman se comporte justement en gentleman ? Ne lui tressez pas des louanges sous prétexte qu'il se comporte comme l'exige son rang. Il a visiblement échoué dans tous les autres domaines, et il nous aura seulement fallu une demi-heure de conversation et un état des lieux catastrophique pour nous en rendre compte. Plus tôt nous partirons, mieux ce sera.

La logique de Meg était imparable, songea Clara.

— Vous avez bien entendu raison, dit-elle en essayant de chasser l'étrange mélancolie qui l'avait saisie – c'était normalement elle, la cynique, Meg étant l'idéaliste. Simplement… je m'attendais à être celle qui soulignerait les multiples défauts du nouveau duc d'Earnhurst. Maintenant que nous l'avons vu et qu'il en a lui-même fait l'étalage, je me dis que j'aurais mieux fait de rester chez moi.

— Mais vous m'êtes indispensable et vous m'insufflez du courage !

Clara sourit.

— Merci, Meg. Mais nous en avons fini ici, n'est-ce pas ? Il est temps de partir et de vous trouver quelqu'un d'autre. (Elle soupira.) Toutefois, je déteste abandonner un mystère sans l'avoir résolu. Et cela m'a beaucoup amusée d'incarner lady Sophronia pendant quelques heures. Si on m'avait accordé un peu plus de temps, j'aurais pu en faire une force avec laquelle il aurait fallu compter !

— Ha ha ! Mais vous l'êtes déjà, ma tante !

Mis à part l'aspect plaisant de se déguiser en Sophronia, elle aurait aimé discuter avec le nouveau duc de ce passé militaire qu'elle n'aurait jamais soupçonné. Ses frasques tellement commentées à Londres étaient difficilement compatibles avec un passé de militaire. Un autre bon point pour lui, sauf s'il l'avait inventé. Mais pourquoi s'y risquerait-il ?

Un coup résonna contre la porte. Elle se hâta de refermer l'armoire et revint sur ses pas pour aller ouvrir.

— Votre Grâce, dit-elle en inclinant la tête.

Lady Sophronia devait encore exister pendant quelques minutes, jusqu'à ce qu'elles regagnent l'auberge pour y prendre leurs affaires avant de poursuivre leur route.

Le duc pencha la tête et, quand ses yeux brun foncé croisèrent les siens, elle y lut de la… franchise. De l'honnêteté. Loin de la canaille à la langue bien pendue que décrivaient les cancans.

— Lady Sophronia, mademoiselle Mabel, je vous présente le Dr Grimsby.

Il entra dans la chambre et s'écarta pour laisser passer un petit homme trapu transportant une volumineuse sacoche en cuir.

— Milady, salua le médecin, qui avait un certain âge.

— Docteur. Je vous prie de bien vouloir ausculter ma dame de compagnie. Je crains une fracture de la cheville.

— Mais bien volontiers, répondit-il en soulevant sa sacoche et en s'approchant du lit. Le duc m'a dit qu'il pensait plutôt à une entorse, et il s'y connaît. Mais je vais jeter un coup d'œil.

Clara haussa un sourcil. D'après son expérience, les ducs n'y connaissaient rien en matière de blessures et de plaies. Si c'était vraiment le cas d'Earnhurst, cela confirmerait l'expérience du champ de bataille qu'il avait revendiquée. Elle espérait s'être trompée : une cheville fracturée empêcherait Meg de danser cette saison aussi sûrement que le deuil qu'on lui avait imposé l'an dernier pour un homme qu'elle n'avait jamais vu. Sa nièce ne méritait vraiment pas cela. Clara avait fait son propre diagnostic mais, maintenant qu'un médecin était là, ses soins et son avis sur la blessure de Meg lui semblaient à la fois inutiles et superflus.

Meg était allongée, appuyée sur les coudes, et scrutait le médecin d'un œil inquiet tandis qu'il faisait doucement tourner sa cheville d'un côté puis de l'autre.

— Ce n'est pas cassé, n'est-ce pas ? Je me suis juste tordu la cheville à cause de mon comportement stupide.

Le Dr Grimsby lui adressa un bref sourire.

— J'aimerais que tous mes patients soient comme vous et reconnaissent leur part de responsabilité dans leurs malheurs, mademoiselle. Vous n'avez pas de fracture. Mais je vais vous demander d'ôter votre bas, pour que je puisse examiner de plus près cette cheville.

— Oh, mon Dieu ! Lady Sophronia, pourriez-vous m'aider ? fit Meg.

— Mais certainement. Messieurs, si vous voulez bien vous retourner...

Sans quitter des yeux le large dos du duc, Meg fit rouler son bas autant qu'elle le put et demanda à Clara de prendre le relais. Celle-ci le fit glisser avec précaution sur la cheville et passer par-dessus les orteils de sa nièce. La cheville semblait bien meurtrie, marbrée de rouge et de violet ; le pied était enflé des orteils jusqu'au mollet.

— Dieu du ciel ! s'exclama-t-elle en tressaillant de compassion. Nous aurions dû vous appliquer un cataplasme froid depuis longtemps !

Le médecin se rapprocha du lit.

— C'est exactement ce que je m'apprête à lui prescrire, milady. Le plus froid possible, durant trente minutes, avec une pause d'une demi-heure entre chaque application. Gardez le pied en l'air, et servez-vous d'une canne si vous devez vous déplacer. Sinon, veillez à ne pas vous appuyer dessus pendant une semaine et continuez à faire attention la semaine d'après. Pas de trajet en voiture au-delà de trente minutes pour les quinze jours à venir, à moins que vous ne soyez en mesure de voyager allongée avec le pied en l'air, mademoiselle Mabel.

— Quinze jours ! s'écria Meg en pâlissant.

Catastrophe ! Clara ferma les yeux. Joséphine et Grégory allaient être furieux de cette visite à Earnhurst Manor et de la supercherie – et de tout le reste. Ils l'en rendraient responsable, bien sûr, mais il fallait néanmoins les mettre au courant. Meg et elle n'avaient pas suffisamment d'argent sur elles pour payer un séjour de deux semaines à l'auberge. Elles avaient prévu de passer seulement l'après-midi au manoir, puis de gagner Londres après avoir flâné pendant deux jours.

Clara respira profondément et rouvrit les yeux. Aujourd'hui, elle était la fille d'un comte, une grande dame habituée à être servie et à obtenir ce qu'elle voulait. Comme Meg, mais en version hautaine et terriblement exagérée.

— Mabel, ne vous mettez pas la tête à l'envers, dit-elle en tapotant la main de sa nièce avant de se retourner vers le duc. Cet accident est une conséquence de l'état lamentable de votre escalier. Vous nous avez simplement prévenues qu'il était fragilisé par endroits, pas qu'il était en train de s'écrouler. C'est donc à vous qu'il revient de prendre soin de ma dame de compagnie et de lui offrir un lit pour les deux semaines à venir.

— Je...

— Et j'aurai également besoin d'un logement décent, le coupa Clara. Je ne partirai pas sans elle. (Elle réfléchit un instant.) Sans compter que je n'ai plus de femme de chambre. J'ai dû congédier cette petite sotte la semaine dernière, et c'est Mabel qui s'occupait de tout.

Voilà ! Au moins, elle avait justifié l'absence de domestique. *Bravo, Clara.*

Le duc d'Earnhurst tressaillit.

— Si vous voulez bien me donner un moment, je vais y pourvoir, dit-il enfin, même si son expression était devenue nettement moins affable.

— Excellent, fit-elle en se détournant pour qu'il ne lise pas l'intense soulagement sur son visage. Y a-t-il autre chose, docteur ?

Le regard du médecin passa de la jeune femme au duc.

— Je crois avoir tout dit. Si Votre Grâce veut bien sortir avec moi ?

— Mais volontiers, docteur Grimsby.

Quand les deux femmes se retrouvèrent seules, Clara s'écroula sur une chaise.

— Seigneur Jésus ! souffla-t-elle en s'éventant le visage d'une main.

— C'était... du grand art, reconnut Meg. J'ai presque cru voir maman, pendant un moment.

— Par pitié ! Elle aurait obligé le Dr Grimsby à dormir à vos pieds pendant toute votre convalescence. Mais nous n'avons pas les moyens de rester à l'auberge le temps que votre cheville guérisse. Je n'ai pas assez d'argent.

Meg fit la grimace.

— Nous pourrions rester ici. Je vous sais gré de ne pas nous mettre dans la position inconfortable de devoir rentrer chez papa et maman en avouant ce fiasco. (Elle se laissa retomber sur le lit.) Je suis désolée, ma chère tante, de vous avoir entraînée dans cette aventure calamiteuse.

— Ne vous en faites pas. Vous savez bien que je ne me laisse jamais entraîner contre mon gré. J'ai choisi de partager cette aventure avec vous. J'étais partante. Je regrette juste de ne pas avoir eu le réflexe de vous retenir avant votre chute.

— Je ne songeais qu'à fuir cet endroit, et maintenant nous allons devoir rester ici par ma faute. Quelle ironie ! (Elle ôta un des deux oreillers calés derrière sa tête et le tendit à sa tante.) Milady, auriez-vous la bonté de me surélever le pied ?

Clara attrapa l'oreiller et souleva avec précaution le pied de sa nièce pour le poser sur le coussin rembourré.

— Ah oui ! Nous allons devoir garder nos personnages. Je regrette à présent de ne pas m'être choisi un nom plus symbolique. Indépendance, peut-être. Ou Dragon. Et j'ai bien peur que Mlle Mabel Gooster ne vous colle à la peau pour les quinze jours à venir.

Meg éclata de rire.

— Lady Sophronia Dragon ! J'adore ! (Soudain, elle se rembrunit et regarda Clara.) Vous allez certainement devoir dîner avec Earnhurst, ce soir, déclara-t-elle d'un ton lugubre, comme si elle lui annonçait la perte de son animal de compagnie préféré. Peut-être même tous les soirs.

Clara fut parcourue d'un étrange frisson. Meg avait l'air de penser qu'elle ne réussirait pas à tenir son rôle toute une soirée.

— Vous voulez dire que je vais devoir me tenir bien et éviter d'aborder les sujets qui me tiennent à cœur, comme l'amélioration de notre société si les femmes obtenaient ce fichu droit de vote ? Je ferai de mon mieux.

Toute cette aventure s'avérait être une expérience unique en son genre, c'était le moins qu'on puisse dire. Et c'était la première fois qu'elle était reconnaissante à la nombreuse et très snob famille de son beau-frère, entièrement composée de lords et de ladies dont les manières aristocratiques avaient rapidement déteint sur sa propre sœur. Elle-même vivait assez mal son appartenance à la petite noblesse terrienne, et voilà qu'elle se retrouvait fille de comte. *Juste ciel !*

Joignant les mains, elle se tourna vers la porte.

— Puis-je vous laisser seule, le temps d'envoyer Wilson chercher nos bagages à l'auberge ?

— Bien sûr. Faites-lui jurer de ne rien dire sur cette affaire, s'il doit loger dans les écuries avec les valets du duc. Et si par chance vous découvrez que le nouvel Earnhurst est en réalité un homme galant et bien élevé, sous ses apparences de voyou et d'ivrogne qui se moque éperdument que ses invités se rompent le cou dans sa maison, ne manquez pas de me prévenir. Cela me rassurerait de savoir que je ne suis pas hébergée par un ogre, puisqu'en fin de compte c'est la raison pour laquelle nous sommes venues ici.

— Vous serez la première informée.

— Oh ! Et si vous trouviez un livre, cela me distrairait.

— Dommage que vous n'ayez pas emporté *Les Femmes propriétaires et les Femmes en tant que propriétés*.

— Effectivement, Clara, cela n'aurait rien eu de suspect !

Comme elle atteignait l'escalier, Clara s'étonna une fois de plus du silence qui régnait dans la maison. Il aurait dû y avoir ici un ballet de domestiques en train de s'affairer, des bruits de vaisselle, de meubles poussés, de coups de balai ; il fallait préparer au moins une chambre supplémentaire. Au lieu de cela, pas un bruit, si ce n'étaient deux hommes conversant à voix basse dans le hall alors qu'elle arrivait en haut de l'escalier. Elle allait se pencher par-dessus les vestiges de la rampe pour tenter de les écouter quand elle songea que ce serait dangereux.

Alors elle se racla la gorge, se rapprocha du mur autant que possible et descendit les marches. Le duc apparut dans son champ de vision, un bras tendu en direction de la porte. Planté devant lui, le majordome avait l'air de le menacer du doigt. Voilà qui était étrange !

— J'espère que vous êtes en train de programmer la réparation immédiate de cet escalier, dit-elle en désignant la rampe. Mabel ou moi-même aurions pu nous tuer !

Le duc laissa retomber son bras.

— C'est effectivement ce que nous étions en train de voir, milady, répondit-il. James ici présent vient juste de me le rappeler, ainsi que les autres travaux urgents qui nous attendent.

Clara haussa le sourcil en direction du majordome. Il devait faire un bon mètre quatre-vingts. Bien bâti, il était presque trop beau avec ses cheveux ondulés châtains et ses yeux gris pâle. Il n'avait guère plus de trente ans ; c'était bien jeune pour devenir majordome dans une demeure prestigieuse.

— Je vous remercie d'avoir transporté ma dame de compagnie en lieu sûr, déclara-t-elle. Et elle ne se trompait pas : vous sentez le vin à plein nez.

Le majordome inclina la tête.

— Comme je le lui ai expliqué, j'ai renversé du vin sur moi. Je vais aller immédiatement me changer. (Il se redressa et lança un regard au duc.) Votre Grâce.

Il commença par se diriger vers le grand escalier dans le dos de Clara, puis il opéra un demi-tour et partit vers l'arrière de la maison, où devaient se trouver la cuisine et les quartiers des domestiques. Ce James devait être arrivé très récemment, s'il hésitait encore sur la direction à prendre pour gagner sa chambre.

— J'ai demandé à notre cuisinière, Mme Carvey, d'aller chercher de la glace dans la chambre froide et de préparer un cataplasme, lui dit Earnhurst en reportant son attention sur elle. Y a-t-il autre chose dont vous ayez besoin ?

— Oui. Auriez-vous l'obligeance de faire quérir Wilson, mon cocher ? Il faut que je l'envoie à l'auberge du Falconers récupérer mes affaires et celles de Mlle Mabel. Puis-je compter sur vous pour le loger avec votre personnel d'écurie ? Et j'ose espérer que vous me faites préparer une chambre convenable ?

Elle avait envie de rire en lui tenant ces propos hautains et dut baisser les yeux un instant pour réprimer son amusement. D'une manière générale, elle ne supportait pas les gens qui faisaient pleuvoir des ordres sur leur entourage, mais quand il s'agissait de dicter sa conduite à un duc, c'était une autre histoire.

— Je... Oui, bien sûr. Nous sommes un peu en manque de personnel, mais nous allons évidemment vous donner une chambre. Désirez-vous être logée près de votre dame de compagnie, ou préférez-vous être installée dans l'aile est ?

— Près de Mabel, je vous prie. Sa mère était une chère amie et je me sens responsable de cette pauvre petite. Elle est comme une sœur pour moi.

Voilà qui paraissait crédible.

— Mais vous avez presque le même âge, commenta le duc. Comment se fait-il que sa mère soit si proche de vous ?

Clara sentit un muscle se contracter sous son œil. Comment lui expliquer que l'écart d'âge entre elle et Meg était moins important que celui qui existait entre elle et sa sœur aînée, Joséphine ?

— Sa mère m'a quasiment élevée, dit-elle en exagérant à peine. Mabel et moi sommes très proches.

Joséphine avait quinze ans de plus qu'elle et adorait commander à sa petite sœur dès que l'occasion s'en présentait.

— C'est ce que j'ai cru comprendre en voyant votre réaction quand elle est tombée, fit le duc en l'observant un instant avant de s'éclaircir la voix. Très bien. Si je vous conduisais dans le petit salon, pendant que j'envoie chercher votre cocher ? Je vais vous faire apporter du thé et des sandwichs pour vous faire patienter pendant qu'on vous prépare une chambre.

— Certainement.

Elle mourait de faim, après tout. Meg aussi, probablement, mais elle ne savait pas trop comment faire pour obtenir que l'on sustente également sa suivante. Chez elle, elle dînait souvent avec Mary, sa gouvernante ; elle savait que Joséphine réprouvait cette familiarité, mais cela leur convenait à toutes les deux.

— En réalité, cela ne me dérange pas de devoir prolonger notre séjour à la campagne. Je suis contente d'être ici, en dépit de ce malheureux accident.

Oui, il fallait qu'elle passe pour une femme qui fréquentait très peu Londres. Cela expliquerait pourquoi le duc et elle ne se connaissaient pas, et pourquoi il ne la reverrait jamais après ces quinze jours. Elle n'en avait pas parlé avec Meg, mais cela lui semblait aussi crédible que le plan concocté depuis leur départ de Brundon Hall.

— Vous êtes une jeune femme très aimable, déclara Earnhurst en s'inclinant brièvement. Par ici, s'il vous plaît.

6

James Clay

Le véritable duc d'Earnhurst traversa la cuisine et les quartiers des domestiques pour gagner l'escalier de service exigu, à l'arrière de la maison. Arrivé à l'étage, il dut ensuite rejoindre les pièces qui donnaient sur l'avant, en prenant soin d'éviter le couloir desservant la chambre où se reposait la dame de compagnie. Puis il se dirigea sur la pointe des pieds vers l'aile ouest, où était située sa chambre.

Jetant un coup d'œil par-dessus son épaule pour s'assurer que personne ne traînait dans le couloir, il poussa la porte de sa chambre, entra et referma à clé derrière lui.

— Quinze jours ! Quel enfer ! grommela-t-il dans sa barbe en se laissant tomber dans un fauteuil sous la fenêtre donnant sur le jardin.

Même s'il avait envie de rendre Elliott Riniken responsable de ce désastre, il savait bien que c'était sa faute d'avoir voulu ridiculiser son régisseur. Mais Riniken aurait tout de même pu éviter de lui annoncer avec un sourire narquois que ces visiteuses indésirables étaient désormais leurs invitées pour quinze jours, pendant lesquels il devrait se faire passer pour le majordome !

James se pencha en avant, les coudes sur les genoux, et passa les doigts dans ses cheveux châtain foncé. Quand il s'était réveillé ce matin, à une heure tardive comme il sied à un jeune aristocrate, il était duc, même s'il préférait de très loin la vie qu'il menait avant que le titre lui soit dévolu. À ce moment-là, d'ailleurs, personne n'avait osé lui dire qu'il sentait le vin, ni même le lui répéter à plusieurs reprises.

Autrefois, la visite de deux jolies femmes signifiait pour lui la perspective d'une nuit torride et délicieuse qui pouvait se prolonger jusqu'à une heure avancée.

— Crétin, marmonna-t-il.

Si, en leur ouvrant la porte, il s'était tout simplement présenté comme le duc d'Earnhurst, il aurait eu tout loisir de se montrer désagréable et de rembarrer les deux femmes.

Mais maintenant que Riniken les avait entraînées dans cette visite qui s'était si mal terminée et qu'il avait accepté de les héberger pendant deux semaines, James n'était plus qu'un majordome envoyé dans son logement de majordome pour changer ses vêtements de majordome soi-disant maculés de vin. Et s'il ne voulait pas être la risée de tout Mayfair une fois que lady Sophronia arriverait en ville et commencerait à répandre des commérages, il avait tout intérêt à faire profil bas en demeurant domestique pour la durée de son séjour, tout en priant le ciel pour ne jamais la croiser à Londres.

On frappa légèrement à sa porte.

— Votre Grâce ?

Il se leva et, en deux enjambées, gagna la porte, qu'il ouvrit en grand.

— Entrez vite, Goodfrey.

Le valet s'inclina et se faufila dans la chambre. Grand et mince, il lui faisait penser à un serpent obséquieux doté de bras et de jambes ; c'était un homme silencieux au corps élastique, qui surgissait toujours au moment où l'on avait besoin de lui.

— Votre Grâce, il m'est revenu aux oreilles quelque chose de très inquiétant, dit son valet et, l'espace d'une seconde, James s'attendit à le voir darder une langue fourchue. Ce médecin de campagne a appelé ce misérable M. Riniken « Votre Grâce ». Comment peut-on imaginer une telle impudence !

— Goodfrey, j'apprécie généralement vos flagorneries et votre comportement mielleux, ainsi que les ragots toujours croustillants dont vous me gratifiez. Aujourd'hui, par contre, je vous demande de ne pas faire de bruit et de me trouver en vitesse des vêtements noirs et discrets.

— Très bien, Votre Grâce.

James se rassit. La jolie servante – ou dame de compagnie – lui avait causé une belle peur en tombant. Elle avait manqué se rompre le cou dans sa hâte à quitter Earnhurst Manor.

Elle avait déchiré le brouillard alcoolisé et si agréable dans lequel il flottait, et il se sentait tout à fait dégrisé à présent.

À coup sûr, elle avait le sens de l'humour en dépit de son nom ridicule. Mabel Gooster. *Ha ha !* La plupart des femmes qu'il côtoyait se seraient tordu les mains de désespoir et auraient feint de s'évanouir, tant elles auraient été gênées. Il se souvenait d'ailleurs qu'elles étaient fort jolies, ces jambes découvertes après sa pirouette, et il s'était étonné lui-même d'avoir eu le réflexe de les recouvrir. De manière générale, la galanterie n'était vraiment pas son fort. Et cela n'avait pas été la seule surprise de la journée, loin de là. C'était en effet la première fois qu'il déposait une charmante femme sur un lit et qu'il quittait la pièce en confiant à un tiers le soin de s'occuper d'elle.

James ricana. *Seigneur, quel sac de nœuds !* Et comme d'habitude, il les avait noués lui-même. Il se releva et se tourna vers la fenêtre. À droite du jardin à la française envahi de mauvaises herbes, où un Cupidon renversé de son piédestal pointait sa flèche vers le sol, se trouvait le vieil étang. Jadis, il y avait eu des poissons et, à l'une des extrémités, un saule opportunément placé qui le surplombait et abritait un petit renfoncement où il s'amusait à jouer à l'ermite, au pirate ou à l'Indien d'Amérique. Et voilà qu'aujourd'hui, à bientôt trente ans, il allait jouer au majordome !

— Si tu avais eu un peu de présence d'esprit, James, marmonna-t-il pour lui-même, tu leur aurais dit que tu étais un ermite. Tu te serais retrouvé dans une grotte, mais cela t'aurait évité de porter la livrée.

— Les haillons d'un ermite ne vous iraient pas du tout, Votre Grâce, commenta Goodfrey, dont la voix émergeait des profondeurs de l'armoire. Personne ne croirait un seul instant qu'un corps aussi athlétique puisse être celui d'un ermite.

— Eh bien, ce corps va devoir incarner un majordome pour les quinze jours à venir.

D'un bond, Goodfrey se redressa, se cognant la tête contre l'une des étagères de la penderie.

— Votre Grâce ?

Sans entrer dans les détails, James mit son valet au courant de la situation absurde dans laquelle il s'était laissé embarquer.

— Il me faut des chemises, des cravates neutres, et des pantalons et redingotes noirs. La livrée d'Earnhurst est verte, mais que diable ! Je n'ai évidemment pas de gilet vert. Peut-être une épingle à cravate en émeraude. (Il se rembrunit.) Non, impossible de porter une émeraude. Je ne suis qu'un domestique, bon sang !

— Mais, Votre Grâce, vous avez cessé de porter vos vêtements de deuil voilà moins d'une semaine.

— J'en suis parfaitement conscient.

— Quelle période abominable ! L'idée de la prolonger ne serait-ce que quinze jours m'est une véritable torture.

— Si pour vous il s'agit d'une torture, imaginez ce que cela doit être pour moi ! s'exclama James en respirant profondément. Mais je n'ai pas le choix. Je vous l'ai déjà dit : le moindre mal serait que cette lady Sophronia s'en aille d'ici en critiquant l'état de délabrement d'Earnhurst Manor. Mais évitons à tout prix que s'ébruite à Londres la rumeur selon laquelle je me fais désormais passer pour un majordome. Prinny me ferait enfermer à Bedlam, et toute ma fortune et mes biens reviendraient à la Couronne. Il a toujours convoité le domaine, de toute façon.

— Je vous avais bien dit de le laisser gagner au Derby[1].

— Il a choisi de miser sur un canasson qui manquait de souffle. Il n'a eu que ce qu'il méritait.

Son commentaire persifleur – « Qui se ressemble s'assemble » – après sa victoire n'avait peut-être pas été très judicieux, mais rien de ce qu'il entreprenait ne l'était vraiment. Sa situation actuelle en était un nouvel exemple.

D'ailleurs, d'où sortait cette lady Sophronia Frumple ? Il n'en avait jamais entendu parler. Comme la plupart des membres de l'aristocratie se retrouvaient à Londres un jour ou l'autre, il les connaissait presque tous. *Frumple !* Il était impossible d'oublier un nom aussi ridicule, or il ne lui disait absolument rien.

Ce devait être la fille d'un hobereau de campagne dont la fortune ne lui permettait pas de s'offrir un séjour en famille à Londres, et encore moins une saison pour ses enfants. Dans un sens, cela le rassurait

1. Course prestigieuse de chevaux qui a été organisée pour la première fois en Angleterre en 1780.

car n'importe qui – surtout une femme – ayant passé un peu de temps à Mayfair l'aurait reconnu. Il aurait immédiatement été identifié comme étant le nouveau duc, et non seulement sa réputation aurait été encore plus ternie, mais c'est lui qui aurait dû jouer à l'hôte pendant quinze jours alors qu'il y avait bien d'autres occupations plus intéressantes qui l'attendaient.

Un autre coup résonna à la porte.

— Entrez ! dit-il, avant de se souvenir qu'il était le majordome et de bondir sur ses pieds en faisant mine de mettre de l'ordre sur la table de toilette.

— Il faut que nous parlions, déclara Riniken en entrant et en refermant la porte derrière lui, sous le regard horrifié de Goodfrey.

James s'interrogea sur la cause de cet effroi : était-ce dû à l'attitude de Riniken ou au fait de voir son maître attraper lui-même sa brosse à cheveux ?

— Je sais déjà dans quel bourbier je me suis mis, dit James en reposant la brosse. Inutile de me le faire remarquer. Mais comment diable pouvais-je deviner que la femme de chambre tomberait dans l'escalier ?

— C'est sa dame de compagnie, et non sa femme de chambre. Elle est la fille d'une amie très proche de lady Sophronia et doit donc être traitée avec égards.

— Très bien. Je ne suis que majordome, et non plus duc. J'en déduis qu'aujourd'hui chacun peut être qui il veut.

— Mais je veux rester valet de chambre, maugréa Goodfrey en retournant vers l'armoire. Je suis toujours valet, n'est-ce pas ?

— Oui, Goodfrey. Mes vêtements ! Tout de suite !

— Votre Grâce, intervint le régisseur en se balançant sur ses pieds, vous pouvez le prendre à la légère si vous voulez, mais nous sommes dans une situation extrêmement délicate. Je ne vois pas comment vous pourriez dévoiler votre véritable identité sans ruiner ce qu'il vous reste de réputation.

— Oui, je m'en suis déjà rendu compte par moi-même.

Cette réponse prit de court le régisseur.

— Parfait, fit ce dernier en s'éclaircissant la voix. Ces dames se sont arrêtées ici alors qu'elles se rendaient à Londres pour la saison qui va bientôt commencer. Apprendre qu'un duc se fait passer pour un majordome serait un ragot tellement croustillant que je n'imagine pas une seconde qu'elles puissent garder pour elles une telle information. Dieu merci, il semblerait que lady Sophronia n'ait encore jamais mis les pieds à Londres et qu'elle préfère la campagne. Il y a donc peu de chances que vous croisiez sa route quand vous rentrerez en ville. Enfin... quand vous serez marié.

Dieu soit loué. Il n'aurait pas aimé devoir éviter une femme qu'il n'avait même pas courtisée.

— Très bien, j'accepte de jouer pendant deux semaines le rôle de James, votre foutu majordome, pour éviter un scandale, répondit-il. Un de plus. Et félicitations, Votre Grâce : vous allez désormais pouvoir vous occuper des réparations du domaine.

En réalité, James n'avait pas pensé à cela jusqu'alors. L'homme que son père aurait préféré avoir pour héritier allait devoir prendre la responsabilité de cette ruine. C'était au moins le côté positif de l'affaire.

Jusqu'à ce que Riniken fasse s'effondrer ses espoirs.

— Non, je ne vais pas m'occuper des travaux du manoir. J'ai fait le serment à votre père de vous conseiller et d'exécuter vos ordres, tout comme je lui ai promis d'attendre vos directives. (Il fit un geste vague de la main.) Et vous pouvez constater que je persévère dans cette voie.

— Oui, mais je vous confie le duché pendant quinze jours. Ne dites pas que cela ne vous tente pas. Tout ce que vous aimeriez voir se réaliser se trouve à votre portée.

— Non, pas tout.

Même s'il se doutait que le vœu le plus cher de Riniken était de le voir disparaître, James hocha la tête.

— Cela valait la peine d'essayer. Mais hélas, rien de tout cela ne me pousse à l'action. Ma vie à Clay House me satisfait parfaitement. Libre à vous de m'attendre dans cette ruine moisie aussi longtemps qu'il vous plaira.

— S'il n'y avait pas votre mariage, je crois que je renoncerais à faire des efforts.

James était à présent fortement tenté de rompre ses engagements vis-à-vis du comte de Brundon – sans se soucier du tort causé à sa réputation, du domaine d'Earnhurst et de tout ce dont un duc était normalement censé se préoccuper.

— Ne me tentez pas, grommela-t-il.

— Monsieur Riniken, intervint Goodfrey, si Sa Grâce doit se faire passer pour le majordome, il lui faut des vêtements adaptés à sa fonction. Austin a-t-il laissé derrière lui quelques pièces de sa garde-robe ?

Se tournant vers son valet de chambre, James désigna Riniken.

— Voici James Clay, duc d'Earnhurst. Sa Grâce. Et moi, je suis James, le majordome. Veuillez toujours vous adresser à nous de cette façon. Me suis-je bien fait comprendre, Goodfrey ?

Goodfrey s'empara de deux redingotes noires et d'une paire de pantalons de la même couleur.

— Avant de vous répondre, promettez-moi de ne pas me renvoyer ultérieurement, pour avoir agi de façon aussi désinvolte envers mon employeur.

— Si je vous congédie, ce sera parce que vous m'avez poussé à bout et qu'il ne me reste plus d'autre choix que le renvoi ou le meurtre. Mais pas pour avoir suivi mes ordres.

Le valet s'inclina.

— C'est entendu, Votre... James.

Et il ferma les yeux.

— Que faites-vous ?

— J'attends d'être foudroyé par un éclair.

Riniken toussota.

— Je crois me souvenir qu'Austin a laissé un gilet, mais il était deux fois plus trapu que James.

— Alors je vais le prendre. C'est surtout la couleur verte qui me dérange.

James commençait à avoir sérieusement besoin de retourner dans la cave.

— Autre chose, Votre Grâce ? demanda-t-il en pianotant sur sa cuisse.

— Oui. La plupart des majordomes se font appeler par leur nom de famille. Après que vous m'avez piégé, je vous ai présenté par inadvertance sous votre prénom, James. James Riniken. Je pense qu'à partir de maintenant, il vaut mieux vous faire appeler Riniken.

— Hors de question !

James haussa un sourcil, plus contrarié par cette suggestion que par toute cette histoire de majordome. Ils changeaient de rôles pour deux semaines, certes, mais il se refusait à endosser l'identité de Riniken.

— Je ne veux pas m'affubler de votre maudit nom. Vous avez dit que j'étais nouveau. Alors disons que je suis progressiste et que je m'appelle James. Ou alors que je n'ai pas de nom de famille. Ou que je m'appelle James James.

Riniken sursauta, comme s'il avait été piqué par un taon.

— Je juge inutile d'ajouter encore du chaos dans cette maison de fous, mais soit. Je vous appellerai

James. Mais il faut que vous soyez James Riniken, car j'ai déjà informé lady Sophronia que c'était votre nom.

Il aurait dû s'en douter.

— Vous n'avez pas le choix non plus, James Clay. Alors nous nous appellerons tous les deux James, puisqu'il le faut.

Riniken opina du chef.

— C'est un véritable imbroglio, et je... Je n'y suis pour rien, mais j'accepte de poursuivre cette mascarade.

— Vous êtes surtout prêt à tout pour protéger Earnhurst Manor et l'héritage de mon père, je le sais.

James parcourut du regard la chambre. Elle avait été celle de son père pendant près de trente ans et était devenue la sienne trois jours plus tôt. Il n'y était nullement attaché, mais il se félicitait d'avoir fait enlever les trophées de chasse et les armes de guerre acérées qui ornaient les murs.

— Vous logerez ici, Votre Grâce. Goodfrey et moi allons déménager mes affaires dans les quartiers des domestiques, et il sera à votre service. Il viendra aussi nouer mes cravates, si nous réussissons à ne pas nous faire prendre.

— Votre Grâce ! Je veux dire... Oh, tout cela est absurde ! gémit Goodfrey.

Le régisseur s'empourpra.

— C'est inutile, Votre Grâce. Je vais m'installer dans une chambre voisine et personne n'en saura rien, à partir du moment où vous prendrez soin d'utiliser l'escalier de service pour vos allées et venues.

— Mais je ne vous donne pas ma chambre, ni mon valet : je vous les prête pour une quinzaine de jours. L'ancien majordome devait bien avoir sa chambre, et cela fera parfaitement l'affaire. Nous aurons moins de risques de nous faire prendre ainsi.

— Je… Très bien, Votre Grâce. Cette stratégie me semble logique et raisonnable, même si la bataille en elle-même manque de préparation.

— « James », Votre Grâce ! rectifia le vrai duc en penchant la tête.

— Tout cela va mal se terminer, marmonna Riniken en esquissant une courbette qu'il interrompit aussitôt avant de se diriger vers la porte.

— C'est très probable, admit James, qui songea, un peu rasséréné, que les appartements du majordome le rapprocheraient de la cave. Prévenez tout de même le personnel. Il ne manquerait plus qu'un des valets de pied m'appelle Votre Grâce devant ces dames.

— Seigneur ! En effet. Je m'en occupe.

Une fois Riniken parti, James ordonna à Goodfrey de prendre tous les vêtements qui pourraient lui servir dans sa nouvelle chambre.

— Emportez là-bas tout ce que j'ai de noir et de sobre, les chemises et les cravates. Rangez le reste dans mes malles.

— Et comment vais-je habiller… Sa Grâce ? De ce que j'ai pu voir dans sa garde-robe, je vous assure qu'à Mayfair, jamais on ne le prendrait pour un duc.

— Dieu merci, nous ne sommes pas à Mayfair. Je lui prêterai mes affaires, mais il est un peu plus costaud que moi. Il faudra vous débrouiller. Emmenez-le chez le tailleur du village et commandez-lui quelques habits. Mettez-le sur le compte de la maison.

Riniken mesurait presque dix centimètres de moins que lui et pesait dix kilos de plus. Et il avait bien douze ans de plus que le véritable duc d'Earnhurst. Mais il réalisa *a posteriori* que cela n'avait pas paru troubler lady Sophronia ni sa dame de compagnie. Elles avaient dû se dire que ses années de débauche l'avaient prématurément vieilli, et que c'était la raison pour laquelle il s'était laissé pousser cette moustache.

Si quelque chose devait faire prendre de l'âge à James, il était bien plus probable que ce soit son nouveau statut de duc. Pendant l'année écoulée, il avait eu des cauchemars en imaginant les journées interminables qu'il allait devoir consacrer à la paperasse, à écouter des avoués, à s'abîmer les yeux sur des registres et des livres de comptes, ou Dieu sait quoi encore. On lui imposait un mode de vie qu'il n'avait pas choisi, et dans un lieu qu'il fuyait depuis plus de dix ans.

Et puis, il y avait son mariage dans six semaines ; les aiguilles de l'horloge avançaient bien trop vite pour la quiétude de son esprit.

Il aurait dû aller voir lady Margaret Pinwell, ou tout au moins correspondre avec elle, pour vérifier s'il s'agissait d'une mégère ou d'un bas-bleu, savoir si elle avait les oreilles décollées ou des dents en moins. Mais il n'avait rien fait, n'avait posé aucune question, parce qu'il ne se sentait pas concerné.

Si Richard Clay était resté en vie, ce mariage n'aurait jamais eu lieu. James se serait battu bec et ongles pour s'y soustraire. Mais le duc était mort, et il lui était désormais impossible de faire valoir ses arguments. Et tandis que du vivant de son père James s'était pratiquement toujours opposé à lui quand on lui demandait son avis, le vieux duc avait exprimé deux dernières volontés.

James n'avait pas remarqué que sa santé déclinait, et avait encore moins compris que son père préfère vivre dans une maison qui se délabrait plutôt que de revenir sur son exigence de voir son héritier prendre en charge la propriété. Il avait donc décidé, après avoir lu la dernière lettre de son père, que le moins qu'il pouvait faire pour honorer sa mémoire était d'épouser la femme que Richard Clay avait choisie pour lui. À l'époque, elle devait devenir marquise ; elle serait désormais duchesse.

Ayant vécu sept ans à Mayfair sans trouver celle avec qui il se verrait passer le restant de ses jours, il estimait que son père lui avait au moins épargné de faire un mauvais choix. Ce serait donc lady Margaret. Pour le meilleur et pour le pire. Probablement le pire.

— J'aimerais éclaircir un point : quand nous serons seuls tous les deux, dois-je toujours vous appeler James ? s'enquit Goodfrey.

— Je m'en contrefiche, Goodfrey. Soyez simplement discret, si vous éprouvez le besoin de m'appeler milord ou Votre Grâce. À présent, aidez-moi à transporter mes affaires dans mes nouveaux quartiers.

— Mais quelle horreur !

— C'est moi qui vais revêtir la livrée verte. Pas vous. Alors ne me demandez pas de compatir.

Le valet de chambre empoigna une pile de vêtements et hocha la tête.

— Mais je ne demande rien. Servir Votre Grâce est déjà une récompense.

— Comme c'est joliment dit ! Ne bavez pas d'admiration sur mes affaires.

Jetant sa brosse, son rasoir et une poignée d'autres ustensiles dans une boîte à chapeau qui traînait par là, James quitta sa chambre, vérifia que cette lady Sophronia aux cheveux dorés ne se trouvait pas dans le couloir – puisque c'était la seule des deux femmes susceptible de déambuler dans la maison – et redescendit au rez-de-chaussée.

La pièce réservée au majordome était verrouillée, et il ordonna à Goodfrey d'aller trouver la cuisinière pour récupérer la clé. Une fois cela fait, le valet la lui tendit cérémonieusement en s'inclinant comme s'il adoubait un chevalier.

— Ce n'est que la clé d'une chambre dans une maison qui m'appartient, nom d'une pipe ! grommela-t-il en l'attrapant.

Il entra dans la pièce et s'arrêta si vite que Goodfrey, qui le suivait, lui rentra dedans.

C'était une petite pièce carrée avec des murs vert olive. Elle contenait en tout et pour tout un lit étroit, un petit placard pour y ranger les tenues de service, une petite table et une chaise en bois dédiée aux repas, à la lecture ou à la toilette. Un miroir accroché derrière la porte permettait probablement au majordome de vérifier que sa tenue était irréprochable avant d'aller rejoindre le reste du personnel. Pas de fenêtre, aucune applique murale pour améliorer l'éclairage, et rien sur les murs si ce n'était un article du *London Times* qui datait de cinq ou six ans et qui dressait la liste des dix meilleurs majordomes du gotha. Benjamin Austin était quatrième sur la liste. *Bigre !* Il n'en faisait visiblement plus partie puisqu'il avait disparu avec une partie de l'argenterie, mais cela prouvait que la maison avait connu des jours meilleurs.

James décrocha l'article du mur et en fit une boulette, qu'il jeta dans une corbeille à papier dans un coin. Cela n'agrandit pas la pièce pour autant.

— Mon Dieu, marmonna-t-il en s'asseyant sur la chaise. Mon lit là-haut ne tiendrait même pas dans cette chambre. Et pas une seule fenêtre…

Il irait de ce pas récupérer un tableau ou deux pour se donner l'illusion qu'il y avait de l'espace, sinon il serait bon pour l'asile de fous dès le lendemain.

— Ma chambre est plus petite, commenta Goodfrey en s'approchant de la penderie.

— Je n'ai pas encore assez bu pour supporter cela.

James regarda son valet, qui poussa un cri de désespoir devant la taille du placard où il était censé ranger les vêtements.

Dieu merci, la cave à vins ne se trouvait qu'à quelques pas désormais. Il ne serait pas le duc de la cave, mais le majordome de la cave ! Et il était prêt à le rester pendant les quinze jours à venir.

7

Elliott Riniken

Elliott tira sur sa redingote. Les ducs – et en particulier le duc d'Earnhurst – étaient bien mieux habillés que lui. Sa redingote bleu marine était trop quelconque, avec un seul rang de boutons et des revers de taille moyenne. C'était un vêtement pratique, adapté pour recevoir les avoués et les fermiers ou pour arpenter le domaine. Son gilet couleur crème était lui aussi destiné à être fonctionnel plutôt qu'à attirer l'attention.

Sa cravate en revanche le classait dans une catégorie sociale bien à part, et elle pourrait bien finir par l'étrangler. Goodfrey, par excès de professionnalisme ou plein de ressentiment de devoir s'occuper d'un roturier, l'avait nouée d'une manière si complexe que chaque centimètre de tissu était torsadé ou étalé en corolle pour faire ressortir le motif. On voyait à peine le gilet en dessous.

Son pantalon beige – le plus beau qu'il possédait – faisait heureusement l'affaire, et il espérait que personne ne prêterait attention à ses bottes noires, sauf pour remarquer qu'elles étaient propres. Il avait l'impression de provenir de l'un des portraits accrochés dans le couloir, qui dataient de l'époque d'Henri VIII, avec leurs collerettes plissées d'une taille démesurée et leurs airs maussades qui semblaient supplier que cesse le martyre de la pose et qu'on les laisse enfin respirer.

Rester planté là ne changerait rien à sa tenue ni à son confort. Il redressa donc les épaules et poussa la porte pour sortir de la chambre du duc. Un peu plus loin dans le couloir, lady Sophronia, vêtue à présent d'une toilette bleu marine qui soulignait ses formes et chatoyait sous la lumière des lampes, se retourna et esquissa une révérence.

— Votre Grâce.

Voilà, c'était lui désormais. Presque un prince. Elliott pencha légèrement la tête, car les ducs ne devaient quasiment jamais s'incliner.

— Milady. Je suis ravi que vous puissiez vous joindre à moi pour le souper.

La lumière des bougies fit scintiller ses pendants d'oreilles en saphir tandis qu'elle hochait la tête. Ses beaux cheveux châtain clair étaient noués sur sa nuque avec quelques boucles éparses qui encadraient son visage et dansaient sur ses tempes. C'était une vision exquise, même si sa tenue était bien trop élégante, comparée à la sienne.

— Je vous remercie de votre invitation, dit-elle. Et aussi de nous héberger, Mabel et moi, pour les deux semaines à venir. C'est un vrai soulagement. Je ne me voyais pas rester tout ce temps à l'auberge et dépendre de ces gens pour le gîte et le couvert...

Elle frissonna exagérément, comme s'il lui semblait inconcevable de se faire servir par une autre personne que sa fidèle suivante. Elle était loin de se douter que le majordome d'Earnhurst Manor leur était socialement bien supérieur et qu'il n'avait probablement jamais versé aucune tasse de thé de sa vie.

— Je ne me serais jamais permis de vous laisser dans cette auberge, dit-il en songeant que c'était une phrase qu'aurait pu prononcer le vieux duc.

Richard Clay avait été un homme aimable, fidèle en amitié et excessivement exigeant vis-à-vis de son fils et du comportement qu'il devait avoir.

— Puis-je ?

Il lui offrit son bras et ils descendirent l'escalier avec une extrême précaution. Il n'aurait plus manqué qu'une invitée se tue dans la maison.

Ils se dirigèrent vers le salon du rez-de-chaussée qui jouxtait la salle à manger et il la conduisit jusqu'au sofa.

— Asseyez-vous, je vous prie.

— Merci. Voulez-vous en faire autant ?

Il la bénit d'avoir posé la question. Les ducs pouvaient s'asseoir où ils le désiraient sans qu'on doive le leur proposer, mais l'ancien duc, qu'il prenait pour modèle, avait rarement utilisé ses prérogatives pour montrer son pouvoir ou son arrogance, ce qui laissait Elliott dans le doute sur certaines règles de l'étiquette. Il se laissa tomber sur le sofa à ses côtés.

— Comment se porte Mlle Mabel ?

— Elle se repose au calme, je vous remercie. Mme Carvey lui a monté un bon bouillon et du pain. (Un charmant sourire retroussa les coins de sa bouche, trahissant son amusement.) Votre cuisinière a déclaré que des plats simples aident à se remettre, dans la mesure où le corps n'a pas à faire d'effort pour digérer et qu'il consacre ainsi toutes ses ressources à la guérison.

— Mme Carvey a beaucoup de bon sens.

Et elle était totalement dépourvue d'humour. Mais elle au moins n'avait pas abandonné son poste, comme la plupart des autres domestiques.

Il entendit la porte s'ouvrir dans son dos.

— Le dîner est servi, annonça le vrai duc d'Earnhurst en faisant résonner un petit gong qu'il tenait dans la main gauche.

Elliott se demanda où il avait bien pu dénicher ce gong. Cela faisait bientôt vingt ans que le dîner n'avait pas été annoncé ainsi.

— Oh, mon Dieu ! souffla lady Sophronia en se remettant debout.

Ses yeux verts pétillaient. Il commençait à deviner chez elle un certain goût pour l'originalité. Si c'était le cas, elle allait être servie.

— Tant de manières, même ici, au beau milieu du Dorset ! Je suis flattée, Votre Grâce.

— Et moi, je me réjouis d'avoir de la compagnie pour le dîner, répondit Elliott avec sincérité.

Les trois soirs précédents, James et lui avaient dîné rapidement dans une atmosphère tendue, émaillée de disputes. Si James voulait lui lancer des regards noirs, il serait obligé de le faire en silence.

Il lui présenta son bras une fois de plus, et Sophronia posa les doigts sur sa manche.

— Je dois avouer, poursuivit-elle avec un délicieux sourire, qu'après votre confession, je n'étais pas certaine de pouvoir partager votre table.

Il regrettait déjà de s'être dépeint sous un jour aussi sombre. Comment cette femme aurait-elle pu se douter qu'il dénonçait les défauts de James, et non les siens ? Mais le mal était fait et il n'avait d'autre choix que d'assumer.

— Vous êtes bien aimable et courageuse de vous asseoir à ma table après m'avoir écouté. Je ne peux que vous présenter mes excuses. Tout cela m'a surpris et frustré au-delà de toute attente, ajouta-t-il en désignant de sa main libre la maison, le domaine, le faux majordome.

— Je m'en doute.

Elle s'assit sur la chaise qu'il lui présentait, et il se dirigea vers l'autre bout de la table pour y siéger. Dans sa version réduite, la table de la petite salle à manger pouvait recevoir jusqu'à douze convives, chacun assis à une distance raisonnable de son voisin, et ses dimensions ne favorisaient pas l'intimité. En revanche, l'éclairage aux chandelles mettait la pièce à son avantage. Au grand jour, il aurait été impossible de dissimuler la couleur fanée des murs et la peinture écaillée autour des fenêtres.

Près du centre de la table, James se tenait raide comme la justice avec son gong et son maillet. Dans son costume noir agrémenté d'une simple cravate et d'un gilet vert uni, il avait tout l'air d'un majordome.

Lady Sophronia toussota discrètement.

— Cette pièce est agréable. Et la table, décorée de façon ravissante.

Elliott hocha la tête.

— Pour être franc, il nous manque de l'argenterie. Nous avons eu un contretemps lors du règlement des gages des domestiques, et plusieurs d'entre eux ont disparu avec ce qu'ils estimaient leur être dû.

Elle arqua un joli sourcil.

— Ils n'avaient pas été payés ?

— Mon défunt... père, sachant que la maladie affaiblissait ses capacités, avait confié à sa banque le soin de régler leurs gages aux domestiques. Un jeune comptable employé par la banque – un dénommé Jasper Burshin, si vous deviez avoir l'infortune de croiser sa route – avait été chargé de veiller au paiement des gages. M. Burshin a décidé de disparaître avec les fonds, au lieu de les remettre aux employés. Il a emporté avec lui l'équivalent d'une année de salaire pour tout le personnel de la maison, plus la moitié des investissements annuels ; il avait en outre trafiqué les registres et il a fallu beaucoup de temps pour tout démêler, se rendre compte du vol et payer les arriérés de salaires. Je crains qu'aujourd'hui encore, nous n'ayons pas fini de découvrir de nouvelles contrariétés.

— Il vous a donc volé. Du moins, votre père.

— Oui. Il a volé le domaine.

— Vous avez pu le retrouver et le faire arrêter ?

— Mes… conseillers me l'ont suggéré. Mais je n'ai encore rien fait.

Diable, tout cela était délicat. Il avait demandé à trois reprises à James de contacter les autorités pour retrouver la trace de Burshin. Ce maudit escroc avait faussé les comptes et maquillé ses malversations si habilement que, pendant un temps, Elliott s'était presque vu en situation de devoir vendre l'une des propriétés du duc pour pouvoir payer les impôts.

Les mains de James avaient pourfendu l'air avec beaucoup de véhémence, mais il n'avait toujours pas mandaté qui que ce soit pour faire jeter Jasper Burshin en prison.

— Pourquoi n'avez-vous rien fait ?

Refrénant sa première impulsion qui était de critiquer encore le nouveau duc, Elliott lança un regard à James et haussa les épaules.

— Les rapports entre père et fils, vous savez… Nous sommes parfois négligents.

À sa surprise, elle se mit à rire.

— Je pourrais en dire autant des rapports entre mère et fille. Dieu sait que la mienne aurait préféré que je me marie et que j'aie des enfants, plutôt que de me voir plongée dans les livres et passer mes vacances à visiter les grandes demeures du pays !

Il aimait son rire. Il n'était ni timide ni étouffé, mais au contraire franc et sincère.

— Je n'y vois rien à redire, commenta-t-il avant de tressaillir en voyant James étouffer un ricanement.

Elliott aurait volontiers bu un verre de vin pour s'accorder un répit et oublier qu'une oreille peu amicale écoutait leur conversation, mais personne n'avait apporté de vin. Ni quoi que ce soit d'autre. Il éleva la voix tout en se demandant combien de temps durerait cette comédie quand le duc se rendrait compte du travail que cela impliquait.

— James, dit-il, un peu de vin, s'il vous plaît. Et faites servir le dîner. J'aimerais nous racheter aux yeux de lady Sophronia. Qu'à défaut d'admirer le domaine, elle puisse dire que le service était à la hauteur et le dîner savoureux.

James se bougea enfin. Il reposa bruyamment le gong et son maillet sur la table de service.

— Oui, Votre Grâce. Tout de suite.

— Depuis quand est-il à votre service ? s'enquit la lady en jetant un coup d'œil vers la porte par laquelle James avait disparu.

— Oh, il est arrivé il y a trois jours. L'ancien majordome est parti il y a six mois, avec la moitié de l'argenterie. C'est du moins ce que nous supposons.

Il ajouta cette dernière précision pour mieux souligner la désinvolture de James Clay, tellement éloignée de l'esprit rigoureux du régisseur qui, lui, avait dressé la liste complète des objets manquants, volés ou cassés.

— C'est une explication. (Elle souriait, l'air ouverte et confiante, sans nul artifice.) Vous m'avez dit tout à l'heure que j'étais aimable, mais je n'ai fait qu'accepter votre hospitalité. C'est vous qui faites preuve de patience et d'amabilité, Votre Grâce. De ce que j'ai pu voir aujourd'hui, ce James aurait déjà dû être flanqué à la porte avec un bon coup de pied aux fesses.

Elle venait de prononcer le mot « fesses » ! Sans rougir ni glousser.

— J'avais besoin d'un majordome et il était disponible, déclara-t-il en réprimant avec peine un sourire.

Le vin arriva, précautionneusement transporté par Timothy qui, lui au moins, savait servir. Juste derrière lui, Randall entra dans la salle à manger en serrant dans ses mains gantées de blanc une grande soupière avec son couvercle. Sur ses talons, croquant à belles dents dans une grosse tranche de pain, apparut James Clay.

— Le dîner, Votre Grâce, l'informa le vrai duc en soulevant le couvercle de la soupière de sa main libre.

— Il faut que vous serviez les convives, chuchota Timothy.

— C'est *moi* qui sers ? demanda James en s'emparant de la louche dégoulinante de soupe.

Elliott eut envie de fermer les yeux jusqu'à ce que le chaos se résorbe, mais ce faisant, il risquait de ne pas voir la suite.

— Comme je l'ai déjà dit, James, expliqua-t-il en commençant à trouver drôle son air penaud, dès que le personnel sera de nouveau au complet, vous n'aurez plus à servir en tant que majordome, mais simplement à diriger les autres.

— Ah !

Une louche de soupe à l'oignon fut négligemment versée dans l'assiette de la lady, puis le duc et Randall transportèrent la soupière à l'autre bout de la table pour répéter le même geste auprès d'Elliott.

— Et maintenant, j'attends simplement sur le côté, je suppose ? murmura James, tête baissée.

— Oui. Au cas où nous aurions besoin d'autre chose, et pour aider quand les valets reviendront avec le plat suivant.

— Il faudra que nous discutions de l'embauche de personnel supplémentaire dès que nous le pourrons.

Avec une courbette exagérée, James laissa retomber la louche dans la soupière et reprit sa place près du gong.

Aïe ! Elliott se demandait ce que lady Sophronia pouvait bien penser de ce spectacle, mais elle se contentait de déguster sa soupe avec un appétit non feint. Il la goûta à son tour. *Hmm. Pas mal.* Mme Carvey était sans doute très contente de se remettre en cuisine pour une occasion qui en valait la peine et elle s'était surpassée. *C'est plutôt bon signe*, songea-t-il. Mais cela soulevait la question de savoir ce qu'elle avait bien pu faire l'année passée, quand elle leur servait principalement du ragoût ou du poulet bouilli – par manque d'argent, leur avait-elle expliqué.

— Si vous permettez..., dit lady Sophronia en se tamponnant délicatement le coin de la bouche avec sa serviette. J'ai toujours pensé que le meilleur moyen de régler un gros problème était de le scinder en plusieurs parties, et de s'attaquer à chacune d'entre elles comme si elle était indépendante. Quand j'accomplis une tâche, je suis si soulagée que cela me donne du courage pour m'attaquer à la suivante, alors même qu'elles font partie d'un ensemble plus large.

Une fois de plus, Elliott dévisagea avec attention son invitée – ou plutôt celle de James. Après une année d'incertitude et de frustration, à entendre encore et toujours que le nouveau duc se moquait du domaine et se réjouirait presque de voir le château rasé, se présentait enfin quelqu'un qui avait conscience des problèmes.

— Merci, milady. Votre analyse est concise, réfléchie et logique.

Elle s'empourpra.

— Je vous demande pardon, Votre Grâce. Je ne doute pas que vous soyez parvenu à la même conclusion et je ne fais que répéter une évidence. À ma décharge, mon père était colonel dans l'armée et un grand stratège. (Sa rougeur s'accentua.) En plus d'être comte, bien sûr.

Il hocha la tête.

— Mon... père, lui, était général en plus d'être duc. Certains d'entre nous font leur devoir alors qu'ils pourraient s'y soustraire, s'ils le désiraient.

Elle posa la main sur la table.

— Précisément. Je ne vois pas pourquoi on mènerait confortablement une vie luxueuse et oisive, simplement parce qu'on a eu la chance de naître riche, sans assumer les devoirs et les obligations que cela implique. C'est la raison pour laquelle je vous félicite d'avoir servi dans l'armée, Votre Grâce.

— Merci.

Il se garda bien de regarder dans la direction de James, mais il ressentait presque physiquement la vive contrariété du jeune homme. Et dire que le duc allait devoir rester là, sans parler, jusqu'à la fin du dîner ! Il en éprouvait une certaine jubilation.

— Comment répartiriez-vous les différents travaux à réaliser dans le domaine, si je puis me permettre ? demanda-t-il.

Elle avala une autre cuillerée de soupe.

— Pour l'instant, je n'ai qu'une vision floue de l'état de la propriété. Toute suggestion de ma part s'avérerait inutile, j'imagine. Vous y auriez sûrement déjà pensé.

— Alors demain, vous et moi partirons en reconnaissance de manière plus approfondie.

— Mais je ne puis abandonner ma dame de compagnie…

— Balivernes. James veillera sur elle. De toute façon, il n'a pas grand-chose à faire en ce moment. Et il n'en aura pas tant que nous n'aurons pas rendu à Earnhurst Manor sa splendeur.

Elle hésita, puis sourit de nouveau.

— Dans ce cas, j'accepte, fit lady Sophronia en se mettant à rire. Comment pourrais-je refuser ?

Elliott fit signe à James, qui se tenait les bras croisés et les mâchoires crispées, de procéder à la suite du service. Si le duc actuel refusait d'endosser ses responsabilités, il fallait bien que quelqu'un le fasse à sa place. Elliott songea que l'obligation faite à James de tenir compagnie à la suivante de lady Sophronia, en plus du fait d'entendre combien ses affaires s'arrangeraient si le domaine renaissait de ses cendres, serait bien plus efficace que tous les sermons et reproches qu'il avait pu déverser pendant de longs mois dans ses oreilles de sourd.

Si cela ne réussissait pas à convaincre James de se secouer et d'assumer ses responsabilités, alors rien ne le ferait. Aussi sûrement que les grains s'écoulaient dans le sablier, le temps était compté pour le fils de Richard Clay qui devait se ressaisir, prendre sa vie en main et endosser les charges de son rang.

8

Meg Pinwell

— Bien sûr qu'il faut que vous l'accompagniez ! déclara Meg, assise sur le lit aussi droite que possible pour atteindre le haut de la rangée de boutons dans le dos de Clara. Toutes les informations que vous réussirez à glaner sur l'impérieux besoin qu'a Earnhurst de ma dot, ainsi que sur l'état de délabrement dans lequel il a laissé tomber le domaine, me serviront d'arguments au cas où papa et maman rechigneraient à rompre nos fiançailles.

Elle frissonna, sans que ce soit vraiment feint. Le soin que cet homme portait à sa maison en disait long sur celui qu'il accorderait à sa femme.

— Et s'il est occupé avec vous, il ne viendra pas me voir.

Un duc n'avait évidemment aucune raison d'aller bavarder avec une dame de compagnie, mais elle ne voulait à aucun prix qu'il se souvienne de son visage.

— Je jouerai bien volontiers le rôle de l'espionne, dit Clara en se relevant tandis que Meg lui tapotait l'épaule. Mais l'idée de vous laisser ici mourir d'ennui ne me plaît guère. Et avec un majordome pour vous tenir compagnie, ce pourrait être choquant. Je n'ai pas consenti à tout cela pour finalement ruiner votre réputation.

— Mais ce n'est pas moi. Aux yeux du duc, du majordome et de tous les autres, je ne suis qu'une dame de compagnie. Une simple domestique, en somme. Et James est plutôt beau garçon. Cela ne me dérange pas du tout qu'il vienne me voir.

Elle sourit.

— Meg !

— Oui, je sais. Pour l'instant, je suis fiancée à son employeur. Et ce n'est qu'un majordome. Je ne suis pas stupide. (Elle baissa les yeux sur son pied enflé.) Enfin, pas toujours...

— Bien sûr que non ! Et je n'ai pas envie de laisser passer l'occasion de visiter une propriété avec un homme qui me demande mon avis, dit la tante de Meg en gloussant. C'est tellement rare !

— Certes ! Sauf si le Pirate est à la hauteur de sa réputation et qu'il est plus intéressé par vous que par votre opinion.

Clara rougit violemment. Cela étonna Meg ; sa tante considérait qu'on accordait aux hommes bien plus d'attention et de respect qu'il ne leur était dû. En outre, le duc – le sien, pour le moment, même si elle avait bien l'intention de rompre leurs fiançailles – était très sévère et rébarbatif. Pas vraiment du genre à troubler une femme.

— Clara ?

— Je suis désolée, dit celle-ci avec vivacité. L'idée qu'il puisse me regarder, moi, ne m'a jamais traversé l'esprit avant que vous en parliez. Il va falloir que je me prépare à le rabrouer. (Elle fit la grimace.) Croyez-vous vraiment qu'il se moque de mon avis ?

— Je pense qu'il est d'abord à la recherche de compliments de votre part, et j'espère sincèrement qu'il n'ira pas jusque-là. Après tout, vous êtes très intelligente.

— Bon, je vais aller retrouver Sa Grâce. Vous êtes sûre que cela ne vous dérange pas ?

— Sûre et certaine. Et c'est à moi qu'on a inculqué toutes ces notions de savoir-vivre et de bienséance, tandis que vous appreniez à lancer des couteaux et à pratiquer l'escrime. Ma porte sera ouverte et les domestiques seront dans les parages. D'ailleurs, cette vilaine cuisinière doit de temps en temps se retrouver seule dans la cuisine avec le majordome ou un valet de pied sans que personne ne se préoccupe de sa réputation, pour autant que je sache. Alors, pourquoi pas moi ?

— C'est exact, mais je vous signale que Mme Carvey est une *vraie* cuisinière.

Meg feignit d'être horrifiée.

— Clara Bosley ! Voulez-vous dire par là que sa réputation compte moins que la mienne, que Mabel compte moins que Meg, à cause de notre différence de rang dans la société ?

— Oh, taisez-vous ! Vous êtes ma nièce et mon amie, et je m'inquiète pour vous. Notamment parce que vous êtes blessée, ce qui n'était pas prévu.

Meg esquissa un sourire.

— Non, ce n'était pas prévu. Je sais bien que vous vous faites du souci pour moi, et je vous en aime d'autant plus. Mais tout va bien se passer. Je vais envoyer ce James à droite et à gauche, si bien qu'il n'aura pas le temps de compromettre ma réputation, même s'il le souhaite.

Et même si être enlevée par le beau majordome à cet homme qu'elle trouvait affreux et ne voulait plus épouser ressemblait beaucoup aux intrigues de ces livres romantiques qu'elle adorait.

— Vous êtes encore d'une logique imparable, ma chère. Bravo !

— Merci !

Meg se laissa retomber sur une généreuse pile d'oreillers qui lui permettait de se tenir presque assise dans le lit.

— J'ai hâte d'interroger James – avec tact, bien sûr – sur son employeur. Après tout, qui sont les mieux placés pour connaître un homme sinon ses domestiques ? Enfin, pas celui-ci puisqu'il vient d'arriver, mais je lui demanderai de me présenter au valet de chambre d'Earnhurst. Un valet connaît forcément les plus petits travers de son maître.

À vrai dire, après une demi-heure passée à observer et écouter le duc, elle avait déjà appris tout ce qu'elle voulait savoir sur lui. Mais comme elle s'était laissé prendre au piège avec Clara pour une quinzaine de jours de plus, elle entendait faire bon usage de son temps. À la fin de son séjour, elle avait l'intention de présenter à ses parents un rapport complet et objectif.

— C'est un bon plan.

— Faites bien attention avec lui, Clara, la prévint Meg. Nous n'ébruiterons pas ce séjour à Londres, mais la réputation d'Earnhurst n'est plus à faire là-bas. Qui sait ce qu'il ira raconter sur nous ?

— Il peut répandre les ragots qu'il veut sur lady Sophronia Frumple et sur Mlle Mabel Gooster. Personne ne saura de qui il parle, puisqu'elles n'existent pas. Il a peu de chances de me croiser lors d'une réception puisque je les fuis, et sans doute n'aura-t-il même pas fait attention à vous.

Compte tenu du milieu restreint dans lequel évoluait le beau monde, Meg risquait forcément de tomber sur Earnhurst un jour ou l'autre, et il la remarquerait. Après tout, elle serait celle qui l'a éconduit. Mais les probabilités pour que le duc fasse attention à Mabel ici et la reconnaisse ensuite à Mayfair étaient infimes. Le raisonnement de Clara se tenait, Dieu merci. Sinon, Meg aurait déjà commencé à s'affoler.

Il était d'ailleurs plus vraisemblable qu'Earnhurst, outré par la rupture de leurs fiançailles, l'ignore superbement au lieu de lui parler. Cela correspondrait tout à fait au tempérament de celui qui défrayait la chronique, et qui leur avait fait visiter la veille la maison tout en se vantant de vices plus abominables les uns que les autres.

— Allez-y ! Et apprenez-en autant que vous le pouvez, répéta-t-elle en lui faisant signe de partir. J'ai de l'eau et deux tranches de pain pour me faire tenir jusqu'à l'arrivée de James.

Ses repas très ordinaires étaient un autre sujet, mais si elle se mettait à la place de Mabel, elle savait que celle-ci n'aurait pas émis la moindre plainte. Après tout elle était nourrie, même si cela méritait l'appellation de nourriture uniquement parce qu'on la mâchait et qu'on l'avalait.

— J'y vais, j'y vais ! s'exclama Clara avant de saisir son ombrelle et son réticule. Je vous promets d'être très hautaine et très snob.

— Merci.

— Et n'oubliez pas, Meg : vous avez promis d'écrire tous les jours une lettre à vos parents, et moi aussi. Nous enverrons Wilson les poster à Remiton, à l'attention de votre femme de chambre. Nous ne pouvons évidemment pas demander au duc de le faire. Nelly les déposera discrètement avec le reste du courrier.

— Oh oui ! Je vais leur raconter la belle journée que nous avons passée dans le Dorset et leur décrire le Hampshire que nous avons traversé hier. Et leur dire qu'aujourd'hui, nous nous apprêtons à visiter Basingstoke.

Laissant la porte ouverte, sa tante descendit pour aller faire le tour de la propriété qui couvrait un millier d'acres. Que l'invitation d'Earnhurst soit motivée par un désir sincère d'avoir son avis, ou qu'il veuille voir lady Sophronia en tête à tête pour essayer de la séduire, avec Clara Bosley il avait trouvé une adversaire à sa taille. *Ha ha.* On aurait dû obliger tous les beaux parleurs à entamer une discussion avec elle. Meg ne voyait que sa tante pour leur rabattre le caquet et leur démontrer que le sexe fort ne devait sa prétendue supériorité qu'à la tradition.

Meg tourna son regard vers les deux fenêtres, à l'autre bout de la chambre. Si le jardin et le parc avaient été mieux entretenus, elle aurait sautillé jusque-là pour aller admirer la vue, mais rien à Earnhurst ne la tentait vraiment et, en outre, elle devait laisser sa cheville au repos pour qu'elles puissent repartir le plus tôt possible.

Elle était condamnée à passer la matinée à somnoler ou à ne rien faire. Mais elle était allongée dans ce lit depuis bientôt vingt-quatre heures et elle s'ennuyait à mourir. Elle croisa les bras sur sa poitrine. Quelle mouche l'avait donc piquée ? Espionner un homme qu'elle n'avait jamais vu pour conforter sa décision de ne pas l'épouser, tout cela après avoir passé un an à attendre en vain une lettre, une visite, une manifestation de... bref, n'importe quoi de la part de James Clay, duc d'Earnhurst ?

C'était une interrogation qui contenait sa propre réponse et, comme l'avait souligné Clara, elle était venue chercher une nouvelle excuse pour rompre ses fiançailles. Un détail ou un fait qu'elle ignorait encore il y a un an, quand elle avait accepté cet engagement. Simplement, elle ne se doutait pas que cette excuse serait aussi évidente et que l'intéressé admettrait lui-même sa duplicité.

— Quel sale bonhomme, dit-elle à voix basse.

Un coup résonna sur la porte ouverte.

— J'espère que vous ne parlez pas de moi, déclara nonchalamment James, le majordome, en entrant dans la chambre.

— Absolument pas, répliqua-t-elle en souriant.

La méditation ne lui réussissait pas et toute interruption était bienvenue. En particulier quand ce qui l'interrompait avait des yeux gris qui la dévisageaient.

Les domestiques ne la regardaient jamais ainsi, mais pour tout le monde à Earnhurst elle faisait partie du personnel. Peut-être qu'ils s'observaient tous avec insistance à longueur de journée et qu'elle n'y avait jamais fait attention.

— Je suis ennuyée à cause de tous les soucis que j'ai causés à lady Sophronia.

— Ah ! Je peux vous affirmer qu'elle était pleine d'entrain quand elle a sauté dans le cabriolet il y a quelques minutes.

— Un majordome ne devrait pas parler ainsi de ses supérieurs !

Le beau domestique plissa un œil.

— Je suis nouveau ici, déclara-t-il.

— C'est ce que j'ai entendu dire, dit-elle en l'observant un instant. Moi aussi, je suis une nouvelle recrue, improvisa-t-elle. (Après tout, s'il lui demandait conseil, elle risquait de passer pour une ignorante.) Je crois que lady Sophronia avait simplement besoin de compagnie pour voyager.

— Elle vous aime bien. Je n'en dirais pas autant de mon employeur.

Sans qu'elle lui ait rien demandé, il s'installa sur la chaise que Clara avait tirée près du lit.

— Si nous bavardions ? proposa-t-il. Les domestiques adorent papoter entre eux, pas vrai ?

Meg haussa les sourcils, surprise de voir ses vœux si rapidement exaucés.

— Je dois reconnaître que le duc d'Earnhurst excite ma curiosité. Le nouveau duc, bien sûr. On entend et on lit tellement de choses à son sujet.

Souriant, James croisa les bras sur sa poitrine, exactement comme elle l'avait fait.

— Racontez-moi ce que vous avez entendu, et je vous dirai si c'est vrai.

— Très bien. Est-il vrai qu'il n'est pas allé à l'enterrement de son père parce qu'il jouait au pharaon ?

Il cligna de l'œil gauche.

— Vous êtes sérieuse ?

— Oh, j'ai toute une liste de questions à vous poser. Ce n'est que la première. Vous préférez ne pas y répondre ?

— Je ne suis pas obligé d'y répondre dans l'ordre. (Il se leva et se dirigea vers la coiffeuse.) Vous n'auriez pas un peu de whisky, par hasard ?

— Comment ? Mais vous n'avez pas le droit de boire pendant votre service ! Cela a failli vous attirer des ennuis hier.

Il se retourna vers elle et inclina la tête.

— Je peux parfaitement boire pendant mon service. Il suffit de ne pas se faire prendre. C'est votre arrivée qui m'a attiré des ennuis, et non ce que j'ai bu.

— Donc, vous étiez bel et bien ivre quand j'ai dit que vous empestiez le vin.

— J'avais effectivement bu. Et pourtant, j'ai parfaitement rempli ma tâche, qui consistait à vous transporter héroïquement jusqu'à ce lit et à vous y déposer saine et sauve.

Meg eut un petit rire.

— Et à remettre ma robe à l'endroit. Soyez-en également remercié. La chute m'avait coupé le souffle. J'ai commencé par voler dans les airs et, avant d'avoir pu en profiter, j'ai durement atterri sur le sol.

James acquiesça en souriant.

— C'était assez spectaculaire. Et j'ai admiré votre réaction : vous ne vous êtes pas agitée dans tous les sens en poussant des cris perçants. La plupart des femmes que je connais auraient montré... moins de sang-froid. (Il revint rôder près du lit.) Alors, que pouvez-vous me proposer à boire ?

Quelle expérience des femmes pouvait bien avoir un majordome ?

— Juste un verre d'eau. Et il reste une tranche de pain, si vous voulez.

Il se rassit et s'empara du pain sur l'assiette.

— Merci. Et oui, Earnhurst jouait bien au pharaon pendant les funérailles de son père. Il était aussi éméché et, d'après ce que j'ai pu comprendre, de fort mauvaise humeur. Ils ne s'entendaient pas, vous savez, l'ancien duc et le nouveau. Je crois qu'il se sentait... indigne d'assister à l'enterrement de cet ennuyeux vieillard. Une dispute n'a plus de sens s'il manque un des protagonistes, voyez-vous.

Cela ne lui était pas venu à l'esprit.

— Vous voulez dire qu'il avait l'impression d'avoir volé sa victoire ?

— Quelque chose comme ça.

Le pain, qui avait été légèrement grillé pour en ôter l'humidité ou le goût rassis, croqua un peu sous ses dents. Il le contempla en fronçant les sourcils.

— Comment, pas de beurre ? Vous êtes donc une ascète ?

Tandis qu'il parlait, quelques miettes tombèrent de sa bouche.

— Je n'y suis pour rien. Cette diablesse de cuisinière prétend que les mets les plus simples favorisent la guérison. Lady Sophronia m'a dit qu'hier soir ils avaient mangé du chevreuil. Je ne sais pas pour vous, mais moi j'ai eu droit à un potage à l'oignon avec encore un morceau de pain, et cette nuit j'ai *rêvé* que je dévorais un rôti de chevreuil.

Le majordome éclata de rire.

— J'ai volé les restes. Quelle barbe de devoir rester debout à regarder les autres manger, surtout quand vous n'avez qu'une pomme et un bout de fromage dans le ventre !

Vance, le majordome de Brundon Hall, souriait parfois, mais seulement si le père ou la mère de Meg s'adressait directement à lui. Autrement, on aurait pu le prendre pour une statue vivante tandis qu'il remplissait ses tâches, impassible et silencieux. Quant à l'entendre rire, eh bien, jamais elle n'avait vu ni entendu un majordome le faire. Meg rendit son sourire à James.

— Du fromage ? Vous faites le fanfaron !

Il la dévisagea un instant.

— Je vais aller vous en chercher, décréta-t-il en se levant. Mme Carvey ne me fait pas peur.

— À moi non plus. Mais je ne peux pas aller la voir pour lui dire ce que je pense. (Il était déjà sur le palier quand elle eut soudain une idée.) Je sais que vous ne pouvez pas passer votre journée avec moi, mais ce qui me ferait très plaisir, ce serait que vous m'apportiez un livre en même temps que le fromage que vous aurez chapardé pour moi.

Le majordome se retourna vers elle et esquissa une courbette à la fois désinvolte et élégante.

— Vous avez une préférence ?

Meg se laissa retomber sur ses oreillers.

— Je vous laisse me faire la surprise.

— Ah ! Vous risquez de le regretter.

Le bruit de ses pas s'atténua dans le couloir tandis qu'il se dirigeait vers l'escalier, et le silence retomba. Chaque fois qu'elle repensait à Brundon Hall, les sons faisaient partie de ses souvenirs, étroitement liés et inséparables des odeurs : les bavardages des domestiques, le bruit des portes qui s'ouvraient et se refermaient, le froissement des draps que l'on aérait et le cliquetis des âtres que l'on nettoyait. Rien que des sons, mais qui faisaient que Brundon était *sa* maison.

Cette demeure, en dépit de son nom plus prestigieux, ne résonnait pas de tous ces sons familiers. Earnhurst Manor avait beau symboliser un titre illustre, il peinait à incarner un foyer, du moins aux yeux de la jeune femme. Elle regarda de nouveau du côté de la porte.

Même si leur visite avait mal commencé, Clara s'amusait visiblement beaucoup dans son rôle de fille de comte. Meg aurait aimé assister davantage à son petit numéro. En réalité, l'aplomb de Clara lui faisait penser qu'elle-même, véritable fille de comte, pourrait mieux profiter de ce privilège. Ou du moins, en jouer davantage. Peut-être n'était-elle pas suffisamment arrogante.

Sa conversation avec le majordome avait été distrayante ; elle ne s'y attendait pas du tout. D'après Clara et ce qu'elle avait pu en juger par elle-même, cet homme n'était pas franchement compétent, ou alors il était vraiment novice dans le métier. Mais il avait volé à son secours dans l'escalier, il était venu bavarder avec elle et lui avait tenu des propos amusants, et enfin il avait répondu à sa première question concernant Earnhurst. La réponse l'avait surprise ; peut-être que ne pas venir à l'enterrement avait été une façon pour le duc de manifester son chagrin.

Mais, mieux encore que les ragots, James lui avait promis du fromage. Et un livre. Qu'allait-il bien pouvoir lui rapporter ? Lisait-il seulement ? Était-ce étrange qu'elle-même veuille lire ? Elle n'avait pas songé qu'une dame de compagnie pouvait très bien être illettrée. Avait-elle fait une gaffe ? Si cette supercherie s'ébruitait, elle ne pourrait plus jamais se montrer à Londres, quelles que soient les circonstances. Et jamais plus elle n'oserait regarder le duc d'Earnhurst en face.

9

Clara Bosley

— Ne me dites pas que tout cela est arrivé l'an passé pendant que vous observiez la période de deuil !

Clara tendit la main pour attraper une pomme brune et ridée avant de la laisser retomber. Elle s'essuya la main sur sa jupe et leva les yeux vers l'arbre, dont les rameaux délicats montaient vers le ciel, hérissés de petites pousses vertes semblables à de minuscules drapeaux agités par le vent. Les pommiers n'étaient pas morts, mais la récolte avait l'air d'avoir pourri sur place ; seuls les écureuils et les daims en avaient profité.

— Il y a six ans, Sa Grâce, enfin... mon père a annoncé qu'il me confiait les rênes d'Earnhurst et de toutes ses terres. Rien ne devait s'y faire sans mon accord. Quant à moi, je vivais à Londres et ne souhaitais pas endosser cette charge. J'y voyais une ruse de sa part pour m'attacher au domaine.

— Je comprends mieux, dit-elle lentement, étonnée de le voir reconnaître sa culpabilité, quelles qu'en soient les raisons.

— Bref, voilà pourquoi la maison et le parc sont dans cet état déplorable, poursuivit-il. En revanche, je ne suis pas entièrement fautif pour le verger. Sa Grâce a pris froid, il y a deux ans. Nous avons tous cru, y compris lui, que ce n'était qu'une indisposition qui durait plus longtemps que prévu. Mais il n'a jamais guéri. Tandis qu'on le soignait, les affaires courantes ont été quelque peu... délaissées ou même oubliées. Parmi lesquelles la cueillette des pommes.

Le duc donna un coup de pied dans une autre pomme, qui s'écrasa contre sa botte. Avec un juron, il arracha une poignée d'herbe pour nettoyer le bout de sa chaussure, sous le regard pensif de Clara. Elle n'avait jamais tenu la haute aristocratie en grande estime, même après que sa famille y eut fait son entrée au moment du mariage de sa sœur avec le comte de Brundon. Elle reconnaissait manquer d'objectivité mais elle trouvait que plus le rang était élevé, moins celui ou celle qui l'occupait était compétent.

Rien de ce qu'elle avait observé à Earnhurst Manor ne l'avait fait changer d'avis – sauf qu'elle n'avait jamais vu un duc nettoyer lui-même ses bottes ou, comme la veille, dégager le pied de Meg de la balustrade en affirmant, sans se tromper, qu'il s'agissait d'une entorse.

— Votre répugnance à vivre ici a perduré après la mort de votre père ?

— Je... je crois que oui. Cela fait des années que j'évite ces lieux, que j'ignore les lettres innombrables que m'envoient ses avoués et son régisseur. Et quand mon père m'a écrit en personne, je lui ai répondu qu'Earnhurst lui appartenait et qu'il lui revenait de s'en occuper. Il avait des employés chargés d'y veiller.

— Sans entrer dans les détails, j'imagine que ce désaccord avec votre père était sérieux ?

Earnhurst lui lança un regard.

— À mes yeux, oui. Mais je ne souhaite pas vous faire part de mes doléances personnelles. Outre le fait que nous nous connaissons à peine, lady Sophronia, c'est loin d'être le seul exemple de mon comportement discutable.

Zut ! Elle y était sans doute allée un peu fort.

— Je vous demande pardon, Votre Grâce, se hâta de dire Clara avec une petite révérence. Vous m'avez demandé mon avis sur l'état du… eh bien, du domaine, pas de commenter vos relations familiales.

Elle reprit sa respiration.

Il lui fit signe de remonter dans le cabriolet.

— Disons que nous étions deux hommes têtus, chacun refusant d'être le premier à demander pardon, voilà tout. À présent, si nous poursuivions notre visite ?

— Mais bien volontiers. Je ne voulais pas vous blesser.

— Vous ne m'avez pas blessé.

Tant mieux. Parce qu'elle avait d'autres questions à lui poser. Et elle aimait sa façon de ne pas les éluder, malgré sa réputation.

— Alors si je peux me permettre, et compte tenu de mon expérience, quand mon père établissait le budget annuel de la maison et qu'il se produisait un événement inattendu, il jurait beaucoup et coupait dans d'autres dépenses moins urgentes pour dégager de l'argent. Tout ceci, ajouta-t-elle en désignant les terres qui les entouraient, est impossible à prendre en compte dans un budget. (Elle se força à rire.) J'espère que la famille de votre future épouse est très riche.

— Je crois que c'est le cas, répliqua-t-il en l'aidant à remonter dans le cabriolet. Mais je ne sais pas à quoi pensait mon père quand il a arrangé ce mariage. Le domaine se suffit à lui-même, même en l'état actuel.

Clara était prête à le croire. Pendant toute la matinée il avait été franc, hésitant seulement quand elle lui posait des questions sur son père, et il n'avait refusé de répondre qu'à une ou deux questions. De tout ce qu'elle avait pu lire ou apprendre, le duché d'Earnhurst était riche, en dépit des craintes de Meg. L'idée que la jeune femme ait pu faire l'objet d'un accord pour de l'argent, que son père en ait été conscient ou non, l'horrifiait.

— Vous me donnez l'impression d'avoir la tête bien faite, Votre Grâce, dit-elle avec vivacité en croisant les mains sur ses genoux. Vous êtes très aimable, mais j'ai du mal à croire que vous parcourez vos terres pour la première fois et que vous n'avez pas encore pris la mesure des travaux à réaliser. D'où ma question : pourquoi m'avez-vous demandé de vous accompagner aujourd'hui ?

Il lui lança un regard de biais.

— Je ne sais pas très bien, dit-il, les sourcils froncés. J'imagine que c'est parce qu'il est infiniment plus agréable d'avoir avec soi quelqu'un qui compatit. Et je suis soulagé d'être loin de ce tourbillon qu'est Mayfair et de pouvoir bavarder tranquillement avec vous.

Personne n'était plus friand de compagnie féminine que le nouveau duc d'Earnhurst, qui écumait toutes les soirées de la capitale. Mais peut-être était-ce l'image qu'il donnait en public et que, en réalité, c'était un homme qui aimait la campagne et les discussions paisibles. *Hmm.* Peut-être lui aussi jouait-il la comédie. Apparemment non, mais la journée précédente leur avait réservé bien des surprises, et leur séjour était loin d'être terminé. Si elle n'avait rien su de lui avant leur rencontre de la veille, par exemple, elle se serait simplement déclarée séduite par sa conversation, ses manières, son humour pince-sans-rire et son physique. Et au cours de cette matinée, il avait été l'incarnation même du gentleman, malgré son surnom de Pirate.

— Très bien.

— Et par commodité, poursuivit Earnhurst en redressant les épaules, faisons comme si le James Clay qui a laissé faire ce gâchis et celui qui veut restaurer le domaine étaient deux personnes différentes.

Ainsi, nous n'aurons pas à nous préoccuper de mes états d'âme. Cela vous convient-il ?

Clara savait ce qu'était la frustration, et elle comprenait aussi que l'on puisse être en désaccord avec sa famille ; elle savait comment cela pouvait déteindre sur ses propos et même sur sa propre conduite. Elle hocha la tête et rattrapa à temps son stupide chapeau qui la gênait.

— Oui. Mon père disait toujours qu'une bataille ne ressemble jamais à la suivante. Il voulait dire par là que s'attarder ou revivre l'ancienne empêche d'avoir un regard neuf sur la nouvelle.

Un sourire apparut sur le visage austère du duc, le rendant à la fois chaleureux et plaisant.

— Je crois que nos pères se seraient bien entendus.

Aïe, aïe, aïe !

— Comme nous allons nous entendre aussi, je l'espère, dit-elle, le cœur battant.

Elle avait chaud et se sentait parcourue d'étranges fourmillements. Elle espéra ardemment que son visage ne trahissait pas ce soudain… trouble en sa présence. Sa nièce était pour le moment fiancée à cet homme, même si Meg comptait rompre son engagement. D'ailleurs, il n'avait rien dit qui laisse penser à une tentative de flirt. Il avait seulement souri. Clara se ressaisit. Elle était là pour découvrir la vraie nature du duc et ses motivations.

— À présent, reprit-elle avec vivacité en plaquant les mains contre ses cuisses, vous préparez un mariage. Il aura lieu dehors, je suppose ?

Il hésita, la regarda, puis se tourna vers l'avant du cabriolet.

— Oui, c'est ce qui est prévu.

— Alors je pense qu'il faut vous attaquer d'abord aux jardins. Et ensuite à l'extérieur de la maison. Puis, si j'étais vous, je poursuivrais les travaux dans les pièces où vous recevrez du monde. Salons, salle à manger, bibliothèque, boudoirs... Et aussi les chambres destinées aux invités. Si les cartons d'invitation n'ont pas encore été envoyés, réduisez-les au maximum. Ce seraient de véritables travaux d'Hercule que de rénover l'ensemble des chambres et des couloirs dans un délai aussi court.

— Moins d'invités, moins de chambres à remettre en état, marmonna-t-il en acquiesçant. Et quelle explication donner concernant ce qui restera à faire ?

— Vous pourrez toujours dire que vous n'avez pas les mêmes goûts que votre père et que vous voulez tout changer. Condamnez les pièces où cette soi-disant rénovation est « en cours ».

— C'est une excellente idée. Et un bon début, approuva-t-il. Avec votre permission, j'aimerais vous montrer l'étang et les deux folies qui le surplombent. La cérémonie pourrait y avoir lieu et, même si on ne s'en sert pas, je pense qu'il faut les réparer ou les cacher, car on les voit du jardin.

— Mais certainement. Avec plaisir. Et bien sûr, je vous donnerai mon avis. J'adore donner mon avis.

Tenue par leur récent accord, elle ne pourrait pas lui demander pourquoi les folies étaient à l'abandon, mais elle imaginait que c'était pour la même raison : deux tempéraments butés refusant de régler leurs différends, jusqu'à ce qu'il soit trop tard.

En fait, la seule chose qui ne collait pas était le timbre affectueux et admiratif qui perçait dans la voix d'Earnhurst quand il parlait de son père. La colère et la frustration à l'origine de l'état de délabrement du domaine semblaient contradictoires avec une telle affection. Cela venait peut-être d'elle et de son goût pour les mystères, bien sûr, mais elle voulait obtenir davantage d'indices avant de tirer des conclusions.

En même temps, elle doutait que ce qu'elle découvrirait puisse avoir une influence sur Meg. Sa nièce avait pris sa décision : elle n'épouserait pas cet homme. Ni la rénovation tardive du domaine ni l'explication des rapports houleux entre le père et le fils ne la convaincraient. En réalité, ce que voulait Meg, c'étaient des faits probants ou des ragots inédits lui permettant d'annuler l'alliance conclue entre les Pinwell et les Clay, et le rôle de Clara se cantonnait à réunir ces informations.

— Comment va Mlle Mabel, ce matin ? demanda le duc en interrompant le cours tumultueux de ses pensées.

— L'œdème a un peu diminué, mais sa cheville est encore très douloureuse. Merci encore d'avoir fait venir le Dr Grimsby. Nous sommes extrêmement redevables de votre bonté.

Il eut un petit reniflement agacé.

— La présence d'invitées à Earnhurst va me... motiver, ainsi que mon personnel, milady, et je vous en sais gré. (Son visage se rembrunit soudain.) Même si je déplore l'accident qui est arrivé à votre dame de compagnie, bien évidemment. Par contre, vous êtes arrivées au bon moment.

— Je commence à croire que ce petit séjour nous sera bénéfique à tous.

Elles ne s'étaient pas attendues à tomber sur le duc d'Earnhurst en personne, et l'aveu qu'il leur avait fait de son ivresse et de sa négligence n'avait pas plaidé en sa faveur. De grands pans du domaine étaient en déshérence et Clara ne pouvait pas reprocher à Meg de vouloir prendre ses jambes à son cou.

En même temps, l'homme avec lequel elle discutait aujourd'hui était courtois et sérieux, désireux d'entendre l'avis d'une personne inconnue – une femme, de surcroît – simplement parce qu'il pensait qu'elle pouvait lui offrir un autre point de vue que le sien. Cela plaidait en sa faveur, tout comme son apparente détermination à redresser la situation. Compte tenu de ces éléments, elle répugnait à le classer dans la catégorie des « voyous » après l'avoir seulement côtoyé une journée ; cela lui semblait prématuré et trop facile.

Peut-être devrait-elle conseiller à Meg d'adopter le même pacte que celui qu'elle venait de conclure avec Earnhurst : écarter tout ce qui s'était passé avant et baser sa décision sur ce qu'il s'apprêtait à faire pour sortir de cette situation désastreuse. Il fallait que sa nièce fasse connaissance avec lui avant de décréter qu'il ne la méritait pas comme épouse.

Elles étaient contraintes et forcées de rester ici deux semaines, alors autant mettre ce séjour à profit. Il fallait que l'une d'entre elles au moins observe tout cela sans œillères pour rendre des avis justes et mesurés. Et si ce devait être elle, eh bien, soit !

10

James Clay

James sursauta en recevant un vigoureux coup de cuillère en bois sur le dos.

— Fiche-moi le camp, sale voleur ! C'est pour le dîn...

Il fit volte-face ; il tenait plusieurs morceaux de fromage à la main et terminait d'en dévorer un. Les mots de la cuisinière s'étranglèrent dans sa gorge et elle fit un pas en arrière, cachant la cuillère dans son dos. Il mastiqua son fromage et l'avala.

— Je vous demande pardon ? fit-il d'une voix mielleuse.

— Je... je suis vraiment désolée, Votre Grâce. J'ai cru que vous... que... Je vous avais pris pour ce maudit Timothy. Il passe son temps à chaparder dans la cuisine. Oh, mon Dieu, je suis navrée ! Pardonnez-moi, Votre Grâce.

Encore heureux qu'elle l'ait pris pour le jeune valet de pied, et non pour l'autre vieil épouvantail.

— Non, madame, je ne suis pas le valet de pied. Je suis le majordome, déclara James en terminant d'envelopper les morceaux de cheddar qu'il était allé découper sur la roue remisée dans l'office. Et à partir de maintenant, vous donnerez à notre jeune blessée la même nourriture que celle que vous servez à table.

— Mais... Votre Grâce, elle... Les plats trop riches ralentissent la guérison. Et ce n'est qu'une domestique !

— Il me semblait bien que c'était surtout ce dernier point qui vous gênait, madame Carvey. Contrairement à nous autres, Mabel Gooster est coincée là-haut. Soyez gentille avec elle.

C'était la raison pour laquelle il avait décidé, en plein milieu de leur conversation, que Mabel ne serait plus seulement nourrie de pain, de bouillon et d'eau. Elle était prisonnière ici. Exactement comme lui. Les domestiques, eux, étaient libres de s'en aller. *Bon sang !* Les trois quarts d'entre eux étaient déjà partis. À tout moment, Riniken pouvait rendre son tablier et quitter Earnhurst à son tour. Certes, moins il voyait son régisseur, mieux il se portait, mais James savait qu'il lui était nécessaire pour l'instant. Sinon la société cesserait de l'appeler le Pirate, qui avait le mérite d'être un surnom intelligent, pour le désigner comme le chevalier à la Triste Figure ou une idiotie du même acabit. *Enfer et damnation !*

La cuisinière continuait à le dévisager avec des yeux ronds, et il fit un pas en avant.

— C'est un ordre, madame Carvey.

— Je... Oui, Votre Grâce.

— James.

Elle devint écarlate.

— James, répéta-t-elle, manquant s'étrangler.

— Merci.

Il fourra le fromage dans sa poche, tourna les talons et se dirigea vers l'avant du château. La bibliothèque avait été le domaine de son père, un endroit synonyme de sévérité, d'érudition et de devoirs – bref, de tout ce qu'on lui avait jeté à la figure depuis sa naissance. Depuis son retour, il l'évitait, malgré les tentatives répétées de Riniken pour l'y attirer.

Mabel Gooster lui avait demandé de la lecture. Elle n'avait pas émis de préférence et désirait être surprise. Il en déduisait qu'il lui fallait choisir un livre auquel elle ne s'attendait pas de sa part, mais lequel ? Il n'en avait pas la moindre idée, puisqu'ils venaient de faire connaissance et qu'il était majordome depuis un jour à peine.

Pourtant, elle avait une façon de bavarder qui l'amusait. Elle était aussi très mignonne, avec ses cheveux d'ébène et ses yeux d'un bleu transparent. Il n'avait jamais su résister à un joli minois. La porte de la bibliothèque était coincée et il donna un coup d'épaule pour l'ouvrir.

La dame de compagnie d'une lady, tout comme un tuteur ou une gouvernante, n'était pas vraiment considérée comme une domestique. Elle se situait un cran au-dessus du personnel, mais en deçà des membres de la maisonnée. Il avait toujours mis un point d'honneur à ne pas fricoter avec les servantes. Mabel Gooster n'entrait pas dans cette catégorie, mais il était encore d'un rang infiniment trop élevé par rapport à elle. Néanmoins, si on ne devait pas courtiser quelqu'un qui vous était socialement inférieur, il allait jouer au majordome pendant quinze jours et elle ne saurait rien de sa véritable identité.

Évidemment, il pouvait lui conter fleurette et peut-être lui voler un ou deux baisers, tout en essayant de se faire à l'idée que d'ici peu il serait marié. Il lui apporterait le fromage et le livre demandés, et il lui tiendrait compagnie parce qu'elle avait failli se rompre le cou à cause de sa négligence. Et aussi parce qu'elle était jolie et qu'elle avait de la repartie.

La bibliothèque sentait le moisi, une odeur qui s'expliquait par une tache d'humidité qui partait du mur sous la rangée de fenêtres et qui avait envahi les trois étagères de gauche. Encore des dégâts, encore des travaux et des décisions à prendre ! Une bonne cinquantaine d'ouvrages devaient être fichus et il ne prit même pas la peine de les regarder. Il ne manquerait plus qu'elle tombe malade, après s'être blessée.

Quel était le livre que personne ne s'attendrait à recevoir de lui ? La question était épineuse, d'autant qu'il n'était plus lui-même à proprement parler : il était James Riniken. Encore heureux qu'il ait réussi à conserver son prénom.

Finalement, il ferma les yeux, tourna sur lui-même, le bras tendu, et attrapa le premier livre qui lui tomba sous la main. Il le glissa sous son bras sans le regarder et revint dans le couloir. Il remonta l'escalier pour se rendre dans la chambre où se trouvait Mabel.

— Voilà ! dit-il en lui tendant le fromage enveloppé dans un linge. J'espère que vous aimez le cheddar.

Il se laissa tomber sur la chaise.

— Vous l'avez volé ? demanda-t-elle avec un sourire de conspiratrice.

— Je l'ai pris pour la bonne raison qu'il était destiné au repas de ce soir.

Avec un gloussement ravi, elle écarta le linge et croqua dans un morceau de fromage.

— Du cheddar. J'adore ça.

James se mit à rire.

— Vous êtes facile à contenter.

— Si vous saviez comme j'avais faim !

Cela le contraria et son sourire s'évanouit. Il ne recevait jamais chez lui à Londres, préférant se rendre à des réceptions, aller jouer aux cartes ou voir des femmes. Mais cette maison était désormais la sienne, et il s'avérait qu'une de ses invitées n'avait pas mangé à sa faim. Quel début catastrophique ! Une invitée sur deux était affamée.

— Je vais veiller à ce que vous ayez un déjeuner consistant.

— Oh, mais je ne voulais pas me plaindre, dit-elle en écarquillant les yeux. Je me suis juste confiée à vous. Tout naturellement, vous savez.

Oui, comme cela se faisait entre domestiques. De son point de vue, du moins. Jamais elle n'aurait eu l'idée d'aller voir sa maîtresse, et encore moins le soi-disant duc d'Earnhurst, pour leur dire qu'elle avait faim. Menue comme elle était, au bout de quelques jours il ne serait plus rien resté d'elle.

— Je suis peut-être nouveau ici, déclara-t-il en s'efforçant de ne pas crisper les mâchoires, mais je suis majordome. À la tête du personnel de cette maison. Et ma tâche ne consiste pas uniquement à compter l'argenterie.

— Dans ce cas, je vous remercie, James. Pour le fromage et pour vos efforts. Mais ne vous mettez pas martel en tête : je suis ici de passage et cette maison est désormais la vôtre.

Si seulement Mabel avait su à quel point elle était dans le vrai ! Cela lui fit l'effet d'un coup de poing en plein visage. *Sa maison*. C'était la sienne, qu'il le veuille ou non. Et elle était sens dessus dessous. Lui aussi, d'ailleurs.

— J'aperçois un livre sous votre bras, dit-elle après avoir mangé le fromage et bu une gorgée d'eau. Quelle surprise m'avez-vous réservée ?

— Je n'en sais rien, répondit-il, tout en se demandant à quand remontait la dernière fois où il s'était assis pour regarder quelqu'un manger.

Sans doute jamais. Elle picorait délicatement, comme un lapin grignotant de l'herbe. C'était ridicule et en même temps tout à fait charmant.

— J'ai fermé les yeux et choisi au hasard, ajouta-t-il.

Elle pouffa et tendit la main.

— Alors nous serons tous les deux surpris.

Il secoua ses pensées moroses et lui tendit le livre en souriant. La jeune femme le retourna pour regarder la couverture et éclata de rire. Intrigué, il se pencha pour découvrir le titre de l'ouvrage.

— *Production de céréales dans les Midlands au XVIIe siècle*, lut-il à voix haute avant de se redresser. Seigneur ! Rendez-le-moi et je vais aller vous en chercher un autre.

Elle serra le livre contre sa poitrine.

— Oh non ! J'ai bien l'intention de le lire entièrement. Je deviendrai une experte de l'évolution de la production de céréales dans l'histoire.

— Seulement dans les Midlands, souligna-t-il en souriant.

Sa gaieté était sacrément contagieuse. Jamais il n'avait autant souri depuis son arrivée. Depuis un an, même.

— En tout cas, c'est une surprise. Bravo, monsieur !

— James, je vous prie.

Elle inclina légèrement la tête.

— Alors appelez-moi Mabel. Mais vous n'allez pas rester coincé ici avec moi toute la journée. En revanche, cela me ferait plaisir que vous passiez de temps à autre me faire une petite visite. Et peut-être pourriez-vous m'apporter un autre livre demain ? Choisissez-le de la même manière, surtout !

— Désirez-vous autre chose ? demanda-t-il, soudain réticent à l'idée de la quitter.

Il allait passer sa journée à tourner en rond, en maudissant la perspective de devoir demander à Riniken quoi faire. Il avait l'impression d'avoir perdu une manche dans sa bataille avec le régisseur. Or il détestait perdre.

— D'habitude, répondit-elle sans cesser de sourire, j'aime flâner ou m'asseoir dans le jardin – quand mes tâches m'y autorisent, bien sûr ! Mais hélas, la question ne se pose pas pour le moment. (Elle désigna son pied.) D'ailleurs, j'ai cru comprendre qu'il n'y a pas grand-chose à voir dans le jardin. Quelle tristesse, vous ne trouvez pas ?

— Pourquoi ?

— Cet état d'abandon est visiblement récent. Il fut un temps où cette maison et ce domaine étaient choyés. Mais le nouveau duc s'en fiche complètement. Ou alors il compte sur la dot de sa future épouse pour procéder aux réparations.

James chassa son expression de dépit avant qu'elle l'aperçoive.

— Il est arrivé il y a quatre jours à peine, vous savez.

— Oui, je sais. Mais moi, à sa place, j'aurais commencé à arracher les mauvaises herbes dès le premier jour. Et j'aurais surtout fait réparer cette rampe d'escalier, parce que c'est dangereux. Chaque fois que ma tan... ma maîtresse descend, j'ai peur pour elle.

— Vous n'avez pas une très haute opinion du duc, pas vrai ?

Elle haussa les épaules et baissa les yeux sur le livre fermé.

— Je ne le connais pas assez pour émettre un jugement, mais les preuves de son manque d'enthousiasme sont là, non ? Regardez-vous !

— Moi ?

Il posa une main sur sa poitrine en s'efforçant de prendre un air innocent.

— Oui, vous. Il est censé être puissant, riche. Alors pourquoi vous a-t-il engagé ? Vous m'avez dit que vous êtes nouveau et que c'est la première fois que vous exercez la fonction de majordome. Il me semble évident que si le duc était celui qu'il prétend être, n'importe quel majordome de Mayfair et tous les gens du pays se battraient pour être à son service. Il y a quelque chose qui cloche.

— Parce que je suis un mauvais majordome ?

— Oui. Mais ce n'est pas votre faute, continua-t-elle en lui effleurant la main. Pourquoi n'a-t-il pas été capable de faire venir quelqu'un de plus qualifié ?

Tout ce à quoi il avait pensé s'envola, et son attention se concentra sur la façon dont sa peau avait frémi à son contact. Bon sang, il avait été touché à de nombreuses reprises par les femmes, et bien plus intimement que cela. Pourtant il se sentait... bizarre. Il eut envie de lui prendre la main pour voir si cette sensation se répéterait.

— J'espère que je ne vous ai pas blessé, reprit-elle en se redressant sur le lit. Je ne connais pas beaucoup de majordomes qui se seraient occupés d'une femme blessée et qui auraient volé du fromage pour elle.

James se secoua. *Arrête de vouloir la toucher !* Il ne pouvait pas contester son jugement sans appel sur ses talents de majordome. D'une part, parce qu'il s'était autoproclamé majordome en quelques secondes car il ne voulait pas s'occuper des visiteuses, et d'autre part, parce qu'elle avait raison. Il était vraiment mauvais. Et il ne pouvait en être autrement, puisqu'il avait superbement ignoré toutes les propositions d'embauche de majordome qu'on lui avait demandé d'approuver.

Il se leva.

— Je reviendrai vous voir tout à l'heure, Mabel, dit-il en se dirigeant vers la porte. Je vous le promets.

— Vraiment, je ne voulais pas vous offenser, James, insista-t-elle avec véhémence. Je dis souvent ce qui me passe par la tête. C'est un tort.

— Vous ne m'avez pas offensé. Et vous m'avez éclairé sur le duc. Merci.

— Non, c'est moi qui vous remercie, James. C'est vraiment gentil de me consacrer du temps.

— Ce fut un plaisir, mademoiselle Mabel.

Et c'était la vérité, sauf quand elle avait accusé le duc de ne pas prendre soin d'Earnhurst. Tout était vrai, en réalité, et il était évident qu'il avait besoin de se l'entendre dire.

Depuis un an – ou plutôt six ans –, Elliott Riniken le harcelait pour qu'il revienne s'occuper du domaine. Au départ, il avait refusé parce qu'il y voyait un moyen détourné de la part de son père de le ramener au bercail, et par extension de le faire présenter des excuses. S'en était suivie une année de deuil qui lui avait servi de prétexte pour ne pas revenir. Quand Riniken avait finalement menacé d'abandonner son poste s'il ne venait pas immédiatement dans le Dorset, il avait découvert l'ampleur des dégâts. Alors qu'il ne voulait pas de ce domaine, de toute façon.

James s'arrêta en haut des marches et les regarda d'un œil mauvais. C'est vrai qu'elles étaient dangereuses, même s'il avait fallu l'accident de Mabel pour qu'il en prenne vraiment conscience. Elle prétendait que le duc s'en fichait, et c'était l'impression que cela donnait. En réalité, cela le chagrinait, mais sa contrariété était supplantée par son refus obstiné de se plier aux exigences de Riniken.

Il s'appuya contre le mur du palier, appuya sa botte sur le haut de la rampe et exerça une poussée. Fort. Dans un craquement, toute cette partie de la rampe céda et alla s'écrouler sur le sol en marbre du vestibule.

— Bon Dieu ! s'écria une voix en bas.

Avec un juron, James se déplaça à un endroit où la balustrade tenait encore pour regarder en bas.

— Que se passe-t-il ? Vous êtes blessé ?

— Non, Votre... James, fit le jeune valet de pied. C'est moi, Timothy. Vous m'avez fait une peur bleue !

— Je vous demande pardon. Timothy, quand vous aurez retrouvé vos esprits, allez demander à Mme Carvey de préparer un en-cas pour Mlle Mabel et montez-le-lui. Avec des fruits frais. Et de la limonade.

Cela devrait faire plaisir à la jeune femme, après une journée passée au pain sec et à l'eau.

— Tout de suite, Votre... Tout de suite.

Une bonne chose de faite. Comme Timothy s'enfonçait dans les profondeurs de la maison, James descendit et sortit pour se diriger vers les écuries. Il y avait là Robert le palefrenier, le cocher et le cocher de lady Sophronia – ce qui signifiait que le seul valet d'écurie disponible devait servir de chaperon à Riniken et la lady.

— Robert, dites-moi, il y a bien un forgeron à Remiton ?

Le garçon aux cheveux couleur paille déposa le seau d'avoine qu'il trimballait.

— Oui. Walter Stokes.

— Très bien. Sellez Faro et descendez au village pour demander à M. Stokes s'il aurait l'obligeance de réunir cinq ou six gaillards pour venir réparer l'escalier avant la fin de la journée. Je ferai venir un artisan ferronnier plus tard, mais pour l'instant je veux simplement le sécuriser.

Il plongea la main dans sa poche et en sortit un billet de cinq livres qu'il tendit au garçon.

— C'est pour lui.

— Je m'en occupe, James, répondit Robert en fermant à moitié son œil gauche. C'est bien ainsi qu'il faut vous appeler, pas vrai ?

James lança un regard en coin au cocher de lady Sophronia qui étrillait dans un box l'un des chevaux bais de l'attelage.

— Oui. Filez, maintenant.

— Il va me demander combien vous comptez payer les gars.

Que les domestiques posent des questions et n'obtempèrent pas sur-le-champ était nouveau pour lui.

Pour la première fois, il se demanda si ces échanges, ces contestations et ces demandes de clarification étaient habituels, ou s'ils s'étaient jusqu'alors déroulés dans son dos. Il préférait quand cela avait lieu hors de sa vue et ne lui gâchait pas ses journées, mais il trouvait aussi cela... intéressant.

— Deux livres chacun. Quand le travail sera achevé, dit-il.

— Ça les fera venir plus vite qu'il me faudra de temps pour remonter.

Avec un large sourire, il s'empara d'une selle et se dirigea vers le box de Faro.

— Pendant que j'y pense, ajouta-t-il, je ne suis pas maladroit moi non plus avec un marteau à la main.

— Alors finissez votre travail et venez leur donner un coup de main ensuite.

James tourna les talons et ralentit à la vue d'une charrette à foin rangée dans un coin du vaste bâtiment, à laquelle il manquait une roue.

— Quoiqu'il me semble que vous avez ici de quoi faire bon usage de votre maillet, observa-t-il.

— Je ne peux pas réparer la roue. J'ai besoin de l'autorisation de Sa Grâce pour en commander une neuve.

— Et ensuite, vous pourrez la réparer ?

— Oui. Je fabrique des charrettes pour former les nouvelles recrues. Enfin, c'est ce que je faisais. À quoi ça sert d'entraîner des jeunes sur une voiture coûteuse quand vous avez quatre-vingt-dix-neuf chances sur cent qu'elle termine dans le fossé ?

Qu'avait donc déclaré le Dr Grimsby ? Que Mabel ne devait pas faire de voyage excédant trente minutes ou alors qu'il fallait lui surélever la jambe, quelque chose comme ça.

— Est-il possible de confectionner des roues plus petites ? demanda-t-il au palefrenier.

— Plus les roues sont petites, moins l'allure est confortable. Mais sinon, ça peut se faire.

— Petites comment ?

Robert fronça les sourcils et arrondit les mains en un cercle de la taille d'une assiette.

— Ce sont les plus petites que j'aie vues. Peut-être un peu plus grande que ça, tout de même.

— Si vous en aviez quatre, pourriez-vous me fabriquer une chaise roulante ? Que je pourrais pousser dans la maison et dans le jardin sans tomber dans un fossé ?

Penchant la tête, le palefrenier enfouit les mains dans les poches de sa veste.

— J'ai déjà vu des chaises comme ça. Vous voulez dire, pour des handicapés ou des gens comme ça, pas vrai ?

— Oui.

— Je pense que je peux vous faire ça. Faut que je trouve du bois, et pour votre escalier aussi. Entre les outils des jardiniers et les miens, je pense que ça devrait suffire.

— Alors faites-le. Le plus tôt sera le mieux. Mettez-le sur le compte du château. (Il scruta le visage du palefrenier un instant.) Si je suis satisfait, cela fera cinq livres pour vous.

La mine épanouie, Robert se remit à seller le grand cheval bai.

— Ce sera le plus bel engin que vous aurez jamais vu, James.

Comme il revenait vers le château, James se rendit compte qu'il souriait. Finalement, il n'avait pas été oisif aujourd'hui, même s'il se doutait que personne ne lui saurait gré de ses initiatives. Le régisseur avait brossé à leurs invitées le tableau d'un duc joueur, dévoyé et fainéant, mais aujourd'hui il avait été plutôt… efficace. Le fait que ces tâches n'aient rien à voir avec celles dont le bassinait Elliott Riniken n'était pas la moindre de ses satisfactions.

Il ricana en pensant à l'imbroglio qu'ils avaient réussi à constituer autour d'eux, et ce en une seule journée. Si le bruit devait courir qu'il était fou, autant donner raison aux rumeurs.

11

Elliott Riniken

Elliott regarda furtivement lady Sophronia alors qu'ils quittaient la route bordée de chênes et s'engageaient dans l'allée qui montait vers le château. C'était la première fois depuis la mort de Richard qu'il passait une matinée aussi… agréable. Non, pas agréable, mais encourageante. Chaleureuse, et pas seulement à cause du soleil, dont lady Sophronia se protégeait avec son ombrelle.

Il avait beau connaître les lieux par cœur, elle lui avait donné matière à réfléchir. Elle était aussi franche dans ses questions que dans ses opinions, qu'elle exprimait en faisant appel à la logique plutôt qu'à la colère ou au cynisme. Elle était en outre un régal pour les yeux, telle une rose épanouie, alors qu'il n'était entouré depuis des lustres que par des rameaux dégarnis et des ronces.

Elle avait observé le champ de bataille sur lequel il menait depuis six ans un combat désespéré, et elle entrevoyait la victoire. Ou, tout au moins, un plan qui pouvait mener à la réussite. L'idée d'obliger James à arranger les parties les plus visibles du domaine et à s'occuper du reste ensuite lui semblait rusée et même un peu retorse. La réputation du manoir serait préservée et le titre d'Earnhurst ne serait pas traîné dans la boue : en soi, ce serait déjà une victoire.

— Merci pour cette visite, Votre Grâce, dit-elle en se levant.

Elle se retenait d'une main au dossier du siège et contemplait l'étang envahi de roseaux. L'adjectif « intrépide » lui vint à l'esprit en la regardant.

— J'espère avoir été de bon conseil, ajouta-t-elle. Je serais affreusement confuse de vous avoir fait perdre votre journée alors que vous m'avez remonté le moral en me faisant me sentir utile.

— Je n'ai pas du tout perdu mon temps, répondit-il en souriant. Vous avez l'esprit vif et méthodique, madame. C'est infiniment appréciable.

— Vous aussi, Votre Grâce. Les rumeurs qui vous concernent n'en parlent jamais – je veux parler de votre caractère méthodique. Car tout le monde s'accorde sur la vivacité de votre esprit.

Bon sang de bois ! Se montrait-il trop rationnel pour être crédible dans le rôle du duc ? Trop logique ? James Clay était un garçon brillant, mais jusqu'à présent il s'était contenté de galvauder son intelligence en s'adonnant au jeu, aux courses et aux femmes. Plus inquiétant encore, jamais la rumeur ne faisait allusion à la carrière militaire de James Clay, puisqu'elle n'existait pas. Son père lui avait défendu d'entrer dans l'armée. Mais Elliott Riniken avait, lui, servi sous les drapeaux et il en avait fait l'aveu sans hésiter quand lady Sophronia avait parlé des poignards népalais. Impossible de revenir sur ses propos. D'ailleurs il ne le désirait pas, même si cette vérité pouvait faire s'effondrer le château de cartes. Il était fier de son passé militaire.

Elle aussi semblait l'apprécier et il lui en savait gré. Il aimait sa franchise. Sophronia le prenait pour un duc et elle s'adressait à lui en tant que tel, mais la façon dont elle disait « Votre Grâce » lui donnait l'impression... que c'était bien lui dont il était question. Elle ne se mettait pas pour autant à plat ventre devant lui, ne multipliait pas les courbettes ni les louanges obséquieuses. Elle lui parlait comme à un égal. Et Seigneur, cela lui plaisait !

Il avait l'habitude d'être traité avec dédain par les aristocrates, qui suivaient ses conseils en lui faisant bien comprendre que c'était uniquement parce qu'il était au service du duc d'Earnhurst. Il avait de l'autorité uniquement parce que Richard Clay lui en avait accordé. Avoir temporairement la responsabilité du duché, être celui au pouvoir était grisant. C'était sans doute une bonne chose que les domestiques soient au courant, autrement il aurait risqué d'avoir la grosse tête – peut-être même de commettre des bêtises, comme de lancer lui-même les travaux. Or c'était impossible.

Il jouait là un jeu dangereux. Et pas seulement à cause du pouvoir que lui conférait sa nouvelle situation. Par-dessus le marché, le véritable duc d'Earnhurst était fiancé. Cette discussion agréable avec une jolie femme à la tête bien faite devait donc s'arrêter là. Même si cela faisait plus d'un an qu'il n'avait pas autant souri. Et plus encore qu'il ne s'était pas senti aussi léger. Aussi vivant. Quarante et un ans ne faisaient pas de lui un vieillard, pour l'amour du ciel. Il désirait encore des choses qui n'avaient rien à voir avec le duché. Bien que Sophronia soit plus jeune que lui – il lui donnait un peu moins de trente ans –, c'était une femme épanouie.

Par le grand saint Michel, tout cela devenait très confus ! Et dire qu'il lui faudrait tenir ce rôle pendant deux semaines ! Et avant tout, éviter de perdre la raison et de succomber à ses sens devant une femme dont il venait à peine de faire la connaissance.

— De loin, la maison est vraiment belle, déclara sa compagne en se rasseyant avec un sourire.

En entendant une tierce personne lui donner en toute honnêteté son avis sur cette ruine, il se demanda – et ce n'était pas la première fois – s'il aurait dû passer outre les ordres de Richard. Selon lady Sophronia, quand les choses tournaient vraiment mal, celui qui en avait le pouvoir ou les capacités devait intervenir. Il avait eu et possédait encore toute l'autorité requise pour puiser dans les caisses d'Earnhurst Manor ; il aurait donc pu agir. Mais il avait choisi de respecter les dernières volontés de Richard.

— Qu'est-ce que c'est que ça ? demanda Sophronia.

Elliott, qui fixait les oreilles du cheval, leva les yeux et arrêta le cabriolet si brusquement que l'ombrelle de la jeune femme tomba par terre.

— Je…

Des hommes simplement vêtus d'une veste et d'un pantalon, sans manteau, certains coiffés d'un chapeau de paille, allaient et venaient devant la porte d'entrée. Ils transportaient du bois, des scies, des marteaux et des cordes. Trois charrettes chargées de bois bloquaient l'allée.

Tandis qu'il les observait, deux hommes sortirent de la maison en portant une grande section de la rampe d'escalier. Ils lancèrent le morceau d'acajou dans l'une des charrettes avec peu de soin, puis rentrèrent dans la maison avec les morceaux de bois neufs.

— C'est pour l'escalier ? s'enquit lady Sophronia en battant des mains. Vous êtes un cachottier, Votre Grâce ! Je me faisais du souci à cause de cet escalier, et vous ne m'avez pas dit que vous aviez décidé de le faire réparer. Je suis tellement soulagée ! Et je suis certaine que Mabel le sera aussi.

— Surprise, marmonna-t-il en masquant son propre étonnement sous un sourire.

James avait donc fini par prendre les rênes – ou peut-être s'était-il mis en tête d'installer des tables de jeu dans l'entrée. Elliott n'en avait pas la moindre idée tandis qu'il mettait pied à terre en faisant attention comme toujours, à cause de son mauvais genou. Puis il fit le tour de la voiture pour aider sa compagne à descendre.

— Si nous jetions un coup d'œil ? Peter, veuillez ramener le cabriolet aux écuries, je vous prie.

Le jeune valet enleva sa casquette et sauta depuis la plateforme arrière sur le siège du conducteur.

— Avec plaisir, Votre Grâce.

Elliott récupéra l'ombrelle et la tendit à Sophronia, avant de lui offrir son bras. Les hommes soulevèrent leurs chapeaux et s'inclinèrent sur leur passage ; on avait dû les prévenir que l'homme qui faisait régulièrement son apparition dans le village de Remiton, avec ses registres et ses requêtes, avait endossé le rôle du duc pour quelques jours. *Dieu soit loué !*

Au moment de franchir la porte, il s'immobilisa. James Clay, le vrai duc, se tenait sur le palier intermédiaire de l'escalier et remettait un morceau du garde-corps en place à coups de marteau. La quasi-totalité de la rambarde était désormais pourvue de barreaux neufs. Et plusieurs marches avaient été changées. *Seigneur Jésus !* Il croyait avoir tout vu, que plus rien ne pourrait l'étonner. Mais il manqua s'évanouir en voyant James Clay mettre la main à la pâte pour réparer Earnhurst.

— C'est très... fonctionnel, déclara Sophronia en observant l'installation rudimentaire qui remplaçait ce qui avait jadis été une rampe en acajou délicatement incurvée.

— Oui, c'est affreux, n'est-ce pas ? murmura-t-il devant le spectacle qui s'offrait à ses yeux.

Adieu les barreaux élégamment tournés, le bois d'acajou brun et poli, et les balustrades découpées au millimètre près. À la place, du bois brut, des angles curieux et des raccords imparfaits, hérissés de clous. Mais un ensemble solide. Il pouvait le constater, de là où il se tenait. Plus personne ne risquait de tomber, à moins de descendre l'escalier à dos d'éléphant.

— Ah, vous êtes là, Votre Grâce ! fit James en se redressant. Vous aviez dit « tout de suite » et voilà ce que nous avons réussi à faire. Au moins, vos invitées seront en sécurité, en attendant que votre maître charpentier vienne de Londres. Comme vous l'avez ordonné.

C'était donc ça. En fin de compte, James n'avait pas décidé d'assumer la charge du château ; il avait agi dans son dos pour faire une tâche qu'ils avaient à peine évoquée. Mais ce n'était pas grave. Les choses bougeaient. Et c'était James qui s'en était occupé.

Elliott hocha la tête.

— Merci, James. Pouvons-nous monter ?

Le faux majordome s'entretint brièvement avec l'un des ouvriers.

— L'escalier est sécurisé, Votre Grâce, dit-il en se redressant. N'hésitez pas à tester le nouveau garde-corps.

C'était son poing qu'Elliott aurait aimé tester sur James, mais il se contraignit à respirer profondément. Que ce soit pour de bonnes ou de mauvaises raisons, le jeune duc avait fait quelque chose. C'était déjà miraculeux en soi.

— Après vous, fit-il en invitant Sophronia à se diriger vers l'escalier.

Le sourire de la jeune femme lui fit chaud au cœur. Même s'il n'était pour rien dans toute cette affaire. James avait oublié d'être bête. Elliott aurait dû s'en souvenir et rester sur ses gardes, puisque apparemment le fils de son meilleur ami était en plus devenu sournois. *Bah !* Les événements prenaient une tournure plus qu'intéressante.

— Vous avez un maître charpentier ? s'enquit Sophronia en arrivant en haut des marches.

— J'ai plusieurs artisans avec lesquels je préfère travailler, répondit-il, même si cela faisait près de cinq ans qu'il n'en avait contacté aucun.

— Bien sûr. Ma question est idiote. (Elle se mit à rire et ses joues s'empourprèrent.) À ma décharge, nos voisins dans le Devon ne sont pas du genre à entreprendre des travaux, et je n'ai jamais été à Londres.

Elliott faillit rétorquer qu'il évitait la capitale autant que possible, mais comme il était censé incarner James et que ce dernier y vivait pratiquement à l'année, il se contenta de hocher la tête.

— Londres a des attraits, murmura-t-il. Mais venez donc voir le plafond du salon, dans l'aile est du château. Il est décoré de ravissantes moulures en stuc, mais je ne sais pas si on peut les sauver. Dites-moi si vous pensez qu'on peut faire quelque chose.

Ils traversèrent la longue galerie de portraits, qui était bordée de fenêtres sur un côté, pour se rendre dans le salon. À mi-chemin, lady Sophronia s'arrêta.

— Qui est-ce ? demanda-t-elle en désignant un grand tableau accroché en évidence au beau milieu du mur.

Elliott contempla la peinture.

— Mon père, le défunt duc d'Earnhurst, dans sa jeunesse.

— Mais oui, bien sûr. C'était un bel homme.

Richard Clay était effectivement beau, grand et vigoureux, avec son regard gris incisif, ses cheveux bruns et ondulés et son nez droit tellement prisé par les Romains. Sur le portrait, il esquissait un léger sourire, qui s'était fait rare les dernières années de sa vie. Il devait avoir le même âge que James aujourd'hui. C'était encore une chose que le nouveau duc devrait faire : poser pour un portrait officiel, de préférence avant que la galerie s'effondre sur tous ses ancêtres.

— Oui, répondit-il avant de lui montrer le chemin. Si vous voulez bien me suivre...

— Je... (Elle fixa le portrait encore un instant, cligna des yeux et le regarda bien en face.) Mais certainement.

Ils examinèrent le salon et Sophronia estima qu'il était impossible de sauver les moulures. Il le savait déjà, mais il apprécia de se voir conforté dans son jugement. Il en avait été de même toute la matinée, d'ailleurs ; elle soulignait certains détails esthétiques qui lui avaient échappé, ce qui était logique compte tenu de son rang, mais globalement ils partageaient la même vision des choses.

Ne trouvant aucun prétexte pour l'attirer dans le jardin à l'abandon ou dans les autres pièces où il y avait eu des fuites, Elliott reconduisit Sophronia jusqu'à la chambre de sa dame de compagnie, dont la porte était restée ouverte.

— Merci de m'avoir consacré votre temps, madame.

— Ne me remerciez pas. J'adore résoudre les problèmes et je prends décidément beaucoup de plaisir à donner mon avis.

Elle lui sourit et son visage s'illumina, faisant pétiller ses yeux verts.

Il se surprit à la contempler longuement... et finit par se ressaisir.

— Je suis heureux que vous pensiez qu'il n'est pas trop tard pour agir. Vous m'avez redonné... espoir, lady Sophronia.

Elle plongea dans une révérence en rougissant.

— Merci, Votre Grâce.

Il était duc aujourd'hui. Il n'arrêtait pas de l'oublier. Il oubliait aussi qu'à ses yeux il était responsable de ce désastre et que c'était à lui d'y remédier.

— J'espère que vous me ferez le plaisir de dîner avec moi, ce soir.

Sophronia cligna de l'œil gauche.

— Je pensais partager mon repas avec ma dame de compagnie, Votre Grâce.

Enfer ! Il était trop insistant. Il avait apprécié sa compagnie et en voulait davantage, mais il s'était montré lourd. Il n'avait pas l'intention de lui faire la cour, d'ailleurs. *Quel idiot !*

— Ah ! Vous avez bon cœur. Je ne saurais vous en blâmer.

— Peut-être nous verrons-nous au petit déjeuner ? Je me lève tôt. Entre 6 et 7 heures, pour être précise.

Elliott approuva, et sa bonne humeur revint tout de suite. Ce n'était pas une rebuffade. Mais un authentique mouvement de gentillesse de sa part, pour consacrer sa soirée à sa compagne.

— Moi aussi, je me lève aux aurores. C'est le moment de la journée que je préfère. À demain, alors.

Il s'inclina brièvement et tourna les talons.

Il savourait la sensation nouvelle d'avoir enfin une alliée dans la place. Une jolie tête bien faite qui n'hésitait pas à donner son avis quand on le lui demandait. Et s'il organisait une rencontre avec James pour qu'elle lui parle ? Une conversation avec le faux majordome, où elle s'étonnerait de l'insouciance du duc et de l'urgence qu'il y avait de passer à l'action. Personne n'aimait entendre de critiques à son égard, même en prétendant être quelqu'un d'autre. Et s'il y avait quelqu'un susceptible d'attirer l'attention de James, c'était bien une jolie femme – à supposer qu'il n'en profite pas pour essayer de la séduire au lieu de l'écouter, bien sûr.

Elliott fronça les sourcils. *Non !* Il ne saurait y avoir de séduction. Pas quand James était en train de préparer son mariage. Ajouté à l'état dans lequel se trouvait Earnhurst, ce serait la goutte d'eau qui ferait déborder le vase.

Il fallait en rester là. James et lady Sophronia devaient rester le plus loin possible l'un de l'autre. Il y allait de leur réputation à tous les deux, bien sûr. Il aurait une nouvelle discussion avec James au sujet de son statut de fiancé ; le duc allait évidemment l'injurier, et il devrait faire valoir les règles de bienséance et faire appel à son sens des responsabilités. Et qu'il lui rappelait de s'abstenir de courtiser ses invitées – en particulier lady Sophronia – alors que son mariage se profilait.

Elliott saisit la pile de courrier sur la console et alla se réfugier dans la chambre du duc, devenue provisoirement la sienne. Jusqu'à l'arrivée de James, la pièce aux dimensions généreuses avait été décorée d'une armure assortie d'épées et de hallebardes, de deux haches et d'une pique, ainsi que d'une demi-douzaine de trophées de chasse rapportés par Richard Clay, mais à présent les murs étaient nus. Une preuve supplémentaire que James *pouvait* changer les choses. Ou du moins, quand cela troublait son sommeil.

Il poursuivit sa lecture du courrier, approuvant le paiement de factures au sujet desquelles il s'était déjà entendu avec James. Puis il tomba sur une lettre qui lui était destinée et la décacheta.

D'une écriture ferme qu'il ne connaissait pas, l'auteur s'enquérait de sa santé, puis se targuait de détenir un livre de comptes prouvant que Sa Grâce s'était rendue coupable de fraude fiscale pendant plusieurs années. L'inconnu lui proposait d'échanger ce registre contre dix mille livres. Des instructions suivraient. La lettre n'était pas signée.

Elliott s'adossa à son fauteuil. Cette lettre avait pu être rédigée par n'importe qui, mais il pensa immédiatement à Jasper Burshin, qui s'était déjà envolé avec plusieurs milliers de livres appartenant au duc et qui avait mis un tel bazar dans les comptes du domaine que les banques ne s'y étaient pas encore retrouvées.

Il retourna la lettre en tous sens. Elle lui était adressée, et non au nouveau duc ; Burshin savait donc – ou avait deviné – qu'Elliott avait toujours la main sur les comptes. En revanche, ce que Burshin ignorait, c'était qu'Elliott n'avait pas la moindre intention de lâcher un shilling, même pour faire taire une rumeur sournoise.

— Plutôt mourir, grommela-t-il à voix haute en jetant la lettre dans un tiroir.

Il l'aurait volontiers brûlée, mais vu l'état actuel de la maison, cela pourrait bien y mettre involontairement le feu, ce qui lui donnerait encore plus de travail.

12

Meg Pinwell

Meg reposa l'ouvrage sur la production de céréales à côté d'elle, sur le lit.

— Pour l'amour du ciel, Clara, je me moque des portraits de famille ! Par contre, à quoi pensiez-vous quand vous avez conseillé au duc d'Earnhurst de concentrer ses efforts sur le jardin et les folies, pour que les invités à son mariage ne se doutent pas que la maison tombe en ruine ?

— Ce n'est pas exactement ce que j'ai dit, mais je comprends ce que vous entendez par là, déclara tante Clara sans cesser ses allées et venues entre le lit et la fenêtre. Il me demandait mon avis. Je lui ai fait remarquer qu'il pouvait fermer une partie de la maison, en prétextant des travaux de rénovation, mais que les parties communes et l'extérieur devaient être refaits, surtout si le mariage doit avoir lieu dehors. Cela paraît logique, non ?

— Vous avez oublié qu'il s'agit de *mon* mariage ! rétorqua Meg en baissant la voix, au cas où l'un des rares domestiques choisirait cet instant pour passer devant sa porte. Et que je suis censée faire partie de ces invités qu'il essaierait de duper ?

— Oui, eh bien, cela ne...

— Vous rendez-vous compte que vous le conseillez sur la façon de dissimuler les innombrables défauts de cette maison pour mieux impressionner mes parents ? poursuivit Meg. Et pour m'impressionner, *moi*, afin que je l'épouse avant de découvrir la vérité ? Mais il n'y aura pas de mariage ici dans six semaines, parce que je refuse d'épouser cet homme. (Elle pointa un doigt vengeur vers la porte.) A-t-il avoué qu'il n'en voulait qu'à mon argent ?

Clara s'empourpra.

— Non. Il a dit qu'il n'avait pas vraiment attaché d'importance à la fortune de sa future femme.

— Oh, je suis sûre que c'est faux ! Quel ment...

— C'est difficile pour moi de lui expliquer que le mariage n'aura pas lieu, Meg, et vous le savez bien. Je suis censée être la fille d'un comte, qui séjourne dans le coin et qui connaît seulement lady Margaret Pinwell et le duc d'Earnhurst par ce qu'elle en a lu dans les journaux.

— Je le sais.

Meg croqua dans le délicieux sandwich à la dinde qu'un des valets lui avait apporté un peu plus tôt. Jamais elle n'en avait goûté d'aussi bon.

— Mais de là à l'aider à manigancer ses plans ! ajouta-t-elle. Pour l'amour du ciel, ma petite tante !

— Nous avons beaucoup parlé. Si je ne m'étais intéressée qu'au mariage, il aurait trouvé cela suspect, ou alors il se serait imaginé que j'avais des vues sur lui. Je ne pouvais pas non plus parler des pommiers et rester mutique chaque fois qu'il prononçait le mot « mariage ».

Clara avait raison, mais Meg ne pouvait se défaire de l'idée que sa propre tante aidait Earnhurst à tromper les gens sur son caractère et sur l'état de son domaine, et cela suffisait à lui donner envie de tout envoyer paître. Tout, sauf le sandwich et la limonade qui l'accompagnait.

— Au lieu de l'aider, reprit-elle en tentant de se maîtriser, j'aimerais plutôt que vous cherchiez à repérer ses défauts et ses failles. Plus vos informations porteront sur des faits récents, mieux cela vaudra.

— Ses failles. Oui, murmura Clara comme si elle avait besoin qu'on lui rappelle leur mission ici.

Meg n'avait pas peur qu'Earnhurst essaie de séduire sa tante d'une façon ou d'une autre ; ce serait tout bonnement ridicule. Jamais Clara ne se laisserait dévier de sa route. Quant à elle, il ne lui plaisait pas du tout et elle ne comprenait pas qu'on puisse lui trouver fière allure. Il ressemblait plus à un soldat qu'à un pirate.

Elle soupira. Dans cette aventure, Clara était devenue ses yeux et ses oreilles, en dehors de ce qu'elle-même réussissait à obtenir du majordome en l'amadouant. Clara comprenait forcément qu'elle ne pouvait compter que sur son opinion et ses observations.

— Il est rempli de contradictions, commenta la tante de Meg. On dirait presque que deux personnalités cohabitent en lui : celle qui a laissé partir le domaine à vau-l'eau et une autre qui essaie de tout remettre en ordre.

— Tant mieux s'il est déséquilibré. (Comment pourrait-on l'obliger à épouser un fou, indépendamment de toutes les autres raisons qu'elle avait pour rompre ses fiançailles ?) Donnez-moi mon journal, pour que je le consigne par écrit. Plus vous relèverez de symptômes similaires, mieux ce sera. N'oubliez pas de me les signaler pour que j'en dresse la liste.

Clara s'empara de sa main.

— Vous ferez cela plus tard. Écoutez-moi, Meg. J'étais en train de vous dire que j'ai vu le portrait du précédent duc d'Earnhurst, aujourd'hui.

— Et alors ? Il était bossu ? Il louchait ? Mon père ne m'a jamais rien dit de particulier à son sujet. Il aimait bien le vieux duc. C'est d'ailleurs la raison pour laquelle je me retrouve dans cette situation catastrophique !

— Il faut absolument que vous voyiez ce portrait. Tout de suite !

— C'est inutile, Clara. Et je vous rappelle que je suis clouée au lit.

— Vous vous appuierez sur moi, et je vous conduirai. La galerie des portraits n'est pas loin.

Meg dévisagea sa tante.

— Vous avez attrapé une insolation ? Je vous trouve bizarre. Pourquoi faut-il que j'aille voir le portrait d'un homme qui est mort depuis plus d'un an ? Sinon pour le maudire d'avoir dit à papa qu'il cherchait une épouse pour son fils.

— Je... je ne veux rien dire qui puisse vous influencer, répliqua Clara. Mais je crois que c'est indispensable. Venez juste avec moi. Je vous aiderai à marcher. Vous prendrez mon ombrelle, pour vous y appuyer.

Sans lui laisser le temps de répondre, Clara sortit en hâte de la chambre et revint quelques instants plus tard, avec l'ombrelle violette qu'elle avait achetée au dernier moment pour compléter sa tenue de la même teinte.

— Venez ! (Elle lui tendit sa robe d'intérieur qui était posée au pied du lit.) Sa Grâce dépouille son courrier dans son bureau et nous ne risquons pas de la croiser. C'est maintenant ou jamais.

— Vous commencez à me faire peur, Clara.

Meg enfila le peignoir avec l'aide de sa tante et se tortilla jusqu'au bord du lit.

— N'ayez pas peur. Il faut simplement faire vite. Et bien regarder.

— Laissez-moi au moins appeler James. Il m'a soulevée comme un fétu de paille, hier. C'était assez plaisant, je dois l'avouer. Il est plutôt costaud, pour quelqu'un de si svelte.

— N... (Clara étouffa le reste de son exclamation.) Attendez, je vais voir si le majordome est disponible, reprit-elle quelques secondes plus tard. N'essayez pas de vous lever seule.

Elle disparut dans le couloir. Meg noua étroitement son peignoir sur sa chemise de nuit et posa avec précaution son gros orteil sur le plancher. Un élancement la traversa de la cheville au genou, et elle étouffa un cri. Non, elle n'irait nulle part sans qu'on la porte, bon sang ! Elle était furieuse de se sentir si vulnérable, surtout à côté de Clara Bosley, la femme la plus indépendante qui soit à ses yeux.

— Vous n'avez pas déjà terminé votre livre sur les céréales ? s'enquit James en entrant dans la chambre, Clara sur ses talons.

— Il est passionnant, mais je ne l'ai pas encore fini, répondit Meg en souriant.

Mais son sourire et sa bonne humeur s'altérèrent quand elle vit le regard horrifié que sa tante posait sur le majordome. On aurait dit qu'elle avait vu le diable !

— Ma maîtresse désire me montrer le portrait du précédent duc d'Earnhurst, continua-t-elle en voyant que Clara ne bougeait pas. Je vous serais extrêmement reconnaissante de bien vouloir me porter jusqu'à la galerie des portraits. J'ai essayé de poser le pied par terre et cela m'a arraché un mot inconvenant dans la bouche d'une femme. Je l'ai prononcé à voix basse, bien sûr.

James regarda par-dessus son épaule celle qui se faisait passer pour lady Sophronia Frumple.

— Vous voulez montrer à votre dame de compagnie le portrait d'un homme qui est mort ?

Clara tressaillit, puis agita la main d'un air impérieux.

— Je veux qu'elle me rejoigne dans la galerie des portraits. Et je n'ai pas à me justifier devant vous.

Meg faillit reprocher à sa tante son arrogance, mais cette rudesse de ton lui donnait une allure princière. Et de toute manière, une dame de compagnie n'avait pas son mot à dire. Du moins, pas en public.

— S'il vous plaît ?

Avec un haussement d'épaules, James fit un pas en avant, posa la main droite de Meg sur son épaule et la souleva dans ses bras. Cette fois, au moins, elle s'attendait à être soulevée dans les airs, et elle évita de crier ou de faire un geste qui l'aurait fait passer pour une idiote.

— Merci, souffla-t-elle tout bas. Elle ne veut pas en démordre. Je ne sais pas quelle mouche l'a piquée.

— Grâce à vous, j'échappe à une corvée de marteau, et vous avez fait économiser une demi-douzaine de clous que j'aurais immanquablement gaspillés, déclara-t-il tandis qu'ils quittaient la chambre. Je dirais donc que nous sommes à égalité, Mabel.

— J'avais oublié que lady Sophronia m'avait parlé d'ouvriers dans l'escalier. Le duc s'est donc enfin décidé à le réparer ?

— Oui. Cet après-midi même. Je ne sais pas ce qui l'a poussé à faire enfin quelque chose d'utile.

Elle croisa son regard avant qu'il détourne le sien, dans lequel pétillait une lueur amusée.

— Vous lui avez parlé ? Je ne voudrais pas qu'il pense que je me suis plainte ou être accusée d'ingratitude.

— J'ai peut-être dit quelque chose. Cependant je n'ai pas prononcé votre nom, Mabel. Mais vous l'avez dit : c'était dangereux.

— Ouf ! Merci.

— Votre maîtresse est-elle souvent… aussi bizarre ?

— Je vous entends parfaitement, vous savez, fit la voix de Clara dans son dos. « Je délire, mais ma folie ne manque pas de méthode[1]. »

---

1. Référence à *Hamlet*, de William Shakespeare.

Quand Clara se mettait à citer Shakespeare, c'était qu'elle mijotait quelque chose. Meg fronça les sourcils. Il lui en coûtait de devoir se comporter en domestique, d'obéir à des ordres et ne pas poser trop de questions. Surtout quand elle n'avait eu l'intention d'endosser ce rôle que quelques heures seulement. Or voilà qu'elle se retrouvait à déambuler dans l'interminable galerie de portraits du duc d'Earnhurst, à contempler tous ses ancêtres morts et enterrés.

— Par ici, dit sa tante en les dépassant pour prendre la tête du petit cortège.

— Vous le connaissiez ? demanda James en ralentissant le pas. J'ai cru comprendre qu'il ne sortait plus guère à la fin de sa vie. Il était malade, m'a-t-on dit.

— Non, je ne le connaissais pas. Et vous, Mabel ? interrogea Clara en lui montrant le portrait.

Tout en conservant un air calme, malgré sa crainte grandissante que Clara ait heurté une branche pendant sa promenade ou qu'il lui soit arrivé quelque chose, Meg regarda le tableau. Des cheveux châtain foncé, des yeux gris, une petite moue qui révélait un certain sens de l'humour…

— Je suis désolée, madame, que suis-je censée découvrir ?

— Je ne peux pas vous le dire. Soit vous le voyez, soit vous ne le voyez pas. Mais considérez la compagnie dans laquelle nous nous trouvons.

Évidemment qu'elle devait faire attention à James ! C'était d'ailleurs la seule raison qui l'empêchait de secouer Clara et de l'envoyer se reposer.

— Vous voyez quelque chose, vous ? chuchota-t-elle à l'oreille du majordome en essayant de ne pas se faire entendre de Clara.

— Je ne crois pas être en mesure de répondre à cette question, moi non plus, souffla-t-il sur le même ton. Mais je commence à fatiguer. Combien de temps devrons-nous rester plantés là ?

Ainsi, son sauveur ne trouvait plus qu'elle était légère comme une plume. Meg haussa un sourcil et tourna la tête pour le regarder en face.

— Six minutes ? improvisa-t-elle avec un sourire au coin des lèvres.

Lui, en revanche, n'avait pas du tout l'air amusé. Il avait les yeux fixés sur le portrait. Ses beaux yeux gris. Sous des mèches brunes ébouriffées. Un nez romain presque parfait, exactement comme celui du portrait... *Dieu tout-puissant !*

— James, murmura-t-elle. Il faut que je vous pose une question, et vous devez me promettre d'être franc avec moi.

Son regard se tourna vers elle.

— Très bien.

— Est-ce que la raison de votre présence ici, la raison pour laquelle le duc vous a embauché, c'est que vous êtes le... Oh ! (Elle hésita, cherchant ses mots et osant à peine les prononcer.) Le fils illégitime de... du précédent duc d'Earnhurst ?

13

James Clay

De toutes les conversations qu'avait pu avoir James, qu'il soit ivre ou sobre, avec un homme ou avec une femme, en public ou en privé, jamais aucune n'avait ressemblé à celle-ci.

Lady Sophronia et Mabel avaient toutes les deux constaté son extrême ressemblance avec l'homme du portrait. Il remarqua distraitement que son père devait avoir à peu près son âge quand il avait posé pour le peintre. Ce fut la seule pensée qui lui traversa l'esprit, sans doute parce qu'il se retrouvait plongé dans un abîme de perplexité sur ce qu'il allait bien pouvoir répondre.

Il avait trois options devant lui : leur avouer la vérité et révéler qu'il était le duc d'Earnhurst ; prétendre qu'il avait entendu parler de cette ressemblance avec Earnhurst bien qu'il n'ait aucun lien avec lui, mais elles ne le croiraient pas tant son silence était éloquent ; et enfin, aller dans le sens de leurs soupçons, puisque sa réputation était déjà bien entamée par cette petite plaisanterie.

Toutes ces possibilités traversèrent son cerveau à une vitesse folle, mais il avait déjà décidé que la troisième solution serait de loin la plus divertissante. Il était mouillé jusqu'au cou : autant continuer à plonger.

— Vous m'avez démasqué, madame, dit-il en hochant la tête en direction de lady Sophronia. Mabel, j'espère que vous saurez garder mon secret ?

— Mais pourquoi ? Pourquoi vous faire embaucher ici comme majordome ? interrogea Mabel tandis que lady Sophronia se laissait choir sur une chaise.

— Je gagne ma vie en... jouant aux cartes, improvisa-t-il. Le nouveau duc n'aime pas que ses pairs me voient dans les salles de jeu, et encore moins que je leur prenne leur argent. Et comme il avait besoin d'un majordome, il m'a embauché.

— Vous êtes joueur ? Alors je comprends mieux pourquoi vous faites un si mauvais majordome, commenta Mabel.

Aïe. Ça faisait mal.

— Suis-je vraiment si mauvais ? demanda-t-il, sincèrement surpris.

— Vous serviez le dîner tout en grignotant de la nourriture, intervint la lady.

— Vous avez essayé de nous fermer la porte au nez quand nous sommes arrivées, ajouta Mabel. Et vous nous avez parlé très impoliment.

— Vous empruntez le grand escalier.

— Vous êtes ivre pendant vos heures de service.

— Vous chapardez du fromage.

Avait-il donc si mal rempli son rôle ?

— Je crois que vous exag...

— Je vous ai vu vous disputer avec Sa Grâce, ajouta lady Sophronia, qui suffoquait d'étonnement en agitant les mains. C'est parce qu'il est votre demi-frère... Mon Dieu ! Vous ne vous ressemblez pas du tout, mais je comprends mieux désormais.

— Vous, peut-être, répliqua James. Mais moi, toujours pas : cela fait deux fois qu'on me dit que je ne vaux rien comme majordome.

Tournant le dos au portrait, il s'éloigna et déposa Mabel sur une chaise à côté de sa maîtresse. Malgré son mécontentement, il fit très attention à son pied.

— Je pensais au moins avoir eu un comportement chevaleresque.

— Oh oui, oui ! Vraiment ! reconnut Mabel. Quand vous m'avez sauvée dans l'escalier. Et lorsque vous m'avez apporté du fromage – peu importe qu'il ait été volé ou non –, et aussi quand vous m'avez fait préparer un déjeuner. Puisqu'on vous a forcé à vous mettre au service de votre demi-frère, je trouve que vous avez fait preuve d'un remarquable esprit de chevalerie.

Ah, tout de même ! Enfin quelqu'un qui le trouvait galant.

— Merci !

— Je ne peux pas m'empêcher de trouver qu'il y a là quelque chose qui ne va pas, décréta lady Sophronia. Vu votre ressemblance avec votre père, je comprends que Sa Grâce répugne à vous voir traîner dans Londres et dépouiller ses amis de leur argent. Mais de là à vous embaucher comme domestique ! N'aviez-vous pas d'autre recours ?

Cela commençait à devenir amusant.

— Il m'a accusé de tricher devant tout le monde. Une fois que le mal était fait, comment vouliez-vous que je continue à jouer ? Je ne voulais pas me retrouver à la rue et je n'ai pas eu d'autre choix que d'accepter son offre.

— Oh, mais c'est affreux ! s'exclama Mabel en lui prenant la main. Une réputation en lambeaux, et ensuite une servitude forcée. C'est inimaginable.

Il sentit comme une décharge remonter le long de sa colonne vertébrale en sentant sa main toucher la sienne et leurs doigts s'entrelacer. Il avait eu son content de fausse compassion au cours de l'année, pourtant cela n'avait rien à voir. Ils étaient des étrangers l'un pour l'autre, mais la situation tragique qu'il avait inventée attristait sincèrement Mabel. Il éprouvait une drôle de sensation... et savourait le contact de sa peau contre la sienne. *Dieu du ciel !*

— Je me débrouille comme je peux, dit-il en lui étreignant les doigts. Je vous saurais infiniment gré de ne pas diffuser cette histoire. J'espère bien que le reste du personnel n'est pas aussi attentif et observateur que vous, milady. Et vous aussi, Mabel.

Avec un peu de chance, cette excuse justifierait la stupeur du personnel si l'une ou l'autre s'avisait de parler. Car être son propre frère bâtard allait déjà suffisamment compliquer la donne.

Quand elles eurent promis de garder le secret, il souleva de nouveau Mabel dans ses bras pour la ramener vers son lit. Bizarrement, alors que cela ne le dérangeait absolument pas de raconter des histoires à la lady, ses mensonges le mettaient mal à l'aise vis-à-vis de sa dame de compagnie. Sans doute à cause de la compassion qu'il lisait dans son regard, de son sourire franc, et aussi parce qu'elle était réellement ce que lui feignait d'incarner : une personne aux revenus modestes, qui avait visiblement obtenu son poste grâce aux relations qu'avait un membre de sa famille avec sa maîtresse. Quoi qu'il arrive, il allait devoir prendre ses précautions avec elle. Sinon, il allait finir par faire une bourde et lui avouer la vérité, ce qui l'horrifierait et l'embarrasserait en même temps, tout en achevant de ruiner ce qui lui restait de réputation.

Gardant cela à l'esprit, et après avoir installé Mabel, il partit à la recherche de Riniken. Le régisseur était en train de parler à l'un des ouvriers, avec une familiarité prouvant que les deux hommes se connaissaient.

— Votre Grâce, l'interrompit James. Puis-je vous parler ?

— Ah, James ! Vous connaissez le forgeron de Remiton ? Walter Stokes. Mon majordome, James Riniken. James, je vous présente M. Stokes.

James salua d'un petit signe de tête.

— Merci d'être venu si rapidement nous aider.

Le forgeron éclata d'un rire jovial.

— Avec cinq livres à la clé ? Si vous aviez vu la vitesse à laquelle j'ai ferré le cheval du révérend pour pouvoir fermer boutique !

— Nous vous sommes reconnaissants. Cet escalier devenait chaque jour plus dangereux, dit Riniken en hochant la tête avant de faire signe à James de le suivre dans son bureau qui donnait sur le vestibule.

— Dois-je voir dans cette remarque un nouveau reproche ? s'enquit James en s'engouffrant dans la pièce et cn prenant place dans l'un des fauteuils qui faisaient face au bureau.

C'était Riniken le duc, pour le moment, et sa place était derrière l'immense bureau en acajou.

— Si c'est ainsi que vous l'avez perçu, alors oui. C'était certainement le cas, Votre Grâce, répliqua le régisseur en fermant la porte et en s'asseyant sur le second fauteuil à côté de James. Puis-je vous demander ce qui a provoqué ce soudain déploiement d'activité ?

Ah ! Il s'était fait prendre au piège.

— L'escalier n'était pas seulement dans un état piteux, il était dangereux.

— Cela ne date pas d'aujourd'hui.

— Je viens seulement d'arriver.

— Je vous en ai parlé dans mes lettres, et de tout le reste. À maintes reprises.

James se renfonça dans son fauteuil et plissa les yeux.

— J'ai bien compris que mon père s'était arrangé pour tout me mettre sur le dos. Merci beaucoup.

— Peut-être devrais-je reformuler mes propos, reprit Riniken en pianotant des doigts sur le bureau. Je me réjouis que vous ayez pris cette initiative.

— Alors préparez-vous à une déception. Avez-vous par hasard emmené lady Sophronia dans la galerie des portraits, aujourd'hui ?

— Oui. Pourquoi ?

— Parce que, grâce à vos déploiements d'amabilités vis-à-vis de nos invitées, elle et sa suivante ont décrété que je ressemblais tellement au portrait du vieux duc que je ne pouvais être que son fils illégitime. Vous avez donc finalement réussi à tisser un nouveau lien entre nous.

Le régisseur battit des paupières, ouvrit la bouche puis la referma.

— Elles ont... Elle a... Je veux dire, ce sont elles qui vous ont posé la question ?

— Oh oui ! Et même très franchement : « James, ne seriez-vous pas le fils bâtard du duc ? » Évidemment, elles n'ont pas dit « bâtard », elles sont bien trop polies, mais c'était le sens de leur propos.

— Nous sommes donc découverts. Vous leur avez dit que vous étiez le duc, et moi, le régisseur ? fit Riniken en soupirant. Ce n'est pas plus mal, en fin de compte. Peut-être qu'à nous deux nous réussirons à convaincre lady Sophronia de tenir sa langue à Mayfair. Elle m'a l'air d'une femme sensée.

— J'ai abondé dans leur sens, répliqua James.

— Que... Quoi ?

Voir Riniken décontenancé était encore plus plaisant qu'il ne l'aurait imaginé, et James n'essaya même pas de cacher son amusement.

— Je leur ai raconté que j'étais un habitué des salles de jeu en marge de Mayfair mais que, mécontent de me voir vider les poches de vos amis et connaissances, vous aviez sali ma réputation et m'aviez embauché comme majordome pour me tenir la bride.

Riniken le dévisagea avec des yeux ronds. Puis il le foudroya du regard. Il fulminait de rage.

— Vous m'avez fait passer pour un salaud !

— J'ai simplement inventé la suite de l'histoire, répliqua James en se mettant debout. En bon militaire, essayez de trouver le moyen d'opérer un repli stratégique. À part cela, je vous reverrai dans la salle à manger, où j'aurai la joie de vous regarder dîner, mon cher frère.

— Avant que vous ne partiez en clamant votre triomphe, jetez donc un coup d'œil à ceci.

Le régisseur se leva pour aller chercher une feuille de papier pliée dans le tiroir du bureau.

Sans cacher son agacement de voir ainsi gâchée sa sortie théâtrale, James s'empara du papier et le déplia.

— Qu'est-ce que c'est ?

— Lisez.

James le lut avec un pincement à l'estomac.

— Nous avons menti au gouvernement ? s'enquit-il en relevant les yeux.

— Je vous demande pardon ? s'écria Riniken, qui se dressa d'un bond. Comment pouvez-vous imaginer une seconde que votre père, qui aimait son pays au point de se battre dans le monde entier pour défendre ses intérêts, ait tenté de se soustraire aux impôts qui permettent d'entretenir l'armée ?

— Je vous concède que cela aurait été impossible, répondit James, qui savait à quel moment il était sage de reculer. Mais alors, qui a écrit cette lettre ?

— Je ne peux pas l'affirmer, mais je crois qu'elle provient d'un certain Jasper Burshin.

— Mais encore ? riposta James.

Grand Dieu, Riniken savait bien qu'il n'avait pas mis le nez dans les affaires de son père depuis des années.

— L'employé de banque qui a volé l'équivalent d'une année de gages de vos domestiques, en plus de mille livres piochées dans d'autres investissements, qui a trafiqué vos livres de comptes et qui s'est volatilisé dans la nature.

— Ah, *lui* ! Nous n'avons pas encore réussi à le faire arrêter ?

— Pour la bonne raison que vous n'avez pas déposé de plainte et qu'ensuite j'ai été incapable de le retrouver puisque je vous courais après.

Et voilà, c'était encore de sa faute ! James retourna la lettre.

— Elle a été postée dans le Dorset. Commencez par là.

Sur ces mots, il lui rendit le papier et sortit du bureau. Cette lettre concernait les affaires du domaine dont Riniken était le fichu régisseur. Et même le duc, pour le moment, lui n'étant qu'un majordome. Et un bâtard, évidemment, terme que Riniken avait très certainement déjà dû utiliser pour lui.

14

Meg Pinwell

Meg s'assit dans son lit et observa Clara. Celle-ci, assise à son chevet, soutint son regard. *Dieu du ciel !*

De tout ce qu'elle avait pu imaginer sur le duc d'Earnhurst, de ses mauvaises habitudes et de sa triste réputation, de son horrible maison qui partait en morceaux, jamais Meg n'aurait pu se représenter pareille vilenie : obliger son frère illégitime à devenir son majordome. Elle voulait prouver qu'il n'était pas le prétendant qu'elle aurait souhaité, produire une preuve si criante que ses parents ne pourraient la balayer. Mais jamais, jusqu'alors, elle n'avait pensé qu'il pourrait être fourbe à ce point. Mesquin. Méprisable. Rien ne pouvait justifier qu'un homme abuse d'un parent en situation d'infériorité.

— Je ne sais que dire, murmura Clara en esquissant un mouvement pour se lever, avant de se raviser.

— Je vous avais bien dit qu'Earnhurst était un sale bonhomme.

— Oui, mais on aurait pu mettre ses autres méfaits sur le compte de la négligence ou de ses mauvais rapports avec son père, ou… d'un goût trop prononcé pour la boisson. Mais il s'agit là de quelque chose d'entièrement différent, Meg.

— Nous sommes désormais fixées sur son tempérament, commenta Meg en regardant d'un air irrité sa cheville. Mais nous sommes encore coincées ici pour des jours et des jours.

— Il faut garder à l'esprit que nous avons entendu la version de James. Mais nous n'avons pas entendu celle du duc.

Meg leva les yeux au ciel et tapa des mains sur les draps.

— Notre idée en venant ici était de trouver une preuve irréfutable pour que le mariage ne se fasse pas, Clara. Je crois que nous tenons cette preuve.

— Non, vous avez entendu un seul son de cloche. Pour prendre une décision en toute connaissance de cause, il faut entendre l'autre partie.

Oh, pour l'amour du ciel ! Clara et sa maudite logique.

— Tiens donc ? Avons-nous vraiment besoin de l'entendre tenter de se justifier ?

Sa tante soupira.

— En toute logique, je maintiens que le duc d'Earnhurst a de bons côtés. Obligatoirement, sinon il ne serait pas aussi apprécié à Mayfair. Admettez-le. Il faut aussi les prendre en compte et entendre de sa bouche quel a été son raisonnement, avant de prendre votre décision définitive.

— Croyez-vous que je puisse changer d'avis, après tout cela ? Et vous, alors ? En temps normal, vous avez toujours un *a priori* contre les hommes, avant même de les avoir vus. Que faut-il donc pour vous convaincre ? Découvrir qu'il a assassiné quelqu'un ?

— Mon avis est que nous ne savons pas encore tout. Le bon comme le mauvais. Aujourd'hui par exemple, au lendemain de votre chute, il a fait venir des ouvriers pour réparer l'escalier. Peut-être que votre accident lui a redonné le sens des responsabilités ?

— Pour l'escalier, j'ai appris que c'était James qui l'avait mis en demeure de faire quelque chose. Et je n'arrive pas à savoir si vous œuvrez en faveur de ce mariage ou si vous admirez le duc d'Earnhurst.

Meg plissa les yeux. Que ce soit l'un ou l'autre, cela ne lui plaisait pas. Clara Bosley avait toujours été son alliée et sa confidente. Si elle comptait rejoindre le camp ennemi alors qu'elles venaient de découvrir une preuve tangible... eh bien, elle n'y arriverait pas.

— Ce n'est ni l'un ni l'autre ! s'écria Clara en s'emparant du journal et du crayon de Meg sur la table de chevet. Vous le savez mieux que personne, Meg ! Je vous encourage simplement à prendre une décision juste et équitable. Il n'est pas seulement l'homme que vous êtes censée épouser ; il représente aussi un foyer, un titre prestigieux, des enfants, une influence que vous pourriez exercer sur la société et sur le pays, le...

Meg se boucha les oreilles.

— Je sais, je sais ! Arrêtez ! Il m'est plus facile de me concentrer sur le début de votre argumentation, parce que si je le déteste, si je n'arrive pas à l'aimer, vous pourrez ajouter « pauvre Meg » au tableau que vous venez de dresser de la vie qui m'attend. (Elle désigna son journal.) Donnez-le-moi. Je veux tout noter avant d'oublier.

Clara s'exécuta.

— Je ne veux pas de « pauvre Meg » sur aucune liste. Je préférerais une « Meg à l'esprit ouvert », comme vous l'avez toujours été. J'essaie de garder l'esprit ouvert, moi aussi, mais vous savez fort bien que je préférerais que vous restiez célibataire. C'est pour vous que je suis restée dans le Devon ces cinq dernières années, en dépit de l'acharnement de votre mère à me voir mariée et à m'empêcher de ruer dans les brancards. Vous pourriez tout de même me récompenser de ma patience et faire preuve d'ouverture d'esprit pour les quinze jours qui viennent.

Comment Meg aurait-elle pu refuser ?

— Très bien, je vais tâcher de rester ouverte d'esprit pendant ces quinze jours. Mais soyons claires : je ne peux pas l'affronter moi-même. Il faut que ce soit vous. Je ne suis qu'une dame de compagnie qu'il est censé oublier dès que j'aurai quitté les lieux, pour ne pas dire avant.

Cela ne parut pas faire plaisir à sa tante, mais elles s'étaient choisi des identités et Clara était la seule qui soit en mesure de converser avec un duc.

— Très bien. Alors faites-moi confiance, ma chère.

— Comme toujours.

Meg attrapa ce qu'il restait de son sandwich et croqua dedans avant de boire une grande gorgée de limonade. En son for intérieur, elle devait admettre que la rapidité avec laquelle le duc avait fait procéder aux réparations de l'escalier plaidait en sa faveur. Même s'il avait fallu qu'elle manque se rompre le cou et que son demi-frère lui enjoigne de passer à l'action. *Hmm.* Maintenant qu'elle y pensait, ce n'était peut-être pas un geste si noble que cela. Quel duc aurait souhaité qu'une femme se tue dans son escalier ? Surtout pas un duc qui venait de le devenir et qui se conduisait de façon indigne avec son propre frère, qu'il soit légitime ou non.

— Ce n'est pas pour changer de sujet, mais qu'est-il arrivé à votre régime diététique au pain, au bouillon et à l'eau ? demanda Clara en soulevant un sourcil étonné devant son repas.

— James a parlé avec la cuisinière, répliqua Meg, heureuse de ne plus avoir à parler de ce fichu duc d'Earnhurst pendant une minute. Je ne sais pas ce qu'il lui a dit, mais vingt minutes après son départ j'ai vu arriver ceci. Je n'ai aucune idée de ce que sera le dîner, mais au moins j'aurai pris des forces.

Elle ne s'y était pas attendue et, après ce qu'elle avait appris sur James, cela la touchait. Après tout, il ne faisait pas un si mauvais majordome. En plus, il était agréable à regarder et il était plus facile de parler avec lui qu'avec Earnhurst. Elle pressentait qu'il en aurait été de même si elle l'avait connu d'emblée sous sa véritable identité.

— J'ai déjà informé Sa Grâce que je dînerai avec vous ce soir, alors j'espère que le repas sera correct. Sinon, j'irai faire une razzia dans le cellier à minuit et je vous rapporterai des pommes ou autre chose.

Ce matin, Meg avait été vraiment inquiète à l'idée de jeûner pendant deux semaines. Depuis qu'elle s'était mis le majordome dans la poche, ce souci s'était un peu dissipé. Néanmoins, la perspective d'un vrai repas avec de la viande et, pourquoi pas, du beurre et des petits pains, la transportait au paradis.

— J'espère que vous n'aurez pas à aller jusque-là, répondit-elle. Mais je suis touchée de constater que vous êtes prête à commettre un larcin pour moi.

Clara éclata de rire et saisit sa main.

— J'espère que vous avez compris que vous êtes ce que j'ai de plus précieux au monde. Je n'hésiterais pas une seconde à voler une voiture s'il le fallait, pour mieux vous soigner.

Meg retomba sur sa pile d'oreillers en pouffant.

— Il faudrait vous trouver un nom de bandit de grand chemin. Comme Clara l'Éclair, par exemple.

— Hmm. Je prendrais plutôt un faux nom, pour préserver l'honneur de ma famille. J'aime assez Sophie Long-Couteau ou encore Sophie Tire-Laine.

— Pas mal, approuva Meg, hilare. Pour moi, ce serait Mabel la Criminelle ou quelque chose d'approchant.

Clara gloussa.

— Meg Patte-Folle sonnerait bien mieux ! (Elle pouffa et étouffa son rire derrière ses mains.) Oh, mon Dieu ! Mais quoi qu'il advienne de nous, je veux m'assurer que nous mangions la même chose. Et il est hors de question que ce soit du pain sec et de l'eau.

Elle se leva, et Meg reprit son souffle. Elle aimait généralement être seule. Elle préférait cent fois lire pendant de longs après-midi, se promener à pied ou à cheval ou même flâner dans le jardin, plutôt que de devoir rester à broder près de sa mère ou à déchiffrer une nouvelle partition au piano.

Ici, en revanche, elle n'avait pas le choix. Elle était seule, sauf si on venait la voir.

— En dehors de ce que nous avons découvert sur le duc, vous ne m'avez pas appris grand-chose sur la situation ici, dit-elle en se redressant de nouveau. En réalité, je commence presque à croire que vous ne voulez pas en parler.

— C'est que je n'ai pas encore tout vu, fit Clara en se rasseyant avec une petite grimace. Ce que j'ai pu inspecter est dans un triste état, comme vous le savez. D'après ce que j'ai compris, cela fait six ans que le vieux duc s'efforçait de faire revenir son fils pour qu'il reprenne les rênes du domaine. C'est la raison pour laquelle il a refusé de faire des réparations tant que celles-ci n'avaient pas été validées par lord Duffy. Je crois deviner que le vieil Earnhurst voulait initier son fils au fonctionnement d'une telle propriété avant qu'il hérite du titre. Mais le jeune Earnhurst s'est braqué en considérant qu'on lui forçait la main.

— Je trouve parfaitement normal qu'il ait voulu, de son vivant, préparer son successeur à la gestion du domaine. Il est immense. Et ce n'est pas la seule propriété que possède Earnhurst. Bien sûr qu'il aurait dû venir et apprendre à l'administrer. C'est le contraire qui était idiot. Mais le vieil Earnhurst a laissé son autre fils s'adonner au jeu : il n'était peut-être pas aussi estimable que le pensait papa.

Clara pencha la tête et croisa les mains sur ses genoux.

— Oui, mais en soi le jeune Earnhurst n'est pour rien dans le choix de vie de son frère – ni dans son existence – et je crois qu'il regrette aujourd'hui de ne pas être revenu plus tôt. Je ne lui cherche pas d'excuses, mais j'ai eu l'impression très nette que lui et son père se disputaient fréquemment, et qu'il a fini par abandonner l'idée de reprendre le domaine parce qu'il y voyait une manœuvre de celui-ci pour lui imposer sa volonté. Quand il a pris conscience de la gravité de son état, il était trop tard.

Tout cela était fort plausible, songea Meg. Elle-même, bien que choyée par des parents extrêmement bienveillants, comprenait ce que l'on pouvait ressentir quand on vous obligeait à faire quelque chose ne correspondant pas à vos propres désirs. Comme consentir à un mariage arrangé avant même qu'elle ait dansé sa première valse à l'Almack's. Mais les gens s'inventaient aussi des excuses pour se tirer d'embarras.

— Si j'avais reçu une visite à l'improviste et que ma maison menaçait de tomber en ruine, je crois que j'aurais dit la même chose, répliqua-t-elle. Vous ne savez que ce qu'il a bien voulu vous dire, mais est-ce vraiment la vérité ?

— C'est précisément ce que je voulais vous expliquer au sujet de James et de *sa* version des faits. Essayez peut-être de glaner auprès des autres domestiques des informations sur la propriété et sur la famille Clay en général. Je vous rappelle que c'était notre plan à l'origine.

— Si j'arrive à les faire venir dans ma chambre, je le ferai. Pour le moment j'ai James qui, j'en ai l'impression, est fermement décidé à chercher la petite bête chez son employeur. Je pense qu'il est tellement mauvais dans ses fonctions de majordome que le duc l'a chargé de veiller sur moi. Mais au moins, cela m'offre des excuses pour bavarder avec lui.

— Posez-lui des questions dont il n'aurait aucune raison de se méfier.

— C'est compris. Et je compte toujours lui demander de me présenter le valet de chambre du duc ; je dois juste trouver un prétexte pour ne pas éveiller ses soupçons. Car il ne faut surtout pas que James Riniken apprenne que j'ai des raisons personnelles d'enquêter sur le duc.

— Exactement. Allons-y prudemment. Voyez-vous, il est bon de procéder par étapes, pour réunir le maximum d'informations avant de prendre votre décision.

— Je dirais plutôt qu'il est bon de procéder par étapes pour réunir le maximum d'informations dans le but de conforter une décision qui a déjà été prise, riposta Meg en souriant afin de prévenir une nouvelle dispute.

— Si vous voulez, lâcha Clara en soupirant avant de se lever. Je repasserai vous voir avant le dîner.

Quand sa tante eut quitté la pièce, Meg reprit son livre. Elle aurait volontiers parié que l'auteur de ce traité assommant sur la production de céréales dans les Midlands avait vécu en ascète. Il devait se nourrir exclusivement de pain et d'eau pour être aussi mortellement ennuyeux.

Elle n'avait aucune envie de mener une vie ennuyeuse. Mais elle ne voulait pas non plus partager celle d'un homme qui s'était désintéressé d'un père mourant, qui avait pris trop tard la mesure du désordre que cela avait engendré, et qui avait empêché son demi-frère de vivre comme il l'entendait et l'avait contraint à le servir. Un entre-deux, où les toits ne s'effondreraient pas et où les jardins ne seraient pas à l'abandon, lui conviendrait parfaitement. Un comte ou un baron ferait parfaitement l'affaire.

Même si toutes les jeunes filles rêvaient de devenir un jour duchesse ou princesse, les châteaux de contes de fées ne ressemblaient pas à cet endroit, sauf s'ils étaient habités par des ogres ou des sorcières.

Une maison plus modeste avec un jardin rempli de roses, de haies fleuries, de roses trémières et de lavande aurait été bien plus accueillante. Mais si elle avait trouvé tout cela ici, quelle excuse aurait-elle bien pu trouver pour refuser le mariage ?

Ses parents l'avaient choyée dans son enfance et ils avaient veillé à lui inculquer toutes les règles de bienséance, même si elle ne pensait pas toujours à les mettre en pratique quand quelque chose de fâcheux attirait son attention. Elle était censée commencer la saison à Londres et se trouver un mari qui lui convienne, mais à partir du moment où son père lui en avait choisi un, c'était devenu inutile. Ils lui avaient tout servi sur un plateau, y compris un duc pour époux. Tout ce qu'elle avait pu faire, c'était passer le temps en préparant son trousseau, lire des histoires sordides sur les activités de son futur mari à Londres, et finalement décider de se rendre en personne sur place pour voir le berceau de sa famille et proclamer son dégoût.

Cela faisait-il d'elle une enfant capricieuse ? Ingrate ? Était-ce faire preuve de rébellion que d'avoir envie de s'amuser, de flirter et de rencontrer l'âme sœur qui l'adorerait et qu'elle pourrait adorer en retour ?

— Grrr..., grommela-t-elle en posant son livre ouvert sur ses genoux.

Elle avait promis à Clara de ne pas se braquer et elle s'efforcerait de tenir parole pour les quinze jours à venir. Si le duc d'Earnhurst voulait obtenir sa main, c'était le moment ou jamais. Sauf qu'il ne se douterait pas qu'il était en train de faire ses preuves, ce qui avait le mérite de rendre le procédé plus honnête.

Ainsi, alors qu'il avait dix ans de plus qu'elle ne le pensait, qu'il était austère, trapu, moustachu et intimidant, elle lui donnerait une chance de se montrer sous un autre jour. Et elle essaierait de ne pas trop rêver à James Riniken, le beau majordome, qui avait le même prénom que son demi-frère, qui était beau, drôle et sarcastique, qui lui avait fait monter un délicieux sandwich et lui avait raconté son histoire.

15

James Clay

Un bruit lointain de métal martelé fit irruption dans le rêve très agréable de James, qui se croyait dans une soirée à Mayfair. Il était en train de valser avec une femme dont il ne distinguait pas le visage, mais dont la présence le faisait sourire comme un imbécile heureux. Un valet entrait, les bras chargés de marmites et de casseroles, qu'il laissait tomber sur le parquet rutilant. Un peu plus loin, la très digne et très compassée duchesse douairière lady Ayres se prenait les pieds dedans.

Il ouvrit les yeux et s'assit, tandis que le fracas métallique continuait à résonner contre les murs qui l'entouraient. Sa chandelle avait coulé et il n'avait aucune idée de l'heure qu'il était. Il saisit son pantalon noir de majordome et l'enfila en hâte avant de courir vers la porte en trébuchant au passage sur sa chaise.

— Aïe ! Enfer et damnation !

Il ouvrit grand la porte et se précipita dans l'étroit couloir qui desservait l'étage des domestiques. Deux autres portes s'ouvrirent simultanément. Timothy apparut à l'une d'elles en clignant des yeux, tandis que la dernière servante de la maisonnée pointait son nez à l'autre.

Jurant et pestant à l'idée de s'être peut-être cassé un orteil, James déboula dans le couloir.

— Que diable se passe-t-il ici ? demanda-t-il en entrant dans la cuisine.

Les bras chargés de marmites et d'une louche, Mme Carvey sursauta et se tourna vers lui.

— C'est... Elles sont tombées, dit-elle en déposant bruyamment son chargement sur la table avant de s'agenouiller pour récupérer d'autres ustensiles sur le sol. Et moi qui m'apprêtais à servir le petit déjeuner.

Elles étaient effectivement tombées. Il s'agissait des étagères fixées au mur, où se trouvaient jusqu'alors la plupart des nombreux ustensiles de cuisine, et qui gisaient désormais en mille morceaux sur la cuisinière, l'évier et le sol en pierre.

— Qu'avez-vous fait ? demanda-t-il en fusillant la cuisinière du regard tout en essayant de se rappeler avec qui il était en train de danser. (C'était important, nom d'une pipe !) Vous vous êtes acharnée sur ces étagères avec une casserole ?

— Oh non, Votre Grâce, j'étais juste en train de remettre une marmite à sa place. Et c'est l'étagère du haut qui m'a attaquée ! Elle a failli me tomber dessus ! Je vous le jure, et elle a emporté les autres dans sa chute. Moi, j'étais en train de faire cuire des œufs.

Elle empoigna une nouvelle brassée d'ustensiles et agita un doigt vengeur en direction de la chambre de l'ancien majordome, devenue provisoirement la sienne.

— J'avais prévenu Austin que ce bois était vermoulu, mais il n'a rien fait et il est parti avec les cuillères et les chandeliers !

James ne voyait pas le rapport avec les chandeliers en argent et les cuillères, mais il avait parfaitement saisi le message sous-jacent. *Elle* était restée tandis que l'ancien majordome avait failli à ses devoirs et volé de l'argenterie avant de partir.

— Les menuisiers doivent revenir aujourd'hui, observa-t-il en ravalant le commentaire peu charitable qu'il s'apprêtait à émettre. Je vais leur demander de vous construire des placards.

Il s'accroupit pour ramasser une grosse cocotte qui datait certainement de l'époque où la maison était remplie d'invités et de personnel.

— Ils seraient les bienvenus, dit-elle en le regardant avec un hochement de tête réprobateur.

Il se rendit soudain compte qu'il était pieds nus et seulement vêtu de son pantalon.

Bah ! Le personnel de Clay House à Londres avait l'habitude de ses tenues souvent débraillées ; il faudrait bien que celui d'Earnhurst Manor s'y fasse, lui aussi.

— Vous n'êtes pas blessée ? demanda-t-il.

Elle releva les yeux.

— Non, Votre Grâce, merci de me poser la question.

— Hmm. Je suis James, madame Carvey. Ne l'oubliez pas.

En même temps, il était le duc et ce n'était pas à lui de nettoyer ce bazar ! Il se redressa et donna un grand coup de louche sur la grosse marmite.

— Timothy ! Et vous, la femme de chambre du premier ! Venez à la cuisine, s'il vous plaît !

— Elle s'appelle Hannah, chuchota Mme Carvey.

Ah ! Voilà qu'il obtenait un peu de soutien de sa part, en échange du réaménagement de sa cuisine. Il faudrait qu'il s'en souvienne.

— Hannah ! À la cuisine, s'il vous plaît.

Les deux domestiques apparurent. Hannah était encore en chemise et en bonnet de nuit.

— Votre… James ? s'enquit Timothy.

— Donnez-lui un coup de main pour nettoyer. Faites ce que Mme Carvey vous dira. Et ensuite, allez demander aux écuries que…

— Peter, dit Mme Carvey en volant à son secours.

— Que Peter vous aide à démonter les étagères et à faire de la place pour qu'on les remplace.

— À vos ordres, James, répondit Timothy qui ôta sa veste, retroussa ses manches et s'attaqua au chantier pour récupérer ce qui pouvait être sauvé.

Hannah l'imita tout en regardant furtivement le torse nu de James. Il soupira.

— Je vais m'habiller et aller réveiller les autres.

Au moins, personne ne lui avait mis sur le dos la chute des marmites et des casseroles, même s'il était certain que Riniken l'en rendrait responsable dès qu'il aurait connaissance de l'incident, ce qui ne tarderait pas. James ne savait pas comment il faisait, mais pas une maudite écharde de cette maison n'échappait au regard acéré du régisseur.

Il aurait pu s'habiller et ressortir en cinq minutes, s'il n'y avait eu cette maudite cravate, et il passa un temps fou à essayer de faire un nœud simple et symétrique, maudissant Goodfrey de ne pas s'être levé pour l'aider à se débattre avec ce truc idiot. Puis il se maudit lui-même d'avoir besoin de quelqu'un pour l'habiller, tout en sachant que la bonne société l'aurait regardé de travers s'il n'avait pas eu de valet.

Il finit par abandonner la partie et fourra les deux bouts de cravate n'importe comment sous son gilet vert, qu'il dissimula sous sa redingote noire. Quand il revint dans la cuisine, tout le personnel du domaine semblait être présent et s'affairait à empiler et ranger couverts et marmites, mettant de côté les morceaux de bois à jeter.

James les observa un moment. S'il en croyait son expérience, quand on demandait à un domestique de faire autre chose que ce pour quoi il avait été embauché, il pouvait se sentir offensé et en droit de demander son congé. Et pourtant ils étaient là tous les six, de la cuisinière au valet d'écurie et jusqu'au plus jeune des valets de chambre, à bavarder et à rire tout en remettant de l'ordre. Tous ceux qui étaient restés.

— Merci, leur dit-il, et au milieu du tintement bruyant du métal et du bois ils se tournèrent vers lui. Je veux dire… merci de tenir bon dans la confusion qui règne ici depuis quelque temps, merci de jouer le jeu dans la comédie dans laquelle nous sommes piégés, M. Riniken et moi, et merci d'être venus aider Mme Carvey ce matin.

— Le duc, votre père, était un homme bien, déclara Randall, le vieux valet, en hochant la tête. Earnhurst Manor était un tel joyau que les autres domestiques nous enviaient d'y travailler. Ceux qui sont partis avaient perdu espoir. Pas nous. Nous sommes prêts pour le jour où le domaine retrouvera sa splendeur. Et nous vous aiderons dans la mesure de nos forces.

James inclina la tête.

— Y compris en mentant aux visiteuses qui débarquent à l'improviste. Et je vous en sais gré. Je vais essayer de ne pas vous décevoir.

Sur ce, il tourna les talons et repartit pour essayer une fois encore de nouer cette maudite cravate.

À la quatrième tentative, il réussit à faire un nœud correct, du moins à son goût. Quand il émergea de sa chambre minuscule, Robert, le valet d'écurie, était appuyé contre le mur d'en face.

— Vous avez aussi reçu quelque chose sur la tête ? s'enquit James en se dirigeant vers la bibliothèque pour choisir un autre livre pour Mlle Mabel.

Elle avait lu le livre sur les céréales, du moins en partie, et la veille il avait pioché un vieux traité sur la préservation des forêts dont le titre donnait déjà envie de bâiller. Il avait bavardé avec elle plus d'une heure, ce qui avait égayé sa journée, même quand elle lui avait posé des questions embarrassantes sur son passé de fils bâtard du duc et sur son demi-frère aîné.

Aujourd'hui, il avait l'intention de ne plus prendre un livre au hasard mais d'en choisir un qui lui plaise. Même si c'était amusant de s'inventer un personnage, il commençait à regretter de devoir lui mentir. Raconter des histoires et essayer par la suite de se souvenir de ce qu'il avait dit exigeait une grande concentration. Il avait heureusement eu la présence d'esprit de se créer un passé de joueur ; c'était un domaine qu'il connaissait bien.

— James ?

Il tressaillit et reporta son attention sur le palefrenier.

— Oui ? J'étais en train de réfléchir. Que voulez-vous ?

— J'ai trouvé un vieux fauteuil sur lequel j'ai fixé des roulettes, dit Robert en lui emboîtant le pas. Ainsi que des poignées pour le pousser.

James avait l'habitude de voir les domestiques s'incliner et marcher derrière leur maître, effacés et discrets, diligents et zélés. C'était bizarre de voir celui-ci se tenir bien droit et marcher à son côté. Plus efficace aussi, et plus intéressant. Il hocha la tête.

— Merci.

— Désirez-vous que je le monte à l'étage pour la demoiselle ?

— Non, mettez-le dans l'entrée, s'il vous plaît. Avec une couverture pour qu'elle ne prenne pas froid.

Le valet grommela :

— Manquerait plus que ça ! Ces dames seraient coincées ici pour un mois de plus.

— Justement, répondit-il, bien que sa première pensée ait été une préoccupation sincère que Mabel ne prenne pas froid.

Cette soudaine prévenance était inhabituelle chez lui.

Robert repartit vers la cuisine et James continua en direction de la bibliothèque. Il avait plu toute la nuit et l'odeur de moisi dans la pièce en était décuplée.

— Mon Dieu, quelle odeur !

— Ah ! Vous voici !

Il fit demi-tour et vit entrer Riniken, qui referma la porte derrière lui.

— Ne faites pas ça, Riniken. Ou nous allons suffoquer.

— Ça sent mauvais, n'est-ce pas ? Il faudrait faire quelque chose.

Riniken s'assit devant la table située au milieu de la pièce.

— Oui, il faudrait faire venir un restaurateur de livres pour voir si on peut encore sauver les ouvrages qui se trouvent à côté de la fenêtre ouest. Je vais demander aux valets de déplacer les volumes qui restent et les étagères encore intactes à l'autre bout de la pièce. Et faites venir un architecte ou un menuisier, quelqu'un que vous jugerez le plus à même de réparer les dégâts structurels de la maison.

Le régisseur cligna des yeux, éberlué.

— Je... Je m'en occupe tout de suite après le petit déjeuner. Et l'escalier ?

— Vous avez dit que vous pensiez à un artisan. Faites-le venir aussi. Si nous réussissions à sauver les balustres d'origine, ce serait mieux. Tout le bois a été remisé dans l'un des box des écuries.

— Alors là, je n'en reviens pas ! fit Riniken en le fixant avec des yeux ronds.

— Pour l'escalier, c'était indispensable, comme je vous l'ai dit. Mabel aurait pu se rompre le cou. Je suis peut-être idiot, mais je sais voir quand ça tourne au vinaigre et que les gens risquent leur vie en mettant un pied chez moi.

En particulier les jolies jeunes femmes au cœur compatissant, dont les yeux pétillants rappelaient la couleur des bleuets. Il inclina la tête.

— Vous êtes encore venu me prêcher la bonne parole, ce matin ?

— Sur deux points, riposta le régisseur du tac au tac.

C'était peut-être ce que le vieux duc aimait tellement chez Riniken : il ne s'embarrassait pas de formules de politesse et allait toujours droit au fait.

— Je vous écoute.

— Lady Sophronia m'a évité toute la soirée d'hier en prétextant une migraine. Je vous soupçonne d'être à l'origine de cette indisposition car vous m'avez certainement fait passer pour un monstre, même si je me trompe peut-être.

James eut un grand sourire.

— Si vous ne vous étiez pas rendu indispensable dans cette maison depuis plus de dix ans, je ne vous aurais jamais adopté comme demi-frère.

— Ah ! C'est donc de ma faute si vous êtes devenu mon frère bâtard. Sans perdre de vue, bien sûr, que je suis censé être *vous*. Vous vous faites passer pour un scélérat.

— Mais je suis un scélérat ! rétorqua James. Vous en avez la preuve tout autour de vous. Et quel est votre second reproche ?

— Ce n'est pas un reproche. À force de ruse, j'ai réussi à convaincre lady Sophronia de m'aider à passer en revue le contenu de la bibliothèque et à faire un tri dans les livres. Je lui ai fait valoir que ce serait un service rendu à l'histoire, et pas seulement à moi. Je vais donc superviser le transfert des ouvrages.

— Formidable ! J'ai moi aussi un choix à faire.

— Vous lisez ? Vous n'avez donc rien de mieux à faire ?

— Ce n'est pas pour moi. Mabel est une grande lectrice et elle m'a demandé de lui choisir un autre livre. Le troisième depuis son arrivée. Elle m'impressionne.

Il commençait aussi à prendre goût à ces visites ; au moins, les jugements qu'elle portait sur le duc étaient intelligents. C'était la première occasion qui lui était offerte de voir l'opinion que les autres avaient de lui. Même si l'image qu'on lui renvoyait coïncidait pour le moment avec celle d'Elliott Riniken.

— Parfait. J'allais justement vous demander d'aller tenir compagnie à cette demoiselle. Je me donne un mal de chien pour leur faire croire qu'Earnhurst Manor est en pleins travaux de rénovation plutôt qu'en ruine, et que le duc – c'est-à-dire *vous* – n'est pas un scélérat. Pour ce faire, il faut que je parle avec lady Sophronia.

Il avait raison, mais il en coûtait à James de le reconnaître.

— Vous avez demandé à la fille d'un comte de vous aider à trier des livres ? Jamais un duc ne ferait une chose pareille, Votre Grâce.

— Apparemment, elle aime beaucoup lire, elle aussi. Quand elle a vu les dégâts, elle a insisté pour m'aider. Et ce matin, je lui ai rappelé sa promesse. (Le régisseur haussa les épaules.) Cela coïncide avec vos ordres, donc je ne vois pas où est le mal.

— Moi non plus. Si elle aime lire, elle pourra vous aider à classer les livres. Je ne veux pas que mes invités découvrent une œuvre de Shakespeare placée à côté d'un essai sur les bousiers et qu'ils me prennent pour un ignorant.

Riniken pencha la tête.

— Je n'arrive jamais à savoir si vous êtes sincère ou sarcastique, lâcha-t-il en soupirant. Même si cela ne change rien. Vous faites enfin quelque chose, Dieu merci.

— Je peux être en même temps sincère et sarcastique, précisa James en se dirigeant vers l'étagère la plus proche. (Il écarta cinq ou six livres avant d'en trouver un qui lui convienne.) C'est une de mes qualités. Continuez, Votre Grâce.

Abandonnant le faux duc dans la bibliothèque, il alla dans la cuisine chercher une assiette avec des œufs, des toasts, du bacon et une théière. Cela faisait beaucoup à porter seul, même sur un plateau, mais le reste du personnel était en train de se disputer sur la façon de ranger les pichets et les marmites : sur des étagères ou bien suspendus à des crochets.

Une tasse à thé calée sous le menton et les bras chargés du plateau sur lequel il avait aussi posé le livre, il regagna l'avant de la maison et entreprit de monter l'escalier. C'était toute une gymnastique pour garder le plateau bien droit afin d'empêcher que l'eau chaude déborde de la théière, que les œufs tombent de leur coquetier et que le beurre fondu coule des toasts. Comment diable un valet de pied pouvait-il réussir à relever tous ces défis en même temps et s'incliner par-dessus le marché en entrant dans une chambre ? Pour lui, c'était un mystère.

La porte de Mlle Mabel était fermée. Contrarié, il tenta de faire passer le plateau sur une seule main pour pouvoir frapper à la porte. Les œufs basculèrent d'un côté et le plateau faillit se renverser, mais il réussit in extremis à se rattraper. Non, il n'y arriverait pas comme ça. Jetant un coup d'œil vers l'escalier, il donna un coup de pied dans la porte aussi doucement qu'il le put.

— Entrez ! dit-elle.

C'était plus facile à dire qu'à faire. Il essaya avec le coude, les fesses, le genou, le pied… La poignée avait visiblement besoin d'être graissée, car rien n'y faisait. Finalement il déposa le plateau par terre en ronchonnant, abaissa la poignée en cuivre, et poussa la porte avec les fesses en récupérant son plateau.

— Petit déjeuner, annonça-t-il en entrant dans la chambre.

— Que faisiez-vous donc derrière la porte ? demanda la dame de compagnie, tout sourire, en arrangeant les oreillers dans son dos pour s'asseoir plus commodément. On aurait dit que vous vous exerciez à une sorte de danse.

— Je n'ai pas l'habitude de transporter des plateaux, dit-il sèchement en déposant le sien sur le secrétaire.

— Oh non, bien sûr, se hâta-t-elle de répondre tandis qu'une ride se creusait entre ses fins sourcils. Et je vous suis extrêmement reconnaissante de veiller à mon bien-être.

À présent, il avait un peu honte d'avoir grommelé, alors qu'elle n'avait pas quitté son lit depuis trois jours.

— Ce n'est rien. Comment aimez-vous votre thé ?

— Oh ! Avec de la crème et trois sucres, s'il vous plaît.

Il lui lança un regard par-dessus son épaule.

— Vous avez des goûts dispendieux, Mabel.

Ses joues s'empourprèrent.

— Vous trouvez ? En réalité, je ne prends qu'un sucre d'habitude, mais…

Il la trouva délicieuse, avec son teint rosi par l'embarras. Elle était restée trop longtemps enfermée. Il saisit les ridicules pincettes et attrapa trois morceaux de sucre, qu'il déposa dans sa tasse.

— Je plaisantais. Vous êtes tombée par notre faute, et je suis prêt à vous donner dix morceaux de sucre si vous le désirez.

Elle éclata de rire et laissa retomber ses épaules de soulagement.

— Il n'y aurait plus de place pour le thé, avec dix morceaux de sucre !

— Votre raisonnement est d'une logique imparable.

Il versa le thé brûlant dans la tasse, ajouta la crème, puis la plaça sur sa table de chevet.

— Comment va votre cheville ?

— Elle m'élance encore un peu, mais cela va de mieux en mieux. J'ai entendu un bruit de quincaillerie, tout à l'heure. Que s'est-il passé ?

— Les étagères où étaient rangées les marmites se sont effondrées ce matin dans la cuisine. En mettant fin à un rêve très agréable que je faisais, d'ailleurs.

Comme il s'emparait de l'assiette avec les œufs et le bacon, il se souvint que la femme sans visage avec laquelle il dansait avait des cheveux d'ébène comme ceux de Mabel. Elle portait également une robe jaune, de la couleur de celle que portait Mabel le jour de son arrivée avec sa maîtresse. *Tiens, tiens...*

Il ne cherchait jamais à séduire les domestiques. C'était une règle chez lui. Cependant, elle n'en avait pas tout à fait le statut, puisqu'elle faisait partie du cercle intime d'une femme de haute qualité – peut-être même issue de la petite noblesse. Et elle avait des cheveux d'ébène, des yeux couleur du ciel et un esprit léger, drôle et chaleureux, qui le rendait... joyeux. Heureux. Optimiste. Protecteur. Des sentiments qu'il n'avait plus éprouvés depuis bien longtemps.

— James ?

Il s'ébroua et déposa l'assiette à côté de la tasse de thé.

— Je vous demande pardon ?

— Je vous demandais quel était ce rêve si agréable, fit Mabel en battant des mains devant son petit déjeuner.

Une femme qui appréciait la bonne chère et qui était pourtant si svelte... Il n'aurait pas su dire pourquoi, mais sa joie était contagieuse.

— Je rêvais que je dansais avec vous, répondit-il en s'asseyant sur la chaise à côté du lit.

— Oh ! Vraiment ?

— Oui.

Elle rougit de plus belle et il inclina la tête. Était-elle gênée ou simplement contente ?

— Mais c'était très compliqué, car vous n'aviez pas de jambes et il fallait que je vous porte, improvisa-t-il en souriant.

Elle éclata de rire, les yeux pétillant de gaieté.

— Mon pauvre ami ! Vous m'avez visiblement portée trop longtemps hier.

— Je persiste à dire que je préfère vous transporter de pièce en pièce plutôt qu'empiler des assiettes ou m'acquitter des multiples tâches d'un majordome.

— Heureuse de savoir que je me place un rang au-dessus de la vaisselle.

Tout en riant, elle étalait le beurre avec application sur toute la surface de son toast.

— Moi aussi, j'ai fait un rêve, reprit-elle.

— Ah ? Et j'en faisais partie ?

Tout à coup, il le souhaita ardemment.

— Eh bien, oui, figurez-vous. Je travaillais dans une boulangerie et mon travail consistait à tout trier. Vous étiez un client et j'avais mangé tous vos biscuits.

— J'espère bien que je vous faisais renvoyer ! Il faut savoir défendre son biscuit.

Elle se remit à rire et tourna sa cuillère dans sa tasse, avant de boire une gorgée de thé.

— Bravo, James. Votre thé est délicieux.

Il fit un signe de tête.

— Merci. (Il s'appuya contre le dossier, étira les jambes et croisa les pieds.) Je craignais que le traité sur les arbres ne vous fasse rêver de jeunes pousses plus fringantes.

— Il m'a fait dormir, reconnut-elle en fronçant le nez. En dépit de tous mes efforts. L'auteur adore les arbres : bouleaux, pins, chênes et surtout les mélèzes. Son enthousiasme est touchant, et je me dis qu'il est normal qu'un livre traitant des arbres soit très touffu.

Il attrapa en riant une fourchette et une serviette, qu'il lui tendit.

— J'ai un aveu à vous faire : aujourd'hui, j'ai regardé le titre du livre que je vous ai choisi. Je n'arrive pas à croire que vous vous passionniez pour l'amélioration de la production de céréales ou pour les forêts.

— Je vais tâcher de masquer ma déception, répliqua-t-elle pour plaisanter en levant sa main libre. Voyons de quoi il s'agit.

— Tenez, dit James.

Il le lui tendit et ressentit comme une décharge quand leurs doigts se frôlèrent. *Bon sang.* Jamais il ne l'aurait cru. Ni même rêvé. Mabel Gooster le troublait. Or jamais une femme ne lui avait ainsi embrasé les sens. Pas en lui frôlant les doigts, pour la troisième fois. Il n'avait pas non plus l'habitude d'en tenir le compte. En plus, il était fiancé.

— Oh ! (Elle écarta sa tasse de thé et jeta un coup d'œil au livre.) *Oh !*

James fronça les sourcils. S'il ne se concentrait pas sur leur conversation, il la laisserait totalement prendre le dessus. Seigneur, qu'il aimait les esprits affûtés ! Mais pourquoi ce commentaire si succinct ? C'était bizarre.

— Eh bien, quoi ? C'est un très bon livre, j'en suis sûr.

Il se trouvait aussi que c'était son préféré.

Mabel releva la tête et posa sur lui ses yeux bleu pâle... Scintillaient-ils ? Pétillaient-ils ? Brillaient-ils de larmes ?

— Rendez-le-moi, si cela vous contrarie.

Sincèrement désolé, il tendit la main pour le reprendre.

— Non ! Non, surtout pas... Réalisez-vous de quoi il s'agit ?

— Oui. Ce sont *Les Voyages de Gulliver.*

— Non, rectifia-t-elle. Il s'agit de *Voyages du capitaine Lemuel Gulliver en divers pays éloignés*.

— C'est-à-dire *Les Voyages de Gulliver.*

— C'est la première édition, avant que le livre soit connu sous son appellation la plus courante. Avant que Jonathan Swift avoue qu'il en était l'auteur. C'est un livre très rare, James. Il doit avoir presque cent ans. Je ne suis pas certaine que Sa Grâce approuverait le fait que ce livre soit entre mes mains. Je ne voudrais pas que vous vous fassiez punir pour avoir tenté de me distraire.

Ce livre la troublait parce qu'il était précieux. *Ah...* Il ne savait plus trop quoi faire. Les femmes qu'il fréquentait – mais dont il appréciait bien moins la compagnie – aimaient recevoir des bijoux, de l'or ou de l'argent.

— Le... (Sa voix s'enroua et il se racla la gorge.) Ce n'est qu'un prêt. Et Sa Grâce est en train de déplacer les livres de sa bibliothèque pour effectuer des réparations. De toute façon, il ne sortira pas d'ici. Je ne vois donc pas où est le problème. Si vous avez envie de le lire, bien entendu !

— Mon Dieu, oui ! souffla-t-elle. C'est l'un de mes livres préférés. En apparence, c'est une succession d'aventures un peu naïves, mais en lisant entre les lignes, on se rend compte à quel point Swift était révolutionnaire dans sa critique de la société.

— Alors profitez-en, répondit-il, sidéré. (Peu de femmes de son entourage auraient osé livrer cette brillante analyse.) Vous avez besoin d'aide pour vous habiller, reprit-il pour changer de sujet.

Oui, elle était exquise. Mais ce n'étaient pas seulement ses charmes physiques qu'il admirait. Il aimait sa compagnie, sa conversation et son esprit. Et aussi le bleu de ses yeux et ses fossettes quand elle riait. Soudain, il fut pris d'une envie irrésistible de l'embrasser et il serra les poings.

Elle écarquilla les yeux.

— Mais ce n'est pas convenable, monsieur !

James fronça les sourcils. Que diable avait-il bien pu dire ?

— Comment ? Mais non, voyons ! Je ne parlais pas de vous aider, *moi*, à vous habiller. C'est à Hannah que je songeais. C'est la femme de chambre du premier étage.

Dont il ne connaissait le nom que depuis ce matin.

— Ma... maîtresse m'aide à m'habiller, rétorqua Mabel, de nouveau écarlate. Mais ce matin, elle devait retrouver Sa Grâce.

— Oui, ils ont du travail dans la bibliothèque. Mais j'ai une surprise pour vous, alors il faut vous habiller. Je vous envoie Hannah d'ici une demi-heure. J'espère que cela vous laissera le temps de savourer votre petit déjeuner ? ajouta-t-il en souriant tandis qu'elle posait le regard sur son assiette remplie à ras bord.

— Oui. J'aurai fini de le déguster, d'ici là. Et si vous m'accordez un sourire de béatitude de temps à autre dans l'heure qui suivra ce festin.

Il se leva en hochant la tête.

— J'accepte vos conditions. À présent j'ai mes tâches de majordome qui m'attendent, mais je reviendrai bientôt. *Quand* vous serez habillée.

Et quand il aurait retrouvé ses esprits, ce qui devrait prendre un peu plus de temps.

16

Clara Bosley

— Fou, veule, mal intentionné, menteur, énuméra tout bas Clara en fixant la dernière épingle dans son chignon. Il rudoie et maltraite son demi-frère. Il ne manque plus que des chats noirs et des pratiques magiques… Oh, quel embarras !

Elle n'arrivait pas à comprendre pourquoi une femme ne pouvait pas simplement nouer ses cheveux en queue-de-cheval quand elle se livrait à des travaux physiques. Une tête hérissée d'épingles ne l'aiderait pas à apporter son assistance. Et pendant ce temps, il lui faudrait rester à l'affût d'autres ragots déplaisants que Meg pourrait utiliser contre le duc.

Elle ne devait pas perdre de vue cet objectif, puisque c'était la principale raison de leur voyage à Earnhurst Manor. Un mariage arrangé ! Quelle idée de jeter Meg dans les bras d'un inconnu, simplement à cause de son rang dans la société ! Elle ne s'était pas privée de le dire à Joséphine et à Grégory.

Ensuite, elle avait patienté un an avant de prendre la poudre d'escampette avec Meg, pour vérifier par elles-mêmes le caractère du duc d'Earnhurst. Cela manquait d'élégance d'agir ainsi dans le dos des Pinwell, mais elles n'avaient guère eu le choix. Après tout, la quête de la vérité était un chemin semé d'embûches.

Elle glissa un bout de papier et un crayon dans son corsage pour prendre des notes au cas où, vérifia une fois de plus sa coiffure et sortit de sa chambre. Après avoir frappé à la porte de Meg, elle commença à baisser la poignée.

Un cri perçant l'arrêta net.

— Attendez ! glapit Meg. Je ne suis pas encore habillée !

— Quelle étourdie ! C'est précisément pour cela que je viens, répliqua Clara en poussant la porte. Oh !

Elle s'immobilisa sur le seuil.

— La porte ! souffla Meg en gesticulant.

Clara referma la porte et s'y adossa en clignant des yeux. Perchée sur une jambe, Meg se débattait, engoncée dans une des robes qu'elle avait empruntées à sa femme de chambre parce qu'elles correspondaient mieux à son statut de dame de compagnie, tandis qu'une jeune femme que Clara n'avait jamais vue se penchait pour tirer sur l'ourlet et l'empêcher de tomber.

— Puis-je vous aider ? proposa-t-elle en se rappelant qu'elle était lady Sophronia.

— Je me suis juste un peu… entortillée, maugréa Meg. J'apprends.

Clara s'approcha avec un grand sourire.

— Je croyais vous avoir prévenue, Mabel. Tenez.

Elle tendit la main pour aider Meg à reprendre son équilibre.

L'autre jeune femme, enfin libérée du poids de Meg, s'écarta et termina d'arranger la robe sur ses épaules.

— Voilà qui est fait, décréta la jeune femme. Les boutons, maintenant ?

— S'il vous plaît. Je ne peux pas les atteindre, dit Meg en souriant. Désolée de vous causer tout ce tracas, Hannah.

— Pff. Je préfère ça plutôt que ramasser la cendre dans les cheminées. Du coup, c'est Timothy et Randall qui s'en occupent, du moins jusqu'à ce que je prenne la relève.

Meg releva les yeux vers sa tante.

— Lady Sophronia, je vous présente Hannah, la bonne affectée à notre étage. Hannah, voici ma maîtresse, lady Sophronia.

— Je savais qui vous étiez, fit Hannah en plongeant dans une révérence. Il n'y a que quatre femmes dans cette maison, et vous n'êtes pas Mme Carvey !

Il s'était forcément passé quelque chose, car Clara et Meg avaient pris l'habitude de s'aider mutuellement pour terminer de s'habiller. Elles fonctionnaient ainsi depuis qu'elles avaient quitté Brundon, et son aide était même devenue indispensable depuis que Meg était coincée au lit.

— Bonjour, Hannah, dit Clara en dissimulant sa contrariété. (Comment diable demander la raison de son intervention à la jeune bonne, sans l'offenser ni l'inquiéter ?) Je...

Heureusement, Meg lui coupa la parole :

— J'ai bien dit à Hannah que je pouvais me débrouiller seule, mais c'est James qui me l'a envoyée. Il a dit qu'il avait une surprise pour moi et que je devais me préparer.

— Quelle sorte de surprise ?

— Je n'en ai aucune idée.

Hannah gloussa.

— Je sais, moi, mais je ne dois pas le dire.

— Il a dit que cela n'avait rien d'inconvenant, ajouta Meg en jetant un coup d'œil à la servante par-dessus son épaule. N'est-ce pas, Hannah ?

— En effet, mais je ne dirai rien de plus. Quand Sa Grâce a une idée en tête, faut que ça roule.

Clara souleva un sourcil, perplexe.

— Sa Grâce ? La surprise est une idée du duc ?

Il fallait bien noter aussi ses bons côtés. C'était ainsi qu'on menait une enquête.

La femme de chambre devint écarlate.

— Oh ! Je ne suis pas censée parler de ça. Surtout ne dites rien, milady !

Il fallut cinq secondes à Clara pour se souvenir que la bonne s'adressait à lady Sophronia.

— Votre secret sera bien gardé.

Le duc n'avait pas parlé de surprise, concernant Mabel. En réalité, Clara avait du mal à croire qu'il lui accordait une quelconque attention, à part s'enquérir sommairement de sa cheville chaque matin. C'était inattendu, et pour le moins troublant.

Meg toussota et dit :

— Hannah, je crois que je vais arriver à me débrouiller, maintenant. Merci beaucoup pour votre aide.

La jeune fille soupira et reposa la brosse à cheveux.

— Très bien. Alors je vais retourner à mes cheminées. (Elle fit la révérence devant Clara.) Madame.

Quand elle fut sortie, Clara referma la porte derrière elle.

— Ainsi, le duc vous aurait préparé une surprise ?

— J'ignore de quoi il s'agit. James m'a dit ce matin, en m'apportant mon petit déjeuner, qu'il avait une surprise pour moi et qu'il fallait que je m'habille rapidement. Oh, je n'aime pas ça, ma tante. Je ne peux pas croire que James l'aide à faire quelque chose de fourbe, mais imaginez qu'Earnhurst veuille me séduire ou qu'il mijote un mauvais coup ?

— Si c'est le cas, il aura tôt fait de se retrouver sur le dos avec le nez cassé. Pour le moment, c'est un homme sur le point de se marier. Pourquoi courtiserait-il une dame de compagnie ? Cela m'étonnerait, même de la part d'un scélérat notoire.

Meg pressa les mains sur sa bouche.

— Et s'il savait ? chuchota-t-elle d'une voix assourdie. S'il avait deviné que je suis lady Margaret Pinwell ?

Un frisson parcourut l'échine de Clara.

— S'il le sait, alors nous sommes dans de beaux draps !

Elle se laissa lentement tomber sur le fauteuil près du lit. Elle devait faire appel à la logique. Elle affectionnait la logique et se flattait de ne pas en manquer.

— Quand je l'ai vu ce matin, rien ne laissait croire qu'il se doutait de quelque chose. Il m'a simplement proposé de venir l'aider à trier les livres dans la bibliothèque, parce que certains d'entre eux ont été abîmés. Je ne pouvais pas refuser, puisque je lui avais proposé mon aide avant… avant que nous découvrions son comportement vis-à-vis de James.

Posant la main sur le livre au bout de son lit, Meg pâlit.

— Serait-ce à cause de ce livre ?

— Qu'est-ce que c'est ?

— Une édition originale des *Voyages du capitaine Lemuel Gulliver en divers pays éloignés*, souffla Meg. J'ai fait remarquer à James que c'était un livre trop précieux pour qu'il me le prête, mais il a dit que personne n'y trouverait à redire.

Clara jeta immédiatement un coup d'œil au livre. Une édition originale ? Le duc devait posséder une très belle bibliothèque.

— Si James se sert dans la bibliothèque sans demander l'autorisation, vous risquez tous les deux d'avoir des problèmes. J'imagine qu'il essaie de voir jusqu'où il peut pousser le bouchon, demi-frère du duc ou non.

— Earnhurst a embauché James seulement pour empêcher ses amis fortunés de répandre des cancans. Mais il est gentil et drôle. Sans lui, je serais au pain sec et à l'eau.

— Il n'est pas vilain non plus, même si je me doute que ce n'est pas la raison pour laquelle vous prenez son parti.

Les joues de sa nièce s'empourprèrent.

— Chut ! Clara, je ne me laisse pas séduire par un majordome. Je vous rappelle que je suis la fille d'un comte !

— Fiancée, de surcroît !

Meg savait tout cela aussi bien que sa tante. Et toutes deux connaissaient les règles de la bienséance, même si Clara ne s'était pas suffisamment aventurée dans la société pour avoir eu l'occasion de les mettre en pratique. Il fallait toutefois qu'elle les garde à l'esprit.

— Cessons de nous monter le bourrichon et aidez-moi à enfiler mes pantoufles, voulez-vous ? dit enfin Meg en se penchant pour regarder sous le lit.

— Vous ne pourrez en chausser qu'une. Vous n'aurez qu'à enfiler une mitaine ou autre chose sur votre cheville enflée pour la garder au chaud. Je crois avoir aperçu une paire de mitaines dans le bas de l'armoire, l'autre jour.

— Mais ce sont celles du duc.

— Il n'a jamais voulu admettre qu'il vous avait donné sa chambre. Donc, jusqu'à preuve du contraire, c'est une vieille paire que nous avons exhumée. À supposer qu'il vous voie les porter. En revanche, il serait inconvenant qu'il voie votre pied nu. Mais si vous avez une autre idée, je suis tout ouïe.

Meg éclata de rire.

— Je suis encore sous le choc de son attitude scandaleuse envers James, alors faites donc et donnez-moi une de ces mitaines pour que j'en enveloppe mon pied.

— Tout de suite. Et j'ai toujours besoin de votre aide pour boutonner *ma* robe. C'est ça ou il devra me pousser une deuxième paire de bras.

— Arrêtez de parler comme ça, Clara. Vous allez encore vous attirer les foudres de l'Église.

— Pff ! Ce n'était pas l'Église mais le père Michael, et je n'y suis pour rien s'il n'a pas le sens de l'humour et qu'il a pris ma remarque au pied de la lettre. J'ai simplement fait observer que si Adam s'était aperçu, après avoir croqué dans la pomme, qu'il était nu et qu'il devait se vêtir, nos vêtements devenaient la preuve de notre péché et qu'il fallait nous en débarrasser.

Jamais elle n'avait vu un homme virer au violet comme cela. Il avait voulu l'obliger à porter un châle sur son corsage, sous prétexte que sa robe avait « un décolleté provocant qui faisait naître des pensées impures chez les messieurs », alors que la journée était l'une des plus chaudes de l'année et que l'église était bondée.

— C'est la fois où on m'a interdit de vous voir pendant une semaine, dit Meg. Ne recommencez pas, je vous en supplie.

— Très bien.

Quand elle eut fini d'envelopper la cheville et le pied de Meg dans la grosse mitaine, et que celle-ci eut boutonné les trois derniers boutons de sa robe, Clara aida sa nièce à s'étendre de nouveau sur le lit avec le pied en l'air.

— Quelle que soit la surprise, souvenez-vous des consignes du Dr Grimsby.

— Oui. Croyez-moi, je n'ai nul désir de rester assise à écouter le duc me réciter des poèmes grivois ou autre chose du même style. Je ne m'absenterai pas plus d'une demi-heure et je me recoucherai tout de suite après.

Clara avait beaucoup de mal à imaginer Earnhurst récitant des poèmes grivois, mais elle ne pouvait nier les rumeurs choquantes qu'il traînait dans son sillage.

— Nous sommes censés passer la matinée dans la bibliothèque, mais s'il s'en échappe, je tâcherai de le suivre. Et si sa démarche n'est pas innocente, vous pouvez compter sur moi pour y mettre le holà. Avec vigueur. N'hésitez pas à simuler un évanouissement, si vous ne voulez pas assister à la bagarre.

— Je ne suis pas sûre que Mabel soit du genre à s'évanouir, mais comme je le suis, moi, je m'en souviendrai. Allez fouiller dans la bibliothèque, je sens que cela vous démange.

— Si vous saviez ! Surtout maintenant que je sais qu'il possède au moins une édition originale. (Clara se leva et se dirigea vers la porte.) Je laisse ouvert ou je ferme ?

— Vous pouvez laisser ouvert. James a du mal avec les poignées de porte quand il a les bras chargés.

Refrénant son impatience, Clara descendit. Dans le hall, au pied de l'escalier, James, le majordome, était appuyé contre le mur. Il ne portait qu'un seul gant et essayait vainement d'enfiler l'autre qu'il tenait entre ses dents.

— Vous avez besoin d'aide ? demanda-t-elle avant de hausser un sourcil en se souvenant qu'elle devait incarner une aristocrate pleine de morgue.

— Hmm. Non, mais mon prédécesseur devait avoir des mains de fillette. (Il finit par renoncer et entreprit d'enlever son gant gauche, qui résista.) Seigneur ! Je ne sens plus mes doigts.

— Mettez-vous peut-être à la recherche de ciseaux, suggéra Clara. Savez-vous où se trouve Sa Grâce ?

Le majordome releva les yeux.

— Dans la bibliothèque, milady. Désirez-vous que je vous y conduise ?

— Non, merci.

— Parfait. Dans ce cas, je vais aller chercher une paire de ciseaux avant d'y laisser mes doigts. J'y tiens beaucoup.

Il la salua et disparut dans le petit salon, où elle l'entendit remuer des objets sur le secrétaire.

Le comportement de ce majordome était totalement dépourvu de logique. Meg était un peu pareille, et elle comprenait pourquoi ces deux-là s'entendaient si bien. Si le nouveau duc voulait redonner à Earnhurst un peu de lustre pour le mariage, il allait devoir changer de majordome. Et en trouver un qui ne grignote pas pendant le service, qui s'abstienne de bavarder impudemment avec ses supérieurs et qui ne ressemble pas trait pour trait au tableau le plus exposé de la galerie. En privé, cela ne la gênait pas de parler avec le personnel ; après tout, elle prenait bien ses repas avec sa femme de chambre. Mais la plupart des gens considéraient que les domestiques devaient être silencieux, efficaces et discrets. Aucun de ces qualificatifs ne convenait au majordome d'Earnhurst.

Cela ne la regardait pas, bien sûr, et puisque Meg avait décrété que le mariage ne se ferait pas, elle songea que l'efficacité ou les liens de parenté de James n'avaient aucune importance. Néanmoins il lui semblait qu'il fallait, à la tête d'une grande demeure comme Earnhurst, un chef rigoureux au visage impassible. James était loin d'avoir une face de carême et elle doutait qu'il ait fait preuve de la moindre rigueur depuis son arrivée.

Même si elle se réjouissait que Meg ait quelqu'un avec qui bavarder pendant sa convalescence, si la vérité éclatait au grand jour et qu'Earnhurst découvrait que sa future épouse lui préférait son demi-frère illégitime, cela risquait de leur coûter cher.

Elle trouva le duc agenouillé devant une rangée de livres. Il portait des gants et paraissait aussi préoccupé qu'elle.

— Où avez-vous été chercher ce James Riniken ? s'enquit-elle en enfilant ses propres gants.

Après tout, elle n'était pas censée être au courant de leur lien de parenté. D'autre part, elle aimait bien le nouveau duc et n'avait aucune envie d'entendre raconter de nouvelles horreurs à son sujet.

Earnhurst se remit debout et s'appuya d'une main sur une étagère pour reprendre son équilibre.

— Je ne devrais plus me mettre à genoux, remarqua-t-il en se penchant pour masser son genou gauche. C'était plus facile, autrefois.

— Nous nous souvenons toujours des choses telles qu'elles étaient, observa-t-elle. Mon père avait un vieil ami qui avait eu un pied arraché par un coup de canon. M. Brimfeld expliquait que vingt ans après, ce pied le démangeait toujours alors qu'il l'avait perdu au siège de Boston.

— Vous avez raison, dit-il en souriant. Je me souviens de l'époque où je montais les escaliers quatre à quatre, ou quand je sautais sur mon cheval que je lançais au galop avant même d'avoir chaussé les étriers.

— Vous montez donc ? Oh, nous pourrions faire une promenade à cheval !

C'était l'un des rares domaines où Clara se pliait aux règles, même si elle trouvait absurde de monter les deux jambes du même côté, en amazone. Mais sa mère avait tapé du pied : si elle la surprenait ne serait-ce qu'une seule fois à monter à califourchon, tous les autres enseignements prodigués par son père cesseraient.

— Cela me plairait beaucoup. Mais je dois veiller à vous trouver un cheval adapté.

Se reprenant, elle fit un geste de dénégation avec la main. Elle n'était pas venue ici pour monter à cheval, même si elle adorait cela. D'ailleurs, le duc n'était-il pas en train d'éluder sa question ? Cette attitude était aussi significative que n'importe quelle réponse.

— Non, Votre Grâce, pas si cela doit vous poser problème. Vous êtes suffisamment occupé et je ne veux pas vous obliger à trotter dans la campagne avec moi.

— Nous verrons cela. Ce n'est pas moi qui réaliserai ces travaux de rénovation, après tout. Ce seront des artisans confirmés, des charpentiers ou des jardiniers.

Il la contempla un moment, puis il prit une profonde inspiration avant de poursuivre :

— Comme vous pouvez le constater, madame, la bibliothèque est en très mauvais état. Mon... père a négligé de veiller sur certains ouvrages de valeur. J'aimerais que nous mettions de côté les éditions originales, les copies signées, les textes rares, et que nous les placions dans des vitrines. Beaucoup, hélas, sont déjà très abîmés mais je voudrais essayer de sauver ce qui peut l'être. Accepteriez-vous de m'aider ?

— Mais j'y tiens absolument ! Ma dame de compagnie m'a montré l'édition originale des *Voyages de Gulliver* qu'elle a empruntée dans votre bibliothèque. C'est très impressionnant !

— James m'a dit qu'il lui apportait de la lecture. Mais j'ignorais que les éditions originales en faisaient partie.

— J'ai eu l'impression qu'il avait emprunté cet ouvrage de valeur sans votre autorisation. N'en blâmez pas Mabel, je vous en prie : elle lui a seulement demandé de choisir lui-même, pour que ce soit une surprise. Je vous promets qu'elle fait extrêmement attention à cet ouvrage. Elle est autant éprise de littérature que je le suis.

— Mais je n'en doute pas. Je... (Il se tut et se détourna pour regarder les étagères bancales à l'autre bout de la pièce.) James se voyait joueur professionnel, reprit-il au bout d'un moment en se tournant vers elle. Je l'ai embauché pour qu'il ait un revenu régulier.

Oui, elle s'était doutée qu'il mettrait ce geste sur le compte de la générosité. Mais avouerait-il le reste ?

— Était-il doué ? Je veux dire, gagnait-il souvent ?

— Oh oui ! Mais ses fréquentations étaient... douteuses. J'étais en manque de personnel et il m'a entendu en parler, un soir. Ce choix n'était pas des plus judicieux, sans doute, mais cela réglait le problème.

— Oh, cela explique tout ! Il est logique qu'un homme habitué à ruser contre des adversaires parfois désespérés et souvent éméchés ne sache pas montrer la retenue nécessaire face aux gens de bien.

— Très juste. Mais il a du potentiel et pour l'instant je compte le garder. Vu l'état du manoir, on ne peut pas s'attendre à ce qu'un personnel compétent et bardé de références fasse la queue pour être embauché.

Clara attendit un instant qu'il termine de se livrer. Cela dit, s'il ignorait qu'elle était au courant, il n'avait aucune raison de dévoiler ce scandale. Mais elle *savait,* et ce que le duc choisirait d'avouer en dirait long sur son caractère.

— Y aurait-il une autre raison ? l'encouragea-t-elle.

Earnhurst soupira.

— Oui. Vous le savez bien. James m'a prévenu que vous aviez découvert notre lien de parenté.

— Il a l'impression que vous étiez contrarié de voir quelqu'un ressemblant si fort à votre père s'afficher dans les maisons de jeu et délester vos pairs de leur argent. Il prétend que vous avez sali sa réputation pour l'obliger à abandonner ses activités et à venir travailler pour vous.

Il se laissa tomber sur l'une des chaises de la bibliothèque.

— Cela ne me présente pas sous un jour très sympathique, n'est-ce pas ?

— Non, pas vraiment.

— Je ne... sais rien de la vie intime de mon père. Si ce n'est que ma mère est morte quand j'étais enfant. Et je vous ai déjà dit que nos rapports étaient difficiles. Quoi qu'il en soit, James nous a toujours donné du fil à retordre. Et pas qu'une fois, en vérité. Quant à ses fréquentations, eh bien... elles n'étaient pas de celles qui mènent à une vie longue et fructueuse. J'ai cru bien faire en l'obligeant à occuper un poste de responsabilité et en lui permettant d'éprouver la satisfaction d'un travail bien fait. Sans compter que je rallongeais son espérance de vie.

Elle comprenait bien que l'on puisse juger sévèrement James. Il était beau garçon, charmeur, il avait de l'esprit et possédait visiblement un don pour les cartes. Pensait-il s'en sortir grâce à ce seul talent ? Ne voyait-il pas qu'il se retrouverait tôt ou tard face à la lame acérée d'un mauvais perdant ? Le duc lui avait assurément rendu un fier service.

— Je crois que je vous comprends, dit-elle lentement. Comment sont les relations entre vous ?

— Affreusement compliquées. Il m'en veut, sûrement parce que... (La voix du duc devint inaudible.) J'ai eu la faveur et le soutien de notre père. C'est moi qui ai hérité du titre sans avoir levé le petit doigt.

Dieu du ciel ! Un duc qui se remettait en question ? Elle n'en croyait pas ses oreilles.

— Vous avez essayé d'en parler avec lui ? Vous savez, rien de tout cela n'est de votre fait. Pardonnez mon audace, mais on dirait que votre père a laissé s'installer ce ressentiment et vous a laissé seul pour en gérer les conséquences.

— Je crois qu'il n'en était pas conscient, déclara brusquement le duc en se relevant et en passant un doigt sur sa moustache brune. Et sans vouloir être grossier, je préfère... ne pas m'étendre sur ce sujet.

Clara sentit ses joues s'enflammer.

— Bien entendu. Je vous demande pardon. J'ai toujours tendance à m'emballer.

— Et moi j'apprécie votre franchise, et je me doutais que vous me poseriez la question. (Il eut un sourire aussi guindé que l'était sa moustache.) J'espère simplement qu'après avoir repris le contrôle de la situation je pourrai embaucher du personnel compétent pour compenser le manque d'expérience de James. Sinon, j'essaierai de lui trouver un travail qui lui corresponde mieux.

Malgré sa réticence à discuter de sujets personnels, il lui avait donné plus d'informations qu'elle n'en espérait. Comme elle le soupçonnait, son récit offrait un autre son de cloche concernant James le majordome.

— Vous avez peut-être du mal à trouver du personnel qualifié en ce moment, dit-elle, mais cela changera. Quand les gens sauront à quel point le nouveau duc d'Earnhurst est efficace et à quelle vitesse avancent les travaux de rénovation, ils se bousculeront à votre porte pour se faire engager à votre service.

Le sourire du duc s'élargit.

— J'aime votre vision du monde, lady Sophronia. Et votre discrétion. (Il se frotta les mains et désigna les innombrables rangées d'étagères.) Si nous nous mettions au travail ?

— Oh oui !

Elle comprit tardivement qu'elle n'aurait pas dû l'encourager ainsi. Meg n'aurait pas été contente, car sa nièce avait tout intérêt à ce que le domaine d'Earnhurst fasse piètre impression sur Joséphine et Grégory. Mais la tâche était si colossale et il semblait si seul dans cette entreprise... Et il avait l'air tellement désolé de la tournure qu'avaient prise les événements. Si elle ne l'aidait pas ou n'essayait pas de le réconforter, qui donc le ferait ?

Maintenant qu'il lui tendait des livres pour qu'elle y jette un œil, elle avait tout loisir de l'observer. Ses gestes étaient précis et mesurés, et il parlait avec autorité de nombreux sujets, très variés. Le duc se comportait comme un homme qui a vu ce que le monde réserve de meilleur et de pire et qui a fait son choix. Un homme expérimenté, pas seulement méthodique.

Et il avait le sens de l'humour – un humour nullement juvénile et insouciant comme celui de Meg, mais pince-sans-rire et subtil, le genre d'humour dont elle était friande et qu'elle appréciait. Cet homme lui plaisait.

Ce qui ne présageait rien de bon.

17

Elliott Riniken

Dans le bon vieux temps, quand Richard Clay, duc d'Earnhurst, était en pleine possession de ses moyens, il avait proposé au sergent Elliott Riniken de travailler pour lui, non comme domestique mais en tant que régisseur. Il veillerait sur les vastes terres d'Earnhurst, superviserait ses investissements et ses affaires, et n'aurait de comptes à rendre qu'au duc.

Auparavant, Elliott avait réalisé trois choses dont il était fier : à seize ans, il s'était engagé dans l'armée comme simple soldat ; il avait gravi les échelons et avait été décoré pour ses talents de stratège et sa bravoure au combat ; enfin, il avait sauvé la vie de son général en se plaçant devant Sa Grâce, qui se penchait pour libérer sa botte coincée entre des rochers. La balle était entrée dans le genou d'Elliott et y était restée, le projetant sur le duc, et il avait failli perdre sa jambe.

À partir de ce moment-là, Richard et lui étaient devenus amis. Leur relation était fondée sur une confiance et un respect mutuels. Quand il avait vu ce maudit Gurkha avec son fusil pointé au-dessus de la butte, il n'avait pas réfléchi à deux fois. Il s'était interposé entre le fusil et Richard.

Cela remontait à quinze ans ; il était alors un peu plus jeune que ne l'était James Clay aujourd'hui. Jeune garçon extrêmement espiègle et têtu, très différent de son père, James avait été envoyé à Cambridge dans les mois qui avaient suivi l'arrivée d'Elliott à Earnhurst. En son for intérieur, il s'était toujours demandé si cela n'était pas à l'origine du ressentiment de James et la raison de son indifférence à toutes ses suggestions, demandes et prières de ces dernières années.

Quelle tête brûlée ! James avait été ingérable. Elliott mettait cela sur le compte d'un père absent, d'une mère trop tôt disparue et d'une longue succession de précepteurs trop heureux d'empocher les gages d'Earnhurst, mais nettement moins enthousiastes pour s'occuper d'un élève plus intelligent qu'eux. Si Elliott avait enduré si longtemps les rebuffades et les insultes de James, c'était parce qu'il se doutait que celui-ci l'avait cru à la manœuvre quand il avait été envoyé à Cambridge, et qu'il avait peut-être l'impression que son père aurait préféré avoir Elliott pour fils.

Aujourd'hui encore, alors qu'il était provisoirement promu au rang de duc, James avait trouvé le moyen de le rabaisser ; sans compter l'état épouvantable de la propriété, qui ne plaidait pas en sa faveur. Quoi qu'il en soit, il avait hâte de prévenir Sa Grâce que lui, son héroïque demi-frère, l'avait tiré du pétrin où il s'était mis tout seul.

— Doux Jésus, murmura lady Sophronia, arrêtée devant une étagère.

Elliott se secoua. Il n'aimait pas raviver les anciennes blessures, surtout quand il y en avait déjà beaucoup d'autres à panser.

— Que se passe-t-il ? demanda-t-il en se retournant.

La fille du comte tenait entre ses mains un petit ouvrage mince, qu'elle ouvrit.

— C'est *Irène,* souffla-t-elle.

— Oui, la pièce de Samuel Johnson. Il y est allé fort avec ses leçons de morale.

— Mais c'est une édition de 1741 !

— En effet.

— Le... Johnson a essayé de publier *Irène* avant de faire jouer sa pièce au théâtre, mais aucun éditeur n'en voulait. Elle n'a pas été imprimée officiellement avant 1749, après avoir été jouée à Drury Lane. (Les mots se pressaient dans sa bouche avec un débit de plus en plus rapide, trahissant son excitation.) Et quand elle a été enfin éditée, ce fut sous le titre *Mahomet et Irène*. (Elle tourna précautionneusement une autre page.) Oh, mon Dieu, murmura-t-elle comme si elle craignait que son souffle ne réduise les pages en poussière. Il y a des annotations manuscrites.

— Je crois qu'Edward Clay, mon grand-père, connaissait le Dr Johnson, déclara Elliott en constatant que si l'état déplorable du domaine n'était pour elle qu'un problème que l'on pouvait résoudre avec un peu de logique et de volonté, ses doigts tremblaient au contact de ce livre. Je pense que vous avez entre les mains un cadeau fait par le Dr Johnson. Si je me souviens bien de l'histoire, mon grand-père a fait imprimer à ses frais douze exemplaires en 1741, à l'époque où le Dr Johnson corrigeait encore le texte de sa pièce. En échange, celui-ci a fait cadeau à Sa Grâce de l'un des exemplaires, assorti de ses annotations.

— Seigneur Jésus ! Vite, reprenez-le avant que je le lâche, que je bave d'envie ou que je fasse une bêtise.

Elle le lui tendit. Il le prit avec un grand sourire.

— C'est donc un livre que vous recommanderiez de mettre sous vitrine, je présume ?

— Oh oui ! C'est un ouvrage inestimable, Votre Grâce. Il ne faut pas le laisser exposé à l'humidité une minute de plus.

— Je suis d'accord. Mettons-le de côté sur cette table, examinons le reste, et nous emporterons les trésors que vous avez dénichés dans mon bureau, qui est pour l'instant au sec.

Techniquement, il n'était pas censé faire quoi que ce soit sans en référer au duc, mais c'était une broutille, comparé à la montagne d'ennuis qui pesait sur le domaine.

Elle hocha la tête.

— J'ai hâte de poursuivre nos recherches. C'est passionnant, vous savez !

Il déposa le livre sur la petite table et revint vers les étagères.

— J'ai rencontré plusieurs femmes dans ma vie, dit-il en omettant de préciser qu'elles cherchaient généralement à voir le vieux duc ou son fils, ou qu'elles étaient invitées dans les rares dîners donnés à Clay House avant que James se l'approprie. Il n'y en a pas une qui ait mis les pieds dans la bibliothèque. Quant à faire la différence entre un livre rare et une gazette de mode… Vous aussi, vous êtes un être rare, lady Sophronia.

La jeune femme haussa un sourcil et posa sur lui son regard vert et pénétrant. Instinctivement, il redressa les épaules et leva le menton, imitant l'attitude du soldat qui va essuyer une réprimande.

— Quant à moi, il se trouve que j'ai rencontré plusieurs femmes à l'esprit brillant, riposta-t-elle. On a expliqué à la plupart d'entre elles qu'il valait mieux feindre la sottise ou la naïveté pour ne pas voler la vedette aux hommes, et encore moins les contredire, car ils ne supportent pas d'être éclipsés.

Elliott fut soudain saisi de l'envie folle et irrépressible de l'embrasser sur la bouche. Là, dans la bibliothèque. Faisant appel à sa volonté de fer, il réussit à se dominer et hocha la tête.

— Je me suis très mal exprimé. Je voulais simplement dire que parmi toutes les femmes que j'ai rencontrées, vous êtes la première qui ne craint pas de montrer son intelligence. Ce qui, je le maintiens, fait de vous un être rare et précieux, madame.

Ses épaules se détendirent et un sourire apparut sur ses lèvres.

— Eh bien, puisqu'il en est ainsi, appelez-moi Sophie.

Earnhurst esquissa une courbette.

— Sophie… Très bien.

Il aurait aimé la prier à son tour de l'appeler Elliott, mais c'était impossible. Il n'avait aucune envie non plus qu'elle l'appelle James, ce qui aurait paru le plus simple. Il n'était pas James.

— Appelez-moi Earnhurst, je vous prie. J'essaie de m'habituer à mon nouveau titre.

Là, au moins, il disait la vérité.

Ils passèrent la matinée plongés dans les livres, à découvrir des trésors, émerveillés tels deux pirates imbibés de rhum, comme le lui fit remarquer Sophie. Finalement, ils déménagèrent quarante-sept livres dans le bureau, ce qui lui parut une bien faible violation des consignes laissées par le vieux duc. Après tout, Sa Grâce avait demandé que l'on restaure la bibliothèque.

— Juste ciel ! s'exclama Sophie en déposant une édition originale de *Robinson Crusoé* avec le reste des trésors. Je meurs d'envie d'ôter ces gants et de boire quelque chose de fort.

Elliott se mit à rire et désigna la porte.

— Alors venez me retrouver dans le bureau, si vous voulez. Que diriez-vous d'un whisky ?

— Ce sera parfait, Earnhurst. Je n'en ai pas pour longtemps.

Il retira ses gants et descendit à la cuisine chercher deux verres propres. Il était bien conscient que les femmes ne buvaient pas de whisky, surtout en présence d'un homme, mais rien ne se passait normalement avec lady Sophie Frumple. Et c'était peu dire que cela lui plaisait ! Une alliée, il s'était trouvé une alliée instruite, qui connaissait le jargon militaire et n'esquivait aucun sujet de conversation. Pour l'instant. C'était la première fois qu'il retrouvait cette sensation, depuis la maladie de Richard. Que cette alliée soit une ravissante jeune femme au rire contagieux, eh bien, c'était vraiment une surprise de taille.

Elliott se rendit dans le bureau. Une lettre cachetée se détachait en évidence sur le tas bien net des factures, du courrier et du plan de bataille élaboré pour sauver le domaine. Elle n'était pas rangée dans la petite boîte en bois dédiée aux nouveaux courriers et avait même failli atterrir par terre. Il la prit. Sur l'extérieur, on ne voyait que son nom : elle avait donc été remise en main propre. La logique aurait voulu qu'il s'agisse d'une facture déposée par un commerçant de Remiton réclamant un versement, mais l'instinct lui faisait déjà froncer les sourcils.

Il rompit le cachet de cire sans inscription et déplia la lettre.

— « Monsieur Riniken, lut-il. Mardi prochain, glissez dix mille livres dans une sacoche et déposez-la au Falconers à l'intention du sieur John Smith. Le lendemain, vous pourrez récupérer la sacoche au même endroit avec le registre de comptes à l'intérieur. »

Elliott ressortit du bureau.

— James !

Un instant plus tard, Timothy apparut en provenance du vestibule.

— James est sorti, Votre Grâce.

— Où ça ?

— Je l'ignore, Votre Grâce. Il a seulement dit qu'il emmenait Mabel faire un tour. Il a demandé à Robert de lui confectionner une chaise roulante.

Bon, au moins, James faisait ce qu'on lui avait demandé. Brandissant la lettre, Elliott hocha la tête.

— Très bien. C'est vous qui avez réceptionné cette lettre ? À moins que ce ne soit Randall ?

Le valet de pied secoua négativement la tête.

— Non, Votre Grâce. Ce doit être James. Il était dans le vestibule tout à l'heure.

C'était effectivement l'endroit où était censé se trouver un majordome, mais là n'était pas la question.

— Très bien. Merci.

Il demanderait plus tard à James de lui décrire la personne qui avait remis cette lettre. Et il lui redemanderait de prévenir le constable du coin et de faire arrêter Jasper Burshin ou John Smith, quel que soit son nom.

Mais cela signifiait tout de même qu'il y avait dans les environs d'Earnhurst Manor un individu qui se dissimulait sous une fausse identité. Jasper Burshin était une sacrée fripouille. Un homme cupide qui menaçait de poursuivre ses agissements malfaisants. C'était inadmissible.

— Dites à James de venir me voir dès qu'il sera de retour, je vous prie.

— J'y veillerai, Votre Grâce.

Si cela s'était produit à un autre moment, il aurait filé à bride abattue à Dorchester pour faire une déclaration lui-même auprès du constable, sans tenir compte de James. Un vol était en soi un acte méprisable, mais ce pouvait être un simple délit provoqué par les circonstances. Cela en revanche était de mauvais augure. On avait affaire à un homme qui s'était enfui après avoir commis une escroquerie, qui y avait pris goût et qui comptait recommencer, n'ayant pas l'intention de s'arrêter en si bon chemin.

Elliott souffla un grand coup et regagna le bureau. Cette canaille le tracassait, mais Jasper Burshin n'était pour l'instant qu'un souci supplémentaire sur une longue liste de contrariétés. Ce qui retenait son attention, pour l'instant, c'était que James faisait ce qu'on lui avait demandé et s'occupait de la dame de compagnie, alors qu'il avait coutume de n'en faire qu'à sa tête.

Quelque chose clochait. D'autant que Mabel Gooster était une très jolie jeune femme, que lady Sophie l'adorait et qu'elle n'aimerait pas la voir déshonorée par quelqu'un qu'on surnommait le Pirate. La peste soit de ce garçon ! Même quand il faisait ce qu'on lui demandait, le chaos et le déshonneur pointaient le bout de leur nez.

Alors, à quelle catastrophe fallait-il s'attendre ? Le jeune homme devait bientôt se marier. Qui pouvait bien songer... *Oh, mais...* Et lui, alors ? Sophie et lui n'auraient jamais dû se retrouver seuls dans la bibliothèque, eux non plus. Pour un homme qui se piquait d'être un gentleman, il avait compromis la jeune femme ! Il aurait pu mettre cela sur le compte d'une amitié naissante avec quelqu'un dont il appréciait la compagnie, sauf qu'il avait eu envie de l'embrasser. Et même d'aller plus loin.

Et voilà qu'il venait de l'inviter à prendre un verre dans le bureau du duc, une pièce encore plus intime. *Bon sang !* Faisant de nouveau demi-tour, il partit à la recherche de Hannah, la seule bonne qui restait dans la maison.

— J'ai besoin d'un chaperon, lui dit-il en la découvrant en train de faire la poussière dans le salon.

Elle se redressa et essuya ses mains sur son tablier.

— Très bien. Du moment que vous prévenez James que je ne néglige pas mes devoirs.

James, le majordome improvisé, négligeait les siens, lui. Il semblait donc difficile qu'il punisse quelqu'un pour avoir momentanément abandonné sa tâche.

— Je le ferai, promit-il en se demandant si Hannah pensait que James était réellement le majordome et lui, le duc.

Elle n'avait pas sourcillé quand il avait expliqué la situation au personnel et il s'était déjà aperçu qu'elle était souvent perdue dans ses pensées, parfois même au point d'oublier ce qu'elle était en train de faire.

— Très bien. Me voilà chaperon. J'ai fait la femme de chambre, tout à l'heure. Ce soir, je serai peut-être nourrice ou vendeuse.

— Si vous avez du raccommodage en cours, prenez-le avec vous et retrouvez-nous, lady Sophie et moi, dans le bureau d'ici cinq minutes.

Elle s'inclina dans une révérence.

— Votre Grâce.

Quand il regagna le bureau, Sophie se tenait devant la porte.

— Je me suis rendu compte que ce n'était pas convenable, dit-elle, les joues en feu et le menton levé. Votre merveilleuse bibliothèque m'a fait perdre la raison.

Comme elle affichait un grand sourire, Elliott comprit qu'elle n'était nullement offensée – Dieu merci.

— Cela m'avait échappé à moi aussi, j'en ai peur. J'ai demandé à Hannah de venir nous rejoindre avec son raccommodage. Cela vous convient-il ?

— Parfaitement. Merci, Earnhurst.

Elle le regarda, et il se demanda ce qu'elle voyait. Un homme dans la quarantaine, avec des rides au coin des yeux à force de les plisser au soleil, une cicatrice à gauche du menton due à un coup de sabre, des cheveux bruns coupés très court et une mâchoire anguleuse qui gagnerait à être adoucie par une barbe. Mais il hésitait encore à la laisser pousser, car il y voyait une forme de paresse. La moustache n'était plus à la mode, mais au bout de vingt ans il s'y était habitué. Et une belle moustache exigeait du soin et de la précision. Une moustache n'évoquait pas la paresse.

Il n'était ni grand ni petit, il entretenait sa forme en sillonnant le domaine à pied ou à cheval autant que son genou le lui permettait, et sa large carrure lui avait été octroyée par la nature plutôt que par l'exercice physique. Il ne comprenait pas comment on pouvait le prendre pour James Clay, le Pirate, mais c'était pourtant ce que croyait lady Sophie, et en dépit de son indignation devant l'attitude de James il était assez flatté qu'on puisse le prendre pour un beau et désinvolte gentleman.

— Il n'y a pas de quoi, dit-il en comprenant qu'elle attendait une réponse. Je vous ai dit que je faisais des efforts.

Cette fois-ci, il parlait aussi pour son compte et pas seulement au nom du duc. Il avait passé cinq ans à ruminer son amertume et à broyer du noir, puis avait traversé ce deuil l'an passé. Sa colère ne lui avait pas rendu service, néanmoins, et il essayait d'apprendre de ses erreurs.

— Je vois des progrès réels.

Elle continuait à le dévisager. Puis elle se haussa sur la pointe des pieds, croisa les mains dans son dos et se plongea dans l'examen attentif des tableaux accrochés dans le couloir.

— Me voici, Votre Grâce, annonça Hannah en arrivant d'une porte latérale avec un paquet volumineux dans les bras.

— Seigneur ! Qu'est-ce que c'est que ça ?

— Des draps à repriser. Vous m'avez demandé d'apporter de l'ouvrage.

— Je pensais plutôt à une paire de chaussettes ou quelque chose comme ça, pas à des voiles de bateau. Mais qu'importe. Allez vous asseoir derrière mon bureau.

— Oh, mais ce n'est pas possible ! Ce n'est pas la place d'une bonne.

— Et pourtant, vous allez faire ce que je vous demande. Je m'assiérai à côté de Sophie, hum... de lady Sophronia, et il ne reste que ce fauteuil pour vous. Là.

— Ma foi, comme vous voulez.

Les bras chargés de draps, Hannah entra en marchant en crabe dans le bureau et se faufila entre les piles de livres qui tapissaient trois des murs de la pièce. Ce n'était pas l'endroit idéal, mais c'était là que se trouvait la bouteille de whisky qu'il avait soustraite à James.

Il sortit la bouteille cachée derrière une rangée d'ouvrages juridiques et fit signe à Sophie de s'installer sur une des chaises, tandis qu'il s'asseyait sur l'autre.

— À présent, parlez-moi de votre père, s'il vous plaît, et ensuite je vous parlerai du mien.

Pendant qu'Hannah ravaudait l'énorme pile de linge, Elliott et Sophie burent du whisky et se racontèrent des histoires qui présentaient d'étonnantes similitudes, sauf en ce qui concernait les champs de bataille. Son père, le duc de Hollister, avait combattu à New York pendant la guerre d'Indépendance américaine, tandis qu'Elliott et le vieux duc avaient passé la majeure partie de leur carrière aux Indes et en Extrême-Orient.

— Si vous saviez ce qu'il nous racontait sur les hivers là-bas, dit-elle en avalant une autre gorgée de whisky. Apparemment, et sauf à vivre dans les montagnes écossaises, on n'imagine pas à quel point les hivers peuvent y être froids et horribles.

— C'est ce que j'ai entendu dire. Je m'attendais à ce que le Népal soit glacial, vu sa proximité avec l'Himalaya, mais finalement j'ai trouvé cela assez agréable. Je parle du temps. Pas de l'armée de Gurkhas.

— Cela ne vous dérangeait pas de vous battre pour décider de celui qui s'arrogerait les richesses du Népal ? demanda-t-elle en appuyant un coude sur le bureau. Il faut reconnaître que ni la Compagnie britannique des Indes orientales ni les Gurkhas ne se souciaient beaucoup des intérêts du peuple népalais.

— Le... Mon père et moi avons eu plusieurs discussions à ce sujet, répliqua Elliott en espérant que ses hésitations au sujet de Richard n'allaient pas mettre la puce à l'oreille de cette jeune femme si futée. Il a fini par décider qu'il était temps pour lui de quitter l'armée et de rentrer au pays. J'ai suivi son exemple.

— Il a bien fait, déclara Sophie en levant son verre et en buvant une nouvelle gorgée. Et vous aussi. Mon père m'a confié qu'il éprouvait beaucoup de sympathie pour les Américains. Comment peut-on reprocher à un peuple de vouloir disposer de lui-même ?

Il leva comme elle son verre à la santé du duc défunt. Ses récits, où il avait dû gommer sa présence ou qu'il avait dû modifier pour y faire apparaître le fils du duc, paraissaient un peu embrouillés, même à ses propres oreilles. Lady Sophronia n'avait pas l'air de s'en être aperçue mais il fallait qu'il soit prudent, bon sang ! James était trop jeune pour avoir participé à ces combats, sauf aux plus récents ; en outre, il était de notoriété publique qu'il vivait à plein temps à Londres depuis maintenant six ou sept ans. Cela lui laissait très peu de temps pour avoir servi dans l'armée à l'étranger. Or c'est ce qu'il avait affirmé sans réfléchir. Quel idiot il faisait !

— À quand remonte votre blessure au genou ? interrogea-t-elle avec un à-propos digne d'une repartie de théâtre.

— C'était en France, mentit Elliott. (Il était plus vraisemblable que James se soit battu contre Bonaparte plutôt qu'aux Indes ou au Népal.) J'ai à peine eu le temps de me mettre au garde-à-vous qu'ils m'ont touché. Quelle humiliation !

Elle posa une main sur son bras.

— Ne dites pas ça. Si vous aviez été tué, qu'aurait fait votre père ? Mon Dieu, je n'arrive toujours pas à croire que l'un et l'autre, vous avez combattu dans l'armée. Un duc et un marquis, futur hériter du titre. Avec de telles charges et tant de pouvoir, et tous ces gens dont la vie et le quotidien dépendent de vous… Je veux dire…, poursuivit-elle en rougissant. Je ne mets pas en doute votre courage ni vos convictions. C'est vaillant de votre part. Mais je suis convaincue que votre vie est plus utile ici que perdue sur un champ de bataille, en France ou en Inde.

Effectivement. Richard et lui avaient eu la même conversation, autrefois.

— Merci, dit-il en souhaitant qu'Hannah se retrouve empêtrée la tête dans ses draps pour qu'il puisse embrasser Sophie sans que sa réputation en pâtisse. Mon père était convaincu qu'il avait le devoir d'affronter les mêmes défis que ceux qui n'ont pas la chance d'appartenir à la haute société. Et maintenant me voici, désireux de faire du mieux que je peux.

— Vous êtes quelqu'un de bien, déclara Sophie en levant son verre.

Il fit tinter son verre contre le sien.

— Vous aussi.

— C'est peut-être la Providence qui m'a conduite ici, alors, pour essayer de vous aider à rendre à Earnhurst Manor sa splendeur passée.

« Providence » était le bon terme. James n'aurait sûrement pas été d'accord, mais il fallait bien que quelqu'un se charge de ces travaux. Lui ne le pouvait pas, mais peut-être Sophie réussirait-elle à pousser James à l'action en lui faisant honte. Cela avait déjà marché pour l'escalier. Il allait maintenant lui parler du jardin. Son rôle de duc lui imposait de continuer à s'occuper de son invitée, mais cela ne lui déplaisait pas du tout. Même s'il lui fallait aussi batailler avec un jeune frère illégitime et un maître-chanteur potentiel.

Un léger ronflement attira son attention et il regarda Hannah, affalée dans le fauteuil du duc. Du fil et une aiguille dans la main, la tête renversée en arrière et la bouche ouverte, la domestique émit un nouveau ronflement, plus sonore cette fois. La Providence venait encore à son secours. Il y a bien longtemps, Elliott avait appris à scruter chaque changement dans la météo ou dans la vigilance de l'ennemi pour tirer rapidement avantage des moments opportuns.

Il se pencha au-dessus de son verre presque vide et ses lèvres vinrent effleurer celles de Sophie. Il devina sa surprise et recula précipitamment, prêt à s'excuser pour cette idiotie. Mais comme il se redressait, Sophie accompagna son mouvement, sa bouche chaude et douce pressée contre la sienne. C'était comme si elle avait mis le feu aux poudres, un brasier clair et vif qui jetait des étincelles.

Brusquement elle se rejeta en arrière, les joues en feu.

— Je…

— Pardonnez-moi, l'interrompit-il. Jamais je n'aurais dû prendre une telle liberté.

Il s'éclaircit la voix et essaya de gagner du temps pour reprendre ses esprits, alors qu'il brûlait d'envie de la prendre dans ses bras et de l'embrasser de nouveau.

— Je m'en vais, madame.

— Non.

Elliott haussa les sourcils.

— Comment ça, « non » ?

— Je ne suis pas une fleur délicate, vous savez. Bien sûr, nous ne devons pas recommencer à cause de... Oh, pour de multiples raisons. Mais j'apprécie notre conversation, et aussi le whisky. Et je ne vois pas pourquoi nous devrions nous éviter.

Il la dévisagea pendant un moment avec ses cheveux mordorés, ses yeux verts si vifs et son visage expressif, et pour la première fois il regretta d'être M. Elliott Riniken, ancien soldat, régisseur et roturier.

— Vous ne m'en voulez pas ?

— Non. En revanche, votre moustache pique.

Était-ce sa seule objection ? Ce n'était donc pas, comme il le craignait, les dix et quelques années qui les séparaient, mais sa moustache raide et démodée. Seigneur Dieu ! Bien sûr, elle était la fille d'un comte et elle le prenait pour un duc, ce qui faisait entre eux... une relation parfaitement acceptable. Hormis ses... fiançailles – enfin, celles de James, bien sûr.

— Je... Nous nous sommes momentanément laissés emporter par les circonstances et par l'abus de whisky, dit-elle en soulevant son verre. Nous avons perdu la tête. Voilà tout. Maintenant, dites-m'en plus sur votre expérience en France.

Cette folie était surtout la conséquence de sa profonde connaissance de ce qu'était la vie de soldat.

— Parlons plutôt de votre amour des livres.

Sophie tressaillit, puis hocha la tête.

— Très bien. Et c'est vrai que j'adore les livres.

Un sourire se dessina sur ses lèvres et il respira, soulagé. *Ouf !* Il n'avait pas ruiné ce… ce quoi, d'ailleurs ? S'il avait tout gâché, la situation aurait été à la fois plus simple et plus sûre, mais en dépit des nouvelles complications et des mensonges que cela pourrait entraîner, il n'était pas encore prêt à renoncer à lady Sophie Frumple. Surtout à cause d'un engagement contracté par un autre homme. Pas aujourd'hui.

18

Meg Pinwell

Meg dut reconnaître qu'après avoir passé deux jours en chemise de nuit cela faisait du bien d'être habillée. Enfin, presque habillée, car elle était chaussée d'un seul escarpin et, sur l'autre pied, une énorme mitaine enveloppait sa cheville blessée. Heureusement, la mitaine apportait un peu de fantaisie : elle était rayée bleu et blanc, avec le pouce qui se dressait sur le cou-de-pied comme une nageoire de poisson.

Quelle que soit la « surprise », elle n'avait aucune envie de gâcher la demi-heure que lui avait accordée le docteur avec le pied en bas. Soucieuse de respecter ses instructions, elle s'allongea de nouveau sur son lit, sur les couvertures, et plaça sous sa cheville l'un des oreillers dont le nombre ne cessait de croître. Tous ceux qui venaient la voir lui en apportaient un. On aurait dit que ces accessoires roulaient tout seuls jusqu'à sa chambre.

En dépit de ce qu'avait dit Hannah, elle espérait que la surprise pour laquelle elle s'était habillée venait de James, et que ce n'était pas le duc qui voulait lui faire plaisir, parce que tout était beaucoup plus simple s'il restait dans son rôle de méchant.

Il n'y avait pas d'horloge sur le manteau de la cheminée, ni sur le mur de la chambre à coucher, et les bruits assourdis de la maison ne lui donnaient que peu d'indications sur l'heure qu'il était, mais elle avait terminé son petit déjeuner depuis plus d'une heure. La matinée était donc bien entamée ; c'était à la fois imprécis et suffisant, puisqu'elle n'avait rien de prévu pour la journée. Sauf cette surprise, quelle qu'elle soit.

Meg pianota des doigts sur l'édredon. Elle savait à présent pourquoi James Riniken faisait un si étrange majordome et, si ses origines ne lui avaient pas été révélées, elle aurait soupçonné le duc de connaître sa famille ou d'être grandement redevable vis-à-vis d'elle. Comment expliquer autrement qu'un homme dont le métier était de jouer aux cartes puisse se retrouver responsable d'une grande demeure comme Earnhurst Manor ?

En même temps, il était bel et bien majordome, et un majordome avait du travail. Une fois rentrée à Brundon Hall, elle ferait peut-être plus attention à Vance parce que, à part à ouvrir la porte d'entrée pour la famille et les invités et superviser les domestiques pendant les repas, elle n'avait aucune idée de ce qu'un majordome pouvait faire de sa journée. Sur ce point, elle ne serait d'aucun secours pour James. Elle imaginait qu'il devait faire l'argenterie, envoyer les autres domestiques faire des courses et passer un doigt ganté sur les meubles pour vérifier que la poussière avait bien été faite.

Mon Dieu ! Qu'elle détestait rester assise pendant des heures ! Ou plutôt allongée. Ses pensées vagabondaient et la ramenaient au duc d'Earnhurst et à son château. Ils n'avaient vraiment rien en commun, elle et lui. Elle adorait la campagne, lui passait son temps à Londres ; elle aimait les jardins, lui aimait l'ambiance guerrière – car même si les journaux n'en avaient jamais parlé, il avait participé à des guerres, s'était battu et avait tué des ennemis. Clara avait dit également qu'il avait le sens de l'humour, mais Clara appréciait l'humour pince-sans-rire et intellectuel. Tandis que Meg préférait les mots d'esprit et la légèreté. Or la légèreté n'était pas vraiment le mot qui lui venait à l'esprit quand elle pensait au nouveau duc et à sa moustache hideuse.

Mais quelle importance, dorénavant, puisqu'elle ne l'épouserait pas ? Elle n'en éprouvait aucun remords. En revanche, cette effervescence dans le château commençait à la troubler. Tout le domaine se dépensait sans compter pour un événement qui n'aurait pas lieu, et il y avait de fortes chances que sa dot soit destinée à payer ces travaux.

On frappa à la porte restée entrouverte et elle sursauta, manquant faire tomber le livre de Jonathan Swift par terre.

— Entrez !

James passa la tête par la porte.

— Êtes-vous décente ?

— Je suis toujours décente. Je suis également habillée, comme vous me l'avez demandé. Quelle est donc cette surprise ?

— Toujours décente, dites-vous ? (Un sourire se dessina lentement sur ses lèvres.) J'aurais tellement de choses à vous répondre à ce sujet, Mabel Gooster.

Au bout d'un moment, elle l'entendit soupirer puis il se reprit.

— Vous êtes prête ?

— Je voudrais d'abord vous poser une question.

Il s'immobilisa.

— Bien sûr. De quoi s'agit-il ?

— C'est une surprise qui vient de vous, ou du duc ?

— De moi. (Ses sourcils se rapprochèrent.) Vous vous attendiez à un cadeau de la part du duc ?

— Non, pas du tout. Je ne suis qu'une simple dame de compagnie. Ce serait absurde d'imaginer qu'il me consacre une seule pensée. J'étais simplement perplexe. Je suis très contente qu'elle vienne de vous, quelle qu'elle soit. Sauf si votre surprise a six pattes ou plus.

— Elle n'a pas six pattes ou plus.

— Parfait, alors je suis prête.

Souriant de nouveau, il s'approcha, glissa un bras sous ses genoux, l'autre derrière ses épaules, puis la souleva dans les airs.

— Alors, allons-y.

Avec un petit cri étouffé, Meg s'accrocha à son cou, de peur de s'envoler jusqu'au plafond.

— Je vous ai demandé de me prévenir avant de me lancer comme un paquet, vous vous souvenez ?

— Promis. Nous descendons.

Ses bras étaient solides et, sous ses mains, elle sentait ses épaules fermes et larges.

— Je crains que cela ne soit très inconvenant.

— Ne soyez pas si froussarde.

— Je ne suis pas froussarde. Mais j'ai une crainte parfaitement fondée de tomber sur la tête.

— C'est ce qui risque de se produire si vous me faites rire !

Ils atteignirent le palier et elle aperçut les autres domestiques regroupés dans le vestibule. Elle leva les yeux vers James et croisa son regard. Même sans avenir, même illégitime, Seigneur, qu'il était beau ! Et charmant ! Cela faisait un an qu'elle ne s'était pas sentie aussi enjouée. Il paraissait également avoir bon cœur, alors qu'elle ne lui voyait aucune raison d'être gentil avec qui que ce soit.

Il contempla son visage un moment et un étrange désir la prit de nouer plus étroitement ses bras, de relever la tête et de l'embrasser sur la bouche. *Oh ! Dieu du ciel !* Quelle effrontée elle faisait.

— Si vous n'êtes pas une froussarde, reprit-il, fermez les yeux.

Au lieu de s'exécuter, elle ferma à moitié un œil et l'interrogea :

— Vous me promettez qu'il ne s'agit pas d'une grenouille ou d'une araignée ? Parce que je vous la jetterais immédiatement à la figure.

Elle préférait parler de bestioles plutôt que de s'imaginer en train d'embrasser James.

— Une grenouille n'a pas six pattes, vous ne l'avez donc pas spécifiquement rejetée. Mais non, ce n'est ni une grenouille ni une araignée. Et je jure de ne pas vous laisser tomber. Fermez donc les yeux !

Avec un soupir exagéré, destiné à cacher le plaisir que lui causait cette surprise après deux jours passés à s'ennuyer, elle obéit.

— Je n'ai jamais vu un majordome aussi étrange !

— Vous en connaissez beaucoup ? rétorqua-t-il d'une voix amusée tandis qu'ils commençaient à descendre les marches.

Hmm. On présentait rarement les majordomes aux invités mais oui, elle connaissait le prénom de tous ceux qui officiaient autour de Brundon Hall, parce qu'ils travaillaient dans des familles qu'elle et ses parents fréquentaient.

Mais une dame de compagnie passait normalement beaucoup plus de temps avec le majordome qu'avec les autres domestiques.

— Il se trouve que oui. J'en connais au moins huit, et sans vous compter.

— Et je suis le plus étrange du lot ? Alors je suis flatté.

Il fit deux pas au même niveau, ce qui lui indiqua qu'ils avaient atteint le palier de repos, puis il reprit sa descente. Enfin, les talons de ses bottes résonnèrent sur le sol en marbre du vestibule. Ce fut seulement alors qu'elle s'aperçut qu'il portait des bottes. Encore une excentricité, pour un majordome.

— Vous pouvez ouvrir les yeux.

Meg regarda. Un fauteuil trônait au beau milieu de l'entrée, les deux valets de pied et l'un des garçons d'écurie se tenant en retrait. On aurait dit un vieux fauteuil de salle à manger, mais il avait des poignées qui dépassaient du dossier et il était muni de roulettes. Un fauteuil roulant. Pour elle ? *Oh, pour elle !*

— Alors ? s'enquit James dont le regard passa de la jeune femme au fauteuil.

— Il est... superbe !

James arbora un grand sourire.

— J'ai demandé à Robert de le fabriquer. C'est le palefrenier en chef, mais il sait également manier le marteau.

— Ça a été un plaisir, mademoiselle Mabel, dit le garçon d'écurie avec un clin d'œil.

Ils avaient tous l'air si contents d'eux qu'elle ne put s'empêcher de rire.

— C'est merveilleux ! D'où vous est venue cette idée ?

— J'en ai vu à Londres, la plupart du temps pour de vieux messieurs souffrant de la goutte, répondit James. Mais celui-ci est... unique dans sa conception. Par exemple, voyez : ce sont des roues de carriole.

— Ouais, approuva le garçon d'écurie en hochant la tête. Elles sont neuves, tout de même. Pour éviter de ramener du crottin de cheval dans la maison.

— Oh, je l'adore ! Où allons-nous ?

— Où vous voudrez.

Se penchant, James la déposa dans le fauteuil. Elle se cala confortablement, remarquant que le garçon avait ajouté deux petites planchettes à l'avant en guise de repose-pieds.

— Oh, que c'est ingénieux !

— C'est moi qui ai eu l'idée de ces repose-pieds, commenta Robert. Je ne voulais pas que vous ayez à garder le pied en l'air, avec votre cheville blessée.

— Oui, oui, grogna James en se plaçant derrière elle. Allons-y, voulez-vous ? Vous autres, retournez à vos tâches, je vous prie.

— Oui, James. Bien, James.

Les réponses fusèrent dans le vestibule et les domestiques s'éparpillèrent.

Poussée par James, Meg roula jusqu'à la porte. C'était une sensation très étrange, très différente de celle qu'on pouvait avoir juchée sur le siège d'un phaéton : elle avait presque l'impression de flotter.

— Je suis affreusement gâtée, dit-elle avec un grand sourire. J'ai même de la place pour poser mes bras.

— Nous n'y sommes pour rien. Nous avons seulement laissé les accoudoirs.

Ils atteignirent la porte d'entrée. James s'arrêta un instant. Soupirant ostensiblement, il contourna le fauteuil, alla ouvrir la porte et revint la pousser. Pour franchir le seuil, il inclina le fauteuil en arrière. Croyant tomber, elle se mit à battre l'air de ses bras.

— Oh !

— Ne vous inquiétez pas, je vous tiens. (Il remit les quatre roues d'aplomb sur le perron.) Je vais vous pencher de nouveau en arrière pour descendre la marche. Retenez-vous bien à votre fauteuil.

— C'est vous qui devriez vous inquiéter, riposta Meg en relevant les yeux vers sa tête qui dominait la sienne. Je suis douée pour les chutes, rappelez-vous. Et si je recommençais, juste pour m'amuser ?

Il éclata de rire, et elle agrippa fermement les accoudoirs du fauteuil en se calant bien dans le siège tandis qu'ils descendaient cahin-caha sur l'esplanade devant la maison. Les roues étaient plus grandes que celles des rares fauteuils roulants qu'elle avait pu voir. À partir du moment où ils s'engagèrent sur le chemin de gravier et de coquillages concassés, semé d'ornières, elle en comprit les bénéfices.

— Vous êtes arrivé ici seulement trois jours avant moi, remarqua-t-elle en croisant les mains sur ses genoux lorsqu'elle fut certaine de ne pas risquer de tomber. Que pensez-vous d'Earnhurst Manor ?

— C'est une ruine. Je pense que le duc devrait y mettre le feu et tout rebâtir.

— Oh ! Je ne pense pas que ce soit dans les projets de Sa Grâce !

— Pourquoi pas ? Le château s'est déjà à moitié effondré.

— D'après ce que j'ai lu dans les journaux, Sa Grâce vit à Londres depuis un certain temps. S'il évitait son père – car c'est ainsi que j'interprète son absence sur le domaine –, cela n'a plus de raison d'être aujourd'hui. Il pourrait avoir envie de revenir définitivement, à cause de souvenirs agréables ou pour une autre raison. Les souvenirs sont toujours là, au cœur du domaine.

— Vous êtes d'humeur bien poétique, ce matin, observa-t-il en continuant à avancer dans l'allée. Pour ma part, j'ai très envie de vous emmener loin d'ici pour ne jamais revenir.

Bien qu'elle n'ait aucune envie d'avoir une opinion favorable du duc d'Earnhurst, tout obéissait à une certaine logique, aurait dit Clara. Il y avait une raison à tout cela.

— J'ai manqué me rompre le cou dans cette maison, riposta Meg. Alors vous savez, la poésie… Mais reconnaissez tout de même que s'il avait une bonne raison pour fuir cet endroit, il doit y en avoir une autre pour expliquer son retour.

— Et si c'était seulement par devoir ?

Meg secoua la tête.

— Cela m'étonnerait. Il aurait pu se marier à Londres ou ailleurs, dans une autre de ses propriétés, or c'est ici qu'il a choisi de célébrer le mariage.

— Je connais la réponse à cette question, répliqua James en bifurquant sur la droite. Son père, le vieux duc, lui a écrit la veille de sa mort. Dans cette lettre, il lui annonçait qu'il allait devoir épouser une femme qu'il n'avait jamais vue et qu'il devrait se marier là où il était né. Le nouveau duc n'a jamais eu la possibilité de refuser, parce que la lettre suivante lui annonçait la mort de son père.

— Ah ! Alors, je comprends mieux. Il a donc considéré que la lettre évoquant son mariage était en quelque sorte la dernière volonté de son père, et il a décidé de l'honorer. C'est assez... noble de sa part.

Et pourtant, il lui en coûtait de le reconnaître.

— Oh oui ! Très noble, à coup sûr. Mais probablement dû à un état d'ébriété avancée et à la prise de conscience quc dès la fin de la période de deuil il serait assailli par un troupeau de jeunes filles à marier qu'il connaissait déjà pour la plupart et dont il ne voulait pas. Alors il a décidé de fuir dans le Dorset. Mais cela ne ressuscitera pas Earnhurst Manor pour autant.

Une promesse d'ivrogne. Oui, cela aussi paraissait logique... *Dieu du ciel !* Tout à Earnhurst, qu'il s'agisse du domaine ou du duc, n'était qu'une montagne de contradictions. Clara lui en avait fait la remarque un peu plus tôt, mais Meg n'y avait pas prêté attention.

— Vous croyez que le duc a décidé d'épouser lady Margaret parce que c'était la solution la plus facile, plutôt que d'être assiégé par une horde de jeunes femmes et d'avoir à choisir par lui-même ?

— Oui, sans l'ombre d'un doute.

Oh ! Earnhurst, qui connaissait déjà tout ce qui portait des jupons à Londres, n'avait pas voulu se donner la peine de s'immerger de nouveau dans cet essaim bourdonnant pour y trouver la femme qui lui conviendrait, et il avait laissé son père choisir à sa place. À en croire James, aucune des femmes précédemment rencontrées par le duc n'avait été jugée acceptable, et il se retrouvait fiancé à une inconnue. Mais il n'avait pas fait la moindre allusion à sa personne ou à son caractère.

Meg se demanda quelle était la probabilité qu'elle soit plus intéressante que les autres, compte tenu de sa tendance à dire tout haut ce qu'elle pensait. Vu sous cet angle, cela lui faisait presque… plaisir de déjouer les plans du duc. Elle haïssait l'idée d'être son choix le plus facile. Même si, l'espace d'un instant, elle aussi avait pensé à Earnhurst comme étant la solution la plus simple pour trouver un mari. C'était un homme au titre prestigieux dont le statut rejaillirait sur elle.

Ils s'arrêtèrent, et elle essaya de s'extirper de ses réflexions pendant que James s'écartait du fauteuil pour aller ouvrir une barrière en bois. Le chemin serpentait au milieu des ormes et des chênes, puis descendait vers une prairie constellée de fleurs des champs, jaunes, roses, violettes et blanches.

— J'ai oublié de vous prévenir que je vous conduisais au village, annonça-t-il. Remiton.

— Oh ! Mais cette prairie est charmante, dit-elle. Et cela me suffit amplement.

Elle tendit le bras et cueillit une tige de lavande, qu'elle porta à son nez. *Juste ciel !* Si leur visite d'Earnhurst Manor avait commencé par la prairie et par cette promenade bucolique sous les arbres, elle aurait été moins horrifiée par la propriété.

— C'est la première fois que vous venez à Earnhurst, poursuivit-elle, ou étiez-vous déjà venu dans le passé, à l'époque du défunt duc ?

Le fauteuil prit un peu de vitesse.

— J'y suis venu de temps en temps. J'ai même aimé cet endroit, il y a longtemps de cela.

— Qu'est-ce qui vous plaisait ?

Elle ne pouvait pas le voir hausser les épaules, mais elle était sûre que c'était ce qu'il faisait.

— Il y a... il y avait beaucoup de très bons endroits pour jouer aux pirates, et autrefois il y avait des poissons dans l'étang.

— Des poissons ? Oh, j'adore pêcher ! Si nous allions pêcher ?

— Une dame de compagnie qui pêche ?

La note amusée dans sa voix la fit sourire.

— Et pourquoi pas ? Je relâche presque toujours mon poisson après l'avoir attrapé, mais j'éprouve toujours une grande satisfaction quand j'en remonte un.

— Cela fait bien longtemps que je n'ai pas pêché, dit-il doucement en ralentissant l'allure. Si vous voulez, je vais essayer de nous trouver des cannes à pêche.

— Oh oui, s'il vous plaît ! Ce serait formidable de pêcher et une merveilleuse distraction. Y avait-il un labyrinthe dans le jardin, autrefois ? Je me perds toujours dans les labyrinthes.

Il reprit leur allure de croisière avec un petit rire.

— Je me souviens qu'une fois, pourchassé par un paon, j'ai passé une journée entière dans le labyrinthe. C'est peut-être pour cela qu'il a disparu, d'ailleurs.

Riant de bon cœur, Meg se pencha sur le côté pour cueillir une fleur.

— Et c'est un bon souvenir ?

— Pourquoi me posez-vous cette question ?

— Je crois que j'aimerais me dire que cette propriété était jadis plaisante, que les gens en prenaient soin et qu'ils y étaient heureux. Je suis convaincue qu'elle a été choyée, à une époque. Je me demande si le duc actuel a gardé de bons souvenirs de cet endroit.

La roue avant droite du fauteuil heurta une pierre, et il s'arrêta net. Meg bascula en avant. La chaise se renversa et atterrit à moitié sur la jeune femme.

Lâchant un juron, James trébucha, passa par-dessus le fauteuil et s'écroula dans un parterre de marguerites.

— Enfer et damnation ! grogna-t-il en roulant sur le flanc. (Une marguerite à la tige cassée s'était accrochée à ses cheveux ébouriffés et pendait derrière son oreille.) Vous êtes blessée ?

Meg éclata de rire en le voyant, alors même qu'elle était clouée au sol sous le fauteuil.

— Comme vous êtes charmant !

— Comment ? (Fronçant les sourcils, il inspecta sa tenue. La marguerite tomba sur ses genoux.) Grand Dieu ! Me voilà transformé en bouquet !

De plus en plus hilare, Meg repoussa le fauteuil roulant. Qu'il était lourd...

— Je vous en prie, venez à mon aide.

James se remit immédiatement sur ses pieds.

— Vous ne m'avez pas répondu, dit-il en la débarrassant du fauteuil et en le remettant d'aplomb, avant de s'accroupir à son côté. Vous ne vous êtes pas fait mal ?

— Non, je ne crois pas. (Elle s'assit et secoua la terre et les feuilles de ses cheveux.) Moi, je n'ai pas de marguerite !

Il en cueillit une sur le sentier et se pencha pour la glisser derrière son oreille.

— C'est bon. Désormais vous voilà fleurie, vous aussi.

— Merci !

Il tira doucement sur l'ourlet de sa robe pour cacher ses chevilles.

— Votre mitaine est tombée. (Tout en relevant les yeux vers son visage, il récupéra le cache de fortune.) On a l'impression qu'un poisson essaie de vous dévorer le pied. Je vais demander qu'on vous tricote un vrai chausson.

— Mais cette mitaine ne me dérange pas. Ce n'est que l'affaire de quelques jours, de toute façon.

— Je ne veux rien entendre. Peut-être que la modiste du village connaît quelqu'un qui pourra s'en charger. (Baissant de nouveau les yeux, il saisit sa cheville dans une main et, avec une extrême précaution, fit glisser la mitaine sur son pied nu et sa cheville.) Vous savez que j'en connais plus d'une qui, à l'heure actuelle, pleurerait et se lamenterait sur leur dignité déchue, dit-il d'une voix douce sans pour autant lâcher son pied. Cela ne les ferait pas rire du tout.

— Pourquoi donc ? C'était juste un accident. La brise est rafraîchissante, les fleurs sentent délicieusement bon, le soleil brille et nous réchauffe… (Elle sourit et leurs regards se croisèrent.) Et il y a sûrement une boulangerie dans ce village ?

— Je crois que oui.

— Et peut-être des petits gâteaux en perspective ?

Un rire ironique lui échappa.

— Vous et votre appétit ! Oui, sûrement.

Sur ces mots, James se pencha en avant et, prenant appui sur une main, il l'embrassa.

Oh. Oh ! Sa bouche était tiède et taquine, et l'invitait à le suivre là où… il voulait l'emmener. Elle passa une main autour de ses épaules et s'abandonna à son baiser, éprouvant des picotements jusqu'aux extrémités des doigts et des orteils, comme pendant l'orage quand tombe la foudre, mais elle aurait voulu que cela dure indéfiniment. Comment le simple contact de deux bouches pouvait-il être aussi excitant et si… rempli de ferveur et de promesses coquines ?

Une vache meugla sur le flanc d'une colline, et elle sursauta avant de s'écarter.

— Vous… n'auriez pas dû ! s'écria-t-elle, incapable de détacher le regard de sa bouche.

— Ah bon ? répliqua-t-il en se redressant.

Il inclina le fauteuil pour inspecter les roues, puis il se retourna, attrapa la jeune femme comme un vulgaire sac de pommes de terre et l'installa de nouveau sur le siège.

Évidemment que cela n'était pas convenable du tout. Elle était une lady et lui n'était... que le fils illégitime d'un duc. Un majordome. Mais plus que tout le reste, elle brûlait d'envie qu'il recommence. *Oh, mon Dieu. Mon Dieu !* Voilà qu'elle se retrouvait dans l'une de ces situations affreusement gênantes où elle savait parfaitement ce qu'elle devait faire – en l'occurrence exiger qu'il la raccompagne tout de suite au château, prévenir le duc de l'attitude inadmissible de son domestique de frère et prendre les dispositions nécessaires pour quitter Earnhurst – et où elle avait envie de faire l'exact opposé, tout en sachant que ce serait une erreur monumentale.

Elle et son fauteuil furent de nouveau propulsés en avant et, avec un petit cri perçant, elle s'accrocha aux accoudoirs pour conserver son équilibre.

— Qu'est-ce que vous faites ?

— Je vous conduis jusqu'aux petits gâteaux.

— Mais vous m'avez embrassée !

— Tout à fait, fit-il sans cesser de pousser le fauteuil sur le chemin longeant la prairie.

— Vous n'auriez pas dû.

Elle l'entendit soupirer.

— Quelqu'un nous a-t-il vus ?

Même si elle connaissait la réponse, elle jeta un coup d'œil autour d'elle.

— Seulement la vache. Elle a été choquée.

— Non, elle a exprimé très distinctement son approbation. Une belle matinée de printemps, deux personnes qui tombent dans les marguerites et un baiser. C'était tout à fait approprié et plutôt romantique, à mon avis.

Un sourire commença à tirailler le coin de la bouche de Meg.

— Elle a dit tout ça dans un seul meuglement ?

— Mais oui ! Elle avait un drôle d'accent, je vous l'accorde – peut-être est-elle française. Mais je suis sûr d'avoir compris l'essentiel.

Ils éclatèrent de rire tous les deux. À présent, elle avait envie d'oublier cette saison qui débutait à Londres, et qui allait être rendue encore plus compliquée par sa faute, car tout le monde saurait qu'elle avait éconduit un duc.

— James, je dois être prudente. Je suis… Ma seule richesse est ma réputation. Lady Sophronia n'aura aucune envie de traîner un scandale ambulant dans son sillage, même si elle m'aime beaucoup.

Le fauteuil s'arrêta net, puis s'inclina vers l'arrière, et elle fut obligée de lever les yeux vers James penché au-dessus de sa tête.

— Vous me plaisez, dit-il, l'air solennel pour une fois. J'ai aimé ce baiser. Et j'aimerais recommencer. Je suis aussi bien conscient de… la précarité de nos positions. Et que nous sommes loin de Londres. (Il pencha un peu la tête sur le côté.) Je dis cela en espérant que vous pensez peut-être la même chose. Je veux parler de notre baiser, bien sûr.

Elle soutint son regard, lut de l'amusement, de l'espoir, peut-être un peu de désir dans ces beaux yeux gris. *Oh, mon Dieu !* Une vague brûlante la parcourut.

— Très bien. Dans ce cas, la prochaine fois que vous m'embrasserez, ou que je vous embrasserai, assurez-vous que personne ne nous voie – sauf cette vache française.

— La prochaine fois… (James s'interrompit.) Très bien.

Il regarda à droite puis à gauche et, se penchant, il l'embrassa de nouveau. Meg ne put résister à l'envie de passer les mains dans ses cheveux et de se dresser pour aller à la rencontre de sa bouche experte.

Tout à coup, elle avait beaucoup moins peur de compromettre sa réputation. Comme il l'avait dit, ils étaient loin de Londres. Elle était censée être une autre. Qu'est-ce que cela pouvait bien faire si un majordome et une dame de compagnie avaient une amourette dans un vieux château ?

Un grognement s'échappa de la poitrine de James, qui remit le fauteuil sur ses roues et recommença à le pousser.

Meg se sentait pétillante, comme si elle était remplie de champagne. C'était certain qu'elle l'aimait bien. Et cette attirance prouvait au moins une chose : elle ne pouvait vraiment pas épouser le duc. Définitivement. Puisqu'elle lui préférait son majordome.

19

James Clay

Sa bouche avait un goût de thé, de soleil et de promesses. C'était vraiment un détail idiot ! Et plus idiot encore d'y porter une quelconque attention. Mais c'était pourtant ce que pensait James. Il l'avait embrassée par surprise mais sa bouche ne s'était pas dérobée, elle n'avait pas essayé de le repousser. Au contraire, elle s'était abandonnée à son baiser et en avait demandé davantage.

Voilà à quoi ressemblait un baiser sincère, dénué de tout cynisme ou de toute arrière-pensée. Une joie pure. Et une sensation de chaleur et de quiétude qu'il se refusait à analyser de trop près, et même à nommer. Mais il la sentait profondément enfouie dans sa poitrine où elle s'attardait, insatisfaite. Il voulait cette femme. Ce désir, aiguisé par sa proximité, ne le quitta pas tout le long du chemin jusqu'à Remiton ; il persista dans la boulangerie, quand elle lui demanda d'acheter trois petits gâteaux et qu'elle lui en donna un avant de dévorer les deux autres ; il continua de l'habiter tout le trajet du retour au château et pendant qu'il la remontait dans sa chambre.

Les mots qui sortaient de sa bouche étaient toujours déconcertants. Il avait beau mettre cela sur le compte des milieux différents dont ils étaient issus, il avait de plus en plus l'intuition qu'elle était simplement... unique, et d'une façon exquise. Or, lui, bien à contrecœur, se rappelait qu'il appartenait à la haute aristocratie, qu'il était fiancé et que le jour et l'heure de son mariage étaient déjà fixés.

S'il avait eu l'intention de devenir quelqu'un de bien, c'était le meilleur ou le pire des moments pour se lancer. Le meilleur parce que, comme il essayait de s'en convaincre depuis plusieurs jours, il ne pouvait rien offrir à Mabel sinon le déshonneur, la perte de son travail et de toutes ses perspectives d'avenir. Le pire, parce qu'il était tenté et qu'il avait un mal fou à résister à la tentation, surtout quand celle-ci se présentait sous les apparences d'un esprit vif et d'un regard couleur du ciel... Bon sang ! Il n'était pas encore marié !

— Je pourrais remonter l'escalier toute seule, dit-elle. Je peux m'asseoir et grimper les marches une par une. C'est tout à fait envisageable, si vous avez autre chose à faire. Je vous ai tenu éloigné de vos devoirs toute la matinée, je le sais bien.

Ses devoirs ! Cela faisait des années qu'il les négligeait, comme si les ignorer suffisait à les faire disparaître.

— Ne dites pas de bêtises. Hormis le fait que je ne supporterais pas de rester planté là à vous regarder ramper comme une otarie, vous feriez trébucher quelqu'un et il faudrait que je trouve une autre chaise pour le trimbaler lui aussi partout.

Elle laissa échapper un rire sarcastique.

— Voilà que vous vous mettez à parler comme un vrai majordome !

— Hmm, hmm.

Ils atteignirent le haut de l'escalier et il refusa de s'arrêter pour reprendre son souffle. Il fallait bien qu'il fasse preuve de virilité, non ?

— Pourquoi êtes-vous si éprise de votre indépendance, d'ailleurs ? Je croyais que les femmes aimaient être cajolées et choyées.

— Cela ne me dérange pas que vous me transportiez, mais je veux avoir mon mot à dire sur mes allées et venues. Je ne suis pas un bibelot fragile, voyez-vous, et j'ai mes propres opinions, répliqua Meg sans hésitation.

James haussa les sourcils en feignant l'étonnement.

— Qui donc vous a encouragée à exprimer votre opinion ? J'ai toujours cru que les femmes n'ouvraient la bouche que pour adresser des compliments.

— C'est donc ce que vous entendez dans vos salles de jeu ? demanda-t-elle, évoquant ces lieux où il était censé avoir exercé ses talents. Cela m'étonnerait qu'on y reçoive beaucoup de femmes de qualité.

Tiens, tiens. Elle le soupçonnait de ne pas fréquenter de femmes convenables. Bientôt, elle l'accuserait de ne pas en connaître du tout.

— En fait, je me souviens de la visite d'une lady. Mais elle portait des vêtements masculins et, d'emblée, elle a remporté trois parties de pharaon, alors j'imagine que cela ne compte pas.

Cette femme était aussi son invitée, et cela s'était déroulé au Boodle's Club[1], mais il ne pouvait pas le dire.

Elle fronça le nez et le toisa.

— C'est bien ce que je disais !

James continua d'avancer dans le couloir.

— Feriez-vous partie de ces bas-bleus qui considèrent que les femmes devraient obtenir le droit de vote ? s'enquit-il en saluant Randall qu'ils croisèrent.

Il se souciait visiblement de la bienséance et de la réputation de Mabel, puisqu'il réussit à s'empêcher d'embrasser son adorable petit nez tout plissé par l'indignation. Ce fut bien la seule raison qui l'en empêcha.

---

1. Un des plus anciens et plus prestigieux clubs de Londres.

— Et quand bien même j'en ferais partie ?

— Alors je vous suggère de ne pas confier à lady Sophronia vos inclinations, à moins qu'elle n'en fasse partie elle aussi. Les suffragettes ne sont pas invitées dans les soirées, et si d'aventure elles osaient s'y rendre, jamais on ne les inviterait à danser. Il est de notoriété publique qu'elles dansent comme des patates et sont myopes comme des taupes.

— Même celles qui sont riches ? riposta Meg.

— Eh bien, peut-être pas, mais seulement si leur fortune les rend intéressantes.

— Oh !

— Tiens ! Vous voilà bien calme, tout à coup, et je n'aime pas ça...

Il avait voulu plaisanter parce qu'il aimait l'entendre rire, mais une dame de compagnie n'aurait même pas pu faire tapisserie à un bal. Si elle devait y aller un jour, ce serait seulement pour tenir le châle de sa maîtresse ou pour lui chercher à boire. Personne n'invitait une dame de compagnie à danser. Et il ne faisait aucun doute que Mabel Gooster aimerait danser. Même sur un seul pied. James reprit ses esprits. Indépendamment de toutes ces élucubrations, il n'était pas censé si bien connaître ces conventions stupides.

— Je...

Un rire féminin et sonore résonna dans l'une des pièces qui donnaient sur le couloir. Meg s'interrompit, et James s'immobilisa.

— Que diable..., marmonna-t-il en se rapprochant d'une porte entrebâillée.

Tout en jetant un coup d'œil à Meg, il poussa la porte du coude. À l'intérieur, penchée sur une table de billard, lady Sophronia tenait une canne dans ses mains et se préparait à jouer. Un verre à moitié vide était posé sur une table à côté d'elle et un léger parfum d'alcool flottait dans la pièce.

À l'autre bout de la table, Riniken tenait un verre à la main et sa queue de billard était posée contre le mur. Dieu merci, Hannah, la femme de chambre, était là, assise dans un coin, mais à entendre le doux murmure de ses ronflements elle ne surveillait pas grand-chose.

— Ils ont dit qu'il valait mieux mettre un cadenas sur le coffre, en espérant qu'il n'y avait pas rangé de gâteaux, expliquait Riniken, hilare.

Comme la lady s'esclaffait de nouveau – un rire contagieux qui plut à James et qu'il ne trouva pas du tout hautain –, Mabel fixa le faux duc avec une intensité qui étonna James. Et qui lui déplut. *Enfin, voyons !* Ils venaient de s'embrasser, et Riniken était bien de vingt ans son aîné. Et cet individu faisait seulement semblant d'être le duc.

Le régisseur *souriait*, aussi étrange que cela paraisse, et cela le rendait plus sympathique. De toute évidence, Riniken et cette femme étaient en état d'ébriété. Son nouveau rôle avait l'air de convenir parfaitement à M. Riniken, qui ne faisait rien pour sauvegarder leur réputation à tous les deux.

— C'est…

— Chut, fit James, et il fit marche arrière pour repartir dans le couloir en direction de sa chambre.

— Mais c'est totalement inconvenant, protesta-t-elle. Dire que je suis censée lui servir de chaperon !

— Ils font une partie de billard, rétorqua-t-il. Avez-vous vu qu'il *souriait* ? Moi qui croyais qu'il avait oublié comment le faire !

— C'est vrai qu'il a un air sévère, malgré sa réputation de noceur. Et je n'aime vraiment pas cette moustache. Cet homme n'est que contradictions. Je n'arrive pas à savoir qui il est réellement.

Hochant la tête, James se tourna de profil pour se faufiler dans la chambre.

— Le duc est une énigme. Impossible de prévoir ce qu'il va faire. Et voilà qu'il se met à boire. Quelle honte !

— Tout à fait. C'est très étrange. (Accrochée à ses épaules, elle se pressa plus étroitement contre lui.) Pouvez-vous lâcher mes jambes, s'il vous plaît ?

— Il faut que vous gardiez le pied en l'air, Mabel.

— Je sais. Mais c'est bon de se tenir debout une minute. Ne soyez pas si guindé et posez-moi à terre.

— Guindé ? répéta James, incrédule, avant de la laisser poser un pied sur le sol. Je ne suis pas guindé. Surveillez votre langue, Mabel Gooster.

— La plupart des majordomes sont guindés. J'ai des craintes pour votre avenir si vous vous obstinez à être drôle et spirituel.

Il ne put s'empêcher de sourire et la dévisagea.

— C'est vrai ?

— Oui. En outre, et comme je vous l'ai déjà fait remarquer, vous n'êtes pas très doué pour ce poste, v...

Sans lui laisser le temps de terminer, James pencha la tête, lui souleva le menton du bout des doigts et l'embrassa de nouveau. La tenir dans ses bras et l'embrasser... voilà une occupation à laquelle il pourrait facilement prendre goût ! Et il en savourerait chaque seconde.

Mabel Gooster. Un nom ridicule pour une jeune lady absolument unique en son genre, ravissante et pleine d'humour, qui n'était d'ailleurs pas une lady et encore moins destinée à lui appartenir. Elle était en réalité l'invitée du domaine pour les dix jours à venir. Pourtant, il désirait de toutes ses fibres la séduire et ses bonnes résolutions avaient commencé à s'effriter avant même leur baiser dans la prairie.

Il n'était pas encore marié avec cette lady Margaret Pinwell – un nom de grand-mère. Bon sang, dire qu'il n'avait pas encore rencontré cette maudite bonne femme ! Mais il avait fait la connaissance de Mabel. Elle s'était fait une entorse, elle avait gâché ses vacances et celles de sa maîtresse, elle s'était retrouvée piégée dans une maison remplie de pièges et de dangers… et elle conservait sa bonne humeur. Sa gentillesse. Son humour incroyable et son esprit de repartie.

Il la désirait, mais il n'y avait pas que ça. Il avait envie de lui faire plaisir. Ne serait-ce que la faire sourire. Parce qu'elle lui avait rappelé que, même acculé comme il l'était, il pouvait encore contrôler certains pans de sa vie. Et qu'il n'avait pas gardé que des mauvais souvenirs d'Earnhurst Manor.

Son sourire et l'envie de savoir ce qui se produirait s'il l'emmenait tout simplement dans sa chambre de majordome et la débarrassait de sa robe corsetée de dame de compagnie le tourmentèrent toute la nuit et jusqu'au lendemain matin. Il fallait qu'elle garde le pied en l'air ? Eh bien, soit ! Il pouvait l'y aider sans problème !

Il comprit finalement en inclinant son minuscule miroir pour se raser que, s'il ne pouvait pas lui décrocher la lune, s'il ne pouvait pas non plus s'abandonner à ce désir impérieux, il pouvait au moins arranger le jardin pour lui faire plaisir. Elle n'avait cessé de lui parler avec enthousiasme du jardin de la maison où elle vivait – la maison de famille de lady Sophronia. Et il avait été témoin de sa joie à la vue de simples fleurs des champs.

Dans quelques jours, le Dr Grimsby serait de retour et, avec un peu de chance, il lui permettrait de poser un peu le pied par terre. Si elle obtenait l'autorisation de se lever, elle n'aurait aucune envie de rester confinée dans sa chambre à longueur de journée, surtout avec ce paysage lamentable sous ses fenêtres pour seule distraction.

Il n'avait jamais beaucoup aimé ce fichu labyrinthe et, après l'incident du paon, il avait été bien content de le voir disparaître. Il ne comptait pas en créer un nouveau. Mais Mabel lui avait fait se souvenir qu'il avait jadis aimé vivre à Earnhurst, même s'il avait dû lui mentir sur les circonstances. Réaménager le parc ne signifierait pas qu'il se pliait aux exigences de Riniken ou qu'il décidait de restaurer toute la maison. Et, autre avantage, cela lui permettrait de se soustraire à l'œil vigilant du régisseur.

Après s'être habillé, il trouva Goodfrey dans la cuisine et obligea son valet à lui nouer sa cravate correctement. Timothy et Randall étaient là tous les deux, avec Hannah et Robert, le garçon d'écurie. Ils lui proposèrent de jouer aux cartes avec eux après le dîner, et il tomba des nues en découvrant que les domestiques jouaient eux aussi aux cartes. Cette invitation le surprit tellement qu'il accepta.

Malheureusement, ce matin-là, son devoir de majordome lui imposait de superviser Timothy et Randall, chargés d'astiquer ce qui restait de l'argenterie. Y avait-il tâche plus ennuyeuse ? Vu que, ces derniers jours, il avait dû rester debout durant une heure avec un plateau à la main et mesurer avec une règle la distance entre le bord de la table de la salle à manger et le manche d'une cuillère, il savait de quoi il parlait. Au bout de vingt minutes, alors que des visions de roses, de marguerites et de parterres fleuris dansaient devant ses yeux, il se leva et déclara :

— Randall, veillez à tout bien ranger dans le placard quand vous aurez fini.

Et il tendit la clé au valet de pied.

— Mais, Votre... Le rôle du majordome est de s'assurer que le personnel ne subtilise pas l'argenterie, protesta Randall. C'est sa plus grande responsabilité.

— Le personnel s'est déjà servi sur une bonne partie de l'argenterie. Alors je pense que je peux faire confiance à ceux qui sont restés, non ? J'ai d'autres chats à fouetter.

— Je..., fit le valet avant de hausser les épaules. Très bien, James. Nous tâcherons d'être dignes de votre confiance.

Cette affaire réglée, James se rendit dans les écuries et attrapa une pelle dans un coin, puis il se dirigea vers le jardin, enleva sa redingote et s'attaqua aux mauvaises herbes. Une longue plate-bande un peu surélevée longeait le mur nord et, bien qu'il ait un vague souvenir d'un parterre de fleurs colorées, plus rien n'en subsistait. Des herbes folles, une ou deux pâquerettes égarées, une fleur violette qui aurait aussi bien pu être de la lavande que du lupin... Le tout rejoignit un tas de terre et de végétaux enchevêtrés.

À Londres, il pratiquait l'escrime et la boxe plusieurs fois par semaine, mais il se rendit rapidement compte que d'autres muscles étaient à l'œuvre quand on bêchait. Au bout d'une heure, il était sale, suant, épuisé, et il avait l'impression d'avoir porté un piano sur ses épaules toute la journée. Il se redressa et s'appuya sur sa pelle pour contempler le travail accompli.

Le parterre était désherbé aux deux tiers. La terre nue, récemment retournée, avait l'air de s'en porter mieux. C'était un bon début. À ce rythme, le jardin serait nettoyé dans... six mois environ.

— Nom de Dieu, marmonna-t-il.

— Je vous ai cherché partout, maugréa Riniken en surgissant dans son dos. Qu'est-ce que vous fichez ici ?

— À votre avis ? (James essuya la sueur qui coulait sur son front d'un revers de manche.) Je ne tiens pas la pelle comme il faut ? C'est bien la partie creuse qui va en bas, n'est-ce pas ?

— À ma connaissance, oui. Je... je me réjouis de votre intérêt soudain pour le domaine, mais vous n'arriverez jamais à arranger ce jardin tout seul.

Pour votre information, vous vous attaquez à près d'un demi-hectare de plantations soigneusement aménagées.

— Non, c'était *autrefois* un demi-hectare de plantations soigneusement aménagées. Aujourd'hui, cela ressemble davantage à une gigantesque toile d'araignée, tout emmêlée, et avec les araignées en prime. Et parlez moins fort. La fenêtre de Mabel est juste au-dessus.

Il pointa du doigt la maison en se retournant vers le régisseur. Et tressaillit. Seigneur, *elle* avait disparu. Tout ce qu'il voyait, c'était la lèvre supérieure de Riniken, pâle et glabre. *Jésus Marie Joseph !*

— Je parle tout bas, rétorqua le régisseur en se massant la tempe.

— Nom d'une pipe, que vous est-il arrivé ? s'exclama James.

Riniken fronça les sourcils.

— De quoi voulez-vous parler ?

— Votre moustache... Elle a disparu.

— Ah ! J'ai fait un essai.

James n'essaya même pas de dissimuler son sourire.

— C'est le whisky que vous avez bu hier qui a brûlé votre moustache ?

Riniken devint écarlate.

— Oui, je sais que j'ai manqué à mes devoirs. Je vous prie de m'excuser. Mais non, c'est moi qui ai décidé de me raser. J'ai trouvé qu'elle était démodée.

— Ne vous excusez pas. Je vous ai entendu rire. Et ça m'a fait une peur bleue !

— Il se trouve que Sophie et moi avions fait du bon travail dans la bibliothèque, et nous avons décidé de fêter cela. C'est une femme très bien, très éduquée, très pragmatique aussi. Si elle avait été un homme, je pense qu'elle aurait fait un excellent officier. Quand elle m'a affirmé qu'elle savait jouer au billard, je... Euh, elle m'a lancé un défi.

— Vous a-t-elle battu ?

— J'ai perdu une ou deux parties. À la fin, nous étions à égalité. Elle tient bien le whisky, également.

James, ébahi, regarda son régisseur.

— Elle vous plaît, décréta-t-il, se souvenant au dernier moment de parler à voix basse.

— Comment ? Bien sûr qu'elle me plaît. Elle est intelligente, plutôt progressiste, et elle adore les livres et la stratégie. Tout ce que j'aime.

Parmi toutes les possibilités qu'il avait envisagées ici à Earnhurst, aucune ne prévoyait que son régisseur puisse tomber amoureux de la fille d'un comte.

— Sa dame de compagnie présente des dispositions similaires, même si elle est moins portée sur la stratégie, reconnut-il. Mais je vous rappelle, Riniken, que vous êtes le duc d'Earnhurst. Et le duc d'Earnhurst est fiancé. Je reconnais avoir badiné dans le passé mais, je vous en prie, ne me chargez pas de plus de péchés qu'il n'en faut. J'en ai déjà bien assez.

Il était d'ailleurs en train de courtiser la dame de compagnie. Si le bruit courait qu'il avait aussi conté fleurette à sa maîtresse, il n'imaginait même pas le chaos qui en résulterait !

— Je suis parfaitement conscient de la situation dans laquelle je me retrouve par votre faute. Et de ce que la vie m'impose. Je suis fier de mes principes, James, et sous aucun prétexte je ne me lancerais dans une aventure avec une dame de qualité, moi qui ne suis même pas un gentleman, contrairement à ce qu'elle peut croire. Et cela n'a rien à voir avec l'engagement matrimonial que vous me collez sur le dos.

Il vint à l'esprit de James que Riniken et lui avaient des problèmes diamétralement opposés. Riniken se situait très en deçà du rang de la femme qu'il admirait, tandis que lui-même était bien au-dessus de celle qu'il convoitait.

— Quelle paire d'idiots nous faisons, grommela-t-il en jetant un nouveau coup d'œil vers la fenêtre de Mabel.

Riniken suivit son regard.

— La dame de compagnie ? souffla-t-il. Et *vous* ? Vous avez eu les faveurs de la plupart des ladies célibataires de Mayfair, à en croire la rumeur. Je n'aurais pas cru que vos goûts vous entraîneraient aussi du côté des domestiques.

— Ce n'est pas le cas. Je veux dire, c'est la première fois. Je ne suis peut-être pas un parangon de vertu, mais je n'ai jamais abusé de ma position. Le problème vient de ce qu'elle me prend pour un majordome assez atypique et pour un bâtard. Et de ce qu'elle apprécie ma compagnie. C'est réciproque. (James reprit sa respiration.) Est-ce mal de… de se lier d'amitié avec une femme ? Je n'ai pas une grande expérience, mais cela me semble innocent.

Le régisseur hochait la tête.

— Oui, l'amitié. Du temps passé à bavarder de lectures et de campagnes militaires. Cela rentre tout à fait dans le cadre d'un comportement de gentleman.

Jamais, au grand jamais, James ne se serait attendu à ce que Riniken soit d'accord avec lui, mais toute victoire était bonne à prendre.

— Exactement.

En tout cas, ce terme si innocent dont il habillait ses sentiments l'aidait à assumer son attirance pour Mabel. Elle était une *amie*. Juste une amie qu'il avait embrassée et qu'il désirait tenir nue dans ses bras.

— Riniken… Elliott, j'ai une proposition à vous faire. Une trêve, si vous voulez.

Le régisseur le regarda tandis que la suspicion se peignait sur son visage anguleux, désormais débarrassé de sa moustache.

— Quel genre de proposition ?

— J'aimais beaucoup le jardin. Quand j'étais enfant, je veux dire, avant la mort de ma mère et votre arrivée au château. Si je me chargeais de l'extérieur du château, c'est-à-dire du parc, en y incluant le jardin, les murs, les fenêtres, la toiture, l'étang et les folies, accepteriez-vous de m'aider en vous occupant de l'intérieur ? Je n'ai pas beaucoup de temps devant moi, vous le savez, et ça ne m'amuse plus de vous envoyer au diable à longueur de journée comme avant.

Riniken le regarda, ébahi.

— Je... Laissez-moi le temps de vérifier si cela ne contrevient pas aux désirs de votre père. J'aurais plutôt tendance à accepter, car une répartition des tâches permettrait de gagner en temps et en efficacité.

Devant cette valse d'hésitations et de précautions, James sentait monter une migraine.

— Quel est le délai de réflexion dont vous avez besoin ?

— Si nous nous retrouvions demain soir après le dîner ? J'ai promis à lady Sophie une partie de whist, ce soir.

— Je ne ferai jamais obstacle à une partie de cartes. De toute façon, moi aussi je me suis engagé à jouer, avec le reste du personnel.

— Vous... J'ai encore d'autres papiers à vous faire signer, poursuivit Elliott. Et nous avons reçu une mise en demeure de notre maître-chanteur. À ce propos, est-ce vous qui avez ouvert la porte hier et qui avez réceptionné une lettre ?

— Oui. Un homme avec un visage large et le teint pâle, répondit James en dévisageant un instant le régisseur. Vous croyez qu'il s'agissait de… Comment s'appelle-t-il, déjà ?

— Jasper Burshin. Oui. A-t-il précisé d'où il venait et où il allait ?

— Je ne le lui ai pas demandé. Il a été grossier et m'a intimé de remettre cette lettre au duc en main propre. Je me suis contenté de la poser sur votre bureau.

— Vous voulez dire le *vôtre*, lâcha Riniken en soupirant. Nous aurions pu l'arrêter, si vous aviez fait un peu attention.

— Je faisais attention, puisque je lui ai ouvert la porte. Ne me mettez pas tout sur le dos. Je n'étais pas dans les parages quand il a trafiqué vos précieux registres et a volé le domaine. Alors chargez-vous-en. Faites ce qui vous plaira.

— Et si je décidais de lui donner les dix mille livres pour sauver la réputation de votre père ?

— Vous tenez comme moi les cordons de la bourse, monsieur Riniken.

— Seulement jusqu'à votre mariage.

— Je suis en train de vous dire d'agir comme vous le jugerez bon. S'il n'en tenait qu'à moi, j'ignorerais ce type. Mais nous savons tous les deux que je ne suis pas vous. En revanche, vous êtes *moi*.

Le régisseur haussa les épaules.

— Très bien. Je vous tiendrai au courant, dit-il enfin.

— Comme vous voudrez. Nous nous retrouverons donc demain soir. Entre-temps, je serai dans le jardin. Envoyez Timothy me chercher quand il faudra sonner le gong pour annoncer le dîner.

— Ce n'est pas indispensable, vous savez.

— Oh oui, je le sais.

Mais ce serait subversif et il adorait cela.

— Je vous conjure de ne pas vous épuiser à la tâche. Votre père ne serait pas content de vous voir rendre votre dernier souffle au milieu de tout ce romarin.

— Bah ! Au moins, je sentirais bon. Un peu comme un sanglier rôti. Mais rassurez-vous, je n'ai pas l'intention de tout faire seul. En réalité, quand j'aurai terminé ce parterre, je vais descendre au village pour embaucher des jardiniers. Si vous avez l'intention de dénicher vos menuisiers à Remiton, vous feriez bien de vous dépêcher avant qu'ils travaillent tous pour moi. Vous vous retrouveriez à poser les papiers peints tout seul.

— Si le seul problème consiste à devoir trouver davantage de main-d'œuvre, cela ne me dérange pas, Votre Grâce.

James jeta un regard en coin à Elliott avant de se remettre à bêcher. C'était la première fois que le régisseur l'appelait par son titre sans y faire passer une pointe de sarcasme. En réalité, c'était la première fois que lui-même discutait avec Riniken sans avoir instantanément envie de le frapper. Il faisait des progrès.

20

Elliott Riniken

— Que dois-je faire de ça ? s'enquit Goodfrey d'un air dégoûté en tenant du bout des doigts la paire de bottes Wellington.

— Ce sont mes bottes de travail, répliqua Elliott. Secouez-les pour enlever la terre et posez-les près de la cheminée.

— Vous n'en avez qu'une seule paire, rétorqua le valet de chambre en le regardant comme s'il avait affaire à une sorte de monstre.

— C'est exact.

— Alors ce ne sont pas vos bottes de travail. Vous les portez pour dîner le soir, pour aller vous promener, pour danser et pour marcher dans la boue. C'est inconcevable.

— Quelle différence y a-t-il entre se promener et marcher dans la boue ?

— Une promenade sert normalement à se faire voir en public. On ne marche dans la boue que lorsqu'on y est obligé, ce qui range cette dernière activité dans la catégorie des nécessités. Or les chaussures que l'on porte par nécessité ne s'affichent pas en public.

— Goodfrey, allez-vous-en. Je suis fatigué.

Jamais il ne s'habituerait à ce qu'on lui plie ses vêtements, qu'on lui astique ses boutons et, de manière générale, à tout ce que Goodfrey faisait pour James.

— Hmmph. Je vais essayer de les nettoyer. Mais je vous conseille d'y faire attention, jusqu'à ce que vous réussissiez à obtenir une paire de rechange.

— Je ne vous promets rien. Allez donc voir si Sa Grâce a besoin de faire repasser sa cravate ou autre chose, voulez-vous ?

— C'est déjà fait. Même si je me demande pourquoi je me donne tant de mal, puisqu'il a passé deux jours à transpirer dans le jardin. Avant notre arrivée ici, Sa Grâce était un homme civilisé, vous savez. Il se promenait comme il sied à son rang et se changeait en fonction de ses activités : boxe, escrime ou équitation. Pas pour… retourner la terre. Je ne comprends pas cc qui lui arrive, et je n'aime pas ça.

Elliott n'avait rien à répondre à cette remarque, parce que lui non plus ne comprenait pas ce qui se passait. Non seulement James Clay avait passé la plupart de la journée d'hier à désherber le jardin, mais ensuite il avait sellé Faro pour descendre à Remiton où il avait embauché certains des artisans qui avaient réparé l'escalier pour l'aider à arranger et replanter le jardin. Une semaine auparavant, James aurait préféré se couper un pied plutôt que d'accepter la plus infime des responsabilités sur le domaine que son père avait tellement chéri.

Quelle que soit la raison de ce changement, il espérait que cela continuerait.

— Je sais que vous exigez la perfection pour vous-même, dit-il en retirant sa veste et en commençant à la plier avant de surprendre le regard noir du valet de chambre. Tenez, dit Elliott en lui tendant la veste. Rangez-la dans l'armoire et allez-vous-en.

— Je ne reste ici que par sens du devoir, riposta dédaigneusement Goodfrey en pliant la veste en deux temps trois mouvements avant de la ranger.

Elliott regarda avec envie le grand lit qui lui tendait les bras. *Plus tard.* La journée n'était pas encore terminée.

— C'est tout à votre honneur. À présent, partez. Bonne nuit.

— Bonne nuit à *vous*. J'en ai encore pour une bonne heure à récurer ces... ces choses.

Quand le valet fut parti en refermant soigneusement la porte derrière lui, Elliott enfila la paire de pantoufles que Goodfrey avait réussi à lui faire acheter, vérifia sa montre de gousset et se dirigea vers le bureau.

La porte de Sophie était ouverte, mais celle de sa compagne était fermée. Elles devaient être en train de parler de l'état épouvantable d'Earnhurst Manor. Dieu merci, Sophie continuait à en percevoir le charme sous le désordre apparent. Mais en plus, elle retroussait ses manches sans se plaindre pour aider à faire le tri dans les livres attaqués par les moisissures.

Il n'avait pas une grande expérience des femmes de la haute aristocratie, mais celle-ci n'avait rien à voir avec les ladies qu'il avait pu rencontrer dans l'entourage du vieux duc. En général, ces dernières s'asseyaient et bavardaient, agitant leurs éventails et battant des paupières tout en se plaignant de la chaleur ou du froid, de ce que lord Untel n'avait pas fait attention à elles, ou encore de la façon de se faire remarquer par lord Untel. Il n'avait jamais eu envie d'embrasser aucune d'elles, de cela il était sûr.

En revanche, il avait bel et bien eu *envie* d'embrasser Sophie, et il était passé à l'acte. Et, bien qu'il soit loin d'être un enfant de chœur, il avait été... subjugué. Comme douché par une tiède averse de printemps. Il avait été tellement charmé qu'ensuite, alors même qu'ils s'étaient engagés à ne jamais recommencer, il s'était rasé parce que sa moustache l'avait piquée. Et à présent, il avait besoin de se surveiller plus encore lorsqu'il la voyait. Une simple conversation avec James avait suffi pour que celui-ci devine qu'Elliott avait le béguin pour elle. Ce qui signifiait qu'il n'était pas très discret. Mais Sophie devait ignorer à quel point il l'admirait. Surtout quand chacune de ses paroles et chacun de ses gestes reposaient sur un fichu mensonge.

Dieu soit loué, James lui avait rappelé qu'il était fiancé. Comme il était censé incarner le duc, cela lui fournissait une excuse et un moyen de mettre un peu de distance entre lui et Sophie si cela s'avérait nécessaire, d'une manière qui ne soit pas insultante pour elle. Du moins, il l'espérait.

Il avait quarante et un ans. Pourquoi serait-il pétrifié en présence d'une femme ? C'était pourtant le cas. Bien sûr, il pouvait prétendre que leurs bavardages, leurs intérêts communs, la connaissance qu'avait la jeune femme de l'histoire militaire et de sa terminologie, lui rappelaient ses conversations avec ses frères d'armes et de bons souvenirs. Sauf que ce n'était pas du tout pareil. Il avait affaire à une jeune femme charmante et intelligente, dotée d'un esprit flamboyant, et qui appartenait à une catégorie sociale infiniment plus élevée que la sienne.

Il essaya de la chasser de ses pensées et gagna le bureau. Il s'installa dans l'un des deux sièges de devant, laissant le fauteuil derrière le bureau à son véritable propriétaire. Il y avait peu de chances que Sophie se trouve dans les parages, sa dame de compagnie ne pouvait s'aventurer en bas sans aide, et le reste du personnel connaissait la vérité au sujet du soi-disant majordome et du soi-disant duc : ce soir, il pouvait donc se débarrasser de son personnage.

Bien sûr, un grain de sable pouvait enrayer la machine et cela virerait à la catastrophe au pire moment. Il s'était même demandé si ses souvenirs de la propriété, à l'époque heureuse où Richard en tenait les rênes, n'avaient pas été une illusion.

— Vraiment ? lança James en entrant dans la pièce, notant la chaise qu'Elliott avait prise avant de refermer la porte avec son pied. Mais je suppose que chaque geste que nous faisons obéit à un calcul. Vous comme moi.

Il posa deux verres et une bouteille de vin sur le bureau et en fit le tour pour aller s'asseoir sur le magnifique fauteuil en acajou sculpté. Elliott le regarda ouvrir la bouteille et verser le vin. Il avait lu les rubriques à scandales et entendu les échos d'autres rumeurs qui arrivaient de Londres, et depuis cinq ans il considérait James comme un ivrogne invétéré et rancunier, que tout le monde trouvait charmant parce qu'il était beau garçon et avait de l'argent. L'idée que la folie du nouveau duc obéissait à un plan, qu'il avait alimenté à dessein sa mauvaise réputation et que la rancœur qu'il éprouvait pour le vieux duc s'étendait aussi à lui, Elliott, le laissait perplexe.

S'il ne réussissait pas à comprendre le jeune homme, s'il ne trouvait pas un moyen de rendre le manoir et le domaine présentables à temps pour le mariage, si pour une raison ou pour une autre cette union ne se faisait pas, alors il devrait se rendre à l'évidence : il aurait failli à son engagement envers Richard.

— J'aimerais avoir des plans ou des croquis montrant l'agencement initial du jardin, déclara James en avalant une gorgée de vin rouge sang. Savez-vous où je pourrais trouver cela ?

— Dans ce vase, là-bas, répondit Elliott en désignant une porcelaine monumentale dans un coin. Les plans du manoir ont un liseré bleu, ceux du jardin un liseré vert.

James alla récupérer les croquis et les étala sur le bureau en les calant avec les verres et la bouteille de vin.

— Commençons par le jardin, si vous le voulez bien.

— Mais certainement.

James a donc son avis à donner sur le manoir aussi ? S'il nageait en plein rêve, Elliott espérait ne pas se réveiller avant que le secret pour venir à bout des rénovations lui soit révélé.

— La fontaine. Autrefois, un jet d'eau sortait par la bouche de Cupidon. Ou alors il faisait pipi ? Je ne me souviens plus.

— Il crachait.

— Ah ! Parfait. Une offense de moins faite à la vue de ma future épouse. Comment puis-je faire revenir l'eau ?

— Selon ces plans, dit Elliott en posant un doigt sur une série de traits parallèles située en haut du croquis, les canalisations qui alimentent la fontaine de Cupidon se trouvent ici, sous l'allée centrale, et rejoignent l'étang. Il faudrait les dégager à l'air libre et les changer, si vous ne voulez pas courir le risque d'inonder le haut du jardin.

De l'autre côté du bureau, le duc d'Earnhurst sortit un calepin de sa poche et trempa la plume dans l'encre pour y inscrire une annotation.

— Alors, pas de souci à se faire du côté de l'eau. Je vais faire réparer le Cupidon et le replacer sur son piédestal. La fontaine ne sera pas tout de suite alimentée en eau, à moins que nous ne réussissions à obtenir deux semaines de plus pour tout faire. Peut-être y installerai-je des plantes en pot. Des fleurs bleues, pour représenter l'eau. Cela me rend poétique, tout à coup.

— C'est un bon compromis. Mais je vous conseille de ne pas planter d'arbres trop près des canalisations.

— Nom d'une pipe, mais qu'est-ce qu'elle a, cette plume ?

Furibond, James la jeta dans la corbeille et attrapa un crayon dans le tiroir du haut.

— Je crois que c'est l'encre.

James releva les yeux.

— Vous avez besoin de ma permission pour aller acheter une nouvelle bouteille d'encre ?

— Pas vraiment. Mais cela me permet de me rappeler toutes les autres décisions pour lesquelles j'ai besoin de votre autorisation.

— Ah ! (James griffonna une nouvelle note.) Je ne mettrai pas d'arbre au-dessus des canalisations. Je plante par contre un arbre ici, avec un banc de chaque côté du tronc. Ombre le matin et ombre l'après-midi. En fin de compte, je suis non seulement poète mais aussi malin.

Avec un rire sarcastique, Elliott tendit la main pour prendre le verre de vin avant de se raviser. Il avait certes bu l'autre soir avec Sophie, mais James était un adversaire retors et autrement plus dangereux. Il avait besoin de toutes ses facultés.

— Quand j'ai discuté avec Sophie du meilleur endroit pour le mariage, nous sommes tombés d'accord pour dire qu'il serait judicieux de le célébrer dans le jardin, compte tenu de l'état de la maison. Par contre, on voit bien les folies d'ici. (Il toussota.) Nous pouvons les cacher d'une façon ou d'une autre, ou alors les faire réparer.

— Je compte les démolir, déclara James en griffonnant une autre note et en vidant la moitié de son verre. Ce sont de fausses ruines. Quand j'étais petit, je croyais qu'elles étaient vraies, vous savez. J'étais persuadé que les Grecs anciens avaient construit un temple à Athéna qui surplombait notre étang, et que juste à côté les Romains avaient construit une petite villa d'une seule pièce avec un joli sol en mosaïque et la moitié d'un toit... Dans ma tête, je voyais les deux camps se battre au-dessus des pierres et des briques. Il y a même un cheval de Troie dans mes souvenirs, et moi, bien sûr, j'étais Ulysse, au cœur de la bataille.

— Mais il y a bien eu des Romains dans les parages, avança Elliott. Et votre famille aimait beaucoup les...

— Un belvédère fera aussi bien l'affaire pour admirer la vue, trancha James. Nous y installerons des bancs et peut-être une table en pierre pour les pique-niques. Et pas d'inscriptions latines célébrant la guerre et la mort.

Alors que sa première réaction le poussait à plaider en faveur du maintien des folies, qui faisaient partie de l'histoire de la propriété, Elliott garda le silence. Un jour seulement s'était écoulé depuis que James avait annoncé son intention de rénover l'extérieur du manoir, or il n'avait pas fui et n'avait pas changé d'avis. S'il préférait un belvédère en lieu et place de deux ruines menaçant de s'écrouler, qu'il en soit ainsi.

Elliott se pencha au-dessus du bureau, tendit la main et ouvrit le tiroir supérieur gauche pour en sortir une liasse de lettres qu'il déposa sur les plans.

— Puisque vous êtes ici et que nous n'en sommes pas encore venus aux mains, cela appelle une réponse de votre part.

— J'espère que ce ne sont pas des lettres d'autres maîtres-chanteurs ?

— Non. Et j'ai trouvé très aimable de la part de Burshin de me laisser le temps d'aller jusqu'à Dorchester pour retirer les fonds et trouver une sacoche.

James inclina la tête.

— Mais vous n'avez pas quitté le domaine !

— Non. J'ai simplement dit qu'il m'avait laissé le temps d'agir. Je suis convaincu qu'il ne faut pas donner d'argent à un homme qui vous en a déjà volé.

— Parfaitement.

— Vous avez donc un avis sur la question !

— Mais oui. Je voulais simplement connaître le vôtre.

Avec l'impression d'avoir réussi une sorte d'examen, Elliott attrapa le petit paquet de lettres et s'éclaircit la voix.

— Alors, vous êtes invité à souper samedi avec lord et lady Somner à Somner Abbey, dit-il. Vos avoués à Londres réclament votre signature sur ce bordereau de banque. Et une dénommée Rose Blanche vous a envoyé un poème licencieux.

— Un poème ? Est-il bon ? interrogea James tout en continuant à prendre des notes.

— J'ai arrêté de le lire après la première strophe, qui déclinait une série de… descriptions anatomiques rimant avec « inviolable verrou ».

— Jetez-le au feu ! Je ne sais même plus qui est cette demoiselle. J'ai reçu tellement de cartes quand je portais le deuil que j'ai dû demander à Loomer de faire le ménage à coups de balai dans le vestibule de Clay House. Et dès que j'en suis sorti, elles faisaient la queue devant ma porte, quand elles n'escaladaient pas la façade jusqu'à ma chambre !

— Et cela vous a déplu ? fit Elliott en grimaçant. Après tout, on vous appelle le Pirate.

— Je me suis déguisé une fois en pirate pour un bal masqué. *Une seule fois !* Les commentaires y sont allés bon train parce que j'ai dansé avec lady Vivian Carding, qui s'est enfuie le lendemain avec lord Shandley, et tout à coup je suis devenu le Pirate, déflorant ces dames et les obligeant à se marier en catastrophe !

— Alors votre réputation était donc infondée ?

James sourit avec nonchalance.

— Je n'ai jamais attenté à la vertu d'une de ces demoiselles à la langue bien pendue. Mais certaines ladies l'avaient déjà perdue et je ne suis pas un moine.

— Alors pourquoi ces femmes se sont-elles soudain précipitées chez vous ? Quand vous étiez marquis de Duffy, vous étiez déjà un cœur à prendre. Qu'est-ce qui a changé quand vous êtes devenu duc d'Earnhurst ?

James haussa les épaules.

— Mon surnom de Pirate érigeait une barrière entre moi et les femmes vertueuses à la recherche d'un époux, Dieu merci. Et je pense leur avoir fait clairement comprendre que je n'avais pas envie de me marier. Mais une fois devenu duc, ma réputation et mes désirs n'ont plus compté face à mon titre et à la fortune qui va avec. Les gens perdent toute leur capacité de jugement quand il y a une fortune en vue.

— Je pense que votre père aurait aimé vous entendre dire cela, vous savez, observa Elliott, qui regretta immédiatement ses paroles en voyant les mâchoires de James se crisper. Il avait beaucoup d'humour et se demandait souvent ce que vous pensiez de tel ou tel sujet.

— Avec vous, peut-être. Pour ma part, je n'ai jamais goûté à son humour. Il croyait tout ce qu'on racontait sur moi et menaçait régulièrement de me couper les vivres et de faire de vous son héritier. Vous étiez quasiment inséparables. Alors pardonnez-moi si je me fiche éperdument que mes considérations sur ma réputation aient pu amuser secrètement Richard Clay.

— Cela...

Elliott se tut. Il ne savait que répondre à cette sortie, de toute façon. Dans l'armée, il avait été prêt à tout, à n'importe quel assaut, à obtenir toute sorte d'information susceptible de modifier le cours d'une bataille. Cette situation en revanche le décontenançait.

— Richard ne m'a jamais parlé de vous couper les vivres, dit-il. Et encore moins en ma faveur. Nous étions amis. Il m'était reconnaissant de lui avoir sauvé la vie, et je lui savais gré de m'avoir donné du travail quand ma blessure à la jambe a sonné le glas de ma carrière militaire. C'est tout.

— Hmm. Si je n'avais pas brûlé toutes ses lettres, j'aurais pu vous en fournir la preuve, répondit James en lissant les plans du plat de la main. Revenons à nos affaires. Si je...

— Je m'exprime mal... Je suis convaincu que même s'il menaçait de vous couper les vivres et de vous déshériter, il ne le pensait pas vraiment. Le décès de votre mère et les circonstances qui l'ont poussé à quitter l'armée l'avaient aigri. Vous en avez fait les frais, je pense. Et il l'a regretté, à l'instant même où il a pris conscience qu'il n'avait pas su... vous prendre comme il l'aurait fallu. Vous aussi, vous êtes une forte tête, vous savez, et...

— Arrêtez ! ordonna James. Quand lady Sophronia et Mabel ont décrété que j'étais forcément le fils bâtard du duc, il m'est venu à l'esprit que c'était précisément ce que j'étais. Pas le fils préféré, mais celui qui ne satisfait jamais son père et qui n'arrivera jamais à s'en faire aimer. Vous étiez le fils préféré, Riniken. Je commence tout juste à comprendre que ce n'était peut-être pas de votre faute, mais de grâce, ne prenez pas sa défense.

Elliott inclina la tête et prit le temps de peser sa réponse : allait-elle arranger la situation ou l'endommager irrémédiablement ? Mais il fallait qu'il parle, bon sang !

— Vous avez entendu ce que vous venez de dire ?

— La discussion est close, coupa James en pointant un index menaçant vers le tiroir. Un mariage en extérieur...

— Vous m'avez appelé « le fils préféré », l'interrompit Elliott. Moi !

— Oui, enfin quoi ? Vous aviez toute sa faveur, n'est-ce pas ?

— Non. C'est votre version, pas la mienne. Chaque conversation que j'avais avec Richard revenait immanquablement à vous. Vous n'imaginez pas le temps passé, les efforts déployés, jusqu'où il est allé pour essayer de vous comprendre. Quand il vous a envoyé à Cambridge et ensuite à Oxford, parce que vous vouliez vous éloigner du domaine, jamais vous n'avez écrit. Pas une seule fois. Vous n'avez jamais répondu à ses lettres. Il était persuadé qu'il avait brisé le lien entre vous par manque de patience.

— Et alors ?

— Et alors ? Il m'en parlait tous les jours. Il se demandait comment vous alliez. Il écrivait à vos professeurs et me lisait leurs lettres qui vous décrivaient comme une tête brûlée, brillant et charmeur. Quand vous avez quitté Oxford et que vous vous êtes installé à Londres, il écrivait aux domestiques de Clay House puisque vous ne vouliez toujours pas répondre à ses lettres. Il écrivait à ses amis. À vos amis. Il voulait faire partie de votre vie et se sentait responsable de votre hostilité.

— V...

— J'entendais constamment parler de vous, de votre vie, de vos succès, de vos mésaventures, et pendant tout ce temps vous n'avez pas levé le petit doigt pour répondre à un homme clairement désespéré. Nous passions nos soirées à boire et à discuter indéfiniment de batailles où il avait été vainqueur, y compris celle où j'ai failli perdre ma jambe avant de mettre un terme à ma carrière. Tout cela pour l'aider à se convaincre qu'il n'avait pas tout raté. Vous n'étiez pas le pauvre fils bâtard, James. C'était moi.

James le dévisagea.

— Ce n'est pas…

— Pourquoi croyez-vous que je me sois démené pendant plus de cinq ans, malgré vos insultes, pour vous faire revenir ici et reprendre les choses en main ? Si ce n'est pour renouer vos liens avec votre père, ou du moins avec le domaine ? Parce que c'est la seule chose qu'il m'ait demandée. La seule. Et aussi stupide que cela paraisse, j'ai eu désespérément envie de lui faire plaisir pour le remercier de la seconde chance qu'il m'avait donnée, en plus d'un foyer et de son amitié. (Elliott but d'un trait son verre de vin.) J'ai quarante et un ans, James. Je ne suis ni un idiot ni un incompétent et j'ai souvent côtoyé la mort. Et voilà que je me retrouve à supplier un fils de pardonner à son père défunt, parce que jamais je ne pourrai prendre sa place.

James se leva, fit le tour du bureau et quitta la pièce en claquant la porte derrière lui.

Elliott laissa échapper un long soupir. *Enfer et damnation !* Voilà, c'était dit cette fois, il n'avait pas réussi à se retenir.

— Crétin ! se murmura-t-il à lui-même avant de se remplir un verre à ras bord.

La porte se rouvrit. James entra à grandes enjambées, fit claquer le battant et revint s'asseoir sur son fauteuil derrière le bureau. Elliott s'aperçut qu'il tenait une plume neuve entre ses doigts. Il la trempa dans l'encre grumeleuse pour signer le bordereau de banque.

— Je ne pourrai accepter l'invitation de lord et lady Somner qu'après le départ de nos invitées, déclara-t-il en sortant un papier d'un tiroir. Vous imaginez ce qui se passerait si l'une ou l'autre de ces dames me voyait habillé en duc ? Je vais leur écrire pour leur demander de décaler leur invitation d'une quinzaine de jours. J'ai réfléchi au poème que m'a envoyé Rose Blanche : ce devait être une ultime tentative pour me prendre dans ses filets, et comme je suis fiancé, j'ai décidé de ne pas y donner suite.

— Je... Cela me semble logique.

— Alors, vous pensez qu'un mariage en extérieur serait une bonne idée ? Cela pourrait régler nos problèmes. Je me suis dit que nous pourrions utiliser la vieille chapelle de Remiton, mais elle est toute petite, n'est-ce pas ?

— Oui, je dirais qu'il y a de la place pour à peine vingt-cinq personnes.

— C'est le nombre d'invités que j'aimerais avoir pour le mariage. J'imagine que nous devrions y parvenir. Nous inviterons le reste du beau monde pour la garden-party, mais il faudra tous se les farcir dans le manoir ensuite.

James se frappa le front sur le cuir du bureau.

— Invitez le moins de monde possible en tenant compte des impératifs et sans créer de drames, et nous préparerons la quantité de chambres correspondante, dit Elliott. Nous expliquerons que le reste est en cours de restauration.

— Croyez-vous que ma future épouse soit une vieille fille bornée ? interrogea James d'une voix assourdie, le front reposant toujours sur le bureau. Ou un dragon en jupons qui dirigera la maison d'une poigne de fer et me fera rentrer dans le rang à coups de férule ? Avec un nom comme Margaret Pinwell, on peut s'attendre à tout !

— Je ne crois pas que votre père vous aurait fait ce coup-là, d'autant qu'il pensait vous expliquer en personne pourquoi il avait pris cette décision.

James releva la tête.

— Mais il ne l'a jamais vue, n'est-ce pas ? Et vous, vous la connaissez ?

— Non. Son père nous a écrit qu'elle était trop bouleversée pour venir aux funérailles. Je n'y ai pas cru une seconde, mais je peux comprendre sa réticence. Lord Brundon nous a dit qu'elle était jolie, fidèle en amitié, solaire et drôle.

— On dirait qu'il parle d'un chien. Elle a aussi le museau froid et humide ?

Elliott contempla l'homme assis en face de lui.

— Si vous ne voulez pas vous marier, je ne vois pas l'intérêt de se précipiter pour faire des travaux ici.

— Quel est le malotru qui, après avoir ignoré sa fiancée pendant un an puis lui avoir annoncé que le mariage aurait lieu dans six semaines, reviendrait finalement sur sa parole ? Voyons ! Si j'avais voulu éviter cette union, je l'aurais fait il y a un an. Aujourd'hui, je passerais pour un scélérat, ou pire : un scélérat doublé d'un lâche.

Elliott s'éclaircit la voix et but une gorgée de son verre rempli à ras bord. Ce soir, James et lui avaient réalisé une prouesse inattendue et il ne voulait à aucun prix gâcher cette paix fragile. Mais il avait dit ce qu'il pensait, et cela avait marché une fois. Peut-être cela valait-il la peine de recommencer.

— Si cette soudaine réticence de votre part est en lien avec une certaine dame de compagnie, je...

— Foutaises ! Un duc, surtout avec la réputation que je traîne, ne peut se commettre avec une dame de compagnie. Et quelle que soit mon... attirance pour cette personne, je ne suis pas un vulgaire péquenaud qui s'émeut à la vue du premier jupon qui passe. J'ai connu bien des aventures dans le passé, sans y laisser mon cœur ou mon esprit. Et ce n'est pas près de m'arriver, si c'est ce que vous sous-entendez.

Bien que ce soit effectivement ce qu'Elliott avait soupçonné, il ne l'aurait jamais dit à voix haute.

— Je me demande seulement... Voyez-vous, vous avez dit que vous ne pensiez à personne en particulier, mais nous n'étions pas en très bons termes à l'époque. Y avait-il vraiment quelqu'un d'autre que vous auriez préféré épouser, si votre père n'avait pas pris cet engagement pour vous ?

— C'est exactement ce que je me suis demandé quand j'ai reçu sa lettre, mais je n'ai pas réussi à trouver un seul fichu nom, lâcha James en soupirant et en pianotant des doigts sur le bureau. Mabel n'est pas tout à fait une domestique, mais pour les gens de Mayfair, elle n'en est pas loin. Si j'étais vraiment majordome… Mais je ne le suis pas. Pas même à ses yeux, enfin plus depuis un moment. Je suis un majordome, un joueur ruiné, et le rejeton illégitime d'un duc. Mon Dieu, quelle horreur ! (Il fit un effort pour se reprendre.) Mais est-ce si étrange que je me sente attiré par une femme qui n'hésite pas à me dire mes quatre vérités, qui me fait part de ses opinions en toute franchise, qui n'a pas essayé de me mettre le grappin dessus et qui ne m'inonde pas de vers rimant avec « inviolable verrou » ?

Avec un gloussement, Elliott vida la moitié de son verre. Quelle soirée mémorable, en fin de compte.

— Votre future femme, elle non plus, n'a pas essayé de vous écrire de poèmes.

— C'est vrai. Et cela plaide en sa faveur. Bien sûr, cela me préoccupe aussi de savoir à quoi elle peut bien ressembler. Mabel Gooster, en dépit de son nom ridicule, a l'avantage d'être une jolie jeune femme à l'esprit vif.

— Peut-être lady Margaret est-elle très estimée dans le Devon et est-elle soulagée d'être fiancée à un homme qui n'en veut ni à son argent ni à sa beauté.

— Si seulement vous étiez dans le vrai, Elliott ! s'exclama James avant de se redresser. Revenons à nos affaires, voulez-vous ?

— Tant que nous sommes en bons termes, fit Elliott, qui ne s'était pas senti aussi optimiste depuis des années, puis-je vous convaincre de reprendre

Goodfrey à votre service ? Cet homme est une vraie plaie !

James ricana.

— Vous n'imaginez pas le nombre de fois où je l'ai envoyé paître. « Goodfrey Fichez-moi-le-camp » : on devrait l'appeler comme ça. Et non, je n'en veux pas. Je suis assez content de l'avoir sur le dos seulement pour nouer mes cravates, en ce moment. Je suis presque capable de le faire tout seul.

— Voilà des années que je sais le faire.

— Alors, ça vous fera des vacances.

21

Basil Goodfrey

— Goodfrey, je ne mettrai pas de cravate aujourd'hui, déclara Sa Grâce, le duc d'Earnhurst, en lui lançant le bout de tissu.

Basil Goodfrey, habitué à se voir lancer des objets, l'attrapa au vol et le serra contre sa poitrine.

— Je vous supplie d'y réfléchir à deux fois, Votre Grâce. Aujourd'hui vous jouez le rôle d'un majordome, mais il y en a ici qui ne vous considéreront jamais comme un duc si vous ne conservez pas un certain niveau de dignité.

— Ce n'est pas un bout de tissu autour du cou qui va décider de ma dignité, commenta le duc en boutonnant lui-même son gilet comme un seigneur barbare du Moyen Âge. Et je l'abîmerais, en travaillant dans le jardin. D'ailleurs, il fait bien trop chaud pour porter ça dehors.

Goodfrey en aurait pleuré. Évidemment qu'une cravate contribuait à donner de l'allure à quelqu'un ! Depuis qu'elle avait décidé de jouer au majordome, Sa Grâce n'avait cessé de s'abaisser à commettre toutes sortes de sottises. Porter des domestiques dans ses bras, les pousser dans des chaises roulantes, jouer aux cartes avec eux… Il était, Dieu merci, resté sobre la plupart du temps.

— Votre Grâce, voilà deux jours que je vous rappelle que les ducs ne jardinent pas. J'irai jusqu'à dire qu'un duc ne devrait jamais s'adonner en public à une activité qui nécessite d'enlever sa cravate ou un autre vêtement, hormis son gant – et ce seulement pour gifler une personne.

— Je perfectionne mon déguisement. Et je vous répète une fois de plus que je ne suis plus duc, pour le moment. Je suis majordome. Et un majordome qui jardine. Maintenant, laissez-moi et allez aider Riniken à s'habiller.

— Mais vous n'êtes duc que depuis trois cent soixante-seize jours. Et pendant les premiers trois cent soixante-cinq jours, j'ai été contraint de vous voir vêtu de couleurs sinistres, sans égard pour votre rang ou pour la... mode. Voilà six jours que je ronge mon frein en vous voyant habillé d'une façon insensée, avec les manches de votre chemise relevées jusqu'aux coudes, sans redingote, les cheveux décoiffés – qui, d'ailleurs, pardonnez mon audace, ont besoin d'une bonne coupe. En résumé, j'ai eu droit en tout et pour tout à cinq jours pendant lesquels j'ai pu vous habiller conformément à votre rang et à votre titre. Savez-vous à quel point il est remarquable pour un valet de chambre de s'élever à la position qui est la mienne ? Il est extrêmement rare d'être au service d'un duc ! Cette situation est inadmissible.

Le duc jeta un coup d'œil à sa redingote jetée sans soin sur le dossier de l'unique chaise de la cellule qui lui servait de chambre, puis il se dirigea vers la porte en laissant le vêtement derrière lui.

— C'est peut-être rare, mais vous devriez me remercier d'avoir la chance de vous faire la main sur Riniken. Vous avez tout loisir de commettre des bourdes et des faux pas avant que nous retournions à Londres et que je redevienne moi-même.

Goodfrey songea que certains valets auraient en effet été enchantés de pouvoir s'exercer sur un faux duc avant de se lancer pour de bon. Mais il avait été pendant sept ans au service du marquis de Duffy et il connaissait ses habitudes. Il savait quelles étaient ses couleurs préférées, quels artifices il dédaignait et sur quel revers accrocher une épingle. Il se préparait depuis sept ans, sachant qu'un jour le marquis accéderait au rang de duc. Et maintenant que c'était le cas, on lui ôtait toute possibilité de briller.

— Voilà sept ans que je m'exerce sans relâche, Votre Grâce.

— Goodfrey ! Fichez-moi le camp, nom de Dieu !

Goodfrey se disait parfois que c'était devenu son nom. Il s'était entendu crier « Goodfrey, fichez-moi le camp ! » plus de fois qu'il ne pouvait compter. Il aurait pu le tolérer de la part de son employeur, mais voilà que ce maudit régisseur s'y était mis lui aussi. Secouant la tête, il quitta le quartier des domestiques pour regagner la chambre de son maître à l'étage.

La porte de la demoiselle de compagnie était grande ouverte, comme souvent, et il ralentit à son approche. Quand les deux femmes étaient ensemble, leurs conversations étaient généralement distrayantes, sinon saugrenues.

— ... manqué me faire tomber tête la première hier en descendant l'escalier, disait celle qui était blessée.

— Je doute qu'il y ait beaucoup de domestiques qui sachent porter une femme convenablement, ironisa l'autre, pince-sans-rire.

— James, lui, a l'air de savoir se débrouiller.

— James travaille dans le jardin en ce moment.

— Oui, je m'en suis aperçue. Cela m'ennuie. Ce n'est pas qu'il me manque et je suis très contente de vous aider à vérifier les livres de la bibliothèque, mais j'aime sa conversation.

— Ainsi que sa belle apparence.

— En parlant d'apparence, pourquoi le duc a-t-il rasé sa moustache ? Je pensais que cela lui irait mieux, mais hélas il semble encore plus rebutant comme ça. Je m'étais imaginé qu'il souriait de temps à autre derrière cette chose. Maintenant, je n'ai plus aucune illusion à laquelle me raccrocher.

La lady toussota.

— Les cerveaux masculins sont souvent complexes, ma chère. Mais si vous discutiez avec lui, vous verriez qu'il n'est pas aussi sévère que vous l'imaginez.

— Je n'ai pas besoin d'imaginer quoi que ce soit, rétorqua la plus jeune. Je sais ce qu'il en est. Non, je préfère de beaucoup James.

— Très chère, dois-je vous rappeler que James n'est qu'un majordome ? Un fils illégitime qui ne doit qu'à ses origines d'avoir été embauché ici ?

— Je sais, je sais, fit la dame de compagnie en soupirant. Peut-être devrions-nous nous rappeler à nous-mêmes notre situation. Je commence : « Margaret, n'oublie pas que tu es fiancée à un duc. »

— À moi : « Clara, souviens-toi que tu as une multitude de causes désespérées qui te réclament à Londres. »

— Oh ! À mon tour : « J'aime bien un majordome. Je suis consciente que je ne pourrai jamais l'épouser, mais je suis juste... Il... Quand je suis avec lui, le monde me paraît plus beau, plus doux. Mais j'ai aussi l'impression qu'il m'évite depuis deux jours. Je lui ai dit que ses baisers ne m'avaient pas offensée et il est resté très aimable par la suite, mais... »

Une chaise racla violemment le plancher.

— Ses *quoi* ? siffla lady Sophronia.

— Oh ! J'étais sûre que vous réagiriez comme ça. Ce n'est pas grave.

— Comment, « pas grave » ! Et si le duc vous avait vus ? Et si…

— Stop ! Nous serons bientôt parties d'ici et nous oublierons tout ce qui s'est passé.

— Faites attention, ma chère. Une fois à Londres, que personne ne sache que vous avez embrassé un majordome. Surtout si vous avez l'intention de vous trouver un mari. Aucun pair ne supportera de passer après un domestique.

— Il a effleuré mes lèvres, rien de plus. Maintenant, auriez-vous la gentillesse d'aller chercher le valet de pied, Timothy, pour m'aider à descendre ? Je préfère éviter Randall, cette fois-ci.

Une main sur la poitrine et l'autre sur la bouche, Goodfrey pivota, remonta le couloir avant de refaire demi-tour et d'avancer de nouveau. Cette stratégie, qu'il avait perfectionnée, lui avait permis plus d'une fois de ne pas être surpris en train d'écouter aux portes. Il se félicita de sa prudence car la lady sortit de la chambre et jeta un coup d'œil dans le couloir. Il la salua.

— Bonjour, milady.

— Goodfrey, fit-elle simplement avant de s'éloigner de son allure impériale et presque comique.

Juste ciel ! Margare ! Lady Sophronia Frumple avait été appelée sous un autre nom par son amie, et ce prénom était Margaret. Et Mabel se nommait en réalité Clara. Goodfrey en oubliait presque de respirer. *Oh, mais c'est énorme !*

Il se mit à courir, descendit quatre à quatre l'escalier de service et tomba sur le duc qui déjeunait dans la cuisine comme un simple valet.

— Votre Gr… James ! Il faut que je vous parle, je vous en prie.

— Mais vous venez de me quitter. Allez-vous-en.

— Sur mon honneur, je dois vous parler en tête à tête.

Grommelant, Sa Grâce se leva de son banc et se dirigea vers la porte de la cuisine.

— Allons dehors, dit-il en faisant signe à Goodfrey de passer devant.

Goodfrey ne savait plus par où commencer, ni même comment s'y prendre pour lui annoncer la nouvelle. Il se trompait peut-être, songea-t-il, et Margaret pouvait être une autre Margaret. Mais il ne connaissait aucune autre demoiselle de ce nom et de cet âge qui soit fiancée à un duc.

— Alors ? s'enquit le duc en s'écartant un peu du château.

— Je… Enfin, j'ai entendu quelque chose qu'il faut que vous sachiez.

— Si Elliott Riniken menace de vous renvoyer, ne craignez rien. Je suis le seul autorisé à vous congédier.

— Ce n'est pas cela, Votre Grâce. Je n'ai pas encore vu M. Riniken, ce matin.

— Il doit prendre son petit déjeuner avec lady Sophronia. Il faut que vous montiez l'aider à se tenir de façon civilisée.

— Mais c'est précisément le sujet, Votre Grâce ! Je ne crois pas… (Il baissa la voix et se rapprocha.) Lady Sophronia n'est pas lady Sophronia.

Les sourcils du duc dessinèrent des accents circonflexes.

— Comment ça ? Nom d'une pipe, pouvez-vous cesser de parler par énigmes ?

Le valet reprit sa respiration.

— Je passais devant la porte de la demoiselle de compagnie et il se trouve que j'ai entendu par hasard une conversation, expliqua-t-il.

— Vous écoutez aux portes ? Bravo, Goodfrey ! Qu'avez-vous découvert ?

— La dame de compagnie, Mabel, a appelé sa maîtresse « Margaret » et elle lui a rappelé qu'elle était fiancée à un duc. Et ensuite, la Margaret en question a appelé sa compagne « Clara » et lui a dit qu'elle avait une cause qui la réclamait à Londres.

Sa Grâce fit un pas en arrière.

— Non, ce n'est pas...

— Ou était-ce qu'elle avait une cause pour se rendre à Londres ? Je ne me souviens plus très bien de ce passage-là, parce que mon cœur a bondi dans ma poitrine quand j'ai entendu que cette dame s'appelait Margaret et qu'elle était fiancée à un duc. Vous connaissez beaucoup de Margaret fiancées à des ducs ?

— Mais cela n'a aucun sens ! s'écria Earnhurst, dont le teint avait viré au gris et commençait à se décomposer.

— Vous devriez peut-être vous asseoir, Votre Grâce. Ce n'est pas le moment de nous faire une crise d'apoplexie.

— Je ne fais pas de crise d'apoplexie ! Je vous dis que vous avez mal compris ces dames.

— Non, je vous assure. Sa porte était ouverte. J'ai parfaitement entendu.

— Qu'ont-elles dit d'autre ?

— La suivante – Clara, je présume – a dit qu'elle aimait bien le majordome – c'est-à-dire vous, je crois... et qu'elle vous avait embrassé. Cela a contrarié lady Sophronia parce que Mabel est censée se trouver un mari à Londres et que cela met sa réputation en danger. Oh ! Et Randall a failli laisser tomber Mabel – Clara – dans l'escalier hier quand il l'a portée jusqu'à la bibliothèque, et lady Sophronia – Margaret – est partie chercher Timothy pour aider Mabel à descendre, ce matin.

Au cours de toutes ses années au service de James Clay, Goodfrey l'avait souvent vu dans des situations douteuses, en compagnie douteuse et livré à des occupations douteuses. Mais jamais il ne l'avait vu aussi décontenancé.

— Je..., commença Sa Grâce. (Il revint vers la porte, s'arrêta et fit de nouveau demi-tour.) Lady Sophronia est lady Margaret ? marmonna-t-il, une main sur la poitrine. C'est... Je...

— Que devons-nous faire ? insista Goodfrey avant que son employeur commence à tourner sur lui-même en creusant un trou dans le sol.

— Nous ? *Nous* n'allons rien faire du tout ! *Je* vais aller trouver Riniken et vous allez venir avec moi.

Ils allaient donc faire quelque chose, mais si Goodfrey l'avait souligné, il se serait fait tirer l'oreille, voire pire, alors il se contenta de hocher la tête et de lui emboîter le pas pour revenir au manoir. Ils remontèrent l'escalier de service à toute allure et traversèrent si rapidement le couloir que le fidèle valet fut obligé de galoper pour suivre son maître.

Après quelques jours à écouter scrupuleusement dans le couloir les conversations de ces dames, il avait commencé à se demander si elles n'étaient pas deux criminelles venues dérober quelque chose dans la maison. Mais maintenant, ces rebondissements lui donnaient presque envie de courir la campagne en hurlant. Dieu du ciel, il était bien trop civilisé pour supporter cela. Dès qu'ils arrivèrent devant la chambre du duc, ce dernier martela la porte du poing.

— Entrez !

Le régisseur était déjà réveillé. Il était matinal, de toute façon ; il faisait partie de ces anciens militaires qui continuent à se lever à l'aube bien après avoir quitté le service. C'était sacrément agaçant. Un vrai gentleman faisait la grasse matinée.

— Elliott, dit le duc en entrant rapidement dans la pièce et en tirant Goodfrey derrière lui, avant de claquer la porte et de tirer le verrou. Je crois que nous avons un problème.

Ils avaient effectivement un problème, car une fois de plus M. Riniken portait un de ses costumes très simples et de facture ordinaire. Une nouvelle garde-robe avait été livrée la veille en provenance du village ; Goodfrey savait donc pertinemment que le régisseur avait les moyens de ressembler à un duc, et pourtant il refusait toujours de s'habiller selon son rang.

— Encore un ? De quoi s'agit-il, cette fois-ci ? demanda M. Riniken en décochant un regard de biais à Goodfrey. J'ai rendez-vous avec un architecte après le petit déjeuner, et je ne voudrais pas passer pour un incompétent et un idiot. Ce qui explique ma tenue pratique. Écartez-vous de mon armoire.

Ignorant Riniken, Basil fondit sur les piles de vêtements.

— Trois nouveaux costumes sont arrivés hier. Chacun d'eux est cent fois plus approprié pour superviser des ouvriers que votre... que *ça* ! s'exclama-t-il en désignant la redingote marron, le gilet marron et le pantalon marron que portait Riniken. Vous ressemblez à un tronc d'arbre. Un arbre sans écureuil, maintenant que vous vous êtes débarrassé de cette atrocité que vous aviez sous le nez – Dieu et ses anges en soient loués –, mais un arbre tout de même.

— Vous êtes aussi insolent avec James ?

— À longueur de journée, commenta Sa Grâce. Taisez-vous, Goodfrey. Dites à Riniken ce que vous avez entendu ce matin.

Il pouvait difficilement se taire et parler en même temps, mais il était vrai qu'il s'était un peu écarté du sujet. Racontant une fois de plus le moment où il avait écouté à la porte, il répéta ce qu'il avait dit au duc, y ajoutant cette fois quelques bribes de conversations avant même qu'on lui demande ce qu'il avait entendu d'autre.

Le régisseur ouvrit et referma la bouche à plusieurs reprises, comme un poisson sorti de l'eau.

— Je… je ne comprends pas.

— Mais si ! Prenez juste votre temps, insista le duc qui retrouvait ses esprits et sa malice.

— Vous voulez dire que lady Sophronia Frumple serait Mlle Margaret Pinwell ? finit par bredouiller Riniken avant de se laisser tomber sur une chaise.

— Ça m'en a tout l'air.

L'expression du duc s'était assombrie. Soudain, il attrapa une tasse à thé et la lança contre le mur, où elle se brisa en mille morceaux.

— Je ne peux même pas leur en vouloir pour cette comédie, puisque nous avons fait la même chose de notre côté, gronda-t-il. Mais, à notre décharge, nous les prenions pour des inconnues. Elles, en revanche, savaient parfaitement *qui* elles allaient voir : l'homme que Margaret s'était engagée à épouser.

— Il est vrai qu'elles ont eu l'air étonnées d'apprendre que le duc était chez lui quand elles sont arrivées, dit M. Riniken, réfléchissant tout haut. Peut-être votre fiancée désirait-elle seulement jeter un coup d'œil à Earnhurst Manor, et votre présence l'aura surprise. Et ensuite, la chute dans l'escalier de sa femme de chambre – son amie, j'imagine – les aura retenues ici.

Sa Grâce s'emporta de nouveau.

— J'aurais dû m'en douter ! Sophronia Frumple ? Mabel Gooster ? Comment des noms aussi affreux auraient-ils pu être réels, surtout les deux en même temps ! Vous imaginez deux amies frappées d'une telle malchance ?

— Goodfrey, vous êtes absolument certain de ce que vous avez entendu ? Sûr de ces noms-là, et certain que Margaret est celle qui n'est pas blessée et est fiancée à un duc ?

— Oui, monsieur Riniken. J'en suis sûr et certain. En mon âme et conscience, je vous le jure.

Les deux hommes, le duc et le régisseur, se regardèrent. Finalement, M. Riniken s'éclaircit la voix.

— Dans ce cas, James, il faut que nous leur révélions votre véritable identité.

— Pourquoi le ferais-je ? Elles aussi nous mentent.

— Mais vous êtes...

— N'allez pas me dire que nous sommes fiancés ! aboya Sa Grâce en pointant un doigt accusateur vers le régisseur. Elle est venue ici sous un prétexte trompeur. *Nous*, nous pensions seulement mystifier deux femmes indiscrètes.

— Quoi qu'il en soit, il faut que vous en profitiez pour faire sa connaissance, à moins que vous ne vouliez rompre votre engagement.

— Oh, si vous saviez comme j'en ai envie ! Mais alors, qui est cette Clara qu'elle trimballe avec elle ?

Encore l'autre jeune femme ! Mais qu'est-ce que Sa Grâce pouvait bien trouver à cette fille qui n'était guère plus qu'une domestique ? Goodfrey n'y comprenait rien. Un homme qui avait dansé, flirté et souvent couché avec les femmes les plus en vue de la capitale. *Une domestique !* En tant que valet de chambre d'un duc, il n'était pas sûr de survivre à cette honte.

— James...

Le régisseur ferma les yeux un instant et Goodfrey eut un mouvement de recul. S'il devait y avoir du grabuge, mieux valait se tenir à distance.

— Et que diriez-vous si je n'avais pas envie de faire sa connaissance, Elliott ?

— Je... Peut-être pouvons-nous jouer cette partie sans nous dévoiler. Elles vous prennent pour mon frère illégitime. Et si je...

— Je vous demande pardon ? le coupa Goodfrey. Seigneur Jésus ! Un bâtard, à présent ? En plus d'un majordome ?

Mon Dieu, quelle horreur !

— Oui, je suis un bâtard, répliqua le duc. Eh bien quoi, Elliott ?

— Je ne me sens pas bien, annonça Goodfrey en s'asseyant sur la chaise la plus proche.

Bien entendu, ils ne firent aucune attention à lui.

— Je pourrais lui dire que je vous familiarise aux usages en cours dans la bonne société, expliqua Riniken. Invitons-la à prendre le thé, et vous pourrez parler tous les deux. Nous n'enfreindrons aucune règle de bienséance, en présence d'un chaperon, et elle ne saura pas que nous avons découvert son secret.

— Sauf que vous oubliez que je suis votre majordome et que ma place n'est pas dans la bonne société, mais au point où nous en sommes... Que ferons-nous de Mabel ? Ou plutôt de Clara – ce qui est, Dieu soit loué, un nom plus acceptable.

— Elle n'a rien à faire dans cette histoire. Vous êtes, vous et lady Margaret, les seuls concernés. Et honnêtement, James, elle est délicieuse.

— Ne me dites pas que vous vous retirez de la course ? Je sais qu'elle vous plaît beaucoup. Alors laissez-moi émettre des doutes sur votre magnanimité.

— Elle s'est comportée en lady dès le départ, alors que moi j'ai fait semblant d'être un gentleman. J'ai beau l'admirer... énormément, nous n'avions pas d'avenir ensemble.

— Mais elle croit que vous êtes le duc ! Que vous êtes moi ! Elle aime l'homme qu'elle est censée devoir épouser, même s'il n'est pas lui et qu'elle n'est pas celle qu'elle prétend être non plus ! Je vous parie dix livres que vous avez rasé votre moustache à cause d'elle. Comment diable allons-nous nous extirper de cette situation ?

— Je n'en ai pas la moindre idée, mon garçon.

— Franchement, intervint Goodfrey, je n'arrive même pas à comprendre au départ comment elle a pu vous prendre pour le duc d'Earnhurst, parce que jamais je n'aurais laissé Sa Grâce s'habiller si vilainement. Elle a peut-être deviné qui vous étiez. Moi, j'aurais tout de suite su lequel de vous deux était le duc.

— J'ai besoin de boire, marmonna Sa Grâce en cédant à la tentation d'un verre d'alcool.

— Versez-m'en un aussi, s'il vous plaît, lui glissa Riniken.

— Moi non plus, je ne dirais pas non, murmura Basil.

Mais, comme toujours, personne ne l'écouta.

22

Clara Bosley

— Je n'ai trouvé personne en cuisine, alors je vous ai préparé une petite collation, dit Clara en déposant un plateau sur les genoux de Meg. Avec trois sucres et de la crème, c'est bien ça ?

— Oui, merci. Je me demande bien où ils sont tous passés, ce matin. La maison grouille d'ouvriers. J'ai même cru que l'un d'entre eux essayait de rentrer par ma fenêtre, tout à l'heure. À moins que cela ne soit une chouette. Ça m'a fait sursauter.

Clara ouvrit les rideaux de la fenêtre de Meg, pour tenter de jeter un coup d'œil au jardin dévasté où bourdonnaient les artisans. Mais à présent, on n'y voyait plus rien puisqu'un hêtre avait été planté à deux pas de la maison, juste devant les deux fenêtres dont il bouchait complètement la vue.

— Vous avez un arbre immense qui obstrue votre fenêtre.

— Mais c'est idiot !

— Cela explique le bruit que vous entendez, mais pourquoi l'ont-ils mis juste *là* ?

— Ne me posez pas la question. (Meg leva les yeux et se remit à tourner les pages d'un livre qui ne semblait pas la passionner outre mesure.) Vous êtes la seule qui soit venue me voir ces deux derniers jours, hormis le valet de chambre du duc qui s'est contenté de passer la tête par la porte hier pour me dire qu'il cherchait Earnhurst. Je me demande bien pourquoi il aurait été ici ! Mais j'en ai profité pour lui demander ce qu'il pensait de son employeur.

— Excellente idée, approuva Clara.

Alors même qu'elle avait constamment poussé Meg à garder l'esprit ouvert, celle-ci cherchait toujours à se persuader qu'Earnhurst était un affreux personnage, et son antipathie pour le duc prouvait au moins que les pensées coupables de Clara pour ce dernier ne représentaient pas une trahison vis-à-vis de sa propre nièce. *Juste ciel, Clara !*

— Je suis sûre que son valet le connaît mieux que personne. Qu'a-t-il dit ?

— Il m'a dit que son avis ne me regardait pas, et je lui ai répondu qu'il était mal élevé. Alors il m'a rétorqué que non, que c'était moi qui étais impolie. Je lui ai dit qu'il s'habillait comme un dandy, et il m'a dit que si j'avais un peu de jugeote, je me sauverais d'ici tout de suite en vous emmenant avec moi, parce que tout le monde est fou à lier dans cette maison.

— Comme c'est étrange !

— Je voulais le chasser, mais avec une seule jambe... Alors je me suis contentée de lui adresser un regard courroucé en disant que c'était surtout lui qui avait perdu la raison. Il m'a dit qu'il aimerait mieux que ce soit le cas. En termes de visite, c'était intéressant mais pas très productif.

— Je l'ai aperçu il y a environ une demi-heure. Vous n'auriez pas dû insulter un domestique, mais comme il vous prend vous aussi pour une domestique, ce n'est pas grave. Et c'est vraiment un homme excessivement précieux. À côté de lui, le duc paraît terne. Oh, à propos ! Randall a dit qu'une nouvelle recrue arrivait aujourd'hui pour aider Mme Carvey à la cuisine. Votre majordome a l'air de se décider enfin à embaucher du personnel.

— Ce n'est pas *mon* majordome.

En revanche, le duc était *son* duc, et il le resterait jusqu'à ce qu'elles s'échappent et qu'elles écrivent aux parents de Meg pour leur annoncer le contraire. La jeune femme voulait des preuves pour se dédire. Clara aurait dû concentrer tous ses efforts sur cette mission, or la vérité était qu'elle se plaisait en compagnie d'Earnhurst, bien plus qu'avec n'importe quel autre homme, et qu'elle s'était surprise plusieurs fois à se poser des questions sur lui : s'il était le scélérat dont tout le monde parlait, pourquoi s'était-il excusé de l'avoir embrassée ? Et pourquoi n'avait-il pas essayé de recommencer ? Horrifiée à l'idée d'être tombée amoureuse du fiancé de sa propre nièce, elle en perdait le sommeil, mais pour la première fois ses pensées échappaient à toute logique.

En dépit du tumulte qui régnait dans sa poitrine, sa mission se poursuivait. Meg refusait toujours d'envisager un mariage, et Clara continuait à presser sa nièce de ne pas fermer son esprit. Mais dans son cœur, en revanche, elle nourrissait un tendre sentiment pour le duc d'Earnhurst. Et oui, même si jamais il ne l'aurait avoué, elle savait qu'il avait rasé sa moustache pour la première fois en vingt ans parce qu'elle s'en était plainte. Il était très beau ainsi. Elle en avait des palpitations.

— J'ai pensé à quelque chose, dit-elle en suivant le fil de ses pensées.

Ce n'était pas elle qui comptait. Elle avait presque vingt-huit ans et assumait parfaitement son célibat. C'était Meg qui importait.

— À quel sujet ?

— Il faut que vous parliez avec Earnhurst. Je vous le promets : il est en train de changer. Il n'est pas celui dont parlent les rubriques mondaines.

Oh, il est tellement plus que cela !

— Mais comment comptez-vous arranger une discussion entre nous ? Mis à part le fait que je suis une domestique, pour le moment, et donc invisible à ses yeux, je suis coincée dans cette chambre. Le Dr Grimsby ne reviendra pas avant deux jours au mieux, et ce n'est pas certain qu'il m'autorise à marcher à ce moment-là.

— Pour votre information, sachez que le duc s'enquiert de votre santé chaque matin. Mais laissez-moi réfléchir. Si je l'invitais à venir prendre une tasse de thé, avec vous comme chaperon ? Après tout, aux yeux de tous, vous êtes la raison de notre présence ici.

— Ne compliquez pas trop les choses. Et n'espérez aucun effort de ma part. Je ne changerai pas d'avis. Il est toujours le Pirate, il a toujours vingt ans de plus que moi, il est toujours celui qui a laissé le domaine tomber en ruine quasiment sous ses yeux, qui a obligé son demi-frère à travailler pour lui comme majordome, qui n'a pas assisté aux funérailles de son père. Et que je ne trouve pas beau, même sans moustache. Vraiment pas.

Clara se rendait compte que la liste des griefs de Meg semblait s'allonger chaque fois qu'elle l'énumérait. Elle, de son côté, s'ingéniait à trouver une raison ou une excuse pour chaque défaut que citait Meg. Et elle voyait aussi chez lui tous les bons aspects : son esprit vif, son sens du devoir, son intérêt pour l'art et la littérature, son attachement profond pour Earnhurst Manor. Il était même en faveur du vote des femmes !

— Eh bien, admirez tout de même la somme de travaux qui est réalisée ici en ce moment, dit-elle avec vivacité. Oui, par l'un et par l'autre. Ces deux-là ne sont donc pas en si mauvais termes que vous le croyez.

Chaque phrase que prononçait Meg ces derniers jours faisait allusion à James, et l'idée qu'ils s'étaient embrassés continuait à perturber Clara. Il était clair que cette pauvre petite avait besoin de s'occuper, plutôt que de se morfondre dans ses pensées. Aller s'amouracher d'un majordome au moment où Mayfair s'apprêtait à lui ouvrir ses portes ? Étant donné qu'elle ne pourrait faire son entrée dans les cercles huppés de la capitale qu'après la rupture de ses fiançailles avec le duc, il fallait donc que Meg soit excessivement prudente pour éviter d'être éclaboussée par le scandale. Or se commettre avec un majordome constituait un énorme scandale. Clara était parfaitement consciente de piétiner tous ses discours sur la valeur des hommes qui se faisaient tout seuls, mais pour l'amour du ciel, il s'agissait de sa nièce !

— Je ne sais toujours pas quoi penser de James, poursuivit Meg, confirmant les soupçons de sa tante. Compte tenu de ses aptitudes, et si je n'avais pas vu ce portrait, j'aurais volontiers cru que le duc l'avait battu à une partie de pharaon et qu'il payait sa dette.

Avec un petit rire sarcastique, Clara rajusta la couverture sur le pied de Meg.

— Je vais essayer de vous faire installer une méridienne ou une chaise longue dans la bibliothèque, aujourd'hui. Hier, vous n'aviez pas l'air très à l'aise avec les jambes posées sur cette pile d'almanachs.

— Y a-t-il seulement une chaise longue ici ? Je ne comprends toujours pas le fonctionnement de cette maison : un personnel plus que réduit, un majordome qui grignote pendant le déjeuner de son maître et qui chaparde du thé dans les placards…

— Comme vous l'avez dit, cette maison est une vraie fourmilière avec tous ces artisans. Je suis sûre que j'arriverai à en persuader un ou deux de m'aider à transporter une banquette, fit Clara en battant des cils.

Meg ouvrit des yeux ronds et porta une main à sa poitrine en simulant l'effroi.

— Qu'est-ce donc ? *Vous !* Vous abaissant à user de vos charmes féminins pour gagner des hommes à votre cause ? Mais que diraient vos amies suffragettes ?

— Elles diraient que si les hommes sont assez bêtes pour se laisser mener par des battements de cils et un sourire, tant mieux pour moi si je réussis à les utiliser à mon gré.

Sa nièce éclata de rire, comme elle s'y attendait. Vu l'humeur plutôt joyeuse de Meg en dépit de son confinement, Clara décida de garder pour elle l'évolution de son opinion au sujet du duc. Ce n'était pas seulement parce qu'il ne correspondait pas aux rumeurs qui circulaient sur lui, ni parce qu'elle s'était entichée de lui. Elle ne se souvenait pas d'avoir lu qu'il ait été dans l'armée, qui plus est avec son père pendant un temps, mais il avait servi son pays, ça oui ! Et fort bien. Dans ses récits, elle entendait l'affection qu'il portait à ses hommes et elle aurait mis sa main à couper que l'estime et le respect avaient été réciproques. Elle avait perçu la fierté dans sa voix quand il parlait de ses états de service et elle trouvait cela admirable.

Son père à elle avait également été fier de sa carrière militaire ; elle adorait quand il lui racontait ses aventures, certaines à dresser les cheveux sur la tête, et elle savait déceler l'accent de la vérité. Elle savait aussi comment confondre un menteur et elle en avait rencontré plusieurs lors de son dernier séjour à Londres. Ceux qui s'étaient acheté une charge d'officier, qui donnaient quelques ordres en espérant qu'avec un peu de chance leurs hommes reviendraient entiers, mais qui restaient à l'arrière comme si leur sang était trop précieux pour être versé, tout cela parce qu'ils étaient aristocrates.

Elle détestait ces hommes-là, ainsi que ceux qui se dérobaient devant le danger ou qui dénigraient ceux qui l'affrontaient pour servir leur pays. Son incapacité à dissimuler son dédain avait rapidement mis un terme à sa saison. Sa mère lui en avait voulu d'avoir tout gâché, mais son père lui avait avoué en secret qu'il était fier d'elle. Dieu merci, Joséphine avait déjà trouvé un très bon parti et elle avait même une fille de dix ans ; sinon, leur mère aurait peut-être remporté la bataille et obligé Clara à corriger ses manières.

— Clara ?

Elle se secoua et regarda Meg.

— Oui ?

— Vous êtes en train de préparer une nouvelle croisade, ou vous vous en remémorez une ancienne ?

— Ni l'un ni l'autre. J'essaie juste de concilier... l'apathie qui prévalait au début dans cette maison avec cette récente explosion d'activité. Qu'est-ce qui a pu changer depuis la semaine dernière ?

— Vous étiez là pour conseiller le duc. Je connais votre force de persuasion, avec ou sans battements de cils. (Meg eut un grand sourire.) Quand vous aimez quelque chose, cela se voit tout de suite, vous savez.

Oh ! Pourvu que ce ne soit pas vrai !

— Et vous êtes sûre que la rénovation d'Earnhurst ne suffira pas à vous faire changer d'avis ? demanda Clara.

Alors même qu'elle posait la question, elle comprit dans un éclair de lucidité qu'elle voulait que Meg acquiesce. Elle avait beau souhaiter de tout cœur que sa nièce admette que le duc avait de bons côtés, elle ne voulait pas que Meg épouse James Clay. Et la raison en était... *Oh, mon Dieu !* Il fallait qu'elle repousse tout de suite cette pensée, et surtout qu'elle ne dise rien. Même si elle aurait pu entrer dans la haute aristocratie par un mariage, elle avait fait son choix depuis longtemps. Elle serait mieux toute seule.

Meg fit la grimace.

— Arrêtez de me poser la question. Je vous ai dit que je tâcherai de rester ouverte à tout pendant quinze jours. Il en reste huit. Je finirai peut-être par croire à ses qualités, mais gardez vos louanges pour vous, Clara. L'opinion que vous avez de lui diffère totalement de la mienne.

— C'est un peu flou comme réponse, mais si j'ai bien compris, rien ne vous fera changer d'avis et honorer la promesse de mariage.

Clara réfléchit un instant en se demandant quelle était la « promesse » qu'elle s'efforçait de respecter. La sienne ou celle de Meg ? Elle prit une grande inspiration et poursuivit :

— Dans ce cas, il est inutile d'attendre encore dix jours jusqu'à ce que nous arrivions à Londres. Vous devriez prévenir vos parents. Ils auront besoin de temps pour se ressaisir et trouver une réponse appropriée. N'oubliez pas que vous vous apprêtez à éconduire un duc !

— Vous avez raison, bien sûr. Je leur ai déjà écrit plusieurs fois pour leur dire que j'adorais Londres et que nous courions les boutiques, mais je n'ai pas parlé de « trousseau ». Je ne leur ai pas dit non plus que j'avais rencontré le duc d'Earnhurst. J'ai seulement évoqué le comportement très courtois des jeunes gens.

Clara fronça les sourcils.

— Mais vous leur aviez dit, avant de partir, que nous nous occuperions de constituer votre trousseau.

— Je veux qu'ils commencent à comprendre que cet accord ne me plaît pas. Quand je le leur écrirai pour de bon, ils seront moins étonnés.

— Certes, mais moi je leur ai écrit hier que nous avions acheté des chemises de nuit et des robes d'intérieur et que nous avions commandé deux nouvelles toilettes. Pour votre trousseau.

Meg la regarda avec stupéfaction.

— Mais pourquoi avez-vous fait cela, Clara ?

— Parce que je n'avais pas compris que vous aviez modifié certains détails de la version que nous avons racontée à tout le monde. Comment serait-ce possible si vous ne me tenez pas au courant ?

— Oh, flûte ! Laissez-moi réfléchir une seconde. (Meg ferma les yeux et les garda ainsi un moment.) J'ai bien dit que nous avions fait les boutiques. J'ai même décrit une robe, une jolie tenue en soie verte ornée de dentelle avec un décolleté en pointe.

— Vous avez poussé loin l'imagination !

— Ce serait sûrement ravissant, en vrai. Il faudra en commander une dès notre arrivée à Londres. Ainsi que des chemises de nuit, une robe d'intérieur et au moins une autre robe encore, pour rester fidèle à votre version. Mais je n'ai pas écrit qu'elles *n'étaient pas* destinées à mon trousseau, Dieu merci ! Vous avez peut-être retardé mon intention de les mettre dans de bonnes dispositions pour discuter de notre arrangement, mais je ne pense pas que nous nous soyons contredites. Ouf !

— Leur avez-vous dit autre chose que je devrais savoir ?

— Je ne crois pas. Je me suis cantonnée à des commentaires assez vagues sur le plaisir que nous tirions de notre séjour. Oh, si ! Je leur ai dit que nous avions dégusté une délicieuse pâtisserie à la crème de noix de pécan, lors de notre arrivée à Pinwell House.

— Une pâtisserie à la crème de noix de pécan, répéta pensivement Clara. Très bien. À l'avenir, retrouvons-nous chaque matin pour nous mettre d'accord sur comment était la journée que nous avons passée la veille à Londres : nous éviterons ainsi le risque de donner des versions différentes.

— Oh oui ! C'est une excellente idée. Nous avons frôlé la catastrophe.

Hochant la tête, Clara tapota la main de sa nièce.

— Mon Dieu, oui ! À présent, patientez un peu. Je vais essayer de voir si je peux convaincre quelqu'un de vous installer une chaise longue dans la bibliothèque avant que vous descendiez l'escalier.

— Je peux me servir de deux chaises, si je n'ai pas le choix. Ce n'est pas très pratique mais ça m'est égal.

Clara quitta la pièce en souriant. Mais dès qu'elle fut dans le couloir, elle s'arrêta et s'appuya d'une main contre le mur. Qu'est-ce qui lui passait par la tête ? Sa sœur aurait certainement voulu qu'elle encourage Meg à accorder une seconde chance au duc, à profiter de cette occasion pour vérifier s'ils nc pouvaient pas au moins devenir amis et étouffer le scandale, à ne pas parler de rupture de fiançailles avant que lord et lady Brundon les aient rejointes à Londres et aient exprimé de nouveau leurs souhaits.

En tant qu'amie, son rôle était d'encourager Meg à se faire une idée par elle-même, à poser sur Earnhurst un regard impartial et à mesurer les avantages et les inconvénients d'un tel mariage. Sa nièce devait opérer un choix mûrement réfléchi et ensuite Clara, au nom de leur amitié, la soutiendrait.

C'est ce qu'elle avait essayé de faire, mais à son corps défendant. Et bien qu'elle soit persuadée du caractère arbitraire des titres et de la superficialité de la plupart des aristocrates, elle ne cessait de songer au fait que la famille Bosley – sa famille – était tout de même issue de la noblesse terrienne et que sa sœur avait réussi à épouser un comte. Si l'une des filles Bosley avait été jugée digne de convoler avec un pair, pourquoi serait-il si surprenant qu'elle en fasse autant ? Évidemment, un comte faisait pâle figure à côté d'un duc, surtout un duc aussi prestigieux qu'Earnhurst, mais finalement Brundon et lui appartenaient au même monde.

Oh, tout cela était absurde ! Une femme de vingt-huit ans ne perdait pas ainsi la tête – et le cœur – en quelques jours. Elle encore moins ! Elle ne pouvait pas faire les yeux doux à un homme fiancé à sa meilleure amie, sa propre nièce, même si celle-ci n'avait aucune intention d'aller au bout de ce projet de mariage.

Clara se redressa et secoua ses mains. Il n'y avait eu entre eux que deux baisers mémorables – deux baisers ardents. Elle pouvait se dire qu'elle savourait simplement la chance insigne d'avoir rencontré quelqu'un avec qui elle pouvait parler de tout, même de sujets *a priori* réservés aux hommes. Il n'avait jamais bronché devant ce qu'elle disait. Oui, c'était bien ça. Elle admirait son intelligence. Elle aimait leurs conversations. Cela n'en faisait pas une aventure pour autant. Et cela ne signifiait pas qu'elle ait voulu jeter son dévolu sur le duc, quels que soient les sentiments de Meg vis-à-vis de ce dernier.

Si seulement elle pouvait se convaincre que c'était vrai !

— Quelque chose ne va pas, milady ?

Clara sursauta et se retrouva nez à nez avec le valet de chambre du duc, celui qui s'habillait comme un dandy et dont elle soupçonnait qu'il était un peu fou.

— Tout va bien, je vous remercie. J'étais simplement en train de réfléchir.

Le domestique hocha la tête – ce qui en soi était un exploit, engoncé comme il l'était dans son col amidonné.

— Je quitte le duc à l'instant. J'ai cru comprendre que vous deviez le rejoindre pour le petit déjeuner. Il me semble qu'il vient de descendre.

— Oui, je m'apprêtais justement à le retrouver. Savez-vous s'il y a une chaise longue dans cette maison ?

— Je n'en ai pas la moindre idée, milady.

— Ah ! Eh bien, bonne journée, Goodfrey.

— Milady.

Quel drôle de personnage. Avec ses cheveux blonds hérissés, cette tenue de dandy et ses souliers ridicules, on aurait presque dit un Arlequin sorti de la commedia dell'arte, sauf qu'il ne se doutait absolument pas qu'il paraissait excentrique. Elle poserait la question à Earnhurst. Il y avait certainement une histoire liée à son embauche.

Elle descendit l'escalier, traversa le vestibule et s'arrêta sur le palier de la pièce où le duc terminait de boire une tasse de thé.

— Je suis en retard, annonça-t-elle.

Surpris, il posa la tasse dans un tintement de porcelaine.

— Mais pas du tout ! Je viens juste de descendre. J'ai eu ce matin plusieurs rendez-vous qui n'étaient pas prévus. Le travail n'en finit jamais, semble-t-il. Vous êtes entrée à pas de loup !

Clara esquissa une petite révérence.

— Ravie que vous l'ayez remarqué. Ou plutôt que vous ne m'ayez pas remarquée. D'ailleurs, je suis assez douée pour traquer le gibier.

Le duc sourit, enchanté.

— Je vous le confirme. Vous m'auriez été fort utile aux Indes.

Elle se versa une tasse de thé et y ajouta un sucre.

— J'aurais tellement aimé me rendre dans ce pays.

Il la dévisagea un instant.

— Vous êtes jeune. Vous aurez peut-être l'occasion d'y aller un jour. Je vous le recommande. Du moins, certains endroits.

— Vous feriez un guide formidable. Et vous n'êtes pas si vieux non plus, Earnhurst, si c'est ce que vous sous-entendez.

Il continuait à la dévisager.

— J'aimerais vous le faire découvrir, dit-il d'un ton presque rêveur.

— Cela me plairait à moi aussi, fit-elle en étouffant un soupir.

— Vraiment ?

Elle s'y voyait déjà, à dos d'éléphant, admirant les merveilleuses statues, les temples, les mosquées et les gurdwaras, s'imprégnant de l'odeur des épices, avec lui à ses côtés, dans son lit... Elle mourait d'envie de l'embrasser encore, de voir quelle en serait la sensation sans sa moustache.

— Vraiment, répéta-t-elle en fixant sa bouche.

Il tendit le bras, saisit sa main et l'attira sur ses genoux. Elle poussa un petit cri de surprise, le cœur cognant tumultueusement dans sa poitrine tandis qu'elle se laissait faire.

Sa main n'avait pas lâché la sienne. Il la regardait intensément.

— Vous avez ma parole que je ne...

Parfois, ces notions d'honneur étaient tout simplement... stupides. De sa main libre, Clara attrapa son revers, se redressa et écrasa sa bouche sur la sienne. Et il répondit à son baiser, la bouche soudée à la sienne, en réclamant... non, en exigeant davantage.

Oh ! S'il n'avait pas été duc – le duc de Meg –, elle n'aurait jamais voulu quitter ses bras. Quel couple formidable ils auraient formé ! Jamais elle n'aurait rêvé trouver un tel partenaire, un ami, qui la considérait comme son égale et qui partageait ses convictions.

— Sophie, murmura-t-il en couvrant de baisers sa gorge et son cou, ce qui lui arracha un gémissement.

Sophie. Mais elle n'était pas Sophie. Elle était Clara Bosley. *Tante* Clara. Elle releva la tête, posa les mains sur sa poitrine et le repoussa.

— Je... Non...

Il tressaillit.

— Non, bien sûr.

Il la prit par la taille et la remit sur ses pieds avant de se lever à son tour.

— Je vous demande pard…

— Non, répéta Clara en l'interrompant. C'était merveilleux. (D'une main un peu tremblante, elle effleura ses lèvres.) Un avant-goût du paradis.

Le duc s'éclaircit la voix.

— Mieux que la dernière fois, j'espère ?

— C'est mieux sans moustache, affirma-t-elle en hochant la tête, toute son attention portée sur son visage.

Oh, elle mourait d'envie qu'il l'embrasse encore !

— Je…

Soudain, il pivota et attrapa un rouleau de papier posé sur la table.

— J'ai deux architectes qui sont en train d'examiner l'aile est, déclara-t-il en se redressant. Ils m'attendent là-bas.

Elle recula, arrangea sa robe et se félicita de la pénurie de domestiques. L'un d'entre eux aurait dû leur servir le petit déjeuner, ce matin. Et alors, tout aurait… Elle aurait été déshonorée. Et Meg… *Oh, mon Dieu.*

— Bien entendu.

— Avant d'y aller, je… je me demandais si vous pouviez me rendre un grand service.

Tout ce que vous voudrez.

— Bien sûr. De quoi s'agit-il ?

Il se mit à tripoter une des manches de sa chemise.

— Sa… James, comme vous l'avez constaté, n'est pas un très bon majordome. Je m'étais dit que, de retour à Londres, je pourrais essayer, petit à petit, de le présenter sous sa véritable identité. Comme un membre de ma famille. C'est peut-être idiot, mais je me demandais si vous accepteriez de prendre le thé avec nous, et nous essaierions de lui enseigner les usages et les sujets de conversation qui conviennent. Ce serait une leçon, en quelque sorte.

Cela lui fit l'effet d'un coup de poing. On marchait sur la tête. Voilà qu'on la prenait pour un parangon de vertu et de politesse, simplement parce qu'elle avait accolé le mot « lady » à son nom. Sa mère en aurait eu une crise d'apoplexie, et son père se serait tenu les côtes de rire.

— Je... Bien sûr. J'allais justement vous proposer de venir prendre le thé dans la chambre de ma dame de compagnie. Elle est très seule à présent que James travaille dans le jardin, et elle est censée me servir de chaperon, de toute façon. James n'aura qu'à nous rejoindre là-haut.

— Cela me convient tout à fait. Disons... 15 heures ?

— Oui. Merci.

— Non, c'est moi qui vous remercie.

Comme il passait devant elle, elle tendit la main et toucha son épaule.

— Earnhurst ?

Le duc s'arrêta net et lui fit face. Ses yeux se posèrent sur sa bouche.

— Oui ?

Oh !

— Je... J'ai trouvé une méridienne dans le salon et je me demandais si je pouvais réquisitionner l'un de vos ouvriers pour la transporter provisoirement dans la bibliothèque. La dernière fois, Mabel était installée en équilibre sur deux chaises et quelques almanachs. Et j'ai peur qu'elle glisse par terre et se refasse mal.

Ce n'était pas du tout ce qu'elle avait eu l'intention de dire, mais elle avait déjà provoqué suffisamment de dégâts.

— Bien entendu. Je vais envoyer quelqu'un tout de suite. Et je vais prévenir James que Mlle Gooster n'aura pas besoin de compagnie aujourd'hui. Même si je ne suis pas sûr de parvenir à l'arracher à son jardin si je le voulais.

— Oui, il s'est pris tout à coup d'une véritable passion pour le jardinage. Mais n'y voyez aucun reproche, ni pour vous ni pour lui.

— Non, non, je suis surpris moi aussi. Agréablement surpris. Cela m'a permis de concentrer mes efforts sur les réparations à l'intérieur de la maison.

— Oui, pour votre mariage. (Elle se força à sourire.) Bon, je ne veux pas vous retenir plus longtemps, si vous avez un rendez-vous.

— Sophie…

— Ne craignez rien, nous verrons Earnhurst Manor retrouver sa splendeur d'antan. Vous, du moins. Je suis contente d'avoir pu vous y aider un peu.

Ce n'était pas ce qu'elle avait voulu dire, mais c'était tout ce dont elle était capable ce matin.

Il hocha la tête, ouvrit et referma la bouche une fois de plus, puis s'éloigna en claudiquant légèrement, comme toujours. Sans qu'elle sache pourquoi, cette vision l'attrista et elle inspira brièvement pour se ressaisir. Tout ce qui se passait ici devait être fait en fonction de Meg. Or, dès que sa nièce aurait officiellement annoncé à Earnhurst que le mariage n'aurait pas lieu, le duc ne voudrait plus jamais les revoir, ni l'une ni l'autre. Elle ne pouvait pas se permettre de rêver à une autre issue.

23

Meg Pinwell

Meg voyait un inconvénient à s'aventurer dans la bibliothèque tous les jours : en plus du risque bien réel d'être lâchée par l'un des valets en descendant l'escalier, il lui fallait s'habiller. Maintenant qu'elle devait se débrouiller quasiment seule, elle ne se moquait plus des vieilles dames qui restaient confinées au lit avec leur chat et une tasse de thé. Non seulement il était confortable de rester en chemise de nuit et en robe d'intérieur, mais cela évitait de devoir réclamer de l'aide pour des broutilles comme les boutons ou les rubans.

Évidemment, porter des vêtements confortables favorisait aussi un sentiment insidieux de... paresse – c'est du moins ainsi qu'elle le percevait. Il ne lui manquait plus qu'un chat et elle serait prête à se transformer en vieille dame.

— Ça suffit, murmura-t-elle en envoyant valser un oreiller.

Elle se redressa et posa avec précaution son pied valide sur le sol, puis elle sauta à cloche-pied jusqu'à l'armoire pour attraper une chemise et une robe de jour légère et souple, en prenant appui sur les meubles de la chambre. Ces tenues simples, qu'elle portait depuis son arrivée, étaient aussi très confortables. Avec son nouveau statut ici, nul besoin de laçages serrés ou de poitrine comprimée. Personne ne faisait attention à une dame de compagnie. À Londres, elle porterait des fanfreluches et aurait besoin d'aide pour s'habiller. Mais pour l'instant, ses deux plus grands défis consistaient à fermer les trois boutons dans son dos et à essayer d'oublier que Clara voulait lui faire rencontrer le duc d'Earnhurst à l'heure du thé.

Pourquoi donc avait-elle accepté ? Sa décision était prise : dans huit jours, elle s'en irait avec Clara et ne remettrait jamais les pieds à Earnhurst Manor. Elle n'aurait certainement plus jamais l'occasion de poser les yeux sur son majordome. Plus de baisers, plus de bavardages, plus de rires insouciants.

— Quel dommage, marmonna-t-elle, appuyée au lit, en essayant vainement d'atteindre la rangée de boutons dans son dos.

James et elle n'avaient aucun avenir ensemble. Et en même temps, elle savait qu'elle le comparerait à tous les hommes qu'elle croiserait à Mayfair et se remémorerait cette sensation de chaleur et d'excitation qu'elle éprouvait en sa compagnie. C'était ridicule ! Elle le savait mieux que personne, et tout en elle, surtout ces pans qui avaient été forgés par les interminables leçons de sa mère sur la bienséance et la respectabilité, se hérissait à la perspective de s'amouracher d'un domestique.

Mais James ne se comportait pas comme tel. Il coupait la parole aux autres, n'en faisait qu'à sa tête, critiquait son maître et demi-frère avec un humour plein d'esprit, se pliait en quatre pour elle parce qu'il en avait envie. Elle le trouvait charmant même quand il était en sueur et couvert de terre et, surtout, il la regardait droit dans les yeux, il lui parlait d'égal à égale et il embrassait comme un dieu. Avec lui, elle oubliait sans cesse qu'il n'était pas une compagnie convenable pour elle.

Normalement, Clara aurait dû regarder avec bienveillance son amitié pour le majordome, car elle affirmait qu'on se faisait une idée de quelqu'un en observant ses actes et son caractère, et elle plaçait en dernier la naissance et les privilèges. Mais on pouvait se poser des questions sur les agissements de James avant qu'il soit rapatrié à Earnhurst contraint et forcé, et Clara n'était pas seulement un esprit réformateur, mais aussi une tante et une amie qui voulait son bien.

À cet instant précis, Meg avait surtout besoin d'aide. En particulier, celle d'une femme de chambre. Elle se tortillait en s'efforçant d'atteindre les boutons dans son dos quand elle... perdit l'équilibre. Dans un bruit sourd, elle tomba sur les fesses, avec seulement un bouton attaché.

— Aïe !

Outre son ecchymose sur la cheville, elle allait se retrouver avec un bleu sur le derrière ! Elle fléchit avec précaution bras et jambes, et plia les doigts en espérant avoir évité une nouvelle entorse. Quelle horreur si elle devait passer le reste de la semaine sur le ventre parce qu'elle s'était cassé le coccyx ! Elle tendit les bras pour attraper le pied de lit, mais celui-ci était trop haut pour qu'elle y prenne appui. Soupirant, elle se mit à quatre pattes et avança sur les mains et les genoux, soulevant comme elle le pouvait sa cheville blessée pour rejoindre la chaise près du lit.

— Pour l'amour du ciel, que faites-vous par terre ?

Meg poussa un cri et faillit piquer du nez.

— Vous auriez pu frapper !

— Mais j'ai frappé. C'est vous qui n'avez pas répondu.

En deux enjambées, James la rejoignit, la souleva et, sans lui laisser le temps de souffler, la déposa sans ménagement sur le lit. Où elle avait déjà passé tout le début de la matinée. *Quelle barbe !*

— Vous avez dû frapper quand je suis tombée sur le derrière… Oh ! Je sais que ça ne se dit pas, mais je me suis fait mal !

Comme il s'écartait du lit, elle en profita pour l'examiner. Il ne portait pas de redingote ; son gilet vert était déboutonné, ses manches étaient roulées jusqu'aux coudes et le tissu blanc de sa chemise, imprégné de sueur, était plaqué sur sa poitrine. De la terre maculait son front, là où il avait dû s'essuyer du revers de la main ; son pantalon et ses bottes étaient poussiéreux et ses cheveux bruns, tout ébouriffés.

— Qu'est-ce que j'ai ? demanda-t-il en se regardant. J'étais en plein travail.

— On dirait que vous venez de faire une course en sac à patates, commenta Meg en se retenant d'ajouter qu'aucun adepte de ce divertissement de foire n'avait le droit d'être aussi séduisant.

Seigneur Jésus !

— Oui, et j'ai perdu, rétorqua-t-il en haussant les épaules avec un petit sourire au coin des lèvres. Vous avez déjà fait remarquer que j'étais un drôle de majordome.

— Mais je n'ai pas dit que cela ne vous allait pas d'être ainsi crotté, fit-elle en serrant les doigts pour ne pas céder à l'envie de tirer sur l'un des boutons de son gilet.

— Ah bon ?

Il se regarda de nouveau et se passa la main sur le front.

— Non. J'irais même jusqu'à dire que vous adorez passer du temps dehors. Vous avez l'air tellement… heureux.

— Il est exact que j'ai toujours aimé... bricoler et réparer.

— Ma maîtresse prétend que votre soudain désir d'arranger le jardin a stupéfié le duc. Moi, je trouve cela bien, dans la mesure où vos talents de majordome laissent à désirer.

— Votre maîtresse est trop aimable, riposta-t-il un peu sèchement. Peut-être cela m'épargnera-t-il d'être mis à la porte, en fin de compte. (Il se pencha sur le côté pour suivre du doigt la courbe de son épaule, sa peau douce contre la sienne.) Votre robe n'est pas boutonnée.

Ce contact lui fit l'effet d'une décharge électrique, mais une décharge délicieuse, chaude et vivante, qu'elle ressentit avec une acuité extraordinaire. Ces derniers jours, elle s'était vue et imaginée à maintes reprises caresser James et sentir ses mains sur elle. Elle avait été contrariée qu'il l'évite, mais n'avait pu s'empêcher d'imaginer ce que ce serait d'être dans ses bras, d'entendre son rire, le battement de son cœur. Elle avait soif de ses baisers enivrants et d'autres choses encore qu'elle pouvait seulement imaginer, mais qu'elle brûlait de partager avec lui. Tout ce qui l'attirait était à l'opposé de ce qu'on attendait d'elle – mais la voie qui lui était tracée n'était pas celle qu'elle voulait suivre.

Il la regardait toujours avec une expression amusée et il fallait absolument qu'elle trouve quelque chose à dire. Qui soit cohérent, de préférence.

— J'essayais de boutonner ma robe quand le plancher et moi nous sommes brutalement rencontrés.

— Ah ! (Il lui fit signe de se retourner.) Alors, si vous voulez bien…

— Vous avez l'intention de boutonner ma robe ?

— Et pourquoi pas ? répliqua-t-il, les mâchoires soudain serrées. Nous ne sommes que deux domestiques, et l'un de nous a du mal à enfiler son uniforme.

Mais oui, c'était bien cela. Deux domestiques, et l'un d'eux mentait comme un arracheur de dents. Sauf que, avec lui, elle n'avait jamais vraiment menti, hormis sur son rang. Et sur son nom. Mais tout le reste, ce qu'elle aimait, ce qui la faisait rire, son amour des livres, des histoires drôles et des jardins, tout avait été sincère. Ainsi que la joie grisante que lui procurait sa compagnie. Authentique du début à la fin.

Quand James lui fit de nouveau signe de se tourner, Meg soupira exagérément et obtempéra.

— Un vrai majordome aurait appelé une femme de chambre, vous savez, grommela-t-elle en feignant d'être agacée alors que ses mains posées sur son dos la faisaient frissonner de la tête aux pieds.

— Je ferais peut-être une meilleure femme de chambre qu'un majordome. (Un doigt effleura sa nuque, puis il toussota et s'écarta.) Voilà, tout est boutonné.

Elle pivota et leva le menton pour soutenir son regard gris pâle. Elle se sentait comme un ourson devant un pot de miel. Pour s'empêcher d'empoigner son gilet et de l'embrasser, elle s'assit sur ses mains.

— Vous avez commencé à bêcher le jardin pour aider le duc, ou parce que vous m'avez embrassée et que, sans mettre de la distance entre nous, vous n'auriez pas résisté à l'envie de recommencer ? Car vous m'avez soigneusement évitée, ces derniers jours.

Le demi-frère du duc pencha la tête sur le côté.

— Vous dites toujours tout ce qui vous passe par la tête ?

C'était ce que lui reprochaient ses parents, et c'était son plus gros défaut. Mais elle n'essayait pas d'impressionner James par ses bonnes manières.

— J'ai tenté de me retenir, mais voilà maintenant plusieurs jours que je me pose la question. Les pensées et les sentiments se bousculent en moi, vous savez.

Il la dévisagea, et son expression s'adoucit.

— Honnêtement, Mabel Gooster, je ne sais pas ce que je vais faire de vous. Et je trouve cela… charmant.

— Moi non plus, je ne sais pas quoi faire de nous, répliqua-t-elle en se demandant ce que ferait le duc d'Earnhurst s'il apprenait un jour que sa fiancée avait embrassé son frère bâtard et majordome, et qu'elle y avait pris beaucoup de plaisir – tellement de plaisir qu'elle mourait d'envie de recommencer. Mais je dois malheureusement rester ici pendant huit jours encore, que vous le vouliez ou non.

— Huit jours, murmura-t-il sans cesser de la regarder comme si elle était le serpent tentateur du jardin d'Éden.

Soudain il fit un pas en avant mais, au lieu de l'embrasser comme elle s'y attendait, il la souleva dans ses bras et se dirigea vers la porte.

— Venez ! Je vous ai installé une chaise longue dans la bibliothèque.

— Je croyais que c'étaient Timothy et Randall qui étaient chargés de me transporter, dit-elle en s'accrochant à son cou.

— J'ai cru comprendre qu'hier Randall a failli vous laisser tomber en descendant l'escalier.

— Eh bien, ce n'est pas moi qui vais vous apprendre que le personnel est très réduit, et comme vous étiez dehors en train de vous battre avec des tubercules…

— Je peux me libérer pour veiller à vos déplacements, assura James. Même si je suis occupé ailleurs, ou même si j'essaie de ne pas compromettre davantage votre réputation. Faites-moi appeler si je ne suis pas là au moment opportun.

— Vous compromettez ma réputation ?

Cela évoquait quelque chose de très coquin… et de très tentant. Elle se sentit remuée jusqu'aux entrailles à la fois par ses propos… et par son ton possessif.

— Promettez-le-moi, Mabel. Je ne supporterais pas que vous vous fassiez encore mal.

— Mais je pourrai peut-être bientôt marcher toute seule, si j'ai l'autorisation du Dr Grimsby. Quoi qu'il en soit, nous allons passer un moment ensemble, alors ?

— Nous allons bien trouver quelque obstacle sur lequel trébucher, grommela-t-il, ce qui la fit rire.

— D'habitude, je ne suis pas maladroite. Il y en a même qui me trouvaient gracieuse, figurez-vous. Il y a des jours où je n'ai pas besoin de m'appuyer sur les meubles pour garder mon équilibre.

Il s'immobilisa sur le palier et resta planté là, Meg dans ses bras. Il la dévorait des yeux.

— Si vous saviez, Mabel, comme j'ai envie de compromettre votre réputation. Je veux vous emmener dans mon lit, dans votre lit, dans n'importe quel lit et vous tenir nue dans mes bras. J'essaie néanmoins d'être... correct. Je vais donc me contenter de vous embrasser à vous en faire perdre la raison. Et comme vous n'en manquez pas, cela va durer très, très longtemps, murmura-t-il. Vous me rendez fou.

— Je n'avais pas l'intention de...

Sa bouche recouvrit la sienne, douce et chaude, chuchotant des promesses qu'elle aurait désespérément voulu qu'il tienne. Meg lui rendit son baiser et sentit sa fièvre et son désir l'envahir. De tout son cœur, elle aurait voulu qu'il soit un autre... ou qu'elle soit une autre. Si seulement un ou deux détails pouvaient être modifiés, tout cela aurait pu être le commencement d'une merveilleuse aventure. Pour la vie.

— C'est vous, James ?

La voix de Randall, le valet de pied, résonna en bas. James releva la tête.

— Oui. Je suis en train d'aider Mabel à descendre.

Il la regarda, le temps de quelques battements de cœur affolés, puis reprit possession de sa bouche.

— Ah ! Parfait. J'allais justement monter la chercher. J'ai bien failli la laisser tomber, hier.

James s'arracha à leur baiser et marmonna un juron.

— C'est ce que j'ai entendu dire !

Ils descendirent l'escalier et arrivèrent dans le vestibule. Là, ils tournèrent dans le couloir et aperçurent le plus âgé des valets transportant des bûches.

— Randall, envoyez quelqu'un me chercher s'il faut la transporter quelque part.

— Je n'y manquerai pas, milord. Merci.

Le vieux valet trottina doucement en direction de la salle à manger, et ils poursuivirent leur chemin jusqu'à la bibliothèque.

— Il vous a appelé « milord », observa Meg en souriant, assez reconnaissante d'avoir une occasion de dévier la conversation sur autre chose que ce baiser incroyable qui bouleversait ses pensées et enfiévrait son corps.

— Oui, bah ! Il est vieux comme Mathusalem, se moqua James. Vous trouvez que j'ai une tête de lord ?

— Aujourd'hui, vous avez plutôt l'air d'un fermier qui vient de se faire renverser par un troupeau de cochons. (Elle essuya de sa main libre la terre qui maculait son front.) Et aussi deux vaches. D'énormes vaches. Françaises, peut-être.

Il se cogna contre le mur et s'y appuya, tout en profitant de l'occasion pour l'embrasser de nouveau. Il sentait un peu la transpiration et la terre, mais elle, de son côté, sentait probablement la pommade et le thé. Et... *Oh !* Cet homme était un expert en baisers. Des picotements lui parcouraient l'échine. Elle leva la main et enfonça les doigts dans ses cheveux. *Oh, mon Dieu !*

Tandis que le cœur de Meg battait comme les ailes d'un colibri, il recula un peu la tête et appuya son front taché de terre contre celui de la jeune femme.

— Vous savez que vous êtes irrésistible, Mabel Gooster ? Que diriez-vous si nous allions nous réfugier un instant dans le petit salon ?

À présent, elle regrettait de ne pas lui avoir donné son vrai prénom. Mais si elle l'avait fait, ils n'auraient pas eu cette conversation et il ne serait certainement pas en train de l'embrasser et de l'entraîner à sa perte.

— J'aimerais beaucoup, souffla-t-elle dans son cou. Si vous saviez à quel point j'en ai envie...

— Je crois que j'en ai une petite idée, murmura-t-il à son tour en déposant un baiser, léger comme une plume, au coin de sa bouche.

— Vous êtes un personnage fascinant, James Riniken.

Il s'écarta du mur et se redressa, la serrant toujours contre lui.

— Je suis un homme difficilement contrôlable, Mabel, et j'ai un mal fou à me comporter comme il faut. À respecter les règles, en somme.

— Il vous a simplement fallu un peu de temps pour prendre vos marques, dit-elle en soutenant son regard. Regardez-vous ! Si vous n'aviez pas pris les choses en main et commencé à travailler dans le jardin en donnant de votre personne, aucun de ces artisans ne serait ici aujourd'hui. Rien n'aurait changé. C'est votre œuvre.

James la dévisagea longuement.

— Vous ne m'aidez guère à me contrôler, vous savez, souffla-t-il. Si vous saviez comme j'ai envie de vous.

Ses joues et tout son corps s'enflammèrent. Elle n'avait pas l'habitude d'être la plus raisonnable et ne savait comment lui résister alors que tout son être se tendait vers lui.

— Vous êtes majordome dans une demeure prestigieuse, commença-t-elle d'une voix tremblante, et moi, je suis la dame de compagnie d'une lady issue d'une maisonnée d'un autre comté. Nous... Nous deux, c'est impossible.

— Impossible, répéta-t-il d'une voix presque inaudible.

— Oui, impossible. Mais nous pouvons rester amis. De bons amis.

Il pencha la tête.

— Des amis qui s'embrassent et qui rêvent d'être nus et moites l'un contre l'autre ?

— Oui. Mais il faut me promettre une chose, dans notre intérêt à tous les deux.

— Quoi donc ?

Seigneur, elle s'était aventurée en terrain mouvant et se retrouvait totalement enlisée !

— Que vous ne direz jamais rien au duc. De mon côté, je m'engage à en faire de même avec ma maîtresse.

Bien entendu, Clara savait que sa nièce était folle du majordome, mais il était bien plus important qu'Earnhurst n'en sache rien. S'il venait à découvrir que Mabel Gooster n'était autre que lady Margaret Pinwell, même s'il acceptait de rompre leurs fiançailles, James Riniken perdrait son travail. C'était ce qui pouvait arriver de moins fâcheux. Et le pire… eh bien, ce serait qu'elle-même soit traînée dans la boue, plus bas que terre. Quant à James… elle n'osait même pas imaginer ce qui pourrait lui arriver.

— Je vous le promets. Le duc d'Earnhurst n'en saura pas un mot.

Elle hocha la tête.

— Et je n'en parlerai jamais à lady Sophronia.

Ce n'était pas un mensonge, après tout, puisque lady Sophronia n'existait pas.

Il resserra un peu son étreinte, puis ses doigts se relâchèrent.

— J'ai appris que nous devions prendre le thé dans votre chambre, cet après-midi. Vous et moi, Earnhurst et lady Sophronia.

— Oui, elle m'a dit que le duc projetait de vous présenter à la bonne société, déclara-t-elle en observant sa réaction. Quelle impression cela vous fait-il ?

Elle sentit qu'il respirait profondément.

— J'ai l'impression que les choses changent et je ne suis pas certain que cela me plaise. En réalité, je suis presque sûr que je préfère qu'elles restent comme avant. Finalement, j'aime assez ce petit coin du Dorset.

Oh, comme elle partageait ce sentiment !

— Il y a quelque chose de magique ici, n'est-ce pas ? On se croirait dans un vieux château en ruine, habité par un ogre au grand cœur.

— Qui est l'ogre ? Le duc ou moi ?

— La morale voudrait qu'à la fin nous soyons tous des ogres au grand cœur.

James éclata de rire.

— Votre ogre adore les biscuits. Ça, je le sais.

Toutefois, il avait posé une question intéressante. Et elle avait promis à Clara d'écouter le duc et d'essayer de voir par elle-même quel genre d'homme il était. Il était temps qu'elle grandisse, songea-t-elle.

— Dites-moi. Quand vous écumiez les salles de jeu à Londres, avez-vous entendu des rumeurs au sujet de votre maître ? Votre frère ? Il devait encore s'appeler le marquis de Duffy, à l'époque.

— Pourquoi tant de curiosité ? rétorqua-t-il.

— Pour être franche, quand lady Sophronia et moi sommes arrivées ici et que nous avons appris que le duc était là, nous nous attendions presque à voir des femmes nues accrochées aux lustres, des fontaines de champagne dans toutes les pièces et des chevaux dans le salon.

James émit un rire sarcastique.

— Des chevaux dans le salon ? Les femmes nues et le champagne, je peux comprendre, mais pourquoi les chevaux ?

— À en croire les journaux, lord Duffy était un grand amateur de courses hippiques, et on prétend qu'il pariait pour faire l'acquisition de chevaux. Pourtant, ses écuries ici sont presque vides. J'imagine qu'à Clay House, elles sont remplies de chevaux qui ont couru le Derby.

— Earnhurst en possède trois. Deux d'entre eux ont cessé de concourir et sont loués pour la reproduction, et le troisième est Faro.

— Celui que j'ai vu ici ? Le cheval bai ?

— Oui. Il a six ans et lui aussi a cessé de courir, mais il a été castré jeune et il n'y aura pas de petits Faro.

— Trois chevaux, ce n'est pas mal, après tout. Mais ce n'est pas tout à fait ce que j'avais imaginé.

Plusieurs choses concernant le duc d'Earnhurst s'avéraient différentes de ce qu'elle avait cru au départ. Et cela rendait le reste plus compliqué. Certes, elle ne voulait pas l'épouser, mais plus elle en savait sur lui, moins elle pouvait affirmer que c'était un homme affreux. Il n'avait plus l'air d'un égoïste, fuyant les responsabilités et peu désireux de suivre les traces de son père, dont la réputation était sans tache.

Toutefois, elle ne se voyait pas vivre dans le Dorset auprès du duc. Même s'il ne ressemblait pas au scélérat qu'on décrivait, il était trop vieux, trop austère, et... et aussi parce qu'elle ne pouvait détacher ses yeux, ses pensées et même ses mains de son majordome.

Ce serait impossible.

Ils entrèrent dans la bibliothèque et trouvèrent Clara dans un coin, un livre ouvert dans les mains. James marmonna quelque chose dans sa barbe, qui ressemblait fort à un nouveau juron, mais il le prononça si doucement qu'elle n'en fut pas certaine. Pourquoi se serait-il étonné de voir Clara ici, puisque c'était pour la retrouver qu'il l'avait transportée jusqu'à la bibliothèque ? Et s'il ne *l'aimait* pas ? Non, c'était impossible. S'il l'aimait, *elle*, comme il en avait l'air, il ne pouvait pas ne pas apprécier Clara. Peut-être était-ce parce qu'il n'avait pas suffisamment eu affaire à elle et qu'il la mettait dans le même sac que tous ces aristocrates compassés, comme son frère et ses pairs qu'il avait affrontés aux cartes.

— Lady Sophronia ! dit-elle d'une voix forte, car elle devinait que sa tante avait oublié ce qui l'entourait et les circonstances présentes.

Clara sursauta et faillit laisser tomber son livre.

— Ah, c'est vous, Mabel ! Vous ne devinerez jamais ce que je viens de découvrir. Une édition très ancienne de l'*Iliade*, en grec et sans annotations. Aucun Anglais pédant n'y a inséré ses propres commentaires sur Homère. C'est formidable !

— Oh ! Moi aussi, j'aimerais y jeter un coup d'œil.

James déposa Meg sur la chaise longue et se tourna vers Clara.

— Vous lisez le grec, milady ?

— Oui. Saviez-vous que Clisthène d'Athènes était le père de la démocratie ? C'est lui qui a déclaré que tous les hommes devraient être égaux devant la loi.

— Lady Sophronia milite ardemment pour le droit de vote des femmes, expliqua Meg, souhaitant toutefois que sa tante adoucisse un peu le ton.

Le fait que les femmes ne puissent pas voter n'était certainement pas de la faute d'un majordome à la naissance illégitime.

— Mais la démocratie de Clisthène n'accordait le droit de vote qu'aux hommes libres, observa James. Pas aux femmes ni aux esclaves, qui étaient nombreux.

Clara plissa les yeux.

— Je n'ai jamais dit que c'était une démocratie parfaite, seulement que c'était la première. Après plus de deux mille ans, nous aurions tout de même pu, en tant que peuple, avoir fait quelques progrès, et pourtant nous avons toujours les mêmes controverses que les Grecs de l'Antiquité.

— Nous sommes même revenus en arrière, milady, puisque la Grande-Bretagne est une monarchie.

— Une monarchie constitutionnelle. Où les lois ont été constamment votées, abrogées, remaniées pendant ces deux derniers siècles. Nous ne sommes pas statiques ; sinon, il serait impossible de durer dans le temps sans dépérir.

— Milady, lança Meg encore plus fort, les majordomes n'ont pas le droit de voter non plus. Sauf s'ils détiennent des avoirs supérieurs à quarante livres.

— C'est exact, et je dois dire, James, que vous êtes bien vite monté au créneau pour contester mon point de vue, répondit sa tante en baissant les épaules.

Il inclina la tête.

— C'est un de mes travers, milady. Peut-être devrions-nous en reparler cet après-midi, quand nous prendrons le thé. (Il jeta un regard à Meg et se tourna vers la porte.) Si vous voulez bien m'excuser, j'ai un jardin dont je dois m'occuper.

— Eh bien, fit Clara dès qu'il fut parti, quel grossier personnage !

— Lui ? Mais c'est vous qui avez commencé, quand il vous a demandé si vous lisiez le grec.

— Je le trouve bien arrogant pour un majordome, même fils de duc ! Et bien arrogant aussi pour un homme qui gagnait sa vie en jouant aux cartes.

— Oh ! Vous connaissez beaucoup de joueurs professionnels ? demanda Meg en souriant. Allons, arrêtez. Je sais que vous aimez débattre, mais ce n'est pas l'endroit pour le faire. Maintenant, donnez-moi quelques livres.

Sa tante s'exécuta et lui apporta une pile d'ouvrages, qu'elle posa sur le plancher à côté de sa chaise.

— Vous auriez pu au moins prendre mon parti, grommela-t-elle.

— Il ne s'adressait pas à moi. Et je ne suis que votre dame de compagnie. Je ne suis pas censée lire le grec.

— Mabel, peut-être pas, riposta Clara avant d'ajouter en baissant la voix : Mais Meg, oui. Du moins, elle le déchiffre.

— Promettez-moi seulement de ne pas le faire fuir pendant que nous prendrons le thé. Si c'est sa première conversation avec une lady, vous pourriez faire l'effort d'être polie et aimable.

— Mais je suis toujours aimable.

— Hmm.

24

Clara Bosley

— Quand on voit le travail que vous avez abattu en six jours, commenta Clara en contemplant les murs et le plafond fraîchement repeints du salon, je suis convaincue que vous aurez rénové toute la maison pour le début de la saison. Quelle différence entre ma première visite et celle-ci !

Earnhurst rit joyeusement.

— Il reste encore pas mal d'échafaudages un peu partout, mais comme vous me l'aviez suggéré, nous nous sommes concentrés sur les lieux de vie commune, certaines chambres à coucher, le jardin et les folies – que j'ai d'ailleurs décidé de supprimer.

Clara hocha la tête, nullement surprise mais un peu déçue tout de même.

— J'aime les folies, justement parce qu'elles ne servent à rien sinon à faire joli. Mais je reconnais que les vôtres ne sont pas très gaies.

— Oui. Je pensais les remplacer par un belvédère qui servirait pour des pique-niques ou simplement pour profiter de la vue. Qu'en pensez-vous ?

— Ce serait charmant, et plus utile, bien que moins pittoresque.

Le duc la regarda.

— Je croyais que tout ce qui était joli et inutile vous ennuyait ?

Elle rit.

— Je parlais des personnes. Les personnes jolies et inutiles m'ennuient. Mais les folies, elles, n'ont que la prétention d'être ce qu'elles sont. J'imagine que certains disent la même chose des femmes mais je ne suis pas d'accord. Beaucoup d'entre elles choisissent d'être inutiles, et je trouve cela incompréhensible.

Il tenait roulés dans sa main les plans du deuxième étage et en frappa sa cuisse. Il avait visiblement du travail qui l'attendait, et elle le savait, pourtant elle avait abandonné Meg et erré dans presque toute la gigantesque demeure jusqu'à tomber sur lui « par hasard ». C'était une attitude sotte et puérile, indigne d'elle, d'autant qu'ils devaient se retrouver pour le thé dans vingt minutes. Mais elle se tenait là, devant lui, le détournant de ses tâches.

— J'essaie de trouver le moyen de vous faire un compliment, dit-il enfin, mais sans vous offenser.

Un léger frisson, encore peu familier, parcourut ses bras. Elle s'était toujours jugée imperméable aux flatteries et, dans le passé, elle avait rabattu leur caquet à des messieurs qui lui débitaient des compliments trop outranciers pour être honnêtes. C'étaient son corps, sa main, ses faveurs qu'ils désiraient. Les compliments étaient des armes, et c'était contre eux qu'elle s'était forgé une armure.

— Soyez sincère, répliqua-t-elle sans pouvoir s'empêcher de croiser les bras sur sa poitrine. Et surtout, ne me comparez pas à une fleur.

Un sourire fugitif passa sur ses lèvres.

— Très bien. Vous devez en intimider plus d'un, Sophie… Cependant, j'ai déjà eu des armes pointées sur moi, j'ai essuyé des tirs, et même si cela me déplairait d'être l'objet de vos sarcasmes, je n'ai pas peur.

Elle adorait sa façon de parler. Elle l'adorait, *lui*. Oh, que Dieu lui vienne en aide ! Le fiancé de sa propre nièce ! Et elle se languissait de le voir chaque jour, fût-ce brièvement. Elle était intriguée de constater que ses manières étaient à l'opposé de ce qu'on disait de lui ; il demeurait une énigme en dépit des efforts qu'elle déployait pour le percer, et cela ne faisait qu'aiguiser sa curiosité. Sans parler de sa joie quand elle avait découvert qu'il partageait sa conviction concernant la primauté des actes sur la naissance pour déterminer la valeur d'une personne.

— J'aime votre franchise, Earnhurst. Et je suis moi aussi sincère.

— J'aime également votre franchise. Et je vous trouve ravissante. (Il leva une main, devançant sa réaction.) Je peux vous trouver jolie sans que vous soyez inutile pour autant. Au contraire. Vous avez été d'une aide inappréciable toute la semaine dernière. Sans vous, je n'aurais jamais rien pu faire et je vous promets que je n'exagère pas.

— Je n'en sais rien, mais c'est gentil de votre part. J'ai toujours aimé me dévouer à des causes.

— Je vous en suis profondément reconnaissant.

Elle eut un petit rire.

— Ce n'est pas le cas de ma famille.

— Ils vous préféreraient vaine et frivole ?

— Oh, vous n'en avez pas idée ! Parfois j'aimerais être jeune, naïve et optimiste comme Mabel, croyez-moi.

Il continuait à la dévisager, et elle se répéta qu'elle devait avoir quelque chose qui n'allait pas. Jamais les hommes ne la regardaient de cette manière.

— Je... vais aller vérifier que la table est bien préparée pour le thé, dans la chambre de Mabel.

— Vous parliez de la jeunesse de votre dame de compagnie, déclara-t-il soudain en posant ses rouleaux.

— Elle est jeune en effet.

— Ce qui fait de vous...

— Une vieille dame, je crois, l'interrompit Clara en riant. J'ai déjà un pied dans la tombe, si j'en crois les critères de la bonne société.

— J'ai au moins dix ans de plus que vous, observa-t-il en la regardant bien en face. Selon vos critères, je devrais être une momie.

Elle rougit. Rien chez lui n'évoquait une momie. Il était certes un peu démodé, mais c'était ce qu'elle aimait chez lui. Et hormis sa légère claudication, il était athlétique. Son regard était franc et son expression plaisante, avec ses rides dues au soleil et ses cicatrices qui lui donnaient un charme viril.

— Non ! Pas du tout. Pour les hommes, l'âge compte moins. Et même si je trouve cela injuste, je crois que c'est scientifiquement prouvé. Un homme peut encore être père à soixante-dix ans, s'il jouit d'une bonne santé. La valeur d'une femme est définie par sa fertilité. À trente ou quarante ans, elle a perdu toute sa qualité.

Son regard brun croisa le sien.

— Vous n'avez donc aucune idée de votre puissance de séduction, dit-il enfin d'une voix douce. Physique et intellectuelle. Pour l'amour du ciel, Sophie, vous êtes comme une brise rafraîchissante dans une journée ennuyeuse et étouffante. Une gorgée d'eau claire dans le désert. Une... Bah ! Je n'ai jamais été très doué pour les mots.

Sur ce, il s'avança, prit son visage entre ses paumes et l'embrassa. Un éclair fulgurant traversa Clara. Mais sans la stupeur, cette fois-ci. Seulement un torrent de sensations et d'émotions. Voilà donc ce qu'était le désir, et être désirée. *Seigneur !*

Il recula d'un pas.

— Je vous prie de m'excuser. Je manque à ma parole, alors que j'avais mis un point d'honneur à...

Elle s'avança, l'attira à elle et lui rendit son baiser. Quoi qu'en disent les ragots, c'était un homme d'honneur. Un homme sage, qui avait risqué sa vie pour son pays, un homme qui avait vu plus de choses qu'elle n'en verrait jamais – et il la désirait. Tout comme elle le désirait.

— Sophie…, murmura-t-il, son souffle sur ses lèvres.

Sophie ! Pour la seconde fois, le charme fut rompu et ce fut ce qui la sauva. Elle n'était pas Sophie. Elle n'était pas une lady. Elle n'était qu'une tante.

— Vous êtes fiancé, l'interrompit-elle, et cette évidence fit éclater la petite bulle dans laquelle elle flottait, la ramenant brutalement sur terre. Avec lady Margaret Pinwell.

Earnhurst se racla la gorge.

— Oui. Je suis fiancé. Et je ne l'ai jamais regretté. Sauf depuis votre arrivée ici.

Oh, mon Dieu. Elles s'étaient mises dans de beaux draps ! Jamais Meg et elle n'auraient dû venir à Earnhurst Manor. *Mon Dieu, mon Dieu, mon Dieu !*

— C'est l'heure du thé, lâcha-t-elle en reculant pour se diriger aussi dignement que possible vers la porte. À tout de suite.

Il resta silencieux, mais cela ne voulait rien dire. Si dans sa tête se bousculaient ne serait-ce que la moitié des pensées qui s'entrechoquaient dans la sienne, il méritait le respect à cause de son comportement stoïque. Elle avait l'impression d'être comme les plumes d'autruche de Meg, qui s'agitaient dans tous les sens au risque de tomber. Il fallait qu'elle se reprenne tout de suite. Earnhurst ne lui était pas destiné. Il était destiné à Meg.

Même si Meg rompait leurs fiançailles, il ne pouvait être pour Clara. Il faudrait qu'il trouve une femme de la haute aristocratie, titrée ou fortunée, digne de son rang et de son avenir. Ce ne pouvait être la belle-sœur d'un comte, dont le père avait fait une carrière tout à fait respectable dans l'armée et dont la mère était la fille cadette d'un baron, qui avait cru qu'en épousant un colonel beaucoup plus âgé qu'elle, elle se hisserait plus haut dans la société. Ce qui s'était vérifié, bien sûr.

En proie à toutes ces pensées qui tourbillonnaient dans sa tête, elle regagna la chambre de Meg et découvrit les deux valets, le majordome et l'unique femme de chambre qui installaient une table somptueusement décorée. Deux chandeliers en argent complétaient l'ensemble, et tout ce petit monde riait et bavardait avec Meg.

— Qu'en pensez-vous, milady ? interrogea Meg en souriant. J'ai dit à James que son premier thé devait être aussi solennel que possible.

— Nous frôlons la caricature, répliqua Clara, qui sourit néanmoins pour atténuer l'acidité de sa remarque.

Ah, ces jeunes gens ! James pouvait bien penser qu'il faisait là ses premiers pas pour être accepté dans la bonne société, toutes les deux savaient qu'il s'agissait surtout de provoquer une rencontre entre Meg et le duc, avant que cette dernière prenne la décision hautement risquée de rompre ses fiançailles avec lui.

— Je prends cela pour un grand compliment, déclara sa nièce. Dommage que nous ne disposions pas d'un musicien pour jouer, pendant que nous picorerons des gâteaux et du fromage.

— Allons, allons, Mabel, la réprimanda-t-elle. Ce thé est très important… pour James ici présent. Ne le prenez pas à la légère.

Meg se rembrunit un peu.

— Mais j'en suis bien consciente. Ce sont simplement les gâteaux qui m'inspirent.

James se mit à rire tout en arrangeant une serviette.

— Mme Carvey a fait des gâteaux au citron, des petits biscuits aux pétales de rose et du pain au thé de lavande. Nous nous sommes disputés pour la meilleure place près du four tout l'après-midi. Si vous l'aviez dit plus tôt, j'en aurais chapardé une poignée pour vous.

Son regard resta posé sur Meg tandis qu'il parlait, et Clara fronça les sourcils. Elle avait déjà vu ce regard, mais jamais sur elle. Amoureux et possessif, c'était un avertissement viril lancé à tous les autres hommes présents dans la pièce : cette femme était sienne. *Seigneur Jésus.* Si... Quand la vérité éclaterait, elle espérait que cela ne créerait pas un fossé entre les deux demi-frères. Elle avait remarqué que depuis quelques jours leurs rapports étaient devenus presque amicaux, mais il y avait visiblement eu une longue période où ils avaient été en froid. La situation avec Meg, quelle qu'en soit l'issue, n'arrangerait rien.

Elle constata qu'ils avaient préparé quatre chaises.

— Mabel, vous comptez vous asseoir ?

— Oui. Hannah est en train de m'aider à attacher des coussins sur ce repose-pieds. Si je m'assieds un peu sur le côté, je crois que ça devrait aller.

C'était imprudent, mais elle comprenait que Meg n'ait aucune envie de rester allongée dans son lit pendant que ses trois invités se tiendraient à table.

— Faites bien attention. Si votre cheville commence à vous faire souffrir, il faudra vous recoucher immédiatement.

— Suis-je en avance ?

Le duc d'Earnhurst se tenait sur le pas de la porte, haussant un sourcil surpris devant toute cette mise en scène.

— Je m'apprêtais justement à faire monter le thé et les gâteaux, commenta James. Hannah, je salue votre ingéniosité. Timothy et Randall, merci. Voulez-vous vous occuper du service ?

— Tout de suite, James, répondit le plus âgé des valets en poussant les deux autres vers la sortie.

Clara allait s'asseoir sur le siège en face de Meg, mais James la devança et tira une chaise.

— Milady, dit-il en la regardant droit dans les yeux.

Ce n'était pas l'usage pour un majordome ; mais bon, c'était un piètre majordome. Hochant la tête, elle s'assit et il la rapprocha de la table.

— Merci, James.

Le majordome s'installa sur le siège qui était dos à la fenêtre, celle qu'obturait l'arbre, et laissa le duc deviner où il devait s'asseoir. Par certains côtés, James avait l'arrogance et même la conversation du parfait gentleman, même si elle ne voyait pas quel lord pourrait tolérer qu'un homme avec le passé de James s'adresse à lui de cette façon.

Pendant un moment, tous les quatre se dévisagèrent. Clara doutait que Meg prenne la parole en premier, puisqu'elle ne voulait rien entendre qui puisse la faire changer d'avis au sujet d'Earnhurst. James ne savait sûrement pas comment amorcer une conversation mondaine et le duc, même si l'initiative de ce thé lui revenait, était assis les bras croisés et la tête baissée.

C'était donc à elle de se lancer.

— En attendant le thé, nous pourrions peut-être faire les présentations. Dire une phrase ou deux sur ce que nous aimons et ce que nous détestons. Je donne l'exemple. Je suis lady Sophronia Frumple. J'adore lire, sur tous les sujets, et je déteste les personnes mesquines, que ce soient des hommes ou des femmes.

— Milady, murmura Meg, les joues en feu.

— Eh bien quoi ? Il n'y a personne de mesquin ici, alors je ne vois pas où est le mal.

Le duc toussota et prit la suite.

— Bonjour. Je suis James Clay, duc d'Earnhurst, et j'adore les bonnes histoires. Je déteste le clavecin.

— Vraiment ? fit Clara en souriant.

— Je trouve que cela ressemble à des miaulements de chat écrasé.

— Je l'ignorais.

— Bonjour, dit Meg. Je suis Mabel Gooster, dame de compagnie. J'adore les jardins et je déteste les gens qui se comportent différemment selon qu'ils sont en société ou chez eux.

— Voilà qui a le mérite d'être clair, fit le majordome avant que Clara ait eu le temps de tourner en plaisanterie la déclaration de sa nièce. Vous songez à quelqu'un en particulier ?

Meg en fut décontenancée.

— Non. Il y a simplement des personnes qui sont charmantes en public et affreusement désagréables en privé.

— Ah ! (Le majordome s'agita un peu sur sa chaise.) Et moi, je suis James Riniken, joueur de cartes reconverti, fils bâtard de l'ancien duc d'Earnhurst et majordome. J'adore les échanges intellectuels et je déteste les faux-semblants. Et aussi rester debout et regarder les autres manger quand j'ai faim.

Clara aurait pris cette tirade pour une déclaration d'ordre général, sauf qu'il avait prononcé le mot « faux-semblants » en la regardant droit dans les yeux. Lui avait-elle demandé quelque chose pour une raison autre que celle qu'elle avait donnée ? Elle ne se souvenait de rien en particulier. Mais elle n'eut pas le temps de demander des précisions car les deux valets arrivèrent chargés de tasses, de sucre, de miel, de crème et d'une multitude de gâteaux, de petits pains et d'autres douceurs – bien trop pour seulement quatre personnes.

— Seigneur ! s'exclama-t-elle devant les plats posés en équilibre au bout de la table, les senteurs de citron, de rose, de lavande et de thé emplissant la pièce d'un parfum presque trop fort. Nous fêtons un événement ?

— Seulement des visiteuses inattendues et les travaux en cours dans la maison, commenta Earnhurst.

— Avec du thé et des petits gâteaux ? riposta Meg. Ce sont de bien modestes réjouissances, Votre Grâce, pour un habitué des plaisirs de Mayfair, si j'en crois ce que disent les journaux.

— Mabel ! la reprit sèchement Clara avant de sourire en hochant la tête. Ah, ces jeunes gens ! Ils disent vraiment tout ce qui leur passe par la tête !

— J'aime cette spontanéité, intervint James en enfournant un gâteau au citron dans sa bouche. C'est vrai que votre réputation est faite, Votre Grâce. Mais vous avez certainement votre mot à dire là-dessus, lady Sophronia ?

Quelle situation embarrassante. Elle n'était pas censée se retrouver au centre de la conversation.

— Je reconnais que j'avais des *a priori* sur le duc, concéda Clara. Mais j'ai découvert un homme bon et compatissant. Reconnaissez, Mabel, que l'homme décrit par ces torchons mondains n'aurait jamais fait venir un docteur pour vous soigner, et qu'il n'aurait pas proposé de vous garder, vous et votre maîtresse, pendant votre convalescence dans sa propre maison.

— Je ne vois pas où est le mérite, intervint de nouveau le majordome. Si le fait d'héberger temporairement une personne blessée à cause de sa propre négligence doit être considéré comme le summum de la courtoisie, alors une attitude normale consisterait à se disputer comme des hyènes autour d'un zèbre blessé.

— J'ai lu le récit de plusieurs soirées qui s'accorderaient très bien à cette description, fit Meg, moqueuse.

Mais James ne la regardait pas. Il fixait Clara d'un air hostile. Que diable avait-elle bien pu lui faire ?

Certes, elle avait mentionné que ses talents de majordome laissaient à désirer, mais il était le premier à le reconnaître.

— Je voulais seulement préciser que les ragots étaient exagérés, expliqua-t-elle. Confrontés à la réalité, ils ont d'autant moins de valeur.

— Je dois avouer que la lecture des exploits de lord Duffy et, par la suite, d'Earnhurst dans les journaux m'a parfois laissé pantois, déclara aimablement le duc. Mais parlez-nous plutôt de votre maison, Sophie. Hollister Hall, c'est bien cela ?

Aïe ! Seigneur Jésus. Meg et elle avaient évoqué en termes très vagues sa demeure imaginaire. Et elles n'avaient pas pensé à fignoler leur histoire quand leur séjour s'était prolongé.

— C'est un endroit... charmant, dit-elle en s'inspirant de la maison de Meg. Une maison beaucoup plus petite que celle-ci, bien sûr, mais confortable et généralement remplie de proches et d'amis.

— Votre Grâce, intervint de nouveau Meg, je me demandais si vous vous embarquiez dans tous ces travaux à cause de votre mariage.

— Évidemment, Mabel. Nous en avons déjà parlé entre nous, dit Clara d'une voix un peu trop coupante, même à ses propres oreilles.

— On prétend que votre future épouse appartient à une famille fortunée et doit vous apporter une dot généreuse. Est-ce cette dot qui financera les travaux ? Rien n'a été fait ici pendant six ans, de votre propre aveu et de celui de votre personnel.

— Mabel, vous ne pouvez pas...

James s'étouffa à moitié avec un morceau de gâteau, et le duc commençait visiblement à regretter sa proposition de prendre le thé.

— L'état de mes finances ne vous regarde pas, mademoiselle Gooster, déclara ce dernier d'un ton pincé. Mais, pour votre information, sachez qu'Earnhurst est l'un des quatre domaines rattachés au duché. Je possède aussi des hôtels particuliers à Londres, j'ai des parts dans deux compagnies d'armement maritimes, des affaires qui ont repris récemment avec la France et d'autres encore avec la Prusse. Sans m'avancer, je pense que le duché peut s'offrir toutes les grandes propriétés du Dorset et du Hampshire, et qu'il lui en resterait suffisamment pour faire l'acquisition de tous les chevaux de course de ce pays.

— Il est intéressant que vous fassiez allusion aux chevaux de course, Votre Grâce. (Meg, qui avait visiblement retenu certaines des leçons de sa mère sur les joutes verbales, but une gorgée de thé.) J'ai entendu dire que vous en possédez plusieurs. Et que vous aimez parier sur eux.

— Je…

— Que pensez-vous des paris, milady ? demanda le majordome à Clara.

— Je ne sais même pas de quoi vous parlez, James.

Le jeu était l'un des sujets qu'elle fuyait, parce qu'il s'agissait d'un vice rarement associé à quelque chose de positif. Pour autant qu'elle sache, Earnhurst n'avait pas parié une seule fois depuis leur arrivée, sauf pendant leur partie de billard. Mais c'était seulement pour la forme et sans conséquences. James, en revanche, en avait fait son gagne-pain.

— Faites-moi plaisir, insista le majordome. Et répondez-moi. Tout cela est une sorte d'exercice pour moi, n'est-ce pas ? Je suis sûr que les paris reviennent fréquemment dans les discussions de l'aristocratie. Et comme vous le savez déjà, c'est un domaine que je connais bien.

Du coin de l'œil, Clara vit Meg se raidir. Mais il lui avait demandé son avis et elle le lui donnerait.

— Très bien. Selon moi, les paris sont un divertissement ridicule. Si un homme, ou une femme, ne sait que faire de son argent, qu'il le donne à un organisme caritatif ou à une cause : il en existe une multitude qui ne demandent que cela. Tous les paris dépensés sur les chevaux du Derby pourraient financer dix ans d'apprentissage en atelier, et ce n'est qu'un exemple.

— Et si parier nécessitait des aptitudes et une maîtrise de soi vis-à-vis de ses adversaires ? N'est-ce pas une preuve de... confiance en soi et d'intelligence pour le vainqueur ?

— James ! intervint Earnhurst en reposant sa tasse dans sa soucoupe avec un tintement moins gracieux que de coutume. Cela suffit.

Clara savait reconnaître un adversaire à sa mesure.

— J'ai cru comprendre que vous avez réussi à garder un toit sur la tête et à gagner de quoi vous nourrir grâce à votre talent aux cartes, dit-elle au majordome. Mais vous, plus que quiconque, devriez admettre que c'est un moyen assez contestable de rester à flot. Quand tout repose sur la chance, on n'est sûr de rien.

— Alors, selon vous, parier est une folie et devrait être interdit. À la place, il vaudrait mieux vider ses poches chaque soir et remplir les coffres des œuvres charitables ? Un ou deux paris entre amis ne signifient pas que les parties concernées ne soutiennent pas des œuvres caritatives.

Le duc tendit un plateau à Clara.

— Un gâteau aux pétales de rose ?

Clara en prit un, par politesse plutôt que par appétit, et le posa sur son assiette.

— Reconnaissez, James, que vous avez vu des hommes dépenser avec une prodigalité inadmissible un argent dont eux ou leur famille avaient besoin. C'est de la folie, et pourtant ils persistent.

— Oui, c'est vrai, reconnut-il. Et pourtant leur folie me permettait de vivre, moi.

Clara reprit sa respiration et essaya de tempérer son indignation. Il était temps de changer de sujet.

— Votre Grâce, vous m'avez raconté l'autre jour une histoire très amusante, survenue au cours d'une de vos opérations sur le terrain. Mabel, je suis sûre qu'elle vous amusera.

Le duc eut un petit rire.

— Une autre fois, peut-être. Sophie, je crois que vous aimez monter à cheval. Pratiquez-vous également le saut d'obstacles ?

Oh, non ! On en revenait encore à elle. Si seulement ils savaient qui elle était, ils seraient mortifiés à l'idée de tout ce temps passé à écouter son avis et à la faire parler de sa vie imaginaire. Dieu merci, elle avait Meg pour lui servir de modèle sur la façon dont devait se tenir une fille de comte.

— Je pratique le saut d'obstacles, mais pas assez bien pour me produire devant un public, dit-elle en toute sincérité. Ma jument, Hélène de Troie, est une excellente monture et, sans me vanter, je suis plutôt bonne cavalière.

— Hélène de Troie ? répéta James.

— Oui. Elle est blanche avec une crinière blonde. Cela m'a paru approprié.

Meg gloussa.

— La mienne s'appelle Pénélope de Plymouth. Inutile de vous expliquer pourquoi.

Le majordome fit écho à son rire.

— Vous montez aussi, Mabel ?

Mabel acquiesça avec un grand sourire.

— Pas aussi bien que lady Sophronia, mais j'aime beaucoup ça.

Clara avait volontairement donné à sa jument le nom d'une femme aimée des dieux. Cela suscitait l'intérêt et lui donnait l'opportunité de discuter avec les gens, voire de les gagner à ses causes. Mais ici, cela faisait snob et elle en fut à la fois étonnée et confuse. La position que l'on occupait dans la vie pouvait avoir des conséquences inattendues, et un nom donné à un cheval pour plaisanter pouvait être mal interprété.

— Ne croyez pas ce que vous dit Mabel, reprit-elle à voix haute, heureuse de voir sa nièce devenir le nouveau centre d'intérêt. C'est une cavalière accomplie.

— En parlant de votre dame de compagnie, dit Earnhurst, si vous deviez vous marier, Sophie, garderiez-vous Mabel auprès de vous ?

Tout en parlant, il lança un regard à James pardessus la table. Clara fut saisie par l'expression de colère qui se peignit sur le visage du jeune homme. À peine l'eut-elle remarquée qu'il se reprit et son visage retrouva sa sérénité, si rapidement qu'elle se demanda si elle ne l'avait pas rêvée.

— Si je devais me marier, j'aimerais qu'elle trouve elle aussi quelqu'un digne de son affection. Mabel peut toutefois rester avec moi aussi longtemps qu'elle le désirera, que je sois mariée ou non.

James se leva.

— Je crois qu'il va pleuvoir, annonça-t-il. Il faut que j'aille ranger mes outils.

Et, sans attendre l'autorisation de son maître, il quitta la pièce.

Le duc reposa sa tasse.

— Eh bien ! Je vous remercie pour votre patience, Sophie. Il y a encore malheureusement du chemin à parcourir, avant de présenter James en tant que membre de la famille.

Il se leva à son tour, plus froid et plus réservé.

— Si vous voulez bien m'excuser, Sophie, Mabel.

Il s'inclina et suivit James dehors.

Clara compta silencieusement jusqu'à vingt pour être sûre que personne ne les entendrait.

— Alors ? Qu'en pensez-vous ?

— J'en pense que, même s'il n'a pas besoin de ma dot, il est beaucoup plus intéressé par vous que par moi. Earnhurst ne m'a pas accordé plus d'attention qu'il n'en accorderait à une souche recouverte de champignons.

— Mais vous êtes déguisée en dame de compagnie !

Meg fronça le nez.

— Je sais, je sais. Mais il est fiancé, c'est du moins ce qu'il croit, à une femme qu'il n'a jamais vue. Et ce n'est pas vous ! Peut-être que papa et maman auraient dû arranger des fiançailles entre vous deux, Clara !

Oh ! Si seulement.

— Meg, ne dites pas de b…

— Laissez-moi. Il faut que je m'étende, pour que le Dr Grimsby me donne la permission de marcher quand il viendra.

Ce thé n'aurait pas pu plus mal se passer. *Enfer et damnation !*

25

James Clay

James se réveilla de si bonne heure que personne dans la maisonnée n'était encore levé. Il envisagea de se rendormir, mais il commençait déjà à se faire des nœuds au cerveau et il savait que la tempête dans son crâne ne s'apaiserait pas de sitôt.

Il s'habilla, renonçant à sa cravate puisqu'il allait encore passer la journée à bêcher, et ce, malgré les reproches de Goodfrey. Il se faufila hors de sa chambre, attrapa une pomme dans la cuisine et se dirigea vers le jardin.

Comme la tombe qui lui tenait lieu de chambre n'avait pas de fenêtre, il n'avait aucune idée du temps qu'il faisait dehors, même si les tableaux qu'il avait décrochés du petit salon du premier étage pour orner ses murs nus étaient de jolies vues du Dorset par un matin de printemps. Or il avait plu toute la nuit et un épais brouillard enveloppait la propriété, déposant un voile humide sur son visage et imprégnant les vêtements qu'il portait, et s'insinua jusqu'à la moelle de ses os dès qu'il eut quitté la maison. Cela convenait parfaitement à son humeur ; alors il s'enroula plus étroitement dans son manteau et ne s'en soucia guère.

Du haut du jardin, il distinguait à peine le mur à l'autre extrémité, mais l'endroit avait déjà meilleure allure.

La veille, ils avaient confectionné un treuil et remis le Cupidon à sa place au-dessus de la fontaine. L'un des artisans qu'il avait engagés lui avait affirmé que cette fois, le ciment tiendrait jusqu'au Jugement dernier. Cela lui convenait parfaitement, et ils avaient laissé le treuil en place pour soutenir la statue colossale pendant une semaine ou deux, le temps que le mélange sèche et durcisse sous ses orteils nus de chérubin.

Les ouvriers n'arriveraient pas de Remiton avant une heure. Aujourd'hui était prévue la livraison de nouvelles plantations en provenance des serres et pépinières de Dorchester, la ville voisine. Des roses de toutes les couleurs, des lavandes allant du mauve pâle au violet foncé et des roses trémières rouges, roses et jaunes. Il avait réclamé ces trois variétés en particulier et donné carte blanche aux jardiniers pour le reste de la sélection.

Il savait très bien pourquoi il avait choisi ces trois-là. Ce n'était pas pour faire plaisir à lady Margaret Pinwell, qui se faisait passer en ce moment pour lady Sophronia Frumple. Certes, Elliott Riniken l'appréciait beaucoup et elle s'était intéressée à Earnhurst Manor et à ses travaux de rénovation, mais ce n'était pas *sa* conception d'un jardin qu'il s'était soucié de mettre en œuvre.

Pour une raison inexplicable chez un homme qui avait passé une grande partie de sa vie d'adulte à ruer dans les brancards et à enfreindre les règles uniquement parce qu'il savait que personne, hormis son père, n'essaierait de l'arrêter, et parce qu'il voulait que ce même homme s'avance et le conjure de *s'arrêter* – pour cette raison, il avait espéré que son premier rendez-vous avec sa future épouse serait… mémorable. Magique. Pas un feu d'artifice, bien sûr, ni rien d'aussi voyant, mais *quelque chose* qui montrerait que lui et son père avaient enfin réussi à faire la paix, au-delà de la mort.

Lady Sophronia – enfin, Margaret – était jolie certes, avec ses cheveux mordorés et ses yeux verts et pétillants, et oui, elle avait beaucoup d'esprit. Elle avait un avis sur *tout* ! Pas de doute, lady Margaret aurait pu diriger toute seule les réparations d'Earnhurst. Il lui aurait fallu quelques jours à peine, et elle aurait encore trouvé le temps de s'installer dans la bibliothèque et d'y lire la moitié des livres.

Il n'aurait su dire précisément ce qui le contrariait autant chez cette femme. Fortes de leurs convictions, vives et spirituelles, elle et son amie se ressemblaient beaucoup. Mais Mabel avait une espièglerie qui faisait défaut à Sophronia ; une tendance à... l'étourderie, à rire de soi-même et à l'émerveiller. Il n'avait jamais connu cela auparavant et il ne pouvait plus s'en passer. Il adorait le nom qu'elle avait donné à son cheval : Pénélope de Plymouth ! Bon Dieu, il adorait Mabel Gooster. Mais dans quelle galère était-il allé se fourrer ?

Mabel n'était pas sa future épouse. Il s'était engagé auprès de celle qui aimait les récits militaires et qui ne voyait aucun problème à garder sa dame de compagnie avec elle, même après son mariage, ce qui faisait qu'il vivrait... à côté de Mabel. Ici, sous son propre toit ! À la fois si près et si loin : un châtiment pire que celui que les dieux avaient réservé à Tantale.

Quelle situation inextricable ! Mais, au milieu de tout ce gâchis, il devait reconnaître qu'il se sentait mieux depuis une semaine. Le James Clay de jadis serait à peine en train de se coucher à cette heure-ci, et il n'aurait pas refait surface avant la fin de l'après-midi. Il serait ivre. Des femmes diverses et variées seraient venues lui tenir compagnie, et il lui aurait fallu trouver ensuite un moyen de s'en débarrasser avant de ressortir le soir même.

Il croqua dans sa pomme. Quelles drôles de journées, tout de même ! Plus étrange encore, comme il l'avait avoué à Mabel, il avait pris plaisir à bêcher, à transporter ces plantes et ces lourdes pierres. Il avait toujours cru qu'être duc consistait à exercer une activité intellectuelle organisée et dépourvue de sentiments. Le labeur physique, se dépenser et voir le résultat de ses efforts, lui plaisait. Tout comme il lui plaisait de savoir que son travail ferait plaisir à quelqu'un. Lui ferait plaisir à *elle*.

Ses amis se tiendraient les côtes de rire en le voyant creuser la terre pour les beaux yeux d'une dame de compagnie. En découvrant qu'il s'était entiché d'une domestique qu'il glorifiait. C'était peut-être un châtiment mérité pour avoir négligé ses devoirs depuis longtemps, une leçon qui lui était administrée pour lui montrer que le nom qu'il avait traîné dans la boue sans vergogne pouvait lui revenir en pleine figure et l'empêcher de faire ce qu'il désirait vraiment. C'est-à-dire vivre avec la femme qu'il aimait.

— Vous êtes matinal ou vous allez vous coucher ? lui demanda Riniken de l'autre côté du portillon.

En tenue de cavalier, il se tenait sur Charles, son hongre alezan.

— Goodfrey a réussi à vous trouver une tenue correcte, observa James en croquant de nouveau dans sa pomme. Je vois que vous portez une admirable attention aux détails, Votre Grâce.

— Il a menacé de brûler mon vieil uniforme si je n'enfilais pas cette tenue, déclara le régisseur en passant une main sur son torse. Je n'ai pas osé le braver. (Elliott fit une pause.) Le jardin a bien avancé !

— Merci. Hier, en passant devant, j'ai jeté un coup d'œil à la bibliothèque. Vous avez fait du beau travail. J'ai également remarqué que la rampe en acajou avait retrouvé sa place dans l'escalier. Je vous en sais gré. Ma version était un peu rustique.

Riniken pencha la tête.

— Rustique, oui, mais solide. (Le hongre fit un écart et il le maîtrisa avec une aisance qui témoignait d'une longue expérience.) J'ai pensé que nous pourrions nous retrouver dans la soirée, quand ces dames se seront retirées, pour revoir les plans. J'ai une ou deux questions, principalement d'ordre esthétique. Sa Grâce aimait beaucoup les motifs guerriers et j'avais pensé au départ à un cadre moins masculin, plus doux. Mais je crois maintenant qu'il y aura moins de changements à prévoir.

— Vous avez peut-être remarqué que j'ai enlevé la tête d'ours et l'armure de ma chambre, avant de vous la laisser. Je rêvais sans cesse qu'ils m'attaquaient. Oui, prenons le temps de bavarder ce soir. J'apporterai du vin. Et mes contre-propositions.

Il savait parfaitement de quoi il s'agissait : Riniken voulait l'inciter à s'intéresser davantage aux travaux intérieurs de la maison. Et la décoration du château était effectivement très martiale.

Mais comme Elliott l'avait fait remarquer, sa future épouse serait sûrement ravie de voir les armes, les écussons et les écus accrochés aux murs, les rangées d'armures qui montaient la garde dans chaque alcôve que comptait le château, le mur tapissé de fusils dans la salle de billard, et toutes les épées et dagues disposées en éventail dans la grande salle à manger d'apparat. Dans ce cas, il devrait probablement éviter d'y toucher.

Un homme meilleur et généreux n'y toucherait pas, si cela plaisait à sa femme. C'était une évidence. Mais il n'était ni bon ni généreux, et quand il imaginait sa future maison, elle n'était pas aménagée pour plaire à celle qui lui était destinée. Elle était remplie de fleurs fraîches, de plantes, de lumière et de recoins invitant à se caler dans des coussins confortables pour y passer l'après-midi à lire.

— Je reviens tout de suite, dit Riniken en attrapant les rênes.

— Pour répondre à votre question, je me suis levé tôt. Et je me suis dit qu'il est grand temps d'embaucher du personnel. J'ai fait venir cette fille de la boulangerie pour donner un coup de main à Mme Carvey.

Elliott acquiesça.

— Il incombe en général au majordome de procéder au recrutement, à l'exception des domestiques directement au service des membres de la maisonnée. Faites donc, je vous en prie.

— Je…

Sans lui laisser le temps d'objecter, le régisseur avait filé sur la route. James savait que Riniken était lève-tôt et, à cause de son mauvais genou, il était logique qu'il accomplisse sa sortie matinale à cheval plutôt qu'à pied.

Il aurait dû monter Faro, sa superbe monture, mais à Earnhurst rien ne se faisait décidément dans les règles. James termina sa pomme et la lança dans le trou qu'il avait creusé pour l'arbre qui, pour l'instant, bouchait la vue qu'avait Mabel sur le jardin. La plantation se ferait au dernier moment car, même s'il ne pouvait pas l'avouer, il avait débroussaillé et réaménagé le jardin pour elle, et il voulait que ce soit une surprise.

Elle avait dit qu'elle aimerait descendre au village aujourd'hui : pendant qu'on déchargerait les plantations des charrettes, il pousserait son fauteuil sur le chemin qui menait à Remiton.

Jusqu'à ce qu'elle fasse renaître certains de ses souvenirs, il avait oublié ses visites d'autrefois chez le boulanger, tout comme son désir de devenir forgeron après avoir passé une matinée à observer William, le père de Walter Stokes, en train de façonner avec soin les fers d'Hermès, le grand hongre noir de son père.

Quand il était revenu à Earnhurst pour préparer son mariage, il avait cru mourir d'ennui au départ. À Londres, sa vie n'était qu'une succession de fêtes, de dîners et de soirées au théâtre ; le jeu, la boisson et les femmes remplissaient son agenda. Il aimait que celui-ci soit chargé. Cela l'empêchait de trop s'attarder sur le présent.

Même après la fin de la saison, quand Mayfair se vidait, il restait toujours quelques récalcitrants, ainsi que ceux qui revenaient à Londres de temps en temps. Les distractions étaient moins nombreuses mais il y en avait toujours, si on cherchait bien.

Néanmoins, en y réfléchissant, à part aller chercher des bouteilles de vin pour les servir à d'autres et celle qu'il avait partagée avec Elliott, il n'était plus retourné à la cave d'Earnhurst depuis le jour où lady Sophronia et Mabel étaient arrivées. Et, chose encore plus étonnante, cela ne lui avait pas manqué. Depuis que ces dames étaient là, il avait l'impression de ne pas avoir eu le temps de se poser cinq minutes, mais cela n'avait pas été l'unique raison de son comportement sérieux. Non, la plupart de ses expériences ici – hormis la fois où il avait dû surveiller les valets qui frottaient cette maudite argenterie – avaient été intéressantes, voire agréables.

Mais comment vivrait-il cela, après le mariage ? Serait-ce mieux ou pire, si Mabel restait avec eux une fois qu'il se serait enchaîné à lady Margaret ? Par tous les diables ! Il connaissait déjà la réponse. Ce serait pire, parce qu'il ne voulait pas de lady Margaret. C'était Mabel qu'il voulait.

Seigneur ! Il n'était même pas sûr que ce soit son vrai nom. Clara Quelque chose, si Goodfrey avait bien compris. Il ne connaissait même pas le nom de la femme qu'il désirait. Pourtant, il lui suffisait de penser à elle pour avoir envie de sourire.

Et il se retrouvait assis là. Lui, l'un des hommes les plus cyniques et blasés qui soient, était tombé amoureux d'une jeune fille lumineuse qui adorait les gâteaux.

Il aimait chacun des moments passés avec elle. Il aimait quand elle lui parlait comme elle devait parler à ses proches, sans se préoccuper de son statut. Bien évidemment, pour elle il n'en avait pas, même s'il était devenu le fils illégitime d'un duc. Cela, d'ailleurs, n'avait eu pas l'air de la déranger non plus.

Il l'aimait. Et il était fiancé à son amie – ou sa maîtresse, quels que soient leurs liens.

Secouant la fine pellicule de terre qui adhérait à ses bottes, il revint vers la maison. Riniken venait de lui assigner une nouvelle tâche et l'ironie de la situation ne lui avait pas échappé : s'il avait été lui-même et non le majordome, c'est Elliott qui se serait chargé de recruter des domestiques, pas lui.

Sans faire attention à la direction dans laquelle ses pas le menaient, il se retrouva dans le couloir du premier étage, devant la porte de Mabel. Lui ! Se languir d'amour pour une femme ! Une femme qui pouvait être aussi bien une domestique qu'une fille de duc, ce qui lui était parfaitement égal. Lui qui avait l'habitude de fréquenter la fine fleur de Mayfair et qui avait accepté un mariage arrangé... D'abord parce que son père l'avait voulu, et ensuite parce qu'il ne se voyait pas passer le restant de ses jours avec les femmes qu'il avait fréquentées jusqu'alors.

Mais son point de vue avait désormais changé. Quel scandale si on apprenait qu'il s'était enfui avec une domestique, ou n'importe qui d'autre, abandonnant devant l'autel la fille d'un comte ! Sa réputation de jeune homme insouciant, à qui on pardonnait beaucoup, serait entachée à jamais. À juste titre.

De surcroît, Mabel ne serait jamais admise à Mayfair, même si elle s'avérait être une grande dame, car on lui reprocherait toujours de ne pas être lady Margaret Pinwell. À chaque sortie, elle serait raillée, humiliée. Ils seraient obligés de rester à Earnhurst Manor toute l'année. Il était bien temps de découvrir qu'en réalité il se souciait de sa réputation et surtout de celle de la jeune femme ! Et de son bonheur.

Mais tout cela n'avait aucune importance et ne changeait rien au fait qu'il était fiancé et destiné à épouser la fille d'un comte, tandis que Mabel, elle, pourrait très facilement faire la connaissance d'un charmant valet, d'un autre domestique qui s'éprendrait d'elle et n'aurait qu'un désir dans la vie : la rendre heureuse.

Une porte s'ouvrit dans le couloir, et il leva les yeux. Ce n'était que Goodfrey, qui transportait un bol et une serviette.

— Voilà que vous le rasez, maintenant ? demanda James en croisant les bras sur sa poitrine.

— Il m'a presque fallu en venir aux mains, mais oui ! Je n'ai jamais vu quelqu'un d'aussi peu soucieux de son apparence, et en même temps d'aussi méticuleux. C'est vraiment décourageant. En parlant de découragement, où donc est passée votre cravate ?

— Je l'ai laissée dans ma cellule de moine. Vous me harcèlerez plus tard.

— Entendu. J'aime rendre service, en dépit du manque de reconnaissance que l'on témoigne devant mon profond dévouement.

Le valet de chambre le dépassa et se dirigea vers l'escalier de service. Cet escalier que lui-même aurait dû emprunter, ce qu'il avait tendance à oublier.

— Bonjour ! (La porte de Mabel vibra, comme si on venait d'y donner un coup de pied.) Il y a quelqu'un ?

Il tourna immédiatement les talons et se dirigea à grandes enjambées vers la porte, qu'il ouvrit.

— Quelque chose ne va p… Aïe !

— Oh ! Je suis désolée ! (Elle se redressa sur son lit et laissa retomber le long bâton avec lequel elle avait failli l'occire.) Je ne pensais pas que vous arriveriez si vite !

— Pourquoi embrochez-vous les gens que vous appelez à l'aide ? demanda-t-il en se frottant le torse à l'endroit où elle l'avait touché.

— Mais non ! C'est un bâton qui me sert à frapper à la porte. Cela me permet d'appeler quelqu'un quand je suis coincée dans mon lit.

— Vous devriez plutôt appeler ça un pieu. Je suis quasiment certain que vous pouvez tuer quelqu'un avec cet engin.

Elle le posa contre la tête de lit.

— Je voulais seulement demander une tasse de thé. Il serait tout à fait inadapté de tuer quelqu'un pour arriver à mes fins.

James afficha un grand sourire.

— Moi, parfois, je serais prêt à tuer pour un verre de whisky, mais je vois ce que vous voulez dire. Et un bâton pour frapper me semble bien plus raffiné. Je vais aller vous chercher du thé.

— Merci, James. Cela fait une heure que je suis réveillée et je guettais un bruit de pas dans le couloir pour frapper avec mon bâton. Je ne peux pas atteindre le cordon de la sonnette et, de toute façon, je n'y ai pas droit. Cela choquerait les domestiques.

— J'en doute. Ils vous aiment bien et ils savent que vous ne pouvez pas vous déplacer à votre guise. (En outre, il leur avait ordonné de satisfaire tous ses désirs.) Je vais aller vous faire préparer un plateau.

Il pria pour qu'elle n'ait pas trop tendu l'oreille quand il se trouvait dans le couloir. Rien dans son expression ne laissait croire qu'elle soupçonnait quoi que ce soit, et lui et Goodfrey avaient conversé à voix basse. Il faudrait qu'il fasse attention à être plus discret, surtout si de nouveaux domestiques devaient les rejoindre. Il préférait leur mentir pendant une semaine, plutôt que de devoir expliquer toute la situation à des nouveaux venus en espérant éviter les bourdes.

En bas, Mme Carvey n'était pas encore arrivée dans sa cuisine et il hésita un moment à la réveiller. Faire chauffer de l'eau et la verser dans une théière ne devait pas être si compliqué. La bouilloire était posée, à moitié pleine, sur le fourneau et il s'accroupit pour y remettre du petit bois et raviver les braises qui couvaient avec un tisonnier, jusqu'à ce que les flammes apparaissent.

Puis il attrapa une théière, une tasse et sa soucoupe, un petit bol pour le sucre et un pot pour la crème. Il savait que Mabel aimait son thé très sucré, avec beaucoup de crème. Ensuite, il chercha le sucre en morceaux et le transvasa dans le petit bol. Il aperçut un grand pot de miel et s'en saisit, puis il descendit chercher la crème dans le garde-manger, à côté de la cave.

Il plongea son doigt dans l'un des récipients et goûta.

— Beurk ! Du lait caillé.

Le suivant contenait du babeurre, qui n'avait pas beaucoup de goût non plus, mais dans le troisième il découvrit un reste de crème qu'il réussit à verser dans le joli petit pot.

Quand il eut versé l'eau bouillante sur les feuilles de thé dans la théière, James attrapa un plateau et le posa sur la table pour le garnir de tous ces éléments. *Bon sang !* Voilà qu'il avait préparé un plateau de thé. Certes, il n'avait pas réussi à trouver la pince à sucre et s'était contenté d'une cuillère, et c'était moins raffiné que ce qu'on lui servait habituellement, mais le résultat était là.

Pendant un instant, il se demanda ce que penserait Mabel Gooster en apprenant que le duc d'Earnhurst lui avait préparé son thé. Elle commencerait par lui donner un coup sur la tête ; après quoi, elle serait certainement mortifiée et gênée en repensant à leurs conversations, et peut-être aussi, il l'espérait, amusée. Après tout, c'était ridicule.

Il souleva le plateau et remonta à l'étage. En sa présence, tout le chaos qui régnait à Earnhurst lui paraissait supportable. Plus facile. Mais en réalité, cela allait même plus loin. Avec Mabel, le soleil brillait d'un éclat plus vif, les fleurs étaient plus parfumées et les journées passaient plus vite.

Pour un homme qui se lassait vite et qui se vantait de cerner un caractère au premier coup d'œil, il en était... déstabilisé. Comme si le monde s'était mis à pencher, de façon infime. Plus étrange encore, il aimait cela. Il aimait la vivacité de sa conversation, il s'en réjouissait à l'avance. Ou simplement la regarder. Bigre, dire qu'il lui avait préparé son thé !

— C'est moi, annonça-t-il. Faut-il que je ferme les yeux ?

— Comme vous voudrez, mais je ne vous le conseille pas.

Avec un sourire, il entra dans la chambre. Elle avait entassé une montagne d'oreillers dans son dos pour se tenir bien droite, et ses pieds étaient bien au chaud sous les couvertures. Ses longs cheveux noirs flottaient librement sur ses épaules, adorablement emmêlés.

— Mme Carvey n'était pas encore levée, alors je me suis débrouillé tout seul, déclara-t-il en posant le plateau sur la table avant de la rapprocher du lit.

— Je devrais normalement dire que vous n'auriez pas dû vous donner tant de mal, mais j'ai tellement envie d'un thé ! (Elle déposa plusieurs morceaux de sucre dans sa tasse.) Oh ! Du miel ?

— Il faudra que vous vous serviez de la cuillère pour le sucre, observa-t-il en mettant le pot de miel à la place du sucre. J'ignorais que vous aimiez le miel dans votre thé.

— J'adore ça ! Encore plus que le sucre.

Elle lui sourit, ses yeux bleus encore embrumés de sommeil.

À partir de maintenant, il prévoirait toujours du miel pour le thé.

— Désirez-vous toujours aller à Remiton ? J'avais pensé prendre le phaéton, sauf si vous voulez prendre le risque de vous retrouver une fois de plus dans les marguerites.

Mabel se mit à rire, tout en préparant son thé.

— J'ai très envie de ce chapeau que nous avons aperçu dans la devanture de la modiste. Ce ne sont pas quelques buissons qui vont me faire peur.

— Très bien. (Il s'apprêta à s'en aller, trouvant ridicule de rester planté là à la regarder boire son thé, même s'il en avait envie.) Je reviens vous chercher dans… disons deux heures ? Cela vous laisse-t-il assez de temps pour prendre votre petit déjeuner et vous habiller ?

— Pour une promenade en voiture, dit-elle, je serais prête à rouler dans l'escalier et à ramper ! Merci infiniment de m'avoir sauvée.

James souleva un sourcil, étonné.

— Sauvée ?

— Je parlais du thé.

— Ah !

Si seulement il pouvait se sauver lui-même aussi facilement. Le seul moyen qu'il voyait, hélas, c'était de rompre la promesse de mariage.

Il s'arrêta dans le couloir, retenant son souffle.

Pouvait-il le faire ? C'était à la fois si simple et si compliqué. Ce serait l'équivalent d'un coup de canon tiré au beau milieu de Mayfair.

Il entendait la voix de son père exiger qu'il fasse son devoir, et qu'importent les conséquences. Dans le cas présent, ces conséquences seraient pour lui une vie gâchée, au cours de laquelle il en voudrait jusqu'à la fin de ses jours à sa femme de ne pas être celle qu'il voulait. S'il refusait de mener à son terme cet absurde projet de mariage, en revanche, cela signifiait la ruine, et si lui et les autres y survivaient, une certaine... paix ? La liberté ? C'était loin d'être sûr.

Il n'en sortirait pas grandi, même s'il pouvait en rejeter la responsabilité sur lady Margaret, faire état de sa supercherie puisqu'elle était venue ici sous une fausse identité. Il pourrait dire aussi qu'elle avait flirté avec son régisseur, mais il ne le ferait pas. Quand tous les mensonges seraient dévoilés et livrés en pâture aux commérages, personne ne serait épargné. Mais alors, il n'aurait plus qu'à épouser Mabel et rester avec elle à Earnhurst jusqu'à la fin de leurs jours.

Loin de la bonne société, il n'y aurait personne pour la prendre de haut. Quant à lady Margaret, sa réputation en souffrirait beaucoup, mais il connaissait un régisseur qui en pinçait drôlement pour elle. S'il ne réussissait pas à endosser la plus grande part de responsabilité pour la préserver de l'opprobre – ce qu'il ferait, parce que Mabel le souhaiterait –, lady Margaret conserverait au moins un amoureux transi.

Il était prêt à tout pour Mabel, y compris à perdre ce qui lui restait de réputation.

Non, ce n'était pas l'idéal. Et oui, il en blesserait certains. Qui ne le méritaient pas. Il fallait surtout qu'il parle avec Elliott. Cela ne pouvait pas attendre ce soir. Il n'était plus question de « si les choses étaient différentes ». Simplement de durée. Combien de temps tiendrait-il encore ?

26

Elliott Riniken

— Vous ne pouvez pas faire cela, souffla Elliott.

Il parlait dans un murmure, alors qu'il avait envie de hurler. Pourtant, la porte du bureau était fermée et leurs deux invitées se trouvaient en ce moment dans la bibliothèque, à vingt mètres de là, avec deux portes entre eux.

— Je ne vous ai pas demandé votre avis, Elliott. Je vous informe de mon choix.

James était assis devant son bureau et, pour une fois, Elliott se tenait de l'autre côté : l'équilibre entre les deux hommes s'était modifié. Le régisseur n'avait pas besoin d'une carte de visite pour savoir lequel d'entre eux était le duc, ce matin. C'était d'ailleurs assez remarquable. Mais s'il l'avait fait remarquer, ils se seraient retrouvés au même point que la semaine dernière, et le temps pressait. Si James menait à son terme le plan délirant qu'il venait de lui exposer, c'en était fini du mariage prestigieux auquel ils se préparaient. Il se refusait même à envisager les perspectives que cette décision ouvrait. Un tel chaos se profilait qu'il valait mieux éviter d'en rajouter en s'autorisant à rêver pour son compte.

— Est-ce que vous imaginez le scandale que vous allez déclencher ? demanda-t-il.

— Évidemment. N'oubliez pas que je vis à Londres.

— Oui, mais ce n'est pas forcément sur *vous* que ce scandale rejaillira, James. Les gens vous connaissent et savent que vous aimez choquer. En revanche, lady Margaret Pinwell n'a pas de soutiens à Londres. Tout le monde se demandera ce qui cloche chez elle pour que vous rompiez vos fiançailles juste avant le mariage, surtout après avoir attendu plus d'une année et après l'avoir reçue à Earnhurst pendant une semaine. Elle sera déshonorée. Vous la mettrez dans l'impossibilité de se trouver un autre époux.

Bien qu'il soit indispensable de souligner les conséquences auxquelles elle devrait faire face, Elliott n'était pas très à l'aise en évoquant Margaret – Sophronia – à la recherche d'un autre mari, parce qu'il aurait justement voulu être cet homme-là. Pour elle, il était le duc d'Earnhurst, et il désirait l'épouser et vivre avec elle en défendant ses causes et en faisant les louanges d'éditions rares.

Mais ce mensonge, auquel s'ajoutait une accumulation de tromperies et d'hypothèses complexes et contradictoires, impliquait que dans un futur plus proche que prévu quelqu'un allait lui dire qu'il n'était pas celui qu'elle croyait. Ou, plus exactement, que l'homme dont elle déplorait le manque de manières était en réalité celui qu'elle était destinée à épouser. Et que finalement ce mariage ne se ferait pas.

— Si vous avez une autre solution à me proposer, je suis tout ouïe.

James serrait son verre de whisky vide à s'en faire blanchir les jointures des doigts. Il présentait tous les symptômes d'un homme désespéré prêt à commettre une folie.

Sauf que ce n'était pas si fou que cela en avait l'air, aux yeux de James. Longtemps, Elliott avait considéré le fils du vieux duc comme un voyou ingrat qui prenait un malin plaisir à écorner la réputation de sa famille. Aujourd'hui, il avait en face de lui un homme qui s'était cru abandonné par son père et, pire, remplacé par quelqu'un qui correspondait mieux au modèle idéal que s'était forgé celui-ci. Rejeter lady Margaret au profit de sa dame de compagnie était l'ultime défi qu'il lançait au vieux duc – mais aussi sa dernière chance de réussir sa vie.

— Je ne saurais même pas par où commencer, répondit Elliott en se laissant retomber dans son fauteuil. Je trouve Sophie – lady Margaret – charmante. J'adore ses opinions tranchées. Il me plaît qu'elle sache les justifier par des exemples concrets, et qu'elle veuille mener campagne pour obtenir le droit de vote non seulement pour elle mais pour toutes celles de son sexe. Mais je ne suis pas le duc d'Earnhurst, James. Elle n'est pas pour moi.

James reposa violemment son verre sur le bureau.

— Alors, vous baissez les bras ? Vous sacrifiez vos sentiments ? Quelle sorte de militaire êtes-vous ?

— Un militaire conscient des forces en présence. Je ne peux pas changer les faits. Les voici : nous parlons d'une lady promise à un gentleman. Or je ne suis pas un gentleman. Et n'allez pas vous imaginer mettre fin à l'accord passé avec elle pour ensuite séduire Mabel. D'abord, elles sont amies. Par ailleurs, si Mabel s'avère être réellement la dame de compagnie de cette lady et si vous l'épousez, vous ne serez ni l'un ni l'autre tolérés à Mayfair – à supposer qu'elle accepte. Les domestiques parvenus ne sont pas invités aux bals, aux dîners, ni à aucun des événements fréquentés par l'aristocratie.

— Eh bien, nous resterons ici. De toute façon, elle adore la campagne. Et si ce n'est pas une domestique mais une amie que lady Margaret a prise sous son aile, pourquoi voudriez-vous qu'elle soit bannie par la bonne société ?

— Vous vous trompez. Elle portera le stigmate infamant d'avoir tiré la couverture à elle, d'avoir dépouillé son amie de son avenir. Dans l'hypothèse où elle oserait faire un tel affront à Sophie – hmm... à Margaret. (Oh, Seigneur, il s'y perdait avec tous ces noms.) En avez-vous parlé avec Mabel ?

— Non, bien sûr que non. Elle me prend pour le majordome, grommela James. Mais elle m'aime bien. Je le sais.

— Selon vous, que penserait-elle d'un homme doté de privilèges qui rompt ses fiançailles cinq semaines avant son mariage pour s'enfuir avec la meilleure amie de la future épousée ? Trouverait-elle cela romantique ?

— Je ne prétends pas me hisser à ce niveau, rétorqua James. Elle comprendra que tout cela est aussi un service que je rends à lady Margaret, parce que je ferais un mari abominable pour cette dernière, vous le savez bien.

Elliott dévisagea le jeune homme.

— Je suis convaincu que vous feriez en réalité tout votre possible pour la rendre heureuse, mais je crains que le mal ne soit déjà fait. (Il reprit sa respiration.) Elle a des yeux : elle sait que vous préférez Mabel, déclara Elliott en enfouissant son visage dans ses mains. J'en ai la migraine.

— Vous et moi, nous avons mis un sacré bazar en tombant amoureux des mauvaises personnes.

— Mais Sophie ne le sait pas. Elle me prend pour vous. Et je n'ai jamais eu l'intention de jouer le mauvais rôle, bon sang !

— Moi non plus. Si elles n'avaient pas débarqué ici, nous serions encore en train de nous disputer sur le choix des peintures, j'aurais persisté dans mon refus de mettre la main à la pâte et le mariage aurait eu lieu comme prévu.

Relâchant son verre, James se leva avant d'ajouter :

— Mais voilà, elles sont venues et je ne peux pas laisser Mabel repartir. J'en ai connu des femmes,

Elliott. Elle est… tout pour moi. Quand une canaille tombe, forcément elle tombe de haut. (Il se frappa la poitrine du poing.) À présent, si vous voulez bien m'excuser, j'ai une lettre à écrire. Je vais prendre sur moi toute la responsabilité de l'affaire et mentionner à plusieurs reprises que je ne mérite pas lady Margaret.

— James…

— L'autre option serait que je l'épouse. Or j'en suis incapable.

Avec un dernier regard au régisseur, James quitta le bureau pour aller rédiger la lettre qui les mènerait tous à leur perte.

Seigneur, quel sac de nœuds ! Elliott ne pouvait même plus en blâmer uniquement James qui, par plaisanterie, lui avait collé le duché sur le dos. Certes, ils avaient trompé ces dames, mais elles aussi leur avaient menti. Ils ne connaissaient toujours pas la véritable identité de la plus jeune. Oui, on pouvait dire qu'ils s'étaient épris des mauvaises personnes, et maintenant tout était fichu. Elliott termina son verre de whisky et le lança, excédé, contre le mur.

— J'aurais dû rester aux Indes.

Randall frappa à la porte restée ouverte.

— Votre Grâce ? Robert a sellé votre hongre, comme vous l'aviez demandé. Les menuisiers et les ébénistes sont là pour la bibliothèque. L'un d'entre eux a vu la nouvelle rampe d'escalier en acajou et s'est mis à pleurer de joie. Ce sont de drôles de gars, pas vrai, ces ébénistes ?

— Trop de sciure dans les yeux, peut-être, dit Elliott en haussant les épaules.

Puis il se leva. Mariage ou non, tout ce bazar lui avait presque fait oublier qu'il devait déposer une sacoche à l'auberge du village. Elle était cachée sous le bureau. Il la tira à lui et souleva la lourde charge sur son épaule.

— Je vais faire un tour aux écuries. Dites aux ébénistes de me retrouver dans le bureau quand ils auront fini de pleurer.

— Oui, Votre Grâce, répondit le valet en inclinant la tête. Ah ! Lady Sophronia demande si vous savez quand le Dr Grimsby doit venir pour regarder la cheville de Mabel.

— Je vais lui envoyer un mot.

Hochant de nouveau la tête, le valet recula dans le couloir, hésita et fit un pas en avant.

— Mme Carvey est furieuse. Il semblerait que James, le majordome, ait fait bouillir de l'eau sur le fourneau ce matin et ait oublié d'enlever la bouilloire. Elle est calcinée, et il y a une odeur épouvantable dans la cuisine.

— Vous devriez demander à James, le majordome, de régler ça directement avec Mme Carvey.

— Mme Carvey m'a dit de vous prévenir. Elle a peur de se faire renvoyer si elle assomme James avec ce qu'il reste de la bouilloire.

Elliott réprima un sourire.

— Rappelez-lui que nous savons tous que James fait un piètre majordome, et dites-lui d'envoyer la nouvelle fille de cuisine à Remiton acheter une bouilloire, si elle le désire. Elle peut aussi y aller elle-même et se choisir trois nouvelles marmites.

— Oh ! Cela va la calmer, Votre Grâce, fit le valet en hochant la tête avec énergie avant de reculer de nouveau. Que Dieu vous bénisse, Votre Grâce. Mme Carvey n'est pas commode.

Si seulement tous ses problèmes pouvaient être résolus en achetant des marmites ! Elliott sortit en direction des écuries et tomba sur Robert juché sur Charles, qui attendait dans la cour.

— Voici, dit-il en tendant la lourde sacoche au garçon d'écurie. Veuillez la déposer au Falconers, à l'intention d'un certain John Smith.

L'espace d'un moment, il envisagea de prévenir le constable pour guetter Jasper Burshin, mais c'était une affaire qu'il préférait traiter lui-même. Surtout avec cette menace de scandale et de catastrophe qui leur tournait autour, comme un essaim d'abeilles en colère.

Cela fait, il s'arrêta devant la grande porte d'entrée, réfléchissant aux tâches qui l'attendaient aujourd'hui et à ce qu'il avait vraiment envie de faire. Habituellement, les deux coïncidaient. Mais entre-temps, il avait rencontré une certaine lady Sophronia Frumple. Et tant que personne ne dévoilait la vérité, ils étaient encore... amis. Or il adorait cette amie, et il était à peu près convaincu que la réciproque était vraie. Quelle que soit la décision de James, hélas, aucun chemin ne mènerait là où il voulait aller. Aucun.

Alors il se décida à rejoindre lady Sophronia dans la bibliothèque. Sophie donnerait son avis aux menuisiers au sujet des vitrines qui abriteraient les livres, puisque la maison serait – ou aurait dû être – la sienne. Il essaierait de ne pas se perdre dans ses rêveries, qui n'étaient encore que de fichus mensonges.

— Les ébénistes sont là pour faire les plans des futures étagères, dit-il en entrant nonchalamment dans la bibliothèque.

Il y régnait une pagaille pire encore qu'au moment où ils avaient commencé à y travailler. Mais avec les fenêtres grandes ouvertes, sans les livres et débarrassée des rayonnages abîmés, cela sentait moins le moisi. Et c'était plus... aéré.

— C'est merveilleux, répondit Sophie.

Elle était assise au bout de la méridienne et se leva aussitôt. Elle tenait encore à la main le livre qu'elle était sur le point de tendre à Mabel.

— Vous leur avez fait part de votre projet ? demanda-t-elle.

— Pas encore. J'ai pensé que vous aimeriez le faire avec moi. Et surtout, vous avez un meilleur coup de crayon.

— J'en serai enchantée. Vous pouvez vous passer de moi quelques instants, Mabel ? s'enquit-elle en se tournant vers sa dame de compagnie, à moitié allongée sur la méridienne avec une pile de livres à côté d'elle.

— Je suis ravie de passer la journée ici à feuilleter des livres, répliqua Mabel avec un grand sourire.

— Nous serons de retour avec les menuisiers dans quelques minutes, Sophie, fit remarquer Elliott. Je vais demander à Hannah de passer voir Mlle Mabel.

Sophie acquiesça.

— Très bien. À tout à l'heure, Mabel.

— Prenez tout votre temps, milady.

— Je pense que votre père avait davantage conscience de la valeur de ses livres que nous le croyions, commenta Sophie en suivant Elliott dans le vestibule. Les plus précieux étaient placés loin des fenêtres, probablement pour les protéger du soleil. Cela les a également mis à l'abri de l'humidité, Dieu soit loué.

— C'est une bonne nouvelle. Les vitriers viendront réparer les fenêtres en début d'après-midi. Quand ils auront remplacé les carreaux cassés et que les fuites seront réparées, nous nous occuperons de refaire le plancher.

— Vous rendez-vous compte que vous souriez ? observa-t-elle en glissant la main sous son bras.

Elliott s'immobilisa et la regarda.

— C'est à cause de tous ces progrès, après une très longue période de stagnation. Cela me redonne espoir.

— J'en suis heureuse. J'ai bien réfléchi. Un mariage ne dure que quelques heures. Très peu de temps, finalement, pour une si grande et si ancienne demeure. Mais les travaux que vous êtes en train de faire dureront des décennies, et c'est ce que vous devez garder à l'esprit.

— Ce que je garderai à l'esprit, Sophie, quand ce manoir aura retrouvé sa splendeur, ce sera vous.

Les joues de la jeune femme rosirent.

— Vous n'êtes pas celui que je pensais, Earnhurst. Et avant que vous ne rétorquiez que cela n'est pas un compliment, je vous affirme que c'en est un. Immense.

— Je suis bien conscient de la réputation que j'ai à Londres. J'ai changé, je crois.

— J'en suis sûre. On dirait presque deux hommes complètement différents.

Avec un sourire, elle se haussa sur la pointe des pieds et déposa un baiser rapide sur sa joue.

— Malgré l'entorse de Mabel, ajouta-t-elle, je passe ici les plus belles vacances de ma vie.

— Moi aussi, Sophie.

Sa peau, là où elle l'avait embrassé, le brûlait comme si on l'avait marquée au fer rouge. Mais il ne souffrait pas. Il avait une perception décuplée de son parfum, du froissement soyeux de sa robe tandis qu'elle marchait près de lui, de son teint légèrement rosi et de ses yeux verts pétillants. Bientôt, la vue d'Elliott lui serait insupportable, mais pendant cet instant de grâce fugace, tout lui sembla parfait.

27

Jasper Burshin

Jasper Burshin attendit presque la tombée du jour pour quitter le village de Hinipen et parcourir à cheval les quelques kilomètres qui le séparaient de Remiton et du Falconers. Il n'avait guère exploré le Hampshire ou le Dorset depuis dix jours qu'il attendait là, et il avait veillé à choisir l'un des plus petits villages du coin. Il ne pouvait pas prendre le risque de se faire voir alors qu'Elliott Riniken, cet homme si maniaque et si méticuleux, avait probablement demandé à la police de fouiller la région pour l'arrêter.

L'argent qu'il s'était approprié en trafiquant les livres de comptes du duc d'Earnhurst lui avait donné un avant-goût – un copieux repas, plus exactement – de ce qu'il voulait : une vie dans laquelle il pourrait parier cent livres sur une course de chevaux, louer une villa en Italie pour l'été ou devenir un nabab en Amérique. Ses tentatives pour faire fructifier ses fonds de départ avaient malheureusement échoué, et quand le dernier combat de boxe dans lequel il avait investi – un pari soi-disant « sûr » – s'était achevé, il ne lui restait plus que trente livres.

C'est alors qu'il s'était dit que la fortune d'Earnhurst pourrait de nouveau être mise à contribution. Le vieux duc était mort, le nouveau duc refusait de quitter Londres et son lit rempli de jolies femmes, et Elliott Riniken, qui n'avait pas de relations dans l'aristocratie ni même de personnel, ne serait pas en position de le forcer à revenir.

À cause de cette plaie de régisseur, il avait mis beaucoup de temps à trafiquer les registres. Jasper avait donc une dent contre lui. Riniken comptait chaque shilling, faisait lui-même les calculs avant d'approuver chaque relevé. Par le diable, on aurait presque cru que cet argent lui appartenait, plutôt qu'à ce fichu duc ! Il lui avait fallu travailler des mois et l'heureuse coïncidence de la mort du duc l'avait aidé, mais il n'avait pas pu rester à son poste et recommencer parce que ce salaud de régisseur avait compris trop vite.

— Fichu Riniken ! jura-t-il dans sa barbe tandis qu'il traversait le petit pont et pénétrait dans le village de Remiton.

Mais cet imbécile avait un talon d'Achille et Jasper comptait bien en profiter. Le régisseur ne supportait pas que l'on dise du mal du vieux duc. En réalité, plusieurs fois au cours de leurs échanges et avant que Jasper réussisse à s'enfuir avec quelques centaines de livres, Riniken s'était donné beaucoup de mal pour rappeler à la banque qu'ils représentaient Earnhurst et qu'ils devaient être irréprochables.

Un comportement irréprochable n'allait pas permettre à Jasper de s'acheter un beau cheval ni un billet en première classe pour l'Amérique. Pour y parvenir, il ne lui fallait pas de la moralité, mais de l'esprit et du talent. Or il en avait à revendre.

Il descendit de son cheval et l'attacha devant l'auberge. Jasper caressa le garrot de son grand pur-sang noir.

— Attends-moi ici, Satan, murmura-t-il. Je n'en ai pas pour longtemps.

Il possédait probablement le plus bel animal de la région. Dans un premier temps, il ne s'était absolument pas préoccupé du sort de son cheval, une fois qu'il aurait embarqué à bord d'un bateau. Il avait finalement compris que la vente de Satan, ajoutée aux dix mille livres qu'il s'apprêtait à extorquer à Earnhurst, lui suffirait largement pour s'acheter une maison dans l'un des nouveaux États américains, un autre pur-sang et une participation dans une affaire juteuse. Voire deux. Peut-être les rachèterait-il intégralement, même s'il préférait faire travailler les autres. C'était ainsi qu'il voyait la vie, et il avait donc décidé de mettre à contribution le régisseur du vieux duc.

— Puis-je vous aider ? demanda un vieil homme qui transportait un plateau chargé d'assiettes et que précédait un fumet de viande rôtie.

Quelques individus assis à des tables se retournèrent pour le regarder, et Jasper se félicita d'avoir pris soin de s'habiller comme eux. Il aurait été idiot de se faire remarquer.

— Oui, dit-il de sa voix la plus aimable. Je crois qu'on a déposé pour moi une sacoche, au nom de John Smith.

— Ah, oui ! (L'homme confia le plateau à quelqu'un d'autre, s'essuya les mains sur son tablier et alla jusqu'au comptoir à l'avant de la salle.) La voici.

Faisant visiblement un effort, il souleva une sacoche en cuir marron de taille moyenne et la posa sur le comptoir. On entendit tinter légèrement les pièces de monnaie.

— Je vous remercie. Y avait-il un message qui l'accompagnait ?

— On ne m'a rien dit.

— Alors, bonne soirée.

L'homme fit une courbette.

— Monsieur.

Pardieu, comme cela avait été facile ! Ces dix mille livres pesaient diablement lourd. Finalement, il avait eu raison de ne pas avoir suivi sa première impulsion et exigé vingt mille livres. Il aurait été obligé de prendre un complice rien que pour transporter son butin.

Traînant sa charge dehors, il l'attacha en travers de sa selle et enfourcha Satan. Il brûlait de compter l'argent, de le toucher, mais toute cette entreprise avait requis de la patience et il n'allait pas se risquer à ouvrir une sacoche remplie d'un trésor quand n'importe quel voyou pourrait essayer de le lui dérober. Non, il attendrait le moment où il pourrait le déverser sur son lit à l'auberge King George, dans le petit village de Hinipen, et il s'y vautrerait.

Cette pensée le fit glousser et une vieille femme se retourna, étonnée. Il souleva son chapeau.

— Bonne soirée, charmante dame, dit-il, et tandis qu'elle rougissait de confusion, il éperonna Satan et repassa le pont au petit galop.

Le premier kilomètre, il surveilla régulièrement ses arrières pour s'assurer que l'ancien militaire ne l'avait pas fait suivre. Il gardait aussi un œil sur les buissons et les arbres qui bordaient la route, au cas où la police aurait été alertée. Ce serait trop bête de se faire cueillir maintenant qu'il avait l'argent en sa possession.

Rien. Pas de cavaliers suspects ni de charrettes ; seulement deux jeunes femmes qui se dirigeaient vers Remiton et qui se mirent à pouffer en le voyant, et un fermier qui conduisait un chariot rempli de foin pour ses bêtes.

Il s'était dit que ce plan serait le meilleur : personne n'était humilié et ne perdait la face en public ; il s'agissait uniquement d'un cadeau fait à un ancien employé de banque plein d'audace. Et, cerise sur le gâteau, il n'avait même pas eu à fabriquer de faux registre. Et enfin, si besoin était, il pourrait recommencer. C'était sa banque personnelle, en quelque sorte.

De retour au King George, il confia Satan au garçon d'écurie et monta dans sa chambre. Il arriva hors d'haleine en haut de l'escalier exigu, déposa la sacoche sur le lit et se laissa tomber sur l'unique chaise de la pièce pour la contempler.

Ha ha ! Il avait réussi. Sa mère lui disait toujours qu'à force de bonnes actions, il obtiendrait la richesse au paradis. Il avait trouvé un chemin bien plus rapide.

Avec un large sourire, il se releva, défit les sangles qui fermaient la sacoche et en renversa le contenu sur le lit.

Des pierres !

Des pierres et des morceaux de vaisselle cassée pour faire du bruit, et de la boue. Non, pas de la boue. Du crottin de cheval ! Une motte tomba du lit sur son pied, laissant une traînée sur le cuir brillant de ses bottes.

— Non ! Non, non et non ! gronda Jasper en envoyant valser la sacoche sur le tas de cochonneries qui recouvrait désormais le lit de la chambre qu'il avait louée.

Tout avait été soigneusement calculé : la fin de la période de deuil, la saison qui n'avait pas encore commencé, le nouveau duc qui refusait de se rendre dans le Dorset et le régisseur qui s'évertuait à faire des travaux avant que l'état de délabrement du domaine soit trop visible. Un scandale éclaboussant le domaine aurait fait s'effondrer le château de cartes bâti par Riniken. Il aurait dû être ravi de participer à l'escroquerie en échange de son silence. Le domaine avait largement les moyens de payer cette somme.

Ramassant la sacoche, il la lança à travers la pièce. Elle alla s'écraser contre le mur, et un bout de papier s'en échappa. Jasper se précipita pour le ramasser et lut à voix haute :

— « Pourquoi diable devrais-je rémunérer un voleur, monsieur Burshin ? »

Il fit une boulette du papier et la jeta dans le feu.

Il arpenta la petite pièce en long et en large, interminablement, jusqu'à ce que l'odeur de crottin le fasse tousser. Non seulement Elliott Riniken avait fait s'effondrer ses rêves, mais il allait maintenant devoir rembourser à l'aubergiste son lit, qui était dans un sale état. Oh, il n'en avait pas terminé ! Jusqu'à présent, il était resté courtois. Les choses allaient changer.

28

Joséphine Pinwell

Joséphine Pinwell, lady Brundon, prenait son petit déjeuner à Brundon Hall et étalait une épaisse couche de marmelade sur son toast. Le comte, son époux, se tenait à sa droite à la place d'honneur et ouvrait son œuf à la coque en donnant de petits coups avec le dos de sa cuillère.

— Avez-vous lu la lettre de Meg, reçue hier ? lui demanda-t-elle.

— Oui. Elles ont l'air de passer un moment merveilleux à Londres. Je redoute la facture de la modiste, à la fin du mois.

— Dommage qu'elles n'aient pas croisé Earnhurst à Mayfair. Cela aurait rassuré Meg.

— Ou cela l'aurait fait rentrer aussitôt à Brundon. Les rumeurs à son sujet se sont certes calmées, mais c'est sûrement parce qu'il n'y a pas encore grand monde à Mayfair.

Joséphine soupira.

— Si seulement j'étais sûre qu'il convienne à notre Meg. Je veux dire… il est duc, ce qui le place en tête de la liste des beaux partis, mais il aurait tout de même pu lui écrire une ou deux fois.

Elle saisit son toast, puis le reposa. Depuis quelques jours, elle était inquiète, et bien que cette anxiété puisse provenir de sa hâte à rejoindre Londres, elle se fiait aussi à son intuition de mère : tout n'était peut-être pas aussi rose que Meg et Clara voulaient bien le faire croire dans leurs lettres.

— Elle aussi aurait pu lui écrire, souligna Grégory.

— Vous savez très bien que cela n'aurait pas été convenable. Elle voulait le faire, et c'est moi qui l'en ai dissuadée en lui disant que cela pourrait passer pour de l'effronterie, et même l'importuner.

— Pour ma part, j'ai l'impression que les jeunes gens s'écrivent tout le temps, de nos jours, sans se soucier de qui a pris l'initiative et de qui répond à qui.

— Ce n'est pas une raison pour que Meg en fasse autant.

Ah, les hommes ! Jamais ils ne comprendraient les savantes manœuvres auxquelles une jeune femme devait se livrer à compter de ses dix-huit ans, ni même pourquoi elle devait continuer à le faire jusqu'à ce qu'elle soit mariée. Un seul faux pas pouvait lui être fatal.

— Vous devriez peut-être écrire à Sa Grâce pour la prévenir que Meg est à Mayfair, reprit-elle. Ils devraient faire connaissance, avant de se retrouver côte à côte à Earnhurst pour recevoir la bénédiction du pasteur.

Vance, le majordome, entra dans la pièce, tenant le petit plateau en argent du courrier dans une main.

— Milord, milady, le courrier, annonça-t-il.

Grégory prit les trois lettres sur le plateau, en tendit deux à sa femme et conserva la troisième.

— Ma chère, quelle coïncidence ! Deux lettres de Clara et de Meg pour vous, et une du duc d'Earnhurst pour moi.

— Elles se sont bien gardées de m'écrire tous les jours comme elles me l'avaient promis, et je peux vous affirmer que Meg a davantage écrit à Nelly qu'à nous, mais cela ne m'étonne pas, observa Joséphine en ouvrant la lettre de Clara. Les débuts de Meg à Londres doivent vraiment lui tourner la tête, si elle en vient à demander des conseils vestimentaires à sa femme de chambre. Je persiste à penser que nous aurions dû insister pour les accompagner.

— Meg a la tête sur les épaules et Clara ne manque pas de sens pratique. Cela leur aura fait du bien de partir seules. Nous les retrouvons dans une semaine, de toute façon.

— Certes, mais je ne voudrais pas que Clara présente Meg à ses amis radicaux, et vous savez très bien qu'elle finira par le faire.

Comme à son habitude, la lettre de Clara était expéditive ; elle expliquait qu'elle et Meg étaient retournées faire les magasins, qu'il faisait un temps exquis et que les hôtels particuliers de Mayfair commençaient à se remplir de leurs habitants qui regagnaient la capitale. Elle mit la lettre de côté pour la relire plus attentivement par la suite et ouvrit la missive de sa fille.

— Oh, mon Dieu ! s'exclama-t-elle en s'arrêtant de lire. Grégory, elle ne veut plus se marier !

Survolant les paragraphes, elle releva au passage que Meg évoquait elle aussi les achats en magasins, le mauvais temps, mais ensuite, avec une profusion de détails, elle décrivait le tempérament guerrier, sévère et inflexible d'Earnhurst, et à quel point il lui déplairait de l'épouser.

— Ils se sont visiblement rencontrés, et elle a l'air de le trouver fort antipathique. Elle termine en disant qu'elle nous expliquera tout quand nous nous retrouverons à Londres à la fin de la semaine prochaine.

— Je... Laissez-moi réfléchir.

Elle releva la tête.

— Earnhurst vous écrit au sujet de notre fille ?

— Je... je ne sais pas quoi penser de tout cela, murmura-t-il au bout d'un moment. D'après le duc,

Meg se trouverait à Earnhurst Manor avec une dame de compagnie et se ferait passer pour une dénommée Sophronia Frumple. Et bien qu'il trouve notre fille charmante, Sa Grâce se serait éprise de sa compagne, qui répond au nom de Mabel Gooster.

Interloquée, Joséphine lui tendit ses deux lettres.

— Du mauvais temps chez l'une, un soleil radieux chez l'autre, et le même jour ! Ce n'est pas la première fois qu'elles me donnent des informations contradictoires. Je pensais qu'elles se mélangeaient dans les dates. Elles avaient l'air si occupées que cela ne m'étonnait pas. Mais... Oh, juste ciel ! s'écria-t-elle en prenant tout à coup conscience de ce que le duc avait écrit. Savez-vous ce que cela signifie ?

— Qu'elles ne sont pas du tout à Londres ?

— Pire encore, Grégory ! Clara a jeté son dévolu sur le duc, et maintenant celui-ci ne veut plus de Meg et souhaite épouser sa tante !

Abandonnant la lettre du duc, Grégory lui arracha celle de Meg d'un geste sec.

— Jamais Clara ne ferait une chose pareille ! Elle adore Meg.

— Elle adore surtout l'argent qu'elle va pouvoir soutirer à ce duc pour financer ses causes. Elle a beau se vanter de son indépendance, imaginez ce qu'elle va pouvoir accomplir quand elle sera duchesse. Et elle m'aura battue à mon propre jeu, puisque je n'ai épousé qu'un comte.

— C'est une réflexion qui me touche beaucoup, Jo.

Elle le foudroya du regard.

— Vous savez très bien ce que je veux dire ! Je lui ai toujours reproché ses opinions radicales et ses lacunes dans le domaine subtil de la vie en société. Que pouvait-elle faire de mieux pour me contredire et me jouer un mauvais tour que harponner le duc que nous avions trouvé pour Meg ?

— Tout cela est très ennuyeux. Meg est fiancée depuis un an et, à moins de cinq semaines du mariage, voilà qu'ils se dérobent tous les deux à leurs engagements ? Elle sera la risée de toute la capitale. Surtout si c'est sa tante qui lui a pris son duc.

— De toute façon, elle dit qu'elle ne veut pas épouser Earnhurst, souffla Joséphine en espérant se convaincre malgré tout qu'une solution se profilait. Mais serait-ce uniquement parce que Clara lui a pris son fiancé ? Quelle horreur !

— Les commères se ficheront éperdument de savoir si les filles se sont arrangées entre elles, ma chère, rétorqua son mari en confirmant ses pires craintes.

Il se leva et sonna Vance. Un instant plus tard, le majordome réapparut.

— Milord ?

— Faites préparer la voiture. Lady Brundon et moi-même partons d'ici une heure pour Londres, en passant par le Dorset. Nous pouvons y être demain si nous poussons un peu les chevaux. Que Susan et Neville nous prévoient une garde-robe adaptée pour cinq jours. Non, plutôt six. Faites envoyer le reste de nos affaires à Pinwell House.

— J'y veillerai, milord.

— Nous allons à Earnhurst ? demanda Joséphine.

— D'après Sa Grâce, ils y sont tous. Jo, nous devons absolument régler cette affaire, si nous ne voulons pas nous retrouver avec deux vieilles filles sur les bras.

Encore toute bouleversée, Joséphine hocha la tête. Abandonnant son petit déjeuner, elle se précipita vers l'escalier. Comment Clara avait-elle pu faire une chose pareille ? Meg renonçait-elle à cause du penchant de Clara pour le duc, ou éprouvait-elle une véritable aversion envers ce dernier ? *Oh, ces deux-là !* Jamais elle n'aurait dû leur permettre de passer autant de temps ensemble. Elles étaient comme deux sœurs, certes ! Mais si ces deux sœurs étaient semblables à Mary et Anne Boleyn[1] ?

---

1. Mary Boleyn a été la maîtresse d'Henri VIII avant que celui-ci épouse sa sœur, Anne, en deuxièmes noces.

29

Meg Pinwell

— Mais j'ai le droit de marcher, n'est-ce pas ?

Le Dr Grimsby venait de le dire, mais elle éprouvait le besoin de le répéter. C'était important. Vital pour sa santé mentale.

Le docteur se mit à rire.

— Oui, avec une canne pendant quelques jours. Et pas plus d'une demi-heure. Sinon, vous aggraverez votre entorse et ce sera reparti pour une semaine au lit.

— Oh non, surtout pas ! s'écria Meg avec véhémence. Vous m'autorisez les chaussures de marche ?

— Oui, ou même des escarpins de bal. Mais pas pour danser ! Et rien de trop serré non plus. Sinon, votre pied risque d'enfler de nouveau. Si cela arrivait, levez-le et appliquez une compresse froide pendant une vingtaine de minutes.

— Je note tout ce que vous me dites, docteur Grimsby. Vous pouvez compter sur moi.

— Parfait. C'est ce qu'un docteur aime entendre… Oh ! Et surtout pas d'escaliers. Attendez encore quelques jours.

À l'autre bout du lit, où il observait le médecin comme un aigle surveille sa proie, James opina du chef.

— C'est faisable. Merci, docteur Grimsby.

— Mais je vous en prie, James. Je dois avouer que le jardin n'a jamais eu si belle allure depuis trois ans. On peut presque s'y promener et y flâner comme j'aimais le faire jadis.

— Vous êtes le bienvenu quand vous le désirez, monsieur, lui répondit le majordome.

Ce n'était pas vraiment à un majordome de faire ainsi les honneurs du jardin, mais Meg se dit que le duc n'y verrait pas d'inconvénient. Après tout, grâce au docteur, elle et Clara pourraient repartir dans une semaine. Et vu le bruit qu'elle avait entendu sous sa fenêtre au cours des quatre derniers jours, tout le jardin avait été retourné, ratissé et replanté, avec juste une petite accalmie la veille pour la porter jusqu'en bas et lui permettre d'aller faire une petite sortie en phaéton jusqu'à Remiton.

Pendant que Clara raccompagnait le médecin dans le couloir, sans doute pour glaner quelques informations supplémentaires, Meg se redressa sur son lit.

— J'ai le droit de marcher, déclara-t-elle avec un grand sourire.

— C'est aussi ce que j'ai entendu.

— Et le premier endroit où je désire me rendre, c'est le jardin. Je veux voir ce que vous avez fait. Ne croyez pas m'avoir trompée, avec cet arbre immense qui rentre quasiment dans ma chambre. Je sais ce que vous y avez fait. Je vous ai entendu très distinctement pester et jurer.

— C'est vrai que je jure souvent, reconnut James en faisant le tour du lit pour aller s'asseoir sur le « fauteuil du visiteur », comme elle avait fini par le surnommer. Mais vous n'avez pas encore le droit d'y aller. Pas avant dimanche, au mieux.

Elle n'avait pas eu de mal à percer ses intentions : le jardin devait constituer une surprise. Pour elle. S'il avait été le duc et si elle avait été… eh bien, celle qu'elle était, cela aurait été charmant, romantique et très touchant. Mais il n'était que le majordome et elle n'épouserait pas l'homme à qui appartenait Earnhurst Manor. Par conséquent, elle ne vivrait jamais ici. Elle était donc embarrassée à l'idée de découvrir un jardin qui avait été conçu pour lui faire une surprise. Toutefois, cela lui faisait plaisir.

— Très bien, dit-elle. Mais aujourd'hui je suis décidée à marcher, même si je dois me cantonner à arpenter le couloir.

— Nous pouvons trouver mieux à faire.

Elle sourit.

— Oh ! C'était ce que j'espérais entendre. Remiton ?

— Remiton, ou les folies, ou l'étang. Cela fait deux jours que les ouvriers le débarrassent de ses algues et des mauvaises herbes, ainsi que des bouts de bois mort. Je... J'ai entendu dire que le duc avait fait venir des poissons, aujourd'hui.

— C'est formidable ! Il nous permettra peut-être d'aller pêcher tous les deux. Que de progrès ! J'ai du mal à croire que c'est la même maison que celle dans laquelle je suis tombée dans l'escalier la semaine dernière.

— C'est bien la même. C'est le duc qui a changé, je crois, dit-il d'un ton évasif en fixant la fenêtre obstruée par l'arbre.

Tiens, tiens, voilà qui était intéressant. C'était ce que Clara lui avait dit et répété, mais sa tante s'était visiblement entichée de cet individu.

— Vous trouvez que le duc a changé ? De quelle manière ?

Haussant les épaules, il se leva et alla négligemment inspecter les affaires posées sur la coiffeuse. Il soulevait les objets, puis les reposait.

— Lui et notre père n'étaient pas souvent du même avis, comme vous le savez, dit-il doucement comme s'il se parlait à lui-même. Je pense que son ressentiment envers le vieux duc s'est transformé en un rejet d'Earnhurst et de tout ce qui concernait le domaine. Mais maintenant que souffle un vent de nouveauté qui ne charrie pas seulement de vieux souvenirs pénibles, il se plaît davantage ici. Il s'est souvenu de ce qu'il aimait quand il était jeune garçon. Et il a compris qu'il pouvait y laisser sa propre empreinte.

— Je suis ravie de l'apprendre. Et heureuse aussi que le duc et vous soyez en de meilleurs termes.

— Oui, je crois que nous nous entendons finalement assez bien. (Il pivota et lui fit face.) J'ai très envie des petits gâteaux de la boulangerie à peine sortis du four. Qu'en dites-vous ? Dois-je faire appeler le phaéton, afin que vous gardiez des forces pour déambuler dans les boutiques ?

— Oh oui ! Et c'était tellement drôle quand vous m'avez portée chez la modiste. Mais je n'accepte qu'à une condition : je ne veux pas que vous me rendiez responsable de tous les gâteaux que vous mangerez là-bas. C'est peut-être moi qui vous les ai montrés la première, mais vous avez pris les devants les deux fois où nous y sommes retournés.

— J'accepte. Dois-je faire venir Hannah ?

— S'il vous plaît. Je crois que lady Sophronia est en train d'examiner des plans pour un belvédère avec Sa Grâce.

Il hocha la tête. Jetant un coup d'œil vers la porte ouverte, il s'appuya des deux mains sur le lit et lui vola un baiser bref mais ardent.

— Dans une demi-heure.

Elle glissa les mains dans son gilet ouvert et le retint pour savourer l'instant. Une autre semaine en sa compagnie était tellement tentante… Ses parents seraient horrifiés s'ils soupçonnaient qu'elle se pâmait d'amour dans les bras d'un majordome, mais comment pourraient-ils comprendre qu'elle avait trouvé l'homme qu'elle cherchait, et qu'elle n'arrivait même pas à imaginer passer la saison sans lui ? La vie sans lui... Non. Ce n'était même pas la peine d'y penser.

— Si vous ne me laissez pas partir, je vais finir par faire quelque chose que nous regretterons tous les deux, murmura-t-il en l'embrassant à pleine bouche.

Avec un gémissement, elle lâcha prise.

— S'il n'y avait pas les gâteaux, je préférerais vous garder ici avec moi.

Il se redressa un peu, sans la quitter des yeux, et caressa sa joue du bout de l'index.

— S'il n'y avait pas les gâteaux, j'abonderais dans votre sens, fit-il en soupirant. Trente minutes, Mabel.

— Je serai prête. N'oubliez pas de frapper, s'il vous plaît.

Il s'inclina avec grâce. Seigneur, on aurait dit qu'il avait fait cela toute sa vie.

— Vos désirs sont des ordres.

Elle ne le quitta pas des yeux jusqu'au moment où il ferma la porte derrière lui, puis elle passa avec précaution ses pieds par-dessus le bord du lit et se leva. Dieu soit loué, elle n'avait pas mal, mais sa cheville était fragile et raide. « Prudence » serait le maître mot de cette journée.

Elle aurait également dû appliquer cette consigne lors de son baiser avec le majordome, mais il était trop tard. La nuit dernière, elle avait rêvé qu'elle assistait à un grand bal où le duc annonçait que son demi-frère était désormais son héritier et que la haute société devait lui faire bon accueil. Elle était euphorique, sur un petit nuage, et avait hâte de danser avec lui, tant elle se réjouissait de voir un avenir souriant s'ouvrir devant eux. Mais juste avant qu'ils s'élancent, le duc surgissait, arborant une gigantesque moustache, et déclarait qu'il avait bien l'intention de danser toute la soirée avec sa femme, et elle comprenait alors qu'il parlait d'elle !

Elle s'était toujours dit qu'elle tomberait amoureuse de l'homme qui deviendrait son époux. Et voilà qu'elle s'était follement éprise d'un majordome, le frère illégitime d'un duc, un homme qui hantait jusqu'alors toutes les maisons de jeu de Londres. C'était tellement injuste !

Clara elle-même avait reconnu que, dans la société actuelle, il était impossible pour la fille d'un comte, enfant unique qui plus est, d'épouser un majordome : elle serait ostracisée et deviendrait l'objet de toutes les moqueries.

Pour couronner le tout, le majordome perdrait son emploi et le soutien de son demi-frère ; personne ne voudrait plus de lui. De son côté, elle savait coudre un peu, jouer du piano, mais de là à imaginer pouvoir gagner sa vie à partir de ces deux activités, c'était de la folie. Il faudrait qu'ils aient une ferme ou quelque chose de similaire, mais ils devraient d'abord trouver de l'argent et apprendre à traire les vaches.

Dans les livres, l'amour impossible était si romantique, si tragique et si beau. Dans la vie, c'était tout bonnement désespérant. Elle avait beau en connaître l'issue, elle n'avait qu'un désir : continuer à faire semblant, à imaginer que tout s'arrangerait et à se voiler la face sur ce qui se passerait une fois qu'elle et Clara auraient quitté Earnhurst Manor pour rejoindre Londres.

Vu que Clara saisissait le moindre prétexte pour aller bavarder avec Earnhurst, elle devinait que sa tante éprouvait des sentiments similaires. Sans ces mensonges, Clara et James Clay auraient même eu leurs chances, parce que Meg ne se serait certainement pas mise en travers de leur route. Clara était si heureuse, si enthousiaste à la perspective de retrouver un homme qui la traitait comme son égale, qui admirait ses connaissances et qui, de surcroît, soutenait certaines de ses grandes causes…

Elle et Earnhurst feraient un couple idéal.

Meg se rassit sur le lit. Y parviendrait-elle ? Réussirait-elle à se faire remplacer par Clara ? Elle avait écrit à ses parents qu'elle ne voulait plus se marier, mais hormis eux et Clara, personne n'était au courant. Si elle s'y prenait bien et endossait toute la responsabilité de cette piteuse mascarade, le duc pardonnerait au moins à Clara et ils pourraient être heureux tous les deux.

Cela ne changerait rien à sa passion pour le majordome, mais Clara, elle, serait comblée. Et pour l'amour du ciel, sa tante méritait tellement d'être admirée et adulée par un homme, ayant abandonné tout espoir de rencontrer un jour une telle personne !

Il y avait peu de chances que tout cela réussisse et le bon sens le lui faisait bien comprendre, mais peut-être leur restait-il une chance. Au moins pour Clara Bosley. Il le fallait.

Elle ne dirait rien pour l'instant. Pas avant d'y avoir réfléchi en faisant appel à la logique et à sa raison. Elle n'avait qu'une envie : tout envoyer au diable et qu'on les laisse tranquilles tous les quatre. Qu'on les laisse être qui ils voulaient et avec qui ils voulaient.

La journée d'aujourd'hui serait consacrée aux petits gâteaux et aux baisers. Le lendemain, elle causerait peut-être leur fin à tous.

30

Clara Bosley

— Je crois que nous devrions avouer la vérité à Earnhurst.

Meg était assise dans la petite salle à manger, les mains croisées sur les genoux, et seuls ses ongles blanchis sous la pression trahissaient la tension et l'inquiétude qui la taraudaient.

Clara comprenait fort bien ce qui tourmentait sa nièce.

— Vous avez perdu la tête ? souffla-t-elle en se hâtant d'aller fermer la porte avant de se rasseoir. Est-ce la raison pour laquelle vous étiez si calme, hier soir ?

— Je n'arrête pas d'y penser depuis hier, reconnut Meg. Avant aussi, mais hier j'ai élaboré un plan. Cette histoire était mon idée et je compte bien le lui dire. J'ajouterai que vous vous y êtes associée seulement pour m'éviter des ennuis. Ensuite, je lui dirai combien vous avez été heureuse ici, et que je serais à la fois contente et soulagée de rompre notre engagement pour que vous deux puissiez être ensemble.

Pendant un bref instant de folie, Clara voulut y croire. Après tout, les Bosley étaient une famille honorable, issue de la petite noblesse terrienne. Un mariage avec un duc n'était pas totalement inconcevable.

Mais un duc auquel elle avait menti ? Qu'elle avait volontairement trompé pendant plus d'une semaine ? Qui s'était confié à elle, qui avait écouté et suivi ses conseils ? Tout cela sous des prétextes fallacieux ? Si elle avait prétendu être la dame de compagnie et qu'elle l'avait séduit, passe encore, mais là elle s'était hissée bien au-dessus de sa condition. Jamais un duc ne pourrait – et ne voudrait – le lui pardonner.

— Meg, si vous ne voulez pas épouser Earnhurst, alors oui, vous devez rompre vos fiançailles. Mais si vous pensez que vous pourriez apprendre à être heureuse à ses côtés, si vous pouvez imaginer mener cette vie, ne le repoussez pas à cause de moi. Parce qu'il pardonnera peut-être à lady Margaret Pinwell ou à lady Sophronia Frumple, mais jamais à Mlle Clara Bosley. Quand il saura la vérité, il ne m'adressera plus la parole et souhaitera encore moins m'épouser.

— Mais vous l'aimez bien !

Clara hocha la tête. Elle l'aimait même plus que cela quand elle s'autorisait à y penser, mais elle s'y refusa tandis que Meg fixait sur elle un regard plein d'espoir.

— Je l'aime beaucoup, dit-elle avant de s'éclaircir la voix. Je suis aussi bien consciente que la plupart des gens me prennent pour une originale, voire pour une folle, et que je n'ai guère de soutiens au sein de l'aristocratie. Je ne crois pas aux contes de fées, ma chère.

— Vous n'êtes pas obligée d'être toujours aussi rationnelle, vous savez.

Avec un petit rire sarcastique, Clara se frotta l'œil avant qu'une larme roule sur sa joue.

— Cette semaine a été la moins rationnelle de ma vie. Je ne regrette rien, mais je ne crois pas qu'on puisse en tirer grand-chose de positif.

— Je persiste à penser que nous devrions lui dire ce qu'il s'est passé. Au départ, je ne voulais blesser personne. Si je ne m'étais pas tordu la cheville, tout aurait été différent.

— Il en va de votre avenir, Meg. Quoi que vous décidiez, il faut que vous pensiez à vous, insista Clara.

C'était plus facile à dire que de reconnaître qu'elle n'avait pas le courage d'affronter le regard d'Earnhurst quand il apprendrait la vérité à son sujet, et sur tout le reste. Elle affirmait volontiers ne rien redouter, que cela ne la troublait pas d'être insultée par les hommes quand elle brandissait des pancartes, quand ils lançaient des oranges et des choux sur elle et ses amis, parce qu'elle savait qu'elle menait le bon combat. Mais l'idée de braver sa colère et son dégoût... Elle en frémissait jusqu'à la moelle.

Sa nièce soupira profondément.

— Très bien. Puisqu'il s'agit de mon avenir, je veux lui dire la vérité. Dès ce soir, puisqu'il m'a proposé de me joindre à vous pour le dîner.

— Ce qui signifie que vous le direz aussi à James car il sera dans la salle à manger, avec son stupide gong. C'est une chose de vous confesser auprès d'une personne dont vous ne vous souciez guère, ma chère. C'en est une autre de le dire à quelqu'un que vous aimez. Et je sais que vous appréciez énormément ce majordome incompétent.

Elle sourit pour atténuer l'aigreur de sa remarque, mais Meg accusa le coup.

— Il faut pourtant que je le fasse, chuchota-t-elle d'une voix chevrotante. Mieux vaut le faire tout de suite plutôt que laisser s'installer le chagrin, le doute et les sottes illusions. (Elle haussa les épaules.) Maintenant que je peux marcher, nous pourrons au moins partir dignement quand ils nous flanqueront à la porte.

— Nous devrions peut-être demander à Wilson de préparer la voiture et l'équipage pour ce soir. Et nous devrions aussi faire nos bagages. Il m'en coûterait de devoir m'attarder ici, faute d'avoir anticipé la réaction que provoquera votre... notre... confession.

— Oui, vous avez raison. (Soudain, Meg enfouit sa tête entre ses mains.) Je voudrais seulement qu'il ne me déteste pas !

Inutile de demander de qui elle parlait ; Meg ne redoutait pas la colère du duc. Et même si Clara ne comprenait pas très bien ce que sa nièce trouvait à ce majordome, hormis sa belle allure et sa prestance, elle reconnaissait qu'il ne manquait pas de charme. Tant qu'on ne lui demandait pas de servir le thé, cela pouvait aller. En revanche, elle comprenait cette attirance pour quelqu'un qui n'était pas du même milieu, et cela lui suffisait pour éprouver une grande compassion pour Meg.

— Pendant ce temps, je vais aller voir le duc et poursuivre notre marivaudage, dit-elle en se levant. Ma duplicité éclatera au dîner, mais il n'est même pas l'heure de déjeuner et j'aimerais savourer encore un ou deux baisers.

Elle en désirait même davantage, mais elle ne voulait pas non plus laisser derrière elle plus de regrets qu'elle n'en avait déjà.

Meg rougit.

— Ma tante ! Quelle coquine vous faites. Mais ce programme est très tentant. Je me demande bien où est passé James...

Malgré tous les chantiers en cours, Earnhurst avait passé beaucoup de temps dans la bibliothèque. Clara se plaisait à croire que c'était sa présence qui l'y appelait, car c'était l'endroit où elle se sentait le plus utile. Au début, elle avait été perplexe à l'idée qu'un homme pouvait rechercher sa compagnie, mais maintenant cela lui faisait chaud au cœur et suscitait en elle de petits frémissements dans des endroits intimes et mystérieux.

Comme elle s'était mise à l'ouvrage tard ce matin-là, elle ne fut pas étonnée de voir qu'il l'avait devancée ; il était assis à une table, en face de deux menuisiers.

— Il semblerait que nous ayons suffisamment de beaux livres dans notre bibliothèque pour nous permettre une quatrième vitrine. Si nous décalons ces rangées de quelques centimètres, pensez-vous que nous pourrions caser les vitrines le long de ce mur ? demanda-t-il en désignant le croquis sur le plan.

— Je pense que oui, répondit lentement Tom, le plus âgé des deux menuisiers. Je vous conseille d'installer quatre rangées d'étagères classiques sur le mur d'en face, pour équilibrer l'ensemble.

Earnhurst approuva.

— Cela me convient. Vos talents d'ébéniste devront s'exercer ailleurs, mais nous avons une multitude de chambres à décorer. Finissons de prendre les mesures, voulez-vous ?

L'un des ébénistes releva la tête et aperçut Clara. Il se leva immédiatement et s'inclina.

— Milady.

L'autre artisan et le duc se levèrent à leur tour ; le menuisier fit une courbette et Earnhurst inclina la tête, tandis que son chaleureux sourire faisait bondir le cœur de Clara.

— Sophie ! Bonjour.

— Bonjour, dit-elle tout en songeant qu'elle ne s'habituerait jamais à voir des hommes s'incliner devant elle. (C'était mieux que de recevoir des oranges sur la tête, mais tout aussi inconfortable.) Pardonnez-moi, je suis en retard. Mabel est tellement contente de pouvoir marcher que je n'ai pas résisté à l'envie de faire quelques pas avec elle dans le couloir.

Le duc l'entraîna vers la table.

— Qu'en pensez-vous ?

— Ce que j'ai entendu me plaît. Quatre vitrines contenant les ouvrages de prix. Équilibrées par quatre étagères ouvertes de l'autre côté de la pièce. L'ensemble sera très plaisant.

Les deux ébénistes rougirent de plaisir.

— Merci, milady. Nous sommes très flattés.

— Le savoir-faire et le bon goût doivent toujours être appréciés à leur juste valeur.

— Alors, laissons-les à leur travail, voulez-vous ? (Le duc lui présenta son bras et elle posa les doigts sur sa manche.) Je voulais vous proposer une promenade dans le jardin, mais James a décrété qu'il ne serait pas accessible avant demain.

— Il a l'air très fier de ce qu'il y a accompli.

— Effectivement. Je… J'espère que ses motivations sont basées sur la fierté d'un travail bien fait, plutôt que sur le désir de plaire à votre compagne.

Clara lui lança un coup d'œil de biais.

— Leur attirance réciproque n'est un mystère pour personne, n'est-ce pas ? dit-elle en faisant plus que jamais attention à ses paroles, qui risquaient d'être retenues contre elle plus tard et scrutées à la loupe. Les jeunes gens sont toujours attirés par ce qui brille, ce qui ne veut pas dire qu'ils se trompent sur les vraies valeurs.

— Vous l'avez dit bien mieux que je n'aurais su le faire moi-même. (Le duc prit son élan.) Les folies doivent être démolies ce matin. Voulez-vous assister au spectacle ?

— Oh ! J'adore les entreprises de démolition.

Il se mit à rire.

— Vous ai-je déjà dit que je vous trouve vraiment singulière, Sophie ?

— Je reconnais avoir fait de mon mieux pour ignorer les instructions et les conseils dont ma mère m'abreuvait. Je préférais les enseignements beaucoup plus pratiques de mon père. Ce n'est pas pour me vanter mais je sais tirer un canard, le plumer et le servir à table, et je sais aussi nettoyer mon arme après la chasse.

— Mon Dieu, j'aimerais voir ça ! (Earnhurst jeta un regard par-dessus son épaule.) Je vais vous embrasser, murmura-t-il en la regardant bien en face. Je vous en prie, ne m'écharpez pas.

— Je vous le promets, chuchota-t-elle, le cœur battant la chamade. Et il y a de grandes chances que je vous rende votre baiser.

— Parfait, dit-il.

Et il l'embrassa.

31

James Clay

— Que faites-vous ici ?

En entendant James, Meg sursauta et sortit de sa cachette près de la barrière donnant sur le jardin.

— Simple curiosité de ma part, déclara-t-elle en lissant le devant de sa robe.

Jaune et toute simple, c'était celle qu'elle portait le jour où ils s'étaient rencontrés. Il se souvenait d'avoir tout de suite pensé qu'il mettrait volontiers cette demoiselle dans son lit. Maintenant, c'était dans sa vie qu'il la voulait.

— Vous étiez en train d'espionner.

— Et vous, vous m'avez fait une peur bleue !

— Si vous ne voulez pas être débusquée comme un faisan, ne rôdez pas dans les buissons.

Il lui tendit la main, essayant de reprendre son sang-froid jusqu'à ce que ses doigts s'agrippent aux siens, et il lutta contre l'envie de fermer les yeux en la sentant tiède et douce contre lui.

— Vu l'état de votre cheville, je me demande comment vous avez réussi à vous approcher autant de cette jungle.

— Grâce à ma détermination et à l'ombrelle de lady Sophronia. (Elle en planta l'extrémité dans le sol pour lui faire une démonstration.) James, laissez-moi voir le jardin.

Il secoua la tête.

— Non. Il est presque terminé, mais il reste encore un peu à faire. Demain.

Mabel fit la grimace qui plissait son nez et qui lui donnait toujours envie de l'embrasser. Il songea soudain qu'il devait lui avouer la vérité. Lui dire qu'il n'était pas majordome ni fils illégitime, mais qu'il était le duc d'Earnhurst et qu'il l'aimait.

Il ignorait si cela pourrait changer le cours des événements, mais il dormait mieux depuis qu'il avait envoyé la lettre par laquelle il annonçait à lord Brundon qu'il n'épouserait pas lady Margaret Pinwell. Le scandale, la controverse et très vraisemblablement la déchéance étaient au pas de sa porte, mais il était évident que, lorsqu'un séducteur tombait amoureux, il perdait complètement la tête. En l'occurrence, le séducteur en question n'était pas pressé de retrouver scs csprits.

— Je ne voudrais pas vous empêcher de travailler, dit-elle sans toutefois lâcher sa main. Je pense que je vais aller tromper mon impatience dans la bibliothèque, au milieu des livres.

— Depuis combien de temps êtes-vous là ?

— Je suis restée allongée dans le petit salon pendant vingt minutes, donc je dirais… pas plus de cinq minutes. Hannah, Timothy et lady Sophronia m'ont aidée à descendre l'escalier à cloche-pied.

— Cela nous laisse vingt-cinq minutes, si vous pouvez rester debout une demi-heure. Allons chez le boulanger. Nous couperons par la prairie.

— Et si cela nous prend plus de vingt-cinq minutes ?

— Alors je vous porterai au retour. Ou j'emprunterai un chariot à foin.

— Oh oui ! Avec un chariot à foin, nous pourrons ramener plus de gâteaux, puisque nous n'aurons pas à les porter.

Il ignorait quand s'était produit le déclic mais, au cours de ces huit derniers jours, Earnhurst Manor, Remiton et leurs environs, qu'il fuyait avant comme la peste, s'étaient transformés en... un véritable havre de bonheur. Un lieu de conte de fées où ses souvenirs heureux étaient plus vifs, un endroit où il pouvait marcher main dans la main avec une domestique et se promener avec elle dans une prairie sans que personne y trouve à redire.

— Resteriez-vous ici, si vous le pouviez ? demanda-t-il soudain.

— Je dois me rendre à Londres avec lady Sophronia. Pour le début de la saison.

— Mais si vous le pouviez ? Je sais bien que le manoir fuit de toutes parts, qu'il est décrépi par endroits et qu'il sent le moisi, mais dans un monde idéal, aimeriez-vous vivre ici ?

— Oh, mon Dieu..., murmura-t-elle si doucement qu'il l'entendit à peine.

Était-ce honnête de sa part de lui faire miroiter un rêve qui ne serait jamais à sa portée ?

— Vous n'avez pas besoin de me répondre, dit-il après un moment de silence.

— Dans un monde idéal, reprit-elle néanmoins en l'étonnant une fois de plus, Earnhurst Manor ne m'importerait guère. En revanche, j'aimerais être quelque part à vos côtés. Vous me jugez bien naïve, n'est-ce pas ?

— Non. Pas pour un rêve.

Boitillant, elle s'appuya contre son épaule.

— J'aime les rêves.

— J'y ai pris goût moi aussi, ces derniers jours. (Mais s'ils continuaient à bavarder ainsi, il allait se mettre à fredonner et à chanter, et probablement lui faire peur.) Vous faites la paire avec le duc, en boitant de la sorte !

— Je ne veux pas parler de lui.

— Très bien. Alors de quoi pourrions-nous parler ? Allons-nous nous contenter de marcher dans un silence offensé ?

— Un silence bancal serait plus approprié, répliqua-t-elle en souriant. J'avais une question à vous poser, si vous comptez vous lancer dans la bonne société : savez-vous danser ?

— Vous pensez vraiment qu'une femme raisonnable accepterait de danser avec quelqu'un comme moi ?

Il lui lança un regard en coin. Il aurait probablement répondu par la négative avant d'avoir hérité du duché. Il avait froissé trop de monde pour que la plupart des femmes de bonne réputation acceptent l'idée d'être vues en sa compagnie. Un titre de duc, en revanche, avait l'effet miraculeux de fermer les yeux et les oreilles à toutes les rumeurs et comportements douteux.

À ce stade, évidemment, il s'était retrouvé contraint de porter le deuil et il n'avait plus été question de danser. À vrai dire, cela faisait un peu plus d'un an qu'il n'avait pas dansé.

— Je suis allé plusieurs fois à Vauxhall[1], improvisa-t-il. On y faisait la démonstration des dernières danses à la mode. Il y avait des femmes et de nombreux divertissements.

— Ah ! Vous pensez que vous sauriez danser une valse ?

Il jeta un regard circulaire sur la prairie et les champs au-delà. Les vaches paissaient en haut de la colline.

— Ici ? Devant ces vaches ? Le Dr Grimsby vous a défendu de danser.

---

1. Grand parc d'attractions et de spectacles très couru à Londres aux XVIIIe et XIXe siècles, ouvert à toutes les classes sociales.

— Je doute que cela s'applique en la circonstance.

Détachant ses doigts des siens, elle se tourna vers lui et posa les mains sur ses épaules.

— Les vaches sont un public acquis à notre cause, puisqu'elles sont françaises et tout le monde sait que les Français aiment danser. Quant à vous, il ne suffit pas de regarder : rien ne vaut la pratique, et je vais vous apprendre à danser la valse.

James la laissa lui prendre les mains et les placer là où elles devaient aller : une sur sa taille et l'autre qui enveloppait la sienne, tandis qu'elle posait sa propre main libre sur son épaule.

— Et maintenant, que fait-on ?

— C'est vous qui menez, alors je vais reculer d'un pas et vous ferez comme moi, mais en avançant. Allez, lancez-vous avant que je ne trébuche.

Comme elle regardait leurs pieds pour le guider, il avait tout loisir de contempler son visage. Elle s'amusait et était toute joyeuse. Comment aurait-il pu lui dire adieu ? En réalité, il n'envisageait même plus cette possibilité. Il voulait l'empêcher de partir. Et tant pis s'ils devaient rester à Earnhurst pour la protéger des affronts, des paroles blessantes et du ridicule. Grâce à elle, il s'était remis à aimer cette vieille demeure. En fait, sa présence lui était devenue indispensable, ici et partout ailleurs.

— Épousez-moi, dit-il.

Mabel s'immobilisa si brusquement qu'il lui marcha sur le pied. En voulant éviter de peser sur son mauvais pied, il perdit l'équilibre et tous deux se retrouvèrent une nouvelle fois dans les pâquerettes.

— Malédiction, jura-t-elle en s'asseyant.

— Vous vous êtes fait mal ?

Imbécile ! Il avait jadis été gracieux et élégant. Avec elle, il était devenu un crétin empoté.

— Je vais bien. Si j'avais su que je deviendrais une spécialiste de la chute !

Cela le fit sourire, en dépit du bruit assourdissant que faisait son cœur dans sa poitrine, ce qui était pour lui une sensation totalement nouvelle.

— Je dois reconnaître que vous êtes douée.

— Je vous remercie.

Elle finit d'enlever les feuilles et les brindilles de ses cheveux, et glissa ses mains entre ses genoux.

— James, je...

— Avant que vous me répondiez, la coupa-t-il, il faut que je vous avoue quelque chose.

— Moi aussi, je dois vous avouer quelque chose. Ne m'interrompez pas, et promettez-moi de ne pas vous enfuir avant la fin.

— Vous croyez vraiment que je vais m'enfuir ? (James se mit à quatre pattes et l'embrassa lentement, avec avidité.) Je n'ai pas peur de vous.

Elle lui rendit son baiser.

— Pas encore.

Bigre, cela paraissait sérieux. Elle allait peut-être lui annoncer qu'elle n'était pas dame de compagnie, mais une lady elle aussi – ou alors qu'elle était bel et bien une dame de compagnie mais qu'elle s'appelait Clara, prénom qu'il trouvait bien plus seyant. Et que celle qu'elle était censée servir n'était pas celle qu'il croyait.

— Je ne vous interromprai pas et je ne m'enfuirai pas. Mais promettez-moi d'en faire autant quand ce sera mon tour.

Elle posa une main fraîche sur sa joue.

— Je pense que vous mettez la charrue avant les bœufs, mais d'accord, je vous le promets, déclara Mabel en respirant un grand coup. La raison pour laquelle nous...

Un coup de feu résonna, curieusement assourdi. Saisi, James se tourna vers le château et aperçut un grand cheval noir dans la cour devant la maison. Il était sellé mais n'avait pas de cavalier. Il s'y connaissait en chevaux et il lui semblait avoir déjà vu cet animal, le jour où Jasper Burshin lui avait remis sa lettre de chantage. *Jasper Burshin !*

— Attendez ici, dit-il en sautant sur ses pieds.

Il se mit à courir.

Il avait laissé à Elliott la responsabilité de faire ce qu'il jugeait bon des exigences de Burshin. *Diable !* Il n'avait même pas prévenu la police du vol des gages des domestiques, principalement parce que sa désinvolture avait mis Riniken hors de lui. Mais il savait qu'Elliott avait décidé de ne pas donner un sou de plus à ce maudit voleur.

Et voilà que maintenant... Il n'osait même pas y penser. La porte d'entrée était grande ouverte et le vestibule désert - une vision à faire mourir de honte tout majordome qui se respectait. James savait déjà qu'il faisait un piètre majordome, mais il avait abandonné son poste et quelqu'un était entré dans la maison. Et ce quelqu'un avait tiré un coup de feu.

Il fonça dans le couloir et courut jusqu'au bureau. La porte était close. Il tourna la poignée, mais le loquet était verrouillé. Il recula, se mit sur le côté et assena un coup d'épaule de toutes ses forces. Le chambranle se fendit et la serrure sauta.

Comme il entrait en chancelant dans le bureau, son pied droit heurta un pistolet et l'odeur de la poudre, âcre et piquante, le prit à la gorge. Le grand gaillard au visage épais qui lui avait donné cette maudite lettre fit un bond en arrière. Il tenait un autre pistolet dans la main gauche et le brandit par-dessus le bureau.

— Vous, ne bougez pas ! hurla Burshin. Le premier coup était un avertissement. Au suivant, je troue la peau de Riniken.

— Vous êtes blessé ? demanda James en jetant un coup d'œil à Elliott, qui se tenait derrière le bureau, les bras écartés.

— Non. Son tir n'a pas fait d'autre victime que le mur. Soit M. Burshin l'a fait exprès, soit il vise très mal.

— Ah, ces soldats ! fit James en redirigeant son attention sur l'homme avec le pistolet. Une charge d'éléphant ne les ferait pas broncher. Si vous posiez cette arme, pour que nous bavardions un peu tous les trois ?

— C'est ce que j'ai essayé de faire. Mais je ne suis pas venu ici pour discuter avec un foutu majordome.

Burshin lança à James un regard méprisant, examinant son costume noir, sa livrée verte, son absence de cravate et les brindilles qui devaient se trouver dans ses cheveux.

— James, laissez-moi gérer la situation, dit Elliott sans quitter des yeux l'employé de banque et son arme. Si vous alliez retrouver ces dames ?

— Oui, bonne idée, James, le singea Burshin. Allez donc retrouver ces dames. M. Riniken et moi devons parler affaires.

Elliott, fort logiquement, voulait le mettre à l'abri. Burshin ne voulait qu'un interlocuteur, puisqu'il ne lui restait qu'un coup à tirer. Mais le régisseur était avant tout un soldat. Un homme qui avait sauvé la vie du précédent duc d'Earnhurst et qui prendrait sans hésitation une autre balle pour le nouveau duc. Pour lui.

— Je crois que je vais rester, déclara James. C'est vous, monsieur Burshin, qui allez devoir partir.

— Ah ! Alors comme ça, vous avez divulgué notre petite affaire et vous avez demandé de l'aide. Pas vrai, Riniken ? Quelle honte ! Mais cela ne change rien. J'ai un registre qui prouve que le vieux duc a volé la Couronne. Vous aurez de la chance si cette pièce à conviction ne mène pas le nouveau duc à la corde. Donnez-moi dix mille livres et je le brûle. Tout de suite.

— Même si j'en avais envie, je n'ai pas dix mille livres à ma disposition.

— Bien sûr que si ! J'ai vu tous les travaux en cours ici. Il faut bien les payer, non ?

— Ils me sont facturés, rectifia posément Elliott. Mais je n'ai pas d'espèces.

— Alors faites-moi un billet à ordre.

— Non.

— Comment, non ? Si vous refusez, je vous tue et je file à Londres trouver le nouveau duc pour lui proposer le même marché.

— Le nouveau duc se fiche éperdument d'Earnhurst, rétorqua Elliott d'une voix égale. Et il se moque bien de moi.

Le regard de James allait de l'un à l'autre. Il portait le titre de marquis de Duffy depuis sa naissance. Comme beaucoup de ses congénères, il savait user de son titre et de son pouvoir comme d'une arme. Il préférait généralement ne pas s'en servir. Et il ne l'avait encore jamais fait depuis qu'il était duc. Pas ici. Nulle part.

Mais il fut frappé par une évidence, comme s'il avait reçu un coup de poing dans la poitrine : ce qu'Elliott Riniken venait de dire était encore vrai voilà seulement deux semaines. Il était fort probable que si quelqu'un s'était présenté à sa porte en menaçant de faire un scandale au sujet du vieux duc, il l'aurait flanqué dehors avec un coup de pied au derrière, parce que James se moquait bien de la réputation de son père. Earnhurst Manor aurait pu brûler et être réduit en cendres, cela ne lui aurait rien fait.

Mais c'était avant qu'il arrive ici, avant qu'il fasse la connaissance de Mabel Gooster ou de Clara ou Dieu sait quel était son nom. C'était avant qu'il commence à se rappeler combien il avait été heureux dans ce lieu autrefois, et avant de comprendre qu'il avait envie de refaire de cet endroit sa maison, où il ferait bon vivre. Avant aussi qu'il comprenne qu'Elliott et lui pouvaient devenir amis.

— Elliott, je vous demande pardon, dit-il sèchement en déboutonnant son stupide gilet vert, mais vous vous trompez. Et vous, Jasper Burshin, vous allez me faire le plaisir de poser ce fichu pistolet avant que j'attrape cette épée au mur pour vous embrocher. Me suis-je bien fait comprendre ?

L'arme pivota instantanément vers lui.

— Pour qui diable vous prenez-v...

— Moi ? Je suis James Arthur Clay, sixième duc d'Earnhurst, déclara-t-il en jetant par terre sa redingote et son gilet. Vous menacez mon régisseur. Je vous ordonne d'arrêter.

— Si vous imaginez que je vais croire à...

— Je n'ai pas terminé, l'interrompit James. Vous m'avez floué, et plus grave encore, vous avez floué mon personnel. C'était déjà inadmissible. (Il remonta ses manches jusqu'aux coudes.) Et maintenant, votre esprit bête et mesquin a décidé qu'il vous en fallait plus ? Vous trouvez cela malin de venir ici en poussant des cris de poule pour menacer mon employé ? Mon ami ? Vous étiez déjà une nuisance. Un moucheron. Maintenant, vous avez toute mon attention. *Posez cette arme.*

Silence. Puis le pistolet tomba bruyamment à terre. D'un coup de pied, James l'envoya sous le bureau et Elliott se pencha. Quand il se redressa, il tenait l'arme dans sa main.

— Sortez, déclara Elliott en montrant plus d'assurance avec un pistolet que Burshin.

— Pas si vite, riposta James. Asseyez-vous, monsieur le voleur. Elliott, appelez la police. Vous irez en prison, Burshin. Et puisque vous me devez au moins deux mille livres en plus des charges d'extorsion et de tentative de meurtre dont vous venez de vous rendre coupable, je vais vous prendre votre cheval.

— Non ! C'est mon...

Serrant le poing, James frappa Burshin à la mâchoire. Le jeune homme s'effondra avec un gémissement dans le fauteuil derrière lui.

— Je vous ai dit de vous asseoir.

— Oh ! Merci, mon Dieu, fit une voix féminine dans son dos.

Il fit volte-face et se retrouva nez à nez avec lady Sophronia, qui brandissait un pistolet à bout de bras. Elle le baissa, puis ramena le chien pour verrouiller le cran de sécurité et empêcher le coup de partir. *Sacrée bonne femme !*

— Sophie ! s'exclama Elliott en faisant le tour du bureau à grandes enjambées. Vous auriez pu être blessée !

Elle tourna les yeux vers lui.

— Ne vous approchez pas, monsieur.

— Que... que...

Derrière elle, Mabel avait le visage blafard, ses yeux écarquillés fixés sur James.

Il était inutile de demander ce qu'elles avaient entendu de la conversation – suffisamment, en tout cas.

— Elliott, gardez un œil sur lui, ordonna James avant de passer devant ces dames. Timothy, Randall ! Apportez-moi des cordes et envoyez Robert chercher le constable !

— Tout va bien ?

La voix de Timothy montait des profondeurs de la maison.

— Oui, tout va bien. Enfin... façon de parler.

— Il y a une voiture qui arrive dans l'allée !

Cette fois, c'était la voix de Randall.

— Eh bien, la porte d'entrée est ouverte, ils n'auront qu'à entrer. Je suis occupé.

Il ferma les yeux un instant et se tourna pour affronter Mabel.

— J'ai essayé de vous le dire tout à l'heure, fit-il. Et je crois que vous m'avez caché quelques détails, Cla...

Une voix féminine résonna dans le vestibule.

— Non ! Je refuse d'attendre ! Meg ! Clara ! Venez ici tout de suite !

Mabel porta les mains à sa bouche et le sang déserta son visage déjà livide.

— Maman ? chuchota-t-elle.

Jetant à James un ultime regard déchirant, elle tourna les talons et courut vers la porte.

32

Meg Pinwell

Meg courut vers le vestibule. Elle fit trois pas et sa cheville lâcha. Étouffant un cri, elle jeta les mains en avant pour se protéger dans sa chute, mais une main ferme la retint par sa robe et la souleva dans ses bras.

— James, balbutia-t-elle. Lâchez-moi !

— Non. Je vous ai dit que je ne veux plus que vous vous blessiez. Arrêtez de vous agiter dans tous les sens.

Oh, la peste soit de cette maudite cheville !

— Lâchez-moi !

Quelque chose s'était complètement détraqué. James Riniken n'était pas James Riniken mais James Clay, mais James Clay était Elliott Riniken et le majordome était... *le duc* ? L'homme qu'elle refusait d'épouser était celui dont elle était tombée amoureuse ? Elle n'avait qu'une envie, pour l'instant : s'évanouir et tout laisser se remettre en place avant de rouvrir les yeux. Si c'était ainsi que se manifestait la folie, elle n'aimait pas cela. Pas du tout !

— Qui que ce soit, ils sont déjà là, répliqua James d'une voix beaucoup plus apaisée que la sienne en regardant en direction du vestibule. Ils arrivent un peu comme des cheveux sur la soupe, mais calmez-vous. Je sais qui vous êtes, Clara. Et cela ne change rien pour moi.

Clara ? Il la prenait pour Clara ?

— Mais je ne suis pas Cl...

— Ah, vous voici ! (Sa mère se tenait dans le vestibule, les mains sur les hanches, tandis que son père menaçait Randall du bout de sa canne.) Margaret Pinwell, Clara Bosley, expliquez-vous !

— Posez-moi ! siffla Meg en frappant l'épaule de James. Immédiatement !

James s'exécuta et la remit sur ses pieds. Elle boitilla jusqu'à ses parents. *Ils sont bien là.* Et elle n'avait aucune idée de ce qu'elle allait leur dire. Comment diable avaient-ils su où Clara et elle se trouvaient ? Toutes les deux avaient écrit en disant qu'elles étaient à Londres. Mais sa propre confusion n'était rien, en comparaison de ce dont elle venait d'être témoin : un individu avait failli tuer le duc – qui n'était pas le duc, apparemment, à moins que James n'ait feint d'être le duc...

Oh ! C'était peut-être cela. James avait fait croire qu'il était le duc pour sauver la vie de son demi-frère. Mais oui, bien sûr ! C'était parfaitement logique. Elle pivota et se retrouva nez à nez avec lui.

— Vous vous êtes fait passer pour le duc pour lui sauver la vie ? interrogea-t-elle.

Il secoua la tête.

— Je ne faisais pas semblant. Pas à ce moment-là. Avant, oui. Mais...

— Vous êtes Earnhurst, intervint son père en lui tendant la main. Vous êtes le portrait craché de votre père.

— C'est ce qu'on m'a dit, répondit James, qui lui serra la main. Et vous êtes ?

— Brundon. Grégory Pinwell. Le comte. Et voici ma femme, Joséphine, lady Brundon. Nous nous sommes rencontrés quand vous aviez une quinzaine d'années.

— Vraiment ? Je n'en ai pas souvenir, répondit James avant d'incliner la tête. Milady.

La comtesse fit une révérence.

— Votre Grâce.

— Mais c'est n'importe quoi ! cria Meg, cherchant toujours une logique alors qu'elle se sentait tomber dans un puits sans fond. Que faites-vous ici, papa, maman ?

— Meg, la réprimanda sa mère. Contrôlez-vous, pour l'amour du ciel.

James referma la bouche. Son regard se posa sur Meg et il pâlit.

— Vous êtes... ?

— Veuillez me pardonner, Votre Grâce, coupa son père, mais je crois que vous avez été dupé. Ma fille et sa tante étaient censées se rendre à Londres. Je ne pouvais pas imaginer que Clara se jetterait sur vous comme une vraie virago.

— Grégory ! Cela ne sert à rien d'être grossier, intervint la comtesse, qui paraissait hésiter entre brandir son réticule contre un adversaire imaginaire ou partir en courant.

— Je ne me suis jetée sur personne ! (Clara venait de surgir, quelques pas derrière Meg.) Qu'est-ce que c'est que cette histoire ?

— Meg, vous êtes blessée ? interrogea soudain son père. Vous boitez.

— Je me suis tordu la cheville. Mais ce n'était pas... Je ne comprends rien à ce qui se passe !

Elle se cacha le visage dans les mains, regrettant de ne pas en avoir deux de plus pour se boucher les oreilles – quand bien même leur pasteur jugerait cela comme un blasphème.

Elle entendit l'autre homme – celui qui n'était pas le duc d'Earnhurst – toussoter.

— Permettez-moi... Nous devrions parler chacun à notre tour, expliquer ce que nous savons et démêler toute cette histoire.

— Oui, je vous en prie, répondit son père. Votre Grâce ?

— Non, pas moi. Choisissez quelqu'un d'autre.

Meg glissa un regard vers lui à travers ses doigts. Il continuait à la dévisager, le visage très pâle et les mains crispées.

— Je ne parlerai pas la première non plus, décréta Meg en refermant les doigts.

Ah, si seulement elle pouvait cesser de réfléchir aussi facilement qu'elle pouvait cesser de regarder ! Tout était si confus. À la seconde où elle commença à essayer de démêler cet imbroglio, son cerveau se mit à tourner comme une toupie et, prise de vertige, elle fut incapable de penser quoi que ce soit.

— Alors ce sera donc moi, intervint Clara, toujours pragmatique. Meg a décidé qu'elle ne voulait pas épouser un homme dont elle ne savait rien d'autre que des ragots colportés dans les journaux mondains. Nous avons alors convenu de prétendre visiter les beaux domaines du pays, de faire un arrêt ici, à Earnhurst, de voir si nous pouvions parler avec quelques-uns des domestiques, de jeter un coup d'œil à la maison et de nous faire une petite idée du caractère du duc.

— Mais qui sont lady Sophronia et Mabel Gooster ? demanda le père de Meg.

— Nous ne voulions pas être surprises en train de fureter, poursuivit Clara. Je me suis fait passer pour lady Sophronia Frumple, et Meg est devenue Mabel Gooster, ma dame de compagnie.

— Tout aurait marché comme sur des roulettes si je n'étais pas tombée dans l'escalier et si je ne m'étais pas foulé la cheville, lança Meg, le visage toujours enfoui dans ses mains. Nous ne devions rester qu'une heure ou deux. Et le duc n'était pas censé être là. Hélas, il l'était – sauf que ce n'est pas le duc.

Celui qui n'était pas le duc toussota de nouveau.

— Sa Grâce est arrivée trois jours avant ces dames, dit-il. Nous étions… en total désaccord au sujet des réparations et des travaux à mener, et quand nos invitées sont arrivées pour visiter la maison, je crois… que le duc n'a pas eu envie de leur consacrer son temps.

— J'étais ivre, coupa James d'un ton sec. J'ai fait croire à ces dames que mon régisseur ici présent, Elliott Riniken, était le duc et que moi, James, j'étais son majordome.

— Cette plaisanterie n'était destinée à durer que quelques heures, reprit Elliott Riniken. Mais Mabel – lady… lady Margaret – s'est fait mal et nous nous sommes retrouvés prisonniers de nos rôles.

Riniken qui-n'était-pas-le-duc reprit sa respiration, et Meg écarta un peu les doigts pour le dévisager. Voilà pourquoi elle l'avait trouvé si vieux, et voilà qui expliquait aussi pourquoi son tempérament ne correspondait pas du tout à sa réputation.

— Vous n'êtes pas le duc, dit-elle d'une voix tremblante.

Elliott secoua la tête.

— Non. Je suis seulement son régisseur. (Mais il ne la regardait pas : son attention était tournée vers Clara.) Mais vous, Sophie, qui êtes-vous ? Vous n'êtes pas Margaret. Vous êtes donc Clara ?

— Oui, je suis Clara, affirma-t-elle sur un ton calme que démentaient ses mains crispées. Clara Bosley. Je suis la tante de Meg. Et la sœur de lady Joséphine.

— Ma sœur bien plus jeune et beaucoup plus écervelée, commenta la comtesse.

— Oh, maman ! Elle voulait seulement m'aider. Clara n'est pas fautive. C'est moi qui ai eu cette idée.

— Oh, je vous mets toutes les deux dans le même sac. Je ne m'étonne plus que Sa Grâce veuille rompre la promesse de mariage, même si je ne comprends pas qu'il préfère Clara. En voyant tout le désordre que vous avez causé, je ne peux pas lui en vouloir. Et vous, qui vouliez aussi rompre votre engagement... Votre pauvre père a été à deux doigts de passer l'arme à gauche.

Meg regarda James.

— Vous voulez épouser Clara ?

Il secoua négativement la tête et fit un pas vers elle.

— Je vous prenais pour Clara. Mon valet de chambre a surpris une de vos conversations et il en a déduit, à tort, que... votre tante était lady Margaret Pinwell et que vous étiez quelqu'un répondant au prénom de Clara.

— Mais j'étais une domestique ! J'étais persuadée que vous aussi, vous l'étiez !

— Je...

— Non, non et non !

Meg tourna les talons et boitilla en direction de la porte d'entrée. C'en était trop. Elle avait besoin de réfléchir. De respirer.

Pendant un instant, elle songea à aller se jeter dans l'étang, comme une Ophélie moderne, mais cela n'aurait fait qu'empirer les choses – et d'ailleurs l'eau paraissait bien froide. Alors elle fit le tour de la maison. Le jardin de James. Son stupide jardin, qui était censé être une surprise pour elle et qu'elle pensait ne jamais revoir, après qu'elle aurait quitté définitivement Earnhurst avec Clara.

Poussant la barrière, elle y pénétra. Derrière les murs, tout était calme et elle inspira profondément. Les oiseaux virevoltaient entre les arbres, les libellules descendaient en piqué et vrombissaient paresseusement. Tous ces bruits l'envahirent et elle ferma les yeux un moment, se contentant d'écouter.

Puis elle les rouvrit. Tout autour d'elle, des parterres de roses trémières s'épanouissaient en camaïeu jaune, rose et rouge tandis que plus loin, sur les plates-bandes au pied des murs, s'élevaient des rosiers fraîchement plantés. Il y en avait des roses et des jaunes, des blancs et des rouges, leurs parfums lourds et poivrés l'encourageant à inspirer de nouveau profondément, à plusieurs reprises. Oh ! Et ces lavandes violettes, ces lupins et ces marguerites, tant de variétés de fleurs ! Avec les feuilles vert foncé, les arbres et les bancs ombragés, c'était vraiment paradisiaque.

— Comment le trouvez-vous ? s'enquit James d'une voix douce dans son dos.

— Parfait.

— Je l'ai fait pour vous. J'y ai mis tout ce que vous auriez aimé voir dans un jardin. Sauf la fontaine avec son jet d'eau, parce qu'il faudrait plusieurs semaines pour changer les canalisations.

Meg se tourna vers lui. Il était encore en manches de chemise, les bras découverts jusqu'aux coudes. Comment avait-elle pu se fourvoyer à ce point ? Il avait tout d'un duc. La prestance, l'éducation, la façon de se servir des mots comme d'une arme tranchante. Maintenant qu'elle savait, elle ne comprenait pas comment elle avait pu le prendre pour quelqu'un d'autre.

— Vous m'avez prise pour Clara.

— Oui. Goodfrey va se faire tirer les oreilles.

— Alors, quand vous m'avez demandé de m'épouser tout à l'heure, vous ignoriez tout de moi. Sauf mon prénom, soi-disant… Clara.

James haussa les épaules.

— Je ne pouvais pas imaginer passer une journée sans vous voir, sans bavarder avec vous… et sans vous relever d'une chute.

Un faible sourire flotta sur les lèvres de Meg.

— D'habitude, je suis plus gracieuse que cela.

— Je me moque que vous soyez ou non gracieuse. Je me moque que vous soyez la femme que mon père me destinait ou non. Vous êtes celle que *moi* je veux épouser, Margaret.

— Meg, rectifia-t-elle machinalement.

Il arbora un large sourire.

— Meg. Je préfère aussi. Je ne sais pas ce qui a pu se passer pendant ces huit jours, mais… Meg, je suis un homme cynique, blasé, et une grande partie de ce que vous reprochiez à Elliott m'est entièrement imputable. Je prends tout sur moi. Mais, à ma décharge, je n'avais jamais été amoureux. Pas avant de vous rencontrer.

— Vous m'avez demandé de vous épouser alors que vous me preniez pour une dame de compagnie… Vous pensiez que j'étais une simple domestique.

Lentement, des bribes de conversations au cours des derniers jours se remettaient en place, comme si elle assemblait les pièces d'un puzzle.

— J'avais élaboré un plan : nous n'aurions jamais quitté Earnhurst et ainsi, personne ne nous aurait embêtés. C'était très romantique – enfin, c'est ce que je pensais.

Meg le regardait attentivement : le regard droit, un léger sourire aux lèvres, et nulle trace de moquerie dans son attitude.

— Vous êtes James Clay. Pourquoi avez-vous laissé Earnhurst tomber en ruine ?

Il accusa le coup, comme s'il ne s'était pas attendu à cette question.

— Je vous ai presque tout raconté, dit-il enfin d'une voix lente et avec un air songeur. J'ai tout mis sur le dos d'Elliott, bien sûr, mais c'est moi qui suis fautif.

— Racontez-moi tout de même.

— Eh bien, ma mère est morte quand j'avais neuf ans. Cinq ans plus tard, mon père est rentré des Indes et, avec lui, Elliott Riniken. Elliott lui a sauvé la vie et ils étaient devenus comme… un père et un fils devraient l'être. J'étais jaloux. Furieux. Insupportable. Mon père a décidé alors de m'envoyer à Cambridge, puis à Oxford. J'avais l'impression d'avoir été remplacé, d'être le mal-aimé, et j'ai décidé de couper les ponts avec lui. Et par extension avec Earnhurst Manor. Et Riniken.

— Vous avez dû vous sentir affreusement seul et malheureux. Qu'est-ce qui a fait que votre cœur a changé ?

Il lui offrit son bras.

— Si nous allions nous asseoir sous l'arbre ? Vous êtes debout depuis trop longtemps.

C'était exact, et sa cheville commençait à l'élancer après avoir été malmenée toute la matinée. Elle posa les doigts sur son bras nu et clopina avec lui en direction du hêtre immense.

— Cet arbre fait très bien ici. Il est beau et procure de l'ombre, et désormais je peux de nouveau admirer la vue depuis ma chambre.

— Si tout ceci s'était passé demain, j'aurais eu le temps de planter des tournesols entre les bancs et d'y mettre des coussins.

Elle s'assit et il s'installa à côté d'elle, attrapant sa main qu'il tint prisonnière. Le brouillard s'éclaircissait dans sa tête, et elle se rappela que ses parents et le père de James avaient signé un accord de mariage entre eux un an auparavant. Elle pouvait l'épouser.

— Vous n'avez pas répondu à ma question.

— Pourquoi mon cœur a-t-il changé ? répéta-t-il. À cause d'une demoiselle qui n'a pas cessé de me traîner jusqu'à la boulangerie de Remiton, où je passais littéralement tout mon temps quand j'étais enfant. Cette personne m'a montré des coins du domaine qui sont restés magnifiques et elle pleurait sur le tas de ruines qu'il était devenu.

— Je ne pleurais pas : je le déplorais.

— Elle le déplorait, alors. Vous... J'ai commencé à me souvenir que j'aimais cet endroit autrefois, et vous m'y avez aidé. Pour être franc, je n'avais jamais été majordome et je...

Meg pouffa.

— N'en parlons plus, reprit-il. J'ai passé suffisamment de temps en votre compagnie, mon amour, et avec les six personnes qui sont demeurées ici en dépit de toutes les adversités. Ce sont de braves gens, peut-être parfois un peu originaux. Randall est très fort au piquet – ne vous laissez pas tromper par son air affable. Mais ils aiment Earnhurst. Ils aiment cet endroit et sont prêts à tout pour le voir retrouver son lustre. Et six – bientôt sept – personnes qui se sentent vraiment concernées peuvent être très efficaces.

Il était sincère. Il pensait chaque mot qu'il prononçait. Et il l'aurait épousée même si elle n'avait été qu'une domestique. Meg entrelaça ses doigts aux siens.

— Il faut que je vous avoue que je ne sais pas si j'aurais répondu oui à votre demande, tout à l'heure.

James fronça les sourcils.

— Ce n'est pas...

— Non, il faut que je vous le dise. Je voulais dire oui, mais je n'arrêtais pas de penser que je serais déshonorée et que vous, de votre côté, vous perdriez toutes vos chances d'intégrer la bonne société. Parce que, souvenez-vous, vous étiez un fils illégitime et un majordome catastrophique, et mes parents auraient été si blessés et si déçus. Je ne sais pas si j'aurais pu passer outre.

Pendant un long moment, il fixa sur elle ses beaux yeux gris et pensifs.

— Nous vivons dans un monde où le rang que nous occupons compte beaucoup. Je n'aurais pas perdu le mien en vous épousant. Seulement ma réputation, qui ne m'a jamais vraiment préoccupé. Compte tenu de ce que vous saviez de moi, c'est *vous* qui auriez été déshonorée. La société vous aurait rejetée. Et moi j'étais sans travail, illégitime, clairement bon à rien si ce n'est à jouer aux cartes... Je ne peux pas vous en vouloir. À votre place, je ne me serais pas marié non plus.

— Mais je le désirais, pourtant. De tout mon cœur.

— Vous vouliez épouser James le majordome. Et comment trouvez-vous James le duc ? (Il se leva, sans lui lâcher la main, et posa un genou à terre devant elle.) Voulez-vous m'épouser et vivre ici avec moi, en m'aidant à rendre ce lieu aussi magnifique qu'il l'était jadis ?

Pour une fois à court de mots, Meg hocha la tête.

— Je vous épouserai, James Clay, si vous me promettez d'embaucher un vrai majordome. Je vous autorise néanmoins à continuer à m'apporter mon petit déjeuner au lit, aussi souvent qu'il vous plaira.

— Alors ce sera très, très souvent, murmura-t-il en la prenant sur ses genoux et en lui volant un baiser. En fait, nous ne quitterons jamais notre lit.

Meg lui rendit son baiser, enfouissant les doigts dans ses cheveux bruns emmêlés qui arboraient toujours fièrement leurs feuilles et leurs brindilles. Tout ici avait été fou et absurde, et elle en avait adoré chaque instant. Passer le reste de ses jours à bavarder avec James et à l'embrasser, se réveiller avec lui à ses côtés, c'était un conte de fées qui devenait réel.

Bien sûr, Clara allait être déçue qu'elle choisisse de mener une vie conventionnelle, mais...

— Clara ! s'exclama-t-elle en se levant soudain. Il faut que nous aidions Clara ! Mes parents doivent être terriblement fâchés contre elle, et comme elle est têtue comme une mule, elle va vouloir tout prendre sur elle. Jamais ils ne me permettront de la revoir.

James sauta sur ses pieds et la souleva dans ses bras.

— Allons la retrouver. Mais je ne veux plus que vous marchiez, pour le moment.

— Très bien. Mais dépêchez-vous ! Elle va partir en trombe et s'enfermer quelque part dans un ermitage. Dieu sait qu'elle est capable de vivre de rien, s'il le faut.

Riant à gorge déployée, James revint à grandes enjambées vers la maison en la portant dans ses bras. *Son* James, *sa* maison. Sa vie, désormais. Et elle l'adorait, plus encore qu'elle n'aurait jamais pu l'imaginer.

33

Clara Bosley

— Il faut que nous retrouvions Meg, déclara Joséphine en se dirigeant vers la porte d'entrée. Je n'ose imaginer les bêtises qu'elle va encore aller dire au duc. Elle a déjà ruiné sa saison – c'est la deuxième fois – et celle-ci n'a même pas encore commencé.

— Laisse-la, Jo, dit Clara en s'interposant entre sa sœur et la porte. C'est une adulte, à présent. Si James et elle sont faits pour vivre ensemble, ils s'en rendront compte tout seuls.

— Tu oses me donner des conseils ? *À moi !* Pour l'amour du ciel, Clara, pourquoi ne l'as-tu pas empêchée de se lancer dans cette aventure insensée ? Tu es sa tante !

— Je suis également son amie. Et j'ai trouvé que son plan pour apprendre à mieux connaître l'homme que vous aviez choisi de lui faire épouser, était très cohérent. Courageux, aussi. Et bien entendu, j'étais prête à tout pour l'aider.

Grégory marmonna dans sa barbe quelque chose comme « Fichue bas-bleu d'intellectuelle » et Clara crispa les poings.

Soudain Earnhurst – ou plutôt Elliott – surgit devant elle.

— Clara, puis-je vous parler en tête à tête ? demanda-t-il.

Il n'est pas duc.

— Mais bien sûr, répondit-elle en se dirigeant sans entrain vers la bibliothèque.

Ils ne pouvaient pas aller dans le bureau, où Timothy et Randall avaient ligoté cet affreux bonhomme qui avait presque… Elle n'arrivait même pas à l'imaginer.

— Le pistolet que vous teniez à bout de bras, vous l'aviez décroché du mur ? l'interrogea-t-il en s'effaçant pour la laisser entrer avant de refermer la porte.

— Oui. Le pistolet à platine à silex. Un peu archaïque, mais il était à portée de main et je savais où trouver des balles et de la poudre.

— Vous l'avez décroché du mur, chargé et armé, et vous avez couru jusqu'au bureau pour… dans quel but ?

— Pour vous aider. Je croyais que cet homme vous avait tiré dessus. S'il l'avait fait, je… Mais qui diable êtes-vous, en réalité ?

Le duc s'était présenté mais ensuite, tout s'était mis à tourner autour d'elle et elle ne savait pas comment elle avait fait pour rester debout.

Il s'inclina.

— Elliott Riniken, régisseur de l'ancien et du nouveau duc, déclara-t-il. Tout ce que je vous ai dit sur moi est vrai. Je n'ai menti que sur mon nom et sur mon rang. Et, à ma décharge, je n'avais aucune idée de ce qui se tramait avant l'instant où James m'a présenté devant vous comme le duc d'Earnhurst.

Ce n'était pas un aristocrate. Absolument pas. En réalité, il n'était qu'un domestique. Enfin, un employé du domaine. Un homme qui travaillait pour gagner sa vie.

— Vous avez donc servi avec le duc aux Indes et au Népal, et dans tous ces endroits dont vous m'avez parlé.

Elliott acquiesça.

— Oui. J'ai dû modifier quelques détails sur mon âge et sur celui que le nouveau duc était censé avoir, mais oui.

— Et c'est vous qui avez sauvé la vie du duc, n'est-ce pas ? C'est là que vous avez reçu une balle dans le genou ?

— Clara, vous avez mieux résumé les choses que je ne l'aurais fait. Et vous, vous êtes la belle-sœur d'un comte.

— Qu'est-ce que cela vient faire avec ma capacité à décrypter les événements ? s'emporta Clara.

— Rien. Mais cela explique clairement pourquoi je suis tombé fou amoureux de vous.

— V… Oh !

Clara le dévisagea, contempla ses cheveux bruns qui frisaient un peu aux extrémités – sûrement parce qu'il avait oublié pour la première fois de sa vie de les couper –, ses pattes-d'oie au coin des yeux – vestiges de l'ardent soleil des Indes – et ses yeux noisette qui avaient peuplé ses rêves au cours des dernières nuits.

— Je suis une femme engagée, vous le savez. Je lutte pour le droit de vote des femmes, l'assistance aux plus démunis, et j'ai décidé très récemment de soutenir la cause des anciens combattants.

— Vraiment ? J'admire tous ceux qui se dévouent pour les choses qui leur tiennent à cœur. En l'occurrence, ce sont des causes que je partage.

Elle lui jeta un regard de biais.

— Même le droit de vote des femmes ?

— Pourquoi un sexe serait-il mieux placé que l'autre pour juger et décider de l'intelligence ou de la valeur de quelqu'un ?

— Savez-vous que depuis une semaine je m'évertue à tenter de réconcilier l'homme que vous êtes avec celui dont parlaient les journaux ? lança-t-elle en faisant courir ses doigts sur la couverture des livres qu'ils avaient commencé à ranger dans la bibliothèque. Cela me troublait parce que rien ne collait.

— Et maintenant ?

Et maintenant, tout s'éclaircissait. L'homme qu'elle avait rencontré à son arrivée à Earnhurst était le bon. Compatissant, attentionné, efficace, intelligent et courageux. Et il embrassait si bien.

— Elliott... Puis-je vous appeler Elliott ?

— Bien sûr. Je préfère cent fois Elliott à Earnhurst.

— Et moi, Clara. Je me rends compte que je suis incapable de vous quitter, Elliott. Voudriez-vous m'épouser ?

Il réprima un tressaillement, puis il sourit et se rapprocha d'elle.

— Vous ai-je dit à quel point vous êtes unique, Clara Bosley ?

— Oui. Je gagne modestement ma vie en publiant des pamphlets et en donnant des conférences. Ce n'est pas grand-chose, mais...

— Arrêtez.

— Je veux vous démontrer que si vous m'épousez, je ne serai pas une charge financière pour vous. Je présume que vous êtes salarié et si vous continuez à travailler comme régisseur ici... À propos, comptez-vous rester à Earnhurst ?

— Oui. Et oui, je touche un salaire. Généreux. À sa mort, le duc m'a d'ailleurs légué vingt mille livres. Vous voyez donc qu'en entrant dans ma vie, vous ne grèverez nullement mes finances. En réalité, je suis presque riche.

L'ancien duc et lui étaient amis. Tout ce qu'il lui avait raconté témoignait de son affection et de son admiration pour le vieil homme, et c'était l'une des parties du puzzle qu'elle n'était pas arrivée à faire coïncider avec ce qu'elle constatait de l'état du domaine. Mais elle comprenait, à présent. Tout devenait logique.

— Je vous croyais fiancé à ma nièce, voyez-vous, dit-elle d'une voix un peu hachée. Je luttais de toutes mes forces contre l'admiration et l'affection que vous m'inspiriez, contre l'envie de vous embrasser, le désir d'être nue dans vos bras ou de vous épouser.

— Et moi, je vous prenais pour une grande dame, je me croyais indigne de vous. Ensuite, je me suis dit que vous étiez promise à James et malgré tout, je vous ai embrassée. Je ne suis donc pas l'homme d'honneur que je croyais être.

— Si vous ne l'êtes pas, moi non plus. À présent, ajouta-t-elle en joignant les mains, surtout pour s'empêcher de le saisir par les revers de sa redingote et de l'embrasser avant la fin de leur conversation, je vous ai demandé de m'épouser, Elliott Riniken. Quelle est votre réponse ?

— Ma réponse, Clara Bosley, la voici : je vous aime, et je ne savais pas quoi faire si vous vous étiez résolue à épouser James. J'ai même essayé de le convaincre que vous n'alliez pas ensemble, parce que je vous voulais pour moi. Donc, pour résumer, ma réponse est oui !

Clara se jeta au cou d'Elliott et pressa ses lèvres sur les siennes. Il l'attira doucement contre sa poitrine et l'embrassa à lui en faire perdre le souffle. Quand il se redressa, il appuya son front contre le sien et elle lui sourit.

— Je vous aime, vous savez, chuchota-t-elle. Moi qui pensais ne jamais tomber amoureuse.

Dans son esprit, le célibat était en effet une composante importante de ses croisades. Néanmoins, la perspective d'avoir un partenaire, quelqu'un avec qui elle pourrait tester ses stratégies et qui avait des idées bien précises de son côté, promettait d'être passionnante. Ils formeraient un couple très intéressant.

— Pendant longtemps, j'ai pensé que je m'occuperais d'Earnhurst, du duc comme du domaine, jusqu'à la fin de mes jours. Un homme chargé de protéger et de faire appliquer les dernières volontés d'un défunt. Mais maintenant... je préférerais tracer mon propre chemin. Avec vous. Je vous adore, Clara. Je vous adore depuis le premier instant où nos regards se sont croisés.

La porte de la bibliothèque s'ouvrit à toute volée.

— Mon Dieu ! s'écria Meg, qui entra avec James, Jo et Grégory sur leurs talons. Je me disais bien que vous aviez dû lui faire part de vos sentiments.

— Mais pas du tout, riposta Clara en attrapant la main d'Elliott. Nous avons décidé que nous faisions d'excellents partenaires et que nous allions pérenniser cette entente.

— Clara ? s'exclama Jo en haussant ses sourcils soigneusement dessinés. Vous êtes... je veux dire, il...

— Mlle Bosley a accepté de m'épouser, coupa Elliott, sans laisser Clara leur annoncer que c'était elle qui avait pris l'initiative et qu'il avait répondu oui.

Cette dernière songea qu'elle pouvait bien faire cette concession à la tradition. Et à la galanterie. Elliott était galant.

— Je suis un homme comblé, poursuivit-il. Et je ne mérite pas ma chance.

— Ne dites donc pas de bêtises, intervint James avec un demi-sourire. Vous méritez d'être heureux. L'un comme l'autre. Et dans ma grande magnanimité, je suggère que nous fassions de ce mariage champêtre un double événement.

— Un double mariage ? s'exclama Meg en resserrant son étreinte autour de James avec un grand sourire et des larmes dans les yeux. Oh oui !

Grégory et Joséphine échangèrent un regard.

— Un double mariage ? Dans cinq semaines ?

— Pourquoi pas ? fit Clara en souriant, les yeux humides à son tour.

C'était le bonheur. Le pur bonheur. De pouvoir rester celle qu'elle était tout en prétendant être quelqu'un de complètement différent. Tout n'avait pas forcément besoin d'être logique, en fin de compte.

Épilogue

Basil Goodfrey

Cinq semaines plus tard

— Si on m'avait écouté, déclara Basil Goodfrey en tirant sur les extrémités de la cravate de Sa Grâce pour les nouer savamment à sa façon, vous vous seriez mariés dans le manoir, dans une pièce illuminée par des bougies placées idéalement entre un mètre vingt et deux mètres dix du sol, pas plus mais pas moins !

— Je le déplore. Mais pourquoi cette limite entre un mètre vingt et deux mètres dix ? demanda le duc.

— La lumière à hauteur du visage estompe les imperfections. Nous en avons déjà parlé, Votre Grâce. Le soleil fait des ravages sur le teint. De nos jours, dans les mariages, tout le monde louche, chaque défaut est souligné et, pire que tout, il y a le vent. Imaginez qu'un coup de vent renverse les fleurs de l'arche nuptiale ou fasse tomber votre jeune épouse ? Ce ne serait pas la première fois, comme vous le savez.

— À vous entendre, un mariage en extérieur serait affreusement dangereux. Et c'est vrai que Meg a tendance à trébucher, admit le duc en vérifiant une dernière fois son reflet dans le miroir. Je suis impatient de savoir quelle catastrophe nous attend, cette fois-ci.

Contre quoi m'avez-vous mis en garde, hier ? Contre les abeilles ?

— Non. Contre les fientes d'oiseaux. Les abeilles, c'était avant. Si seulement vous vouliez bien m'écouter, je vous dirais que nous avons manqué de temps avant le mariage, alors que moi je n'ai pas manqué de raisons justifiant un mariage à l'intérieur.

— Mais je vous écoute, Goodfrey, dit Sa Grâce en tendant son poignet pour que le valet y fixe un des boutons de manchettes en émeraude. Je désespère simplement de vous faire comprendre que je m'en moque éperdument. Si Meg trébuche, je la relèverai. J'ai l'habitude. Le mariage a lieu dans moins d'une heure. Allez donc retrouver Elliott.

— Il faudra qu'il se prenne un valet de chambre, surtout s'il s'installe dans ce cottage à Remiton. Je refuse de faire des allées et venues à cheval pour vous aider tous les deux à être décents.

— Je crois bien qu'il a l'intention de se débrouiller tout seul, après le mariage.

Goodfrey sentit le sang déserter son visage, le laissant presque étourdi.

— Tout en continuant à vous représenter, vous et le domaine ? Mais c'est impossible !

— Cela ne vous regarde pas. Allez-vous-en, maintenant.

Grommelant une litanie de jurons dans sa barbe, Basil ramassa les foulards, la brosse, le peigne, les vêtements de nuit épars et tout ce qui traîne habituellement après la toilette d'un duc, puis il revint vers la table. James Clay avait été marquis ; il savait donc s'habiller de manière élégante. À part pendant la période où il avait perdu la tête et s'était fait passer pour un majordome, il avait toujours été vêtu avec soin.

Il continuerait à bien s'habiller si Basil pouvait continuer à s'en mêler – ce qui était le cas. Quant à l'autre, ce M. Riniken, c'était une autre paire de manches. Bien sûr, il pourrait tirer bénéfice de ses conseils vestimentaires, mais Dieu merci, à compter du lendemain, Basil se dégageait de toute responsabilité vis-à-vis de lui.

On frappa à la porte.

— Entrez ! fit le duc en se retournant.

Randall Oberton se glissa dans la pièce.

— Le prêtre est arrivé, Votre Grâce, dit le domestique. Et les musiciens sont prêts.

— Merci, Oberton. Nos invités sont satisfaits de leurs chambres ?

— Oui, Votre Grâce. Il flotte dans l'air un parfum de compliments, aujourd'hui. (Il se dandina un peu sur ses pieds.) Si vous me permettez, Votre Grâce, vous avez fait des miracles. Earnhurst Manor est de nouveau à la hauteur de son nom. C'est... éblouissant. Je ferai tout mon possible pour que cela demeure ainsi.

— C'est la raison pour laquelle vous êtes désormais mon majordome, Oberton, observa le duc. Et vous êtes bien meilleur que je ne l'étais. Je me suis déjà excusé de devoir manquer notre partie de cartes ce soir, mais je dois aussi me faire pardonner de vous mettre Goodfrey sur le dos. Je vous en prie, débarrassez-moi de lui.

— Je m'en irai tout seul, dit Basil en terminant de ranger les affaires sur la table de toilette. Je reste néanmoins dans les parages, si vous avez besoin de moi pour recoudre un bouton ou quoi que ce soit d'autre.

Il s'inclina et quitta la chambre du duc en précédant le nouveau majordome.

La porte qui menait à la plus belle des chambres d'invités était ouverte, et il ralentit en apercevant lady Margaret Pinwell. Elle avait choisi une ravissante robe en soie et dentelle ivoire qui mettait en valeur sa silhouette élancée, et un simple voile lui avait permis de piquer des fleurs fraîches dans ses cheveux noirs. *Bravo.* Elle avait su tirer profit des conseils de sa femme de chambre récemment arrivée – une cruche répondant au nom de Nelly Prentiss.

L'autre mariée, Clara Bosley, apparut derrière sa nièce. Sa robe était beaucoup plus simple, dans un tissu pêche, mais il devait reconnaître qu'elle lui allait à ravir et qu'elle correspondait à son tempérament. Elle n'était pas fille de comte, n'avait pas un statut aussi illustre que sa nièce, mais elle était issue de la petite noblesse terrienne et avait belle allure.

Il ne comprenait toujours pas comment ces deux femmes avaient pu se lancer dans cette aventure sans camériste.

D'ailleurs, il n'avait pas tout compris de ce qui s'était passé depuis que lui et Sa Grâce avaient quitté Londres pour rejoindre le Dorset, si ce n'est que personne n'aurait su planter une rangée de fleurs, et encore moins arranger cette maison et ce domaine, sans son aide et ses conseils.

— Avez-vous vu ce qu'il m'a apporté, ce matin ? demanda lady Margaret en se retournant pour soulever une assiette sur la desserte. Vingt petits gâteaux de la boulangerie. Il est allé les chercher lui-même. Si je n'avais pas eu peur d'exploser dans ma robe, je les aurais tous dévorés.

— Vous allez finir par grossir, vous savez.

La future duchesse éclata de rire.

— Si c'est le cas, je veillerai à ce que James devienne corpulent en même temps que moi. Même s'il m'a promis de faire beaucoup d'exercice après notre mariage. (Ses joues s'empourprèrent.) Je n'ai aucune idée de ce dont il parle, mais j'ai hâte de voir ça.

Corpulent ? Basil renifla avec mépris et ignora le reste de leur conversation. Cela signifierait renouveler toute la garde-robe. Seigneur, ce qu'il pouvait endurer ! Et personne ne s'en rendait compte.

— Aucune idée, vraiment ? dit Mlle Bosley, toute rouge elle aussi. Moi non plus.

Lady Margaret attrapa en riant la main de sa tante.

— Mon Dieu, souffla-t-elle en rougissant de plus belle. Comme je suis heureuse !

Bien sûr qu'elle l'était. Elle épousait un duc, tout de même ! Poursuivant son chemin, il toqua à la porte de la chambre qu'avaient utilisée Riniken puis Mabel – qui était en fait lady Margaret –, et que Riniken avait réintégrée par la suite.

— Entrez, dit le régisseur.

Basil ouvrit la porte.

— Avez-vous besoin d'aide ? s'enquit-il en prenant soin de dissimuler son dédain.

Un valet de son rang n'était pas censé s'abaisser à habiller un roturier. Personne n'avait idée des indignités auxquelles il avait dû se prêter depuis qu'il avait suivi le duc d'Earnhurst dans le Dorset.

— Qu'en pensez-vous ? interrogea M. Riniken en se tournant vers lui et en montrant sa cravate.

— J'en pense que le choix de ce costume gris est judicieux, répondit Basil, puisque c'est moi qui vous l'avais choisi quand vous prétendiez être le duc. En revanche, cette cravate conviendrait mieux à un avocat ou à un banquier. Vous permettez ?

Tirant un autre foulard de son armoire, il défit celui que M. Riniken avait noué autour de son cou et le remplaça par l'autre en faisant un nœud de bien meilleur goût. Il recula, contempla son œuvre, revint pour le décaler d'un côté, puis de l'autre, le renoua encore, et recommença son manège pour remonter l'une des boucles.

— Voilà !

Le régisseur se regarda dans le miroir de sa table de toilette et hocha la tête.

— Merci, Goodfrey. Sans votre aide, je n'aurais jamais réussi à me faire passer pour le duc, ni à me marier.

Basil s'immobilisa. *Ah ! Enfin un début de reconnaissance !*

— Merci, monsieur Riniken. Je vous ai peut-être jugé un peu trop sévèrement.

— Vous m'avez beaucoup appris sur la façon de m'habiller et de me tenir. Je compte faire bon usage de vos généreuses instructions à l'avenir.

À vrai dire, plutôt que de l'instruire, il avait surtout rattrapé chacune de ses catastrophes, mais le compliment lui faisait néanmoins très plaisir. Basil s'éclaircit la gorge et esquissa une courbette.

— Je vous souhaite beaucoup de bonheur dans votre mariage, dit-il avec raideur avant de quitter la pièce.

Sa vie allait devenir beaucoup plus compliquée, mais bien entendu personne ne s'en souciait. Le duc avait déjà exprimé officiellement son désir de partager sa chambre avec sa femme – ce qui laissait augurer un nouveau déménagement, devoir s'organiser avec cette idiote de Nelly pour qu'ils ne passent pas leur temps à se marcher sur les pieds, de ne pas oublier de frapper avant d'entrer et un tas d'autres détails auxquels il n'avait pas encore pensé.

Toutefois, comme il l'avait déjà fait par le passé, il continuerait à souffrir en silence et à se dévouer corps et âme pour un homme ingrat. Il savait déjà que personne ne le remercierait du rôle qu'il avait joué dans l'organisation de ces deux mariages, les réparations du château et la formation du nouveau personnel. Mais il persévérerait.

Car s'il ne s'était pas insurgé contre le manque d'égards du nouveau duc et n'avait pas flanqué un grand coup de pied dans cette rampe d'escalier vermoulue le jour où ces dames avaient débarqué à

Earnhurst, lady Margaret ne se dirigerait sûrement pas en ce moment même vers le jardin et son futur époux, le duc d'Earnhurst.

Tout reposait décidément sur ceux qui vivaient dans l'ombre des grands.

14551

Composition
FACOMPO

Achevé d'imprimer en Italie
par GRAFICA VENETA
le 3 novembre 2025

Dépôt légal : décembre 2025
EAN 9782290412404
OTP L21EPSN002667-641256

ÉDITIONS J'AI LU
82, rue Saint-Lazare, 75009 Paris

Diffusion France et étranger : Flammarion